Devil in Winter
by Lisa Kleypas

冬空に舞う堕天使と

リサ・クレイパス
古川奈々子［訳］

ライムブックス

冬空に舞う堕天使と

主要登場人物

エヴァンジェリン（エヴィー）・ジェナー……有名な賭博クラブのオーナーのひとり娘。壁の花のひとり。
セントヴィンセント卿セバスチャン……没落しかけている公爵家の跡継ぎ
アイヴォウ・ジェナー……エヴィーの父親
キャム・ローハン……ジェナーのクラブの従業員
クライブ・イーガン……ジェナーのクラブの支配人
ジョス・ブラード……ジェナーのクラブの従業員
ウェストクリフ伯爵マーカス・マースデン……セントヴィンセントの友人
リリアン（レディー・ウェストクリフ）……ウェストクリフ伯爵の妻。壁の花のひとり。
デイジー・ボウマン……リリアンの妹でアメリカの新興成金の娘。壁の花のひとり。
アナベル・ハント……実業家サイモン・ハントの妻。壁の花のひとり。

1

一八四五年　ロンドン

セントヴィンセント卿セバスチャンは、ロンドンの屋敷に押しかけてきた若い娘を見つめながら、自分は駆け落ちの相手を間違ってしまったのかもしれないとふと思った。彼は先週、ストーニー・クロス・パークで資産家の娘を誘拐しようとして失敗するという大失態を演じたばかりだった。

いくら悪行を重ねてきたとはいえ、そのときまではその中に誘拐は含まれていなかった。本当にばかな真似をしたものだとつくづく思う。

いま考えてみれば、リリアン・ボウマンを選んだことは愚かしいとしか言いようがなかった。だが、あの時点では、窮地から抜け出す手立てとしてこれほど完璧なプランはないと思われた。彼女の家は裕福であり、セバスチャンは爵位こそ持っているものの、金に困っていた。しかも、リリアンは炎のような気性の黒髪の美女で、ベッドの相手としても申し分ないだろうと彼は踏んだ。だが、もっとおとなしい娘にしておけばよかったのだ。アメリカ生まれのリリアンは威勢がよすぎた。彼女は婚約者のウェストクリフ伯爵が救出にあらわれるまで、猛烈に抵抗しつづけたのだ。

いま、目の前に立っている子羊のように従順そうなミス・エヴァンジェリン・ジェナーは、リリアン・ボウマンとは正反対の娘と言っていいだろう。セバスチャンは軽蔑を隠したまなざしで、彼女を見つめた。わたしはこの女のいったい何を知っているのだろうか。彼女は悪名高きロンドンの賭博クラブのオーナー、アイヴォウ・ジェナーの一人娘だ。彼女の母親はアイヴォウと駆け落ち結婚したあと、すぐに自分の過ちに気づいた。彼女は名家の出身だったが、ジェナーは生まれの卑しいくず同然の人間だ。だからエヴァンジェリンの血筋はお世辞にも良いとは言えないが、ひどい内気のせいで言葉がつかえる癖がなかったら、花嫁候補としてはまずまずだったかもしれない。

セバスチャンは、男たちが、彼女と会話を試みるくらいなら苦行者がまとう粗い毛織のシャツを着て肌が赤剝けになるほうがましだ、と残酷に話しているのを聞いたことがあった。当然彼も、彼女からはなるべく距離を置くよう最大限の努力を払っていた。といっても、それはさして難しいことではなかった。臆病なミス・ジェナーは部屋の隅に隠れていることが多かったからだ。セバスチャンは彼女と直接口をきいたことは一度もなかったが、それはどちらにとっても都合のいいことだった。

しかし、いま彼は、彼女と話をしないわけにはいかない状況に置かれていた。どうしたわけかミス・ジェナーは、愚かにもこんな夜半に、招かれもしないのにセバスチャンの家を訪ねてくる決心をしたらしい。しかも、供の者も連れずに。これが世間に知られたら不名誉な噂の種になるばかりでなく、三〇分以上セバスチャンとふたりきりですごしたというだけで汚れた女のレッテルを貼られ、彼女の人生は破滅する。彼は不道徳な道楽者であり、あまのじゃくにもそれを誇りに思っていた。堕落した女たらしという生き方を選んだ彼は、生半可な道楽者にはとうてい太刀打ちできないほど、放蕩のかぎりを尽くしていた。

ゆったりと椅子にもたれ、セバスチャンはけだるい雰囲気を装いつつ、近づいてくるエヴァンジェリン・ジェナーをじっと見つめた。書斎には、暖炉で燃えている小さな火のほかに明かりはなく、そのちらつく光が、若いエヴァンジェリンの顔の上で躍った。二〇歳をすぎているとは思えないほど彼女の肌はみずみずしく、その目はあまりに無垢で、彼は軽蔑を隠すことができなかった。無垢などというものに価値を感じたこともなければ、崇めたこともなかったからだ。

紳士としては椅子から立つべきだったのかもしれないが、このような状況でいまさら礼儀正しいふるまいをしても意味がないように思われた。そこで彼は、ただなげやりなしぐさで、暖炉のそばの椅子を指し示すにとどめた。

「よかったら、掛けたまえ」と彼は言った。「といっても、もしわたしがきみの立場だったら、長居をすることになるとは思わないだろうが。なにしろわたしは飽きっぽいし、きみが素晴らしく話し上手だという評判は聞いたことがないからね」

その無礼な言葉にエヴァンジェリンが動じるようすは見えなかった。ほかの娘だったら真っ赤になるか、泣き出しただろう。こんなふうに侮辱されても平気でいられるとは、いったいどのような育てられ方をしたのかとセバスチャンは考えずにいられなかった。おつむが足りないか、よほど神経が太いかのどちらかだ。

着ていたマントを脱ぎ、エヴァンジェリンはそれをビロード張りの椅子のアームにかけて、上品ぶりもせず無造作に腰掛けた。壁の花か――セバスチャンは思った。彼女は、リリアン・ボウマン、彼女の妹のデイジー、そしてアナベル・ハントと友だちづきあいをしていた。彼女たち四人は、昨シーズン中ずっと、数々の舞踏会や夜会でいつも壁際に座っていた。そう、いわゆる壁の花だったのだ。ところが、そんな彼女たちにも運が向いてきたらしい。アナベルはとうとう夫をつかまえることができたし、リリアンもウェストクリフ伯爵と結婚したばかりだ。しかし、ふたりのような幸運がこの口下手な娘にも訪れるとは思えないが、とセバスチャンは考えた。

訪問の理由を早く言うようにと、急き立てたい気持ちは山々だったが、そんなことをしたら言葉がつかえてかえって時間がかかり、双方にとってやっかいなことになるだろう。そこで彼は辛抱強く待つことにした。エヴァンジェリンはそのあいだにどう話すべきか考えをまとめているようだった。沈黙がつづくあいだ、セバスチャンはちろちろ燃える暖炉の火に照らされた彼女の姿を見つめた。意外なことに、彼女はなかなか魅力的な女性だった。これまで彼女をじっくりながめたことがなかったし、スタイルの悪い赤毛のやぼったい女という印象しか持っていなかった。しかし、よく見るとかなりの美人だ。

彼女を見つめているうちに、セバスチャンは筋肉にかすかな緊張が走り、うなじの産毛が逆立ってくるのを感じた。彼はゆったりと椅子に掛けている姿勢を崩さずにいたが、ビロード張りの椅子のけばに指がかすかに食い込んだ。これほど魅力があるのに、いままで彼女に目を留めたことがなかったのが不思議な気がした。髪は見たこともないほど明るい赤で、暖炉からの光を浴びて燃えるように輝いていた。細い眉とみっしり生えた長いまつげは濃い赤褐色、肌は赤毛の女特有の白さで、人なつこい妖精がいたずらしたかのようにそばかすが散っていた。自然な薔薇色の唇は古風にふっくらとしており、青い目は大きくてまん丸だった。ただ、蠟人形の目のように、美しいけれども感情が欠如していた。

「ゆ、友人のミス・ボウマンが結婚して、レディー・ウェストクリフになったという知らせを受け取りました」エヴァンジェリンは慎重に切り出した。「彼女と伯爵はグ、グレトナグリーンに行ったのです。あなたを……追い払ってから」

「こてんぱんにのしてから、と言ったほうが適切だな」セバスチャンは明るく言った。ウェストクリフにしたたか殴られたせいで――まあ、それは当然の報いだったのだが――あごにできた青あざを彼女が見逃すはずがない。「彼の婚約者をちょっと拝借したのが、お気に召さなかったらしい」

「彼女を誘拐したのですわ」エヴァンジェリンは冷静に訂正した。「拝借というと、あとで返すつもりがあったように受け取れます」

セバスチャンは唇をゆがめてほほえんだ。こんなふうに心からほほえんだのは久しぶりだった。どうやら彼女は、それほどばかというわけではなさそうだ。「正確を期したいなら、誘拐ということにしておこう。そんなことが言いたくて、訪ねてきたのかな、ミス・ジェナー。幸せなカップルのその後についての報告を？　そういうのはうんざりだ。何かほかに面白いことを聞かせてくれる気がないなら、お引き取り願おうか」

「あ、あなたが、ミス・ボウマンと結婚しようとしたのは、彼女が富豪の娘だったからですね」エヴァンジェリンは言った。「あなたはお金持ちの女性と結婚しなければならないから」

「そのとおり」セバスチャンはあっさり認めた。「公爵であるわたしの父は、人生におけるたったひとつの責任をまっとうできなかった。公爵家の財産を減らすことなく、わたしに引き継ぐという責任を。一方、わたしの責任といえば、自堕落に放蕩のかぎりをつくして父が死ぬのを待つことだった。わたしは自分の仕事を見事にこなしてきたが、公爵はそうではなかった。財産管理を自分でやろうなどという浅はかな考えを起こしてへまばかり。そして現在は、許しがたいことに破産寸前で、しかもすこぶる健康。いっこうに死ぬ気配がないときている」

「わたしの父には財産があります」エヴァンジェリンは感情を交えずに言った。「そして死にかけています」

「おめでとう」セバスチャンは彼女をじっと見つめた。アイヴォウ・ジェナーが賭博クラブの経営でしこたま金をためこんでいることは疑いがなかった。ロンドンの紳士たちは、ギャンブルとうまい食事と強い酒、そして安い娼婦を求めてジェナーのクラブに行く。クラブの雰囲気は一見豪華だったが、どことなく安っぽい居心地のよさも兼ね備えていた。ジェナーのクラブは二〇年近く前から、イギリスでもっとも繁盛していた伝説の賭博クラブ、クレーヴンズよりは一段劣るがそれに次ぐクラブとして名を馳せていた。

しかし、クレーヴンズが火事になって焼失し、持ち主が再建をあきらめると、行くところを失った裕福な客たちがどっとジェナーズに押し寄せるようになり、ジェナーズは飛びぬけた人気を誇るクラブとなった。けれどもクレーヴンズに匹敵するほどのクラブになったというわけではない。賭博クラブには、経営者の個性や生き方が大きく反映する。ジェナーはそのどちらにおいても傑出したところがない人物だった。デレク・クレーヴンにはずば抜けた興行的手腕があった。それにひきかえアイヴォウ・ジェナーは元拳闘家の荒くれ者で、どこといって優れたところはないのに、運命のいたずらで事業家として成功してしまったというのが本当のところだった。

そして、ここにいるのがそのジェナーのひとり娘だ。もし彼女が、セバスチャンが予想したとおりの申し出をするつもりなら、それを拒絶する手はない。

「お、おめでとうなんて――そんなふうに言っていただきたくないですわ」エヴァンジェリンは先ほどの彼の言葉に対して言った。

「では、わたしにどうして欲しいと?」セバスチャンは穏やかに言った。「本題に入ってくれると助かる。そろそろ退屈してきたからね」

「わたしは最後の数日間を父とすごしたいのです。でも、母の家族は、わたしを父に会わせてくれません。父のクラブに逃げようとしたこともありました。でも、いつも捕まって罰を受けるのです。今度ばかりは、あの家に戻るつもりはありません。彼らのもくろみにはまるのはまっぴらです。それを避けるためなら、命をかける覚悟もできています」

「もくろみというと?」セバスチャンは気だるげに尋ねた。

「わたしをいとこのミスター・ユースタス・スタビンズと結婚させようとしているのです。か、彼はわたしのことを愛してくれているわけではありませんし、わたしも彼のことはなんとも思っていません……でも、彼は、家族のたくらみを成功させるために、喜んで駒になろうとしているのです」

「つまり、きみの父親が亡くなったら、財産を手に入れるつもりなんだな?」

「そうです。初めはそれでもいいと思ったのです。ミスター・スタビンズと結婚すればわたしたち夫婦だけの家に住めると思ったからです……そして……ほかの親戚から離れて暮らすことができれば、人生も耐えられるものになるかもしれないと思ったのです。でも、ミスター・スタビンズは、あの家から出るつもりはないと言いました。家族と同じ屋根の下で暮らすつもりだと……あんな家では生き延びることはできません」彼は、好奇心を持っているそぶりを見せず黙って聞いていた。彼女は最後にこうつけ加えた。「父の財産を手に入れたら、彼らはわたしを殺すつもりです」

セバスチャンは彼女の顔から視線をそらさず、軽い声色のまま言った。「なんて思いやりのない連中だ。だが、わたしには関係のないことだ」

エヴァンジェリンはその挑発に乗って立ち上がったりはせず、彼をじっと見つめただけだった。それは彼女の芯の強さのあらわれだった。セバスチャンは女性にこのような強さを見たことは一度もなかった。「わたしはあなたに結婚の申し込みをしているのです」と彼女は言った。「わたしにはあなたの保護が必要です。父の病気は重く、とても弱っていてわたしを助けてはくれません。友人に迷惑をかけるのはいやです。彼女たちはきっとわたしをかくまってくれるでしょうけれど、常に警戒していなくてはなりません。親戚がわたしを奪い返して、自分たちの都合のいいようにわたしを操ろうといつなんどきやってくるかわからないからです。未婚の女性は、社会的にも、法律的にも、弱い立場にいます。実に不公平なことだと思いますが……ひとりで世間に立ち向かってもどうにもなりません。だから、お、夫が必要なのです。あなたも金持ちの妻を必要としている。そしてどちらも、切羽詰った状況に立たされています。それでわたしは、あなたならきっとわたしの提案に乗ってくれるだろうと考えたのです。もしそうしてくださるなら、今夜グレトナグリーンに向かって出発したいと思います。いますぐに。親戚はすでに、わたしをさがし始めていることでしょう」

　重苦しい緊張感に満ちた沈黙の中で、セバスチャンは冷酷なまなざしで彼女を熟視した。彼は彼女を信用していなかった。しかも先週、誘拐を試みたものの未遂に終るというへまをしたばかり。そんな愚かなことを再びやろうという気にはならなかった。

　しかし、彼女が正しく言い当てていたことがあった。セバスチャンは実際、窮地に陥っていた。大勢の人が借金の取り立てに来ていることからも明らかなように、彼は上等な服を身につけ、贅沢なものを食べ、良い暮らしをするのが好きだった。公爵からもらうしみったれた月々の手当ても、まもなく打ち切られることになっており、そうなれば、蓄えはほとんどないから、ひと月ともたないだろう。安易な道をとることにまったく抵抗を感じない男にとって、この申し出はたなからぼた餅とも言えた。もし彼女が本気でそれをやり遂げるつもりなら。

「贈り物にけちをつけるつもりはないんだが」セバスチャンはさりげなく言った。「きみの父親はあとどれくらいもちそうなんだ？　死の床についてから何年も生きる人もいる。常々思っているのだが、そうやって人を待たせるっていうのは、どうもいただけないね」

「長い時間待つ必要はないと思います」と彼女は張りつめた声で言った。「おそらく、あと二週間くらいだと言われています」

「われわれがグレトナグリーンに着く前に、きみが気持ちを変えないという保証はあるかな？　ミス・ジェナー、きみはわたしがどんな男か知っているだろう。先週、わたしがきみの友人を誘拐して辱めようとしたことはいまさら言うまでもないだろうね」

エヴァンジェリンはきっと彼をにらんだ。彼の瞳は薄いブルーだったが、彼女の瞳は同じ青でもサファイアのような濃い青だった。「あなたはリリアンを犯そうとしたのですか？」

彼女は厳しい声で尋ねた。

「そうすると脅しはした」

「脅しだけでなく、実行に移すつもりだったのですか？」

「さあね。いままでいやがる女を犯したことはないから。だが、きみも言っていたように、わたしは切羽詰っている。そういう話題になったからきくが……きみが提案しているのは便宜上の結婚なのか。それともときにはベッドを共にするつもりなのか？」

エヴァンジェリンはその質問は無視してつづけた。「リリアンに無理強いするつもりはあったのですか、なかったのですか？」

セバスチャンは独特のからかうような表情で彼女を見つめた。「もしわたしがノーと答えたとして、わたしが嘘をついていないかどうか、きみにわかるのかな、ミス・ジェナー。答えはノーだ。わたしは彼女を強姦したりはしなかっただろう。そう答えて欲しいのだろう？では、信じることだ。そのほうが安全だと思えるなら。ところで、わたしの質問だが……」

「わたしは一度だけ、あなたと、ね、寝ます」と彼女は答えた。「結婚を法的に有効なものにするために。たった一度きりです」

「素晴らしい」と彼はつぶやいた。「わたしは同じ女と何度も寝たいとはめったに思わない。新鮮さが失われてしまえば、あとは死ぬほど退屈なだけだ。それに、妻ひとりで満足できるほど、わたしは中産階級的な人間にはなれないだろう。愛人を持てないくらいしみったれた生活はごめんだということだ。もちろん、跡継ぎの問題がある……しかし、きみが慎重にふるまってさえくれれば、それがだれの子であってもかまわない」

彼女はまばたきすらしなかった。「相続する財産の一部を、わたしの信託財産として分けていただきたいのです。十分な額が必要です。あなたにいちいち使い道を知らせる必要なく、その利息をわたしが自由に使えるようにしてください」

セバスチャンは思った。こいつはなかなか利口な女だ。ただ、吃音のせいで、多くの人が頭の鈍い女と思い込んでいるだけなのだ。彼女は過小評価されたり、無視されたりすることに慣れている……どうやら彼女はそれをできるかぎり利用するつもりのようだ。なかなか面白いじゃないか。

「きみを信用するなら、わたしはばかだ」と彼は言った。「きみはこの契約をいつでも反故にできるのだからね。そしてわたしを信用するなら、きみはわたしよりもっとばかだ。なぜなら、いったん結婚してしまったら、わたしはきみの親戚がしてきたよりも、もっともっとひどい目にきみを遭わせることができるのだから」

「どうせ苦しめられるなら、じ、自分が選んだ人に苦しめられるほうがいいのです」と彼女は陰鬱に答えた。「ユースタスよりもあなたのほうがましです」

セバスチャンはそれを聞いてにやりと笑った。「ユースタスには点が辛いようだな」

彼女はほほえみを返しはしなかったが、大きな緊張が解けたかのように、ほんの少し椅子に沈み込み、覚悟はできているといわんばかりの目で彼を見つめた。ふたりの視線が合うと、セバスチャンは急に彼女を意識しだした。頭からつま先まで奇妙なショックに似た感覚が走る。

女を見て、簡単に欲情するのは彼にとって珍しいことではない。かなり前から気づいていたことだが、彼の肉欲は並みの男性よりもかなり強いほうで、一目見ただけで心そそられ、欲情に火が点くタイプの女性もいる。なぜか、このどんくさい、話し下手な女もそのひとりのようだ。セバスチャンは彼女をベッドに連れて行きたくなった。

彼の想像の翼は広がり、まだ見たことのない彼女の体や手足、そして体の曲線や肌がありありと目の前に見えてくるようだった。胸のふくらみを手で包み込む感触すらも感じられるような気がした。鼻を近づけて彼女のにおいをかぎたかった……彼女の長い髪をのどや胸に感じたかった……彼女の口で、自分の口で、言葉にできないようなことがしてみたくなった。

「では、決まりだ」と彼はつぶやいた。「わたしはきみの申し出を受ける。もちろん、もっと話し合う必要はある。しかし、グレトナグリーンに着くまで二日間もあるからな」彼は立ち上がって体を伸ばした。彼女がすばやく自分の体に視線を走らせるのに気づいてにやりとした。「馬車の用意をさせて、近侍に荷造りをさせよう。一時間以内に出発する。ところでひとつ言っておくが、旅の途中で取り決めはなかったことにすると言い出したら、首を絞めるからそのつもりで」

彼女はあざ笑うかのように彼を見た。「せ、先週、いやがる女性を誘拐しようとなどしなければ、そ、そんなに神経質になることはなかったでしょうね」

「一本とられた。ということは、きみはいやがってはいないと解釈していいわけだ」

「心から望んでいるのです」エヴァンジェリンはいますぐ出発したいとでもいうように簡潔に答えた。

「わたしの好みのタイプだ」と言うと、彼は礼儀正しく頭を下げてから、書斎を出て行った。

2

セントヴィンセントが部屋を出て行くと、エヴィーは神経質にほうっとため息をつき、目を閉じた。彼女の気が変わるのではないかとセントヴィンセントが心配する必要はまったくなかった。合意をとりつけたいま、彼女は彼の百倍も、早く旅立ちたくてたまらなかったのだから。伯父のブルックやペレグリンがいまこの瞬間にも、自分をさがしていると思うと、恐怖に包まれた。

夏の終りごろに家を抜け出したときには、父の賭博クラブの入口で捕えられ、家に連れ戻される前にペレグリンに馬車の中でさんざん殴られた。唇が切れ、片目のまわりは青くなり、背中や腕には無数のあざができた。その後二週間は部屋に監禁され、ドアから差し入れられるパンと水以外に食事を与えられなかった。

だれも――そう、親友のアナベルやリリアンやデイジーでさえ――彼女がどれほど虐待されているかを知らなかった。メイブリック家の生活は悪夢だった。母の実家であるメイブリック家と、伯母のフローレンスとその夫ペレグリン・スタビンズ夫妻は、共謀してエヴィーの意志をくじこうとしていた。彼らはエヴィーがなぜこれほど強情なのか不思議に思っていた……エヴィー本人も、自分の意志の強さに戸惑うほどだった。残酷な罰や無関心、そして憎悪にも耐え抜けるほど自分が強いとは考えたこともなかった。おそらく、だれも気づいていないが、彼女は父の血を受け継いでいるのだ。アイヴォウ・ジェナーは、かつては素手で戦う拳闘家で、リングの中でも外でも、彼の成功の秘密は才能ではなく打たれ強さだった。彼女は同じ精神的頑強さを受け継いでいた。

エヴィーは父に会いたかった。その気持ちはあまりに激しく、肉体的な痛みとして感じられるほどだった。自分のことを気にかけてくれる人は世界中に父ひとりしかいないと彼女は思っていた。無骨な愛し方ではあったが、父のほかには彼女を愛してくれた人はいなかったのだ。母が出産の際に死んだあとすぐに、父がエヴィーをメイブリック家にゆだねた理由を彼女は理解していた。賭博場は赤ん坊を育てる場所ではないし、メイブリック家は貴族ではないにしても名門だ。でも、もし……とエヴィーは考えずにはいられなかった。わたしがどんな目に遭っているかを知っていたら、父は同じ選択をしただろうか？　もしも父が、メイブリック家の人々が末娘だった母の反抗を許すことができず、怒りの矛先を無力な子どもに向けていることに気づいていたら……しかし、いまさらそんなことを考えてもしかたのないことだ。

母親は死に、父の命も長くはない。エヴィーは父が逝ってしまう前にどうしても聞いておかなければならないことがあった。メイブリック家の魔手から逃れるには、いま結婚の約束をしたばかりの傲慢な貴族に頼るのが最善の道だ。

こんなにうまくセントヴィンセントと交渉できたことに、エヴィーはわれながら驚いていた。黄金の美貌と冬のように冷やかなアイスブルーの瞳、そしてキスすることと嘘をつくことに慣れた唇は、彼女を震えあがらせた。魔王がつくりだしたような危険な男の魅力をふんだんに備えている彼は堕天使さながらだった。しかも利己的で恥知らず。それは親友のウェストクリフの婚約者を誘拐しようとした事件で証明済みだ。しかし、エヴィーには、そんな男だからこそ、メイブリック家に対抗するにはうってつけと思えたのだ。

もちろん、セントヴィンセントは夫としては最低だろう。しかし、彼に対して幻想を抱かずにいれば、きっと大丈夫だ。彼には何の関心ももっていなかったので、彼の無分別に目をつぶることも、彼の侮蔑の言葉に耳をふさぐことも簡単にできた。

わたしの結婚は親友たちの結婚とはまったく違うものになるだろう。壁の花たちのことを考えると、突然泣きたくなった。セントヴィンセントと結婚したら、アナベルやデイジーやリリアンとの――とりわけリリアンとの友情は失われてしまうだろう。じわっとわいてきた涙をまばたきで抑えて、ごくりと唾を飲み込み、鋭い胸の痛みを制した。泣いてどうなるものでもない。これが窮地から抜け出すための完璧な方法とは言えないけれど、これ以上の策は彼女には思いつかなかった。

わたしが、そしてわたしの財産が手の届かないところに行ってしまったと知ったら、伯父や伯母は怒り狂うことだろう。それを思うとみじめな気分も少し晴れる気がした。この先一生、彼らの支配の下で暮らすのはまっぴらだ。その必要がなくなるというならどんなことでもやる価値がある。そうよ、あの哀れな臆病者のユースタスと無理矢理結婚させられるくらいなら。食べまくり、飲みまくることに逃避し、いまでは自室のドアを通り抜けるのも困難なほど太ってしまった男。彼もエヴィーと同じくらい、自分の親であるスタビンズ夫妻を憎んでいたけれど、あえて彼らに逆らうことはないだろう。

皮肉なことに、ついに今夜、エヴィーに家を出る決心をさせたのは、そのユースタスだった。彼は昼間、金のリングに翡翠をはめこんだ婚約指輪を持って彼女のところにやってきた。「ほら」彼は少々おどおどした感じで言った。「母上がおまえにこれを渡すようにと。それをはめてダイニングテーブルの席につかないかぎり、食事はさせないそうだ。来週、婚約を発表すると母上は言っている」

これを予想していなかったわけではない。親戚たちはエヴィーに貴族の夫を見つけようとしたが、三シーズンを無駄に過ごしたあと、彼女を介して社会的に有利なコネをつけられる見込みはないと結論した。そこで彼らは、彼女がもうじき大きな財産を手にするという事実に目をつけて、いとこのひとりと結婚させて財産を自分たちのものにしてしまおうという計画を立てたのだった。

ユースタスの言葉を聞いたエヴィーの心にむらむらと怒りがこみあげてきて、彼女の顔は真っ赤になった。するとそれを見て、ユースタスは笑って言ったのだ。「ああ、顔が赤くなると面白いぞ。赤毛がオレンジ色に見えてくる」

辛辣な言葉を返したい気持ちを押し殺して、エヴィーは冷静になろうと努めた。突風に舞う木の葉のように頭の内で飛び交う言葉に意識を集中させた。彼女は懸命にそれらの言葉をかき集め、言葉がつかえないように気をつけて尋ねた。「ユースタス……もし、わたしがあなたとの結婚を承諾したら……わたしの味方をして両親に立ち向かってくださるの？　父のクラブへ行って、父の介護をすることを許してくださる？」

ユースタスの顔からほほえみが消え、ぷっくりとした頬を下げて彼女の深刻な青い瞳を見つめた。彼は目をそらすと、はぐらかすように言った。「おまえがこんなに頑固な子ネズミでなかったら、彼らもそれほどきみにつらくあたらないだろうに」

忍耐力が失われていき、エヴィーは言葉がつかえ始めるのを感じた。「あ、あなたはわたしの財産を手に入れようとしているのに、わ、わたしのために何もしてくれようとは――」「おまえには財産など必要ないだろう？」彼は軽蔑するように言った。「部屋の隅から隅へとこそこそ逃げ回っている内気な娘じゃないか……きれいな服や宝石類はいらないし、おしゃべりも苦手。ベッドに連れて行く気にもならないほどつまらない女だし、これといった芸もない。ぼくが喜んで結婚してやろうというのだから感謝すべきなんだ。それなのにおまえは頭が足りなくてそれすらわかっちゃいない！」

「わ、わ、わたしは――」失望で彼女は何も言えなくなった。自分を弁護することもできず、ただ言葉をさがしてもがき、あえぎ、彼をにらみつけるしかできなかった。

「まったく、見下げ果てた愚か者だ、おまえは」ユースタスはいら立たしげに言うと、かんしゃくを起こして指輪を床に投げつけた。その動作の反動で腕の肉がぶるんぶるんと震えた。

指輪はバウンドして、長椅子の下に転がっていき、見えなくなってしまった。「ほら、どこかへいってしまったじゃないか。ぼくを怒らせたおまえのせいだぞ。見つけておけよ。でないと飢え死にすることになるからな。ぼくは戻って、おまえに指輪を渡したと母上に報告する」

エヴィーは夕食には行かず、指輪をさがすかわりに、大急ぎで小さなかばんに荷物を詰め込んだ。二階の窓から抜け出して、雨どいを伝って裏庭に飛び降りた。そしてタイミングよく、屋敷の門を出たところで空いた貸し馬車を見つけることができたのだった。

おそらく二度とユースタスの顔を見ることはないだろう、とエヴィーは暗い満足感に浸った。社交の場でユースタスを見かけることはほとんどない。胴まわりがどんどん太くなるにつれ、彼はメイブリック屋敷にこもることが多くなっていった。この先どんなことになろうとも、彼の妻になるという運命から逃げ出したことを後悔することはないだろう。ユースタスが自分とベッドを共にしようとするかどうかも怪しいものだ……彼は、上品な言い方では「血気」と称される性欲すらも十分に持ち合わせていないようだった。彼の情熱はすべて食べ物とワインに向けられていた。

一方、セントヴィンセントが誘惑してものにした女性は数知れない。多くの女性がそれに魅力を感じるようだが、エヴィーはそういうことには興味がなかった。だが、彼と結婚すれば、だれもがきちんと床入りを済ませた正式な結婚と思うだろう。

そのことを考えると、胃がひっくり返りそうになる。彼女は、親切で思いやりがあり、ほんのちょっぴり少年っぽさを残す男性との結婚を夢見ていた。夢の中のその人は、言葉がつかえても彼女をばかにしたりはせず、やさしく愛情深かった。

セントヴィンセントは夢の中の恋人とは正反対の男だ。親切や思いやりには無縁で、少年の痕跡すらない。彼は間違いなく獲物をたっぷりなぶってから殺す肉食獣だ。彼が先ほどまで座っていた椅子をながめながら、エヴィーは暖炉の火に照らし出されたセントヴィンセントの姿を思い浮かべた。彼は背が高く細身で、見事な美貌をほんのわずかにでも損なうことのないように慎重に選ばれた、上品でシンプルな仕立ての服がよく似合っていた。中世の彫像のような古風な金髪はふさふさしていて、ゆるくカールしており、薄い琥珀色の筋が何本か混ざっていた。薄いブルーの瞳は、古代の女帝が身につけていた稀少なダイヤモンドのネックレスのように輝いていた。ほほえんでいるときでも、美しい瞳には感情がなかった。そしてそのほほえみは、女性の体から簡単に魂を抜き取ってしまえるほど魅力的だった……官能的で皮肉な口、きらりと光る白い歯……ああ、セントヴィンセントはまぶしいばかりのハンサムだ。そして、彼自身、それをよく知っていた。

しかし、奇妙なことに、エヴィーは彼がこわくなかった。セントヴィンセントは暴力に訴えるような愚かな真似はしない。慎重に選んだ言葉をいくつかささやくだけで、相手はほとんどあらがうこともなく屈してしまうのを知っているからだ。エヴィーはペレグリン伯父の単純な獣性のほうがずっと恐ろしかった。容赦なくひっぱたいたり、つねったりするフローレンス伯母の残虐さは言うまでもない。

あんな扱いはもう二度とさせはしないとエヴィーは心に誓った。家から逃げ出すときに滑りおりた雨どいの汚れが黒い筋となってドレスについていた。それをぼんやりとこすりながら、玄関広間に置いてきたかばんに入れてある清潔なドレスに着替えようかと考えたが、やめておくことにした。これからたいへんな旅になる。着ているものはすぐにほこりにまみれ、しわくちゃになってしまうだろう。いま着替える必要などないのだ。

戸口で音がして、彼女ははっとした。見上げると太ったメイドが立っていて、遠慮がちに客用寝室で少し休息をおとりになりますかと尋ねた。付き添い人もなくこの屋敷を尋ねてくる女性に、このメイドはあまり慣れていないのだろう。情けない思いにかられながら、エヴィーは彼女に案内されて二階の小さな部屋に行った。その部屋は、この家のほかの場所と同じく、品のよい家具が備わっていて、手入れが行き届いていた。壁には、中国の鳥と仏塔を手描きした明るい色の壁紙が貼られていた。嬉しいことに、部屋につづいている控えの間には、取っ手がイルカの形をした蛇口つきの水道と洗面台、そしてその近くには水洗トイレの個室があった。

用を足したあと、エヴィーは洗面台で手と顔を洗い、銀のカップで水をごくごくと飲んだ。寝室に戻ってブラシかくしがないかとさがしたが、見つからないので、結い上げた髪を手でなでつけて整えた。

物音はせず、だれかが部屋にいるようすはまったくなかったが、エヴィーは突然人の気配を感じた。驚いて振り向くと、セントヴィンセントが部屋の中にいて戸口のあたりに立っていた。ゆったりとした姿勢で、首を少し傾けて彼女を見つめている。水を透過する光のようなやさしく熱い奇妙な感覚が彼女の体に走り、急に体中から力が抜けてしまったように感じた。とても疲れているのだと彼女は気づいた。そしてこれから自分を待っているすべてのこと……スコットランドへの旅、あわただしい結婚の手続き、その後の床入り……を考えるとぐったりしてくるのだった。彼女は背筋をしゃんと伸ばして、前に進み出た。しかし、歩き始めると、目の前にちかちかと光が飛び交って目がくらみ、ぐらりと大きく体が揺れた。

頭を振って視界をはっきりさせると、セントヴィンセントがすぐ近くに立っていて、両手で彼女のひじをつかんで支えてくれていた。これまでこんなに近くで彼を見たことはなかった……彼の香りと感触が彼女の感覚にすばやく刻み込まれた……高価なコロンのかすかな香り、そして上等のリネンとウール混紡の黒ラシャに覆われた清潔な肌のにおい。彼からは健康な男らしさが発散していた。エヴィーははっとして、まばたきをしながら彼の顔を見上げた。その顔は思っていたよりもずっと上にあった。彼の背の高さを実感して、彼女は驚いた。近くに寄るまでは、彼がどれほど長身であるかがわかっていなかったのだ。

「最後に食べたのはいつだ?」と彼は尋ねた。

「昨日の朝……だと思います——」

彼の形のよい眉の一方が上がった。「親戚はきみに食事を与えないのか?」彼女がうなずくと、彼は天を仰いだ。「話を聞けば聞くほど、ますますお涙頂戴になっていくな。料理人に言いつけて、サンドイッチをバスケットに詰めさせよう。さ、わたしの腕をとって。階下へ連れて行こう」

「助けはいりません、あ、ありがとうございます――」

「腕をとって」と彼は感じのよい声で言ったが、その柔らかさの下には鉄のような意志が感じられた。「馬車に乗り込む前に階段から落ちて首の骨を折られたらたまらないからね。都合よく資産家の娘にめぐり会うのはなかなか難しい。きみの代わりを見つけるにはたいへんな時間がかかるだろう」

エヴィーは自分が思っている以上にふらついていたに違いない。階段のほうに歩いていきながら、彼に支えてもらってよかったと思った。階下へ降りていくあいだに、いつの間にかセントヴィンセントは腕を彼女の背中にまわし、空いているほうの手を握って、慎重に彼女を導いた。彼の手の甲には、何カ所かうっすらと青あざがついていた。ウェストクリフ伯爵との殴り合いの名残りなのだろう。この甘やかされた貴族が、巨漢のペレグリン伯父と格闘することになったらどうなるのだろう。エヴィーはぶるっと震えて、もうグレトナグリーンに着いてしまっていたのならいいのに、と思った。

彼女の震えに気づいたセントヴィンセントは、最後の段にさしかかったときに、彼女の体にまわした腕に力をこめた。「寒いのか？　それとも不安なのかな？」

「わ、わたしはロンドンから、早く離れたいのです」と彼女は答えた。「親戚に見つかる前に」

「きみがわたしのところに来ていると彼らに疑われるような痕跡を残してきたのか？」

「いいえ、そ、そんなことはありません。だれも、わたしがこのような理性を忘れたふるまいをするとは思ってもいないでしょう」

彼女がいまほど頭がぼうっとしていなかったとしても、彼の輝くばかりの微笑を見ればくらっときたことだろう。「わたしの虚栄心はちょっとやそっとのことではびくともしないが、それに感謝しなくてはならないな。でなければ、いまごろきみにぺしゃんこにされていただろう」

「これまでたくさんの女性があなたの虚栄心を満足させてきたことでしょう。だから、それ以上は必要ないのです」

「わたしはどんなときも、それ以上を必要とするんだよ、ダーリン。そこが問題だ」

彼は彼女をふたたび書斎に連れて行き、数分間暖炉の前に座らせた。椅子に座ったまま彼女がうとうとし始めたころ、セントヴィンセントは戻ってきて、彼女を外に連れ出した。ふらつく足取りで、彼女は彼について家の正面に止まっているピカピカ光る黒塗りの馬車まで歩いて行った。セントヴィンセントは手を貸して彼女を手際よく馬車に乗り込ませた。毛足の長いクリーム色のベルベット張りの内装は、実用的というのにはほど遠いものだったが、とても豪華だった。シルクのフリンジがついたクッションにもたれたエヴィーは、これまで経験したことのない豊かな気分を味わった。母方の親戚は華美なものは悪趣味と考えるような人々だったので、過剰な感じがする装飾を嫌っていた。しかしセントヴィンセントにとって、そういうのはあたりまえなのだろう。とくに、心地よさに関しては。

細い革ひもで編まれたバスケットが床の上に置かれていた。ためらいがちに中身をさぐると、ナプキンにくるまれたサンドイッチが何切れか入っていた。薄切りのバターミルクパンにスライスした肉とチーズがはさんであった。スモークされた肉のにおいに空腹をこらえきれなくなって、エヴィーは二切れをあっという間に平らげた。がつがつむさぼるように食べたのでのどが詰まりそうになった。

セントヴィンセントは馬車に乗り込んできて、長い細身のからだを折り曲げて向かい側の座席に座った。エヴィーがサンドイッチのかけらを食べ終える姿をながめて、軽くほほえむ。

「気分はよくなったかな?」

「ええ、ありがとうございます」

セントヴィンセントは、馬車の内壁につくりつけてある物入れの扉を開けて、召使がそこに入れておいた小さなクリスタルのグラスと白ワインの瓶を取り出した。グラスにワインを注いでエヴィーにわたした。彼女はきりっと冷えた甘いワインをおそるおそる一口飲んでから、ごくごくと一気に飲み干した。若い女性はふつう生のままのワインを飲むことは許されない……たいていはたくさん水を加えて薄めてある。飲み終えるとおかわりを所望する間もなく、グラスはふたたび満たされた。馬車はがたんとやさしく揺れて動き出した。馬車が揺れると、エヴィーの歯の先がグラスの縁にあたってかちかちと鳴った。クリーム色のベルベットの座席にワインをこぼしてはたいへんと、彼女はごくりとワインを飲み込んだ。セントヴィンセントの静かな笑い声が聞こえた。

「ゆっくりお飲み。長い旅になるんだから」ゆったりとクッションにもたれている彼は、デイジー・ボウマンが愛読しているロマンス小説に出てくる怠惰なトルコの高官のように見えた。「聞かせてくれるかな。もしわたしがきみの申し出を拒否したら、どうなっていたのかを。きみはどこへ行くつもりだったんだ？」

「た、たぶん、アナベルとミスター・ハントのところに、い、行ったと思います」リリアンとウェストクリフ伯爵は一カ月の予定でハネムーンに出かけていたので、彼らを頼ることはできなかった。ボウマン家を頼ってもだめだ……もちろんデイジーは一生懸命に自分をかばってくれようとするだろうけれど、彼女の両親はこのような問題にかかわりたいとは思わないだろう。

「なぜまっさきにハント夫妻のところに行かなかったのだ？」

エヴィーは眉をひそめた。「ハント夫妻が伯父たちからわたしを守るのは、不可能ではないにしても、難しかっただろうと思います。どこかの家の客人という立場よりも、あなたの妻になるほうがはるかに、あ、安全です」ワインで心地よく酔いがまわってきて、彼女は深く椅子に沈み込んだ。

考え込むように彼女をじっと見つめながら、セントヴィンセントは前に屈んで彼女の靴に手を伸ばした。「脱いだほうが楽だ。恥ずかしがらなくていい。わたしは馬車の中できみを襲うようなことはしないから」靴紐をほどきながら、彼は滑らかな調子でつづけた。「それに、たとえわたしがその気になったとしても、たいしたことじゃない。だって、じきにわたしたちは結婚するんだからね」彼はにやりと笑って、靴下をはいた彼女の片足を放すと、反対の足を手にとった。

もう一方の靴を脱がせてもらいながら、エヴィーは懸命に力を抜こうと努力した。けれども、彼の指が足首にふれると、不思議なぞくぞくする感覚が全身に走るのだった。

「コルセットの紐も緩めるといい」と彼は助言した。「馬車の旅にはそのほうが楽だから」

「わたしは、コ、コルセットをつけていません」彼女は彼のほうを見ずに言った。

「つけていないって？ ほう」彼の鑑定士のような視線が彼女の体をなぞった。「なんて豊満な曲線だ。上玉だぜ、きみは」

「そんな言い方はやめてください」

「上玉のことか？ すまない……つい癖でね。いつもわたしはレディーを商売女のように、また商売女をレディーのように扱ってしまうんだ」

「そういうやり方で女性をたぶらかすんですね？」エヴィーは信用ならないという顔で尋ねた。

「そのとおり」彼があまりにも明るく傲慢に答えたので、思わず彼女はほほえんでしまった。

「あなたは、ど、度し難いお方ね」

「まったくだ。しかし、そういう度し難い人間のほうが得をするのが世の中の法則ってやつだ。ところがたとえばきみみたいな善良な人間は……」彼は、エヴィーを、それから彼女のまわりをしぐさで示した。彼女が現在置かれているこの状況が彼の言いたいことをぴたりと表しているとでもいうように。

「あなたが考えていらっしゃるほど、わたしは善良ではないのですわ、きっと」

「そうであることを願うね」彼の輝く明るい目が、考え深げに細められた。男性にしては長すぎる彼のまつげは、髪の毛よりもかなり濃い色なのだわとエヴィーは思った。背が高く、肩幅も広かったが、彼はどことなく猫を思わせた……怠惰に見えるが、いざとなれば敵を殺すことができる虎のイメージだ。「きみの父親の病気は何なんだ？　いろいろな噂を耳にするが、本当のところはわからない」

「肺病です」エヴィーは小声でささやくように言った。「半年前にそう診断されました。それ以来、父には会っていません。こんなに長く会わないでいるのは初めてです。メイブリック家の人々は、昔は父に会いにクラブへ行くのを許してくれていました。とくに害はないと思っていたからです。でも、昨年、フローレンス伯母は、わたしが結婚相手を見つけられないのは父とつながりがあるせいだと決めつけて。それでわたしは父から距離を置かなければならなくなったのです。彼らは、父が存在しないかのようにふるまうよう私に命じました」

「さもありなん」と彼は皮肉な調子でつぶやくと、脚を組んだ。「それで、なぜ急に死の床にある父親に会いたいと切望するようになったのかな？　遺言からはずされたくなかったからか？」

質問にこめられた毒は無視して、エヴィーはどう答えるべきか考えてから、冷静に言った。

「小さい頃は、頻繁に父に会うことができました。わたしたちはとても仲が良かったのです。

わたしを大切に思ってくれる人は、この世の中で父ひとりだけでした――いえ、だけです。わたしは父を愛しています。だから、父をひとりぼっちで死なせたくないのです。わたしをからかって楽しいなら、そうなさっても、か、かまいません。あなたの意見など、わたしには無に等しいのですから」

「いい子だから、怒るなよ」彼の声には軽く面白がるようなトーンがまざっている。「けっこう癇癪持ちのようだな。どうやら親父さんの血らしい。つまらないことでむかっ腹を立てると、彼の目がきらりと光ったものだった」

「父をご存知ですの？」彼女は驚いて尋ねた。

「もちろん。遊び人ならだれもが、なんらかの機会に一度はジェナーのクラブに行ったことがある。きみの父親はなかなかの人物だった。まあ、かっとしやすいたちではあったがね。しかしなんでまた、メイブリック家の娘が労働者階級のロンドン子と結婚したんだろう。好奇心がわくね」

「いろいろな事情があったのだと思いますが、母は父を家から逃げ出す手段と考えたのでしょう」

「わたしたちの場合のように」セントヴィンセントは穏やかに言った。「似たところがあると思わないか？」

「に、似ているのはそこまでだといいのですけど。というのは、ふたりが結婚して間もなく、母はお産で亡くなったのです」

「きみが望まないなら、きみをはらませたりはしない」と彼は理解ある態度で答えた。「妊娠を避ける手立てはいろいろある……サックやスポンジ、灌注器、それからよく効く小さな銀のお守りとか――」彼女の表情を読んで、彼はそこで言葉を止めて、いきなり笑い出した。「ああ、きみの目は皿のようにまん丸だ。驚かせたかな。結婚した友人からそういう話は聞いているだろう。聞いたことがない、なんて言うなよ」

エヴィーはゆっくりと首を左右に振った。アナベル・ハントはときおり、夫婦生活の神秘の側面を喜んで説明してくれたが、避妊法についてはひとことも触れたことがなかったのだ。「彼女たちも、そんな話は聞いたことがないのじゃないかしら」と彼女が言うと、彼は再び笑った。

「スコットランドに到着したら、喜んでいろいろなことを教えてあげよう」彼は唇の端を上げてほほえんだ。ボウマン姉妹がかつて、すっごく魅力的と言っていた顔だ。しかし、彼女たちは彼の計算高い目の輝きを見逃していたに違いない。「ねえ、愛しい人、床入りがかなり気に入って、一度だけと言わずもっとしたいと思うようになるかもしれないと考えたことは？」

彼の口からは苦もなく甘い言葉がすらすらと滑り出てくるらしい。「いいえ」エヴィーはきっぱりと言った。「ありません」

「うーん……」彼はまるで猫がゴロゴロとのどを鳴らすような声でうなった。「わたしは挑戦するのが好きなんだ」

「あ、あなたと寝ることを、き、気に入るかもしれません」エヴィーは彼をまっすぐ見つめたまま答えた。長いあいだ見つめ合っていると頬が赤くなってくるのがわかっても、彼女は目をそらさなかった。「むしろ、そうあって欲しいと思います。でも、だからといって決心は変わりません。なぜなら、わたしはあなたの評判を知っているからです――そしてわたしはあなたがそういう非情なことができる人だと思っています」

「かわいい人……」彼はやさしいとも言えるような声で言った。「きみはまだわたしの最悪な部分をかけらほども知ってやしないんだぜ」

3

先週、ハンプシャーのウェストクリフ邸からロンドンに帰る一二時間の馬車の旅にさえ音をあげていたエヴィーにとって、スコットランドまでの四八時間の旅は拷問に等しかった。これほど急ぎの旅でなければ、こんなにつらくはなかっただろう。しかし、エヴィーのたっての願いで、三時間ごとに御者と馬を換えるために停まる以外は休みをとらず、彼らはまっすぐグレトナグリーンに向かった。もし親戚に彼女の計画をかぎつけられたら、すぐに追ってくるだろうとエヴィーは恐れていた。そして、セントヴィンセントがウェストクリフ伯爵と格闘して無残に敗れたことを思えば、彼がペレグリン伯父に腕力で勝てる見込みはほとんどないだろう。

馬車はよくスプリングがきいていて、設備も整っていたが、これほど容赦ないスピードで飛ばしていれば、揺れは相当なもので、エヴィーは気分が悪くなりだした。疲れきっていて、眠ろうにも心地よい姿勢がとれなかった。頭がひっきりなしに壁にぶつかる。うとうとしだして数分もすると、必ずと言っていいほど目が覚めてしまうのだった。

セントヴィンセントのほうはというと、エヴィーよりは明らかにましだったが、それでも長旅でくたびれ果てた表情になっていた。会話しようという気持ちはとうの昔についえて、ふたりはただ黙って座っていた。驚くことに、セントヴィンセントはこの苦行にもじっと耐えて、ひとことも文句を言わなかった。彼も自分と同じようにどうしてもスコットランドに着かなければならないという切迫した気持ちを抱いているのだとエヴィーは感じた。できるだけ早く結婚してしまうことは、彼女とってもそうだが、彼にとっても最大の利益となるのだ。

旅は果てることなくつづく……馬車はときおりでこぼこ道でがくんと揺れ、エヴィーは座席から床に投げ出されそうになった。断続的にまどろんでは、揺れなどの衝撃で起こされるというパターンがつづいた。馬車の扉が開き、セントヴィンセントが新しい御者と馬を調べに降りていくたびに、氷のような寒風が車内に吹き込んだ。凍えて、体のふしぶしがこわばって痛み、エヴィーは隅のほうでうずくまった。

やがて夜が明けて日が昇ったが、身を切るような寒さだった。セントヴィンセントに伴われて宿屋の庭を横切るあいだにエヴィーのマントは霧雨でぐっしょり濡れた。彼はエヴィーを個室に連れて行った。彼女はそこで生温かいスープを飲み、トイレを使った。その間、彼は新たに交換した馬と御者のようすを見に行った。ベッドが目に入ると、横になりたい誘惑にかられた。しかし、眠るのはあとだ。グレトナグリーンに到着して、親戚の手のとどかないところまで逃げ延びてからだ。

こうしたことすべてをこなしても、滞在した時間は三〇分に満たなかった。馬車に戻ると、エヴィーはベルベットの座席を泥で汚さないように、濡れた靴を脱ごうとした。セントヴィンセントが彼女のあとから乗り込んできて、体を屈めてそれを手伝った。彼が靴紐をほどいて、締めつけられた足から靴を脱がせてくれているあいだに、彼女は無言で雨に濡れた帽子を彼の頭からとって、反対側の座席にぽんと置いた。彼の髪はふさふさとしていて、柔らかそうに見えた。琥珀色からシャンペン色までいろいろな濃さの髪がまじりあっていた。セントヴィンセントは彼女の隣に座って、彼女のやつれた顔をじっと見つめてから、冷え切った頬のカーブにそっと触れた。「きみには感心した」と彼はつぶやいた。「ほかの女なら、いまごろわめきちらして、不平不満を言いつづけていることだろう」

「わ、わたしには文句を言う資格はありません」ぶるぶる激しく震えながら、エヴィーは言った。「まっすぐスコットランドへ行って欲しいと頼んだのはわたしなのですから」

「半分まできた。あと一昼夜。明日の晩にはわたしたちは結婚しているだろう」彼は唇をひねって皮肉な笑いに似た表情をつくった。「きみほど新婚の床を切望している花嫁はこれまでいなかっただろうな」

エヴィーはその意味をくみとって、それに答えるために震える唇で笑顔をつくった——彼は、彼女が愛を交わすためではなく、眠るためにベッドを切望していると言っているのだ。ものすごく近くにある彼の顔を見つめながら、彼女はぼんやり考えた。疲れた表情や目の下の隈がかえって彼を魅力的に見せているのはどうしてなのだろう。おそらくいまの彼のほうが人間的な顔をしているように見えるからだ。美しいけれど心の冷たいローマの神のようではなくなっていた。貴族的な傲慢さはほとんど影をひそめている。もちろんゆっくり休息をとったあとで、またあらわれてくることは間違いないが。とはいえ、いまの彼は鎧をはずしていて、近づきやすい。この地獄の逃避行によって、ふたりのあいだに、はかない絆のようなものが芽生えたかのようだった。

その貴重な瞬間は馬車の扉をたたく音で破られた。セントヴィンセントが扉を開けると、雨の中に宿屋の女中がびしょ濡れで立っていた。「旦那さん、これをお持ちしました」雨の滴るマントのフードの下から見上げるようにして、彼女はふたつの物を彼に手渡した。「ご注文の、熱い飲み物と温めたレンガです」

セントヴィンセントがベストのポケットからコインをさがし出して彼女に与えると、彼女はにこっと笑って、宿屋の中に駆け込んだ。驚いて目をぱちくりさせているエヴィーにセントヴィンセントは陶器のカップをわたした。中には湯気の立つ温かい飲み物が入っている。

「これはなんです?」

「体の中から温めるものだ」彼は灰色のフランネルで何重にも巻かれているレンガを持ちあげた。「そしてこれは、足を温めるもの。足を座席の上にのせて」

ほかの場合だったら、彼に気安く脚を触られたらエヴィーはいやがっただろう。しかし、彼が彼女のスカートの裾をつまみあげて、足の下にレンガを入れても、黙ってされるがままにしていた。「ああ……」凍えたつま先のまわりから心地よい熱がふわりと上がってくると、彼女はあまりの快感にぶるっと震えた。「ああ……こ、こんなに気持ちのよいことって初めて……」

「女たちはいつもわたしにそう言うが」と彼は笑いを含んだ声で言った。「さあ、わたしにもたれて」

エヴィーは素直にしたがって、彼によりかかった。彼は腕を彼女にまわした。彼の胸は硬く頑強だったが、後頭部を当てるとちょうどよいクッションになった。陶器のカップを口元へ持っていって、彼女はちびりと熱い飲み物をすすった。何か酒のようだったが、水で薄めてあり、砂糖とレモンで味がつけられていた。ゆっくり飲んでいるうちに、彼女の体は温かさで満たされていった。彼女は満足してゆっくり長いため息をついた。馬車ががたんと前に揺れたが、セントヴィンセントはすぐに腕に力をいれて、彼女の頭を自分の胸に引き戻した。地獄がいきなり天国に変わるなんていったいどうしたことかしら、とエヴィーはいぶかった。

彼女はこんなふうに男性に接近した経験はなかった。これを喜ぶなんてどうかしていると思う。でも、意識を失っているのでないかぎり、だれだってそう感じるはずだ。自然の女神は、過剰なほどの男性美を、それに値しない男に不当にも与えてしまったのだ。さらに素晴らしいことに、この人は信じられないくらい温かい。もっと彼に身をすり寄せたくなるのを彼女は必死にこらえた。彼の服は上等の布地で作られていた。上着は高級な羊毛、ベストは厚地のシルク、そしてシャツは柔らかなリネンでできていた。塩気のある清潔な肌のにおいに、糊と高価なコロンのかすかな香りがまざっていた。

温かい飲み物がなくなったら彼が体を離してしまうのではと心配で、エヴィーはできるだけゆっくりと時間をかけて飲んだ。残念ながら、カップの底に残った最後の甘い数滴も飲み干されてしまった。セントヴィンセントは彼女から陶器のカップを受け取り、それを床に置いた。しかし彼がまた抱きかかえてくれたので、エヴィーは心の底からほっとした。頭の上で、彼があくびをするのが聞こえた。「眠りなさい」と彼がささやいた。「次の馬の交換まで三時間ある」

足の指先を熱いレンガにぎゅっと押しつけ、エヴィーは体を半分回転させて彼にもっとしっかりと寄り添い、まどろみの中に深く沈んでいった。

そのあとの旅は、疲労で意識はぼんやりとし、揺れるたびにびくっと目覚めるという繰り返しだった。疲れがたまってくるとエヴィーはますますセントヴィンセントを頼るようになっていった。馬を交換するたびに、彼は紅茶かスープのカップを彼女のために持ってこさせ、暖炉のあるところではレンガを温めなおさせた。どこからかキルトも持ってきたが、どうやって手に入れたかはきくなとエヴィーに釘を刺した。彼がいなかったらいまごろは、こちんこちんに凍っていただろうと確信しているエヴィーは、彼が馬車にいるときにはためらいもなく彼に体を寄せるようになった。「わ、わたしはあなたに迫っているわけではありません」彼の胸にぴたりと寄り添いながら彼女は言った。「手近にはあなた以外に暖をとるものがないからですわ」

「そういうことにしておこう」セントヴィンセントは彼女を抱きしめたままキルトにしっかり包まって、気だるそうに答えた。「だが、この一五分ばかり、きみはわたしの体のいままでだれも勇気を持って触れることができなかった部分をさすっていたようだったが」

「そ、そうかしら」彼女はもっと深く彼の上着の中にもぐりこんで、くぐもった声で付け加えた。「あなたには、たくさんの女性が手をかけてきたのだと思いますわ。高級食料品店のお料理よりももっと」

「しかも、そういう料理よりもずっと安い値段でね」彼は突然顔をしかめると、彼女を膝にのせた。「そこに膝をあてないでくれ、ダーリン。でないと夫婦の契りを結ぶのが予定より早くなってしまいそうだ」

彼女は次の停車場までうとうとと眠った。深い眠りに落ちたとたん、セントヴィンセントにやさしく揺すぶられて目を覚ました。「エヴァンジェリン」と彼はささやくような声で言って、もつれた彼女の髪をうしろになでつけた。「目を開けて。次の停車場に着いた。宿の中にしばらく入ろう」

「動きたくないわ」彼女は眠そうな声で言うと、うるさそうに彼を押しやった。

「だめだ」彼はやさしく諭した。「次の停車場までは遠い。トイレをすませておかないと、しばらくは用を足すことができないんだ」

エヴィーはトイレに行く必要はないと言おうとしたが、そのとたん、その必要があることに気づいた。立ち上がって、灰色の氷雨の中に出て行くのを考えただけで、目に涙が浮かんでくる。前屈みになって、じっとり湿ったきたならしい靴を履き、不器用に靴紐を結び始める。するとセントヴィンセントは彼女の手を払いのけ、自分で靴紐を結び始めた。彼の手を貸りて馬車から降りたエヴィーは、厳しい突風にあって歯をかちかち鳴らした。外は骨まで凍りつくほどの寒さだった。マントのフードを目深にかぶせてから、セントヴィンセントは彼女の肩に腕をまわして、宿屋に向かって歩き出した。「わたしの言うとおりにするんだ。あとで道端に停車することになるよりも、いまここで数分休憩をとったほうがよかったと思うだろう。わたしは女性のことに詳しいし、女性の用足しのことも——」

「言われなくてもわかっています」エヴィーはつっけんどんに言った。「わざわざ説明していただくにはおよびません」

「そうだったな。言いすぎたなら許してくれ——ただ、頭をはっきりさせようとしているんだ。その意味では、きみも同じだ」

彼の細いウエストにつかまって、エヴィーは凍りついた泥の上をとぼとぼと歩いた。いとこのユースタスのことを考えて気をまぎらそうとする。彼と結婚しなくてすんで、本当によかった。メイブリック家の屋根の下で暮らすことはもうないのだ。それを考えると力がわいてきた。結婚してしまえば、彼らはもう彼女を支配することはできない。ああ、早くそうできたら。

セントヴィンセントは短時間部屋を使えるよう宿の主人に話をつけてから、エヴィーの肩に手を置いて、じっくり吟味するように彼女をながめた。「いまにも失神しそうだな」と彼はずけずけと言った。「ここで、一、二時間休んでいく余裕はある。どうだ、少しばかり——」

「いいえ」彼女はそれをさえぎり、きっぱりと言った。「このまま旅をつづけたいのです」

セントヴィンセントは明らかにうんざりしたようすで彼女を見つめて、「きみはいつもそんなに頑固なのか？」と悪意なく尋ねた。彼女を二階の部屋まで連れて行き、自分が出て行ったら鍵を掛けるようにと言い置いて部屋を出て行った。「頼むから、トイレに座ったまま眠るなよ」と困ったような顔で付け足した。

馬車に戻ると、エヴィーはもうすっかりおなじみになったパターンにしたがった。靴を脱いで、セントヴィンセントに熱いレンガを足の下に置いてもらった。セントヴィンセントは彼女を開いた脚のあいだに座らせ、靴下をはいた片方の足はレンガのそばに置き、反対側の足はバランスをとるために床につけた。エヴィーの心臓の鼓動は速まった。セントヴィンセントが彼女の手をとってその冷たい指をいじり始めると、血管が拡張してどくどくと血液が体中を駆けめぐった。彼の手はとても温かく、その指先はベルベットのようにすべすべしていて、爪は短く滑らかに切りそろえられていた。強い手。でも間違いなく、働く必要のない男の手だった。

セントヴィンセントは彼女の指と自分の指を軽く組ませ、親指で丸く彼女の手のひらをなぞった。それから指を滑らせていって、手のひらと手のひらを合わせた。彼は色白だったが、肌は軽く日焼けしていた。日光を簡単に吸収しやすいたちらしい。やがてセントヴィンセントは彼女の手をいじくるのをやめて、彼女の指を自分の手で包み込んだ。

こんなことが自分に起こるはずがない……壁の花のエヴァンジェリン・ジェナーに……危

険なプレイボーイといっしょに、グレトナグリーンまで馬車をものすごいスピードで走らせているなんて。わたしはなんてことを始めてしまったのかしら、と彼女はくらくらする頭で考えた。彼の胸に頭をつけたまま回転させ、頬を彼の上等のリネンのシャツにあて、眠そうな声で尋ねた。「あなたのご家族は？　ごきょうだいはいらっしゃるの？」

唇を彼女の巻き毛でしばらく遊ばせてから、彼は口を離して答えた。「父とわたしのほかは、みんな亡くなった。母の思い出はない――わたしがまだ幼児のころコレラで死んだのだ。四人姉がいて、末っ子だったわたしはたいそう甘やかされたが、姉の三人は子どものころにしょう紅熱で……姉たちが病気になったので、わたしは田舎の屋敷に送られた。戻ったときには、姉たちはもういなかった。残ったひとりは――一番上の姉だが――結婚したけれど、きみの母親と同じく、お産で亡くなった。赤ん坊もいっしょに」

彼が事実を冷静に述べるのを、エヴィーはじっと聞いていた。彼にゆったりともたれかかったままでいようと努めたが、心は乱れていた。哀れな小さな男の子のことを思うと、せつなくてたまらなかった。母親とかわいがってくれた四人の姉たち――大切な人々はすべて彼の人生から消えてしまったのだ。大人だってそのような喪失にうまく耐えることは難しかっただろうに、彼はまだ子どもだったのだ。「自分の人生は違っていたかもしれないと考えたことはおありになって？」彼女は思わず尋ねていた。「もし、お母様が生きていらしたら」

「ない」

「わたしはあります。お母様だったらわたしにどんな助言をくれただろうって、しょっちゅう考えます」

「きみの母親は、アイヴォウ・ジェナーのようなごろつきと結婚したような人だから」セントヴィンセントは皮肉っぽく答えた。「たいした助言は期待できないと思うが」いぶかしげに一瞬間を置いて、彼は尋ねた。「いったいぜんたい、きみの両親はどうやって知り合ったんだ？　良家の淑女がジェナーのような輩と出会うなんて、めったにないことだ」

「おっしゃるとおりですわ。それは母と伯母がロンドンで馬車に乗っていたときのことでした。霧が深く、昼間でも薄暗くて数メートル先もよく見えないような冬の日でした。物売りの荷馬車を避けようと、母たちが乗った馬車が急に曲がったところ、近くの歩道にたまたま立っていた父を跳ね飛ばしてしまったのです。母がどうしてもというので、御者は馬車を止めて大丈夫かと父に尋ねました。小さな打ち身ができた程度で、たいした怪我ではありませんでした。でも、わたしは思うのですが……そのとき父は母に強い印象を与えたに違いありません。だって、母は翌日父に手紙を送ったのです。具合はいかがですかと。それからふたりは文通を始めました。父は字が書けなかったので、だれかに代筆してもらっていました。それ以上詳しいことは知りません。最後にふたりが駆け落ちしたということのほかは」母がアイヴォウ・ジェナーと駆け落ちしたことを知ったメイブリック家の人々はかんかんになったことだろう。それを想像すると、エヴィーの口元に満足の笑みが浮かんだ。「亡くなったとき、母は一九歳でした」エヴィーはもの思いにふけるように言った。「わたしは二三になります。母より長生きするなんて、なんだかおかしな気分ですわ」セバスチャンの腕の中で身をよじり、彼の顔を見上げた。「あなたはおいくつなのですか？　三四？　三五？」

「三二だ。とはいえ、いまは一〇二歳よりも老け込んだ感じがするが」彼は不思議そうに彼女の顔をのぞきこんだ。「言葉がつかえなくなった。どうしたんだ、いったい？　ティースデールをすぎたあたりから治っている」

「そうでした？」エヴィーは少し驚いたようにきいた。「きっと……あなたといると気が楽だからでしょう。わたしはくつろげる人たちといっしょのときはあまり、言葉がつかえないのです」へんだわ——子どもたちと話しているとき以外には、こんなに完璧に治ってしまうことはないのに。

彼が面白がってふっと笑ったので、彼の胸の動きが耳に感じられた。「いっしょにいてくつろげると言われたのは初めてだ。どうも気に食わない。すぐにでも極悪非道なことをして、きみの印象を変えないとな」

「きっとあなたはそうなさるでしょうね」彼女は目を閉じて、もっと深く彼にもたれかかった。「あんまり疲れて、言葉もつかえなくなったのだと思います」

彼は手を彼女の頭にあてて髪と横顔を軽くなで、指先でこめかみをさすった。「眠るんだ」と彼はささやいた。「これが地獄につづく道ならじきに暖かくなるさ」

しかし、そうはならなかった。さらに北に進んでいくにつれて、寒さは厳しくなり、エヴィーはふさいだ気持ちで地獄の業火にさらされるほうがまだましと思うようになった。グレトナグリーン村はイギリスとスコットランドの国境の北側にあるダムフリース郡に位置していた。イギリスでは結婚の法律が厳しいため、それに背いて結婚しようとする何百組ものカップルがロンドンからカーライルを抜けていく馬車道を通ってグレトナグリーンに向かった。ある者は徒歩で、ある者は馬車か馬で、駆け落ちカップルの聖地をめざし、そこで結婚式を挙げて夫婦としてイギリスに戻ったのである。

サーク川にかかる橋を渡ってスコットランドに入れば、カップルはスコットランド内のどこでも結婚することができた。証人の前で結婚を宣言しさえすればよかった。そこでグレトナグリーンでは結婚産業が興り、村人たちはきそって自宅や宿屋を結婚式ができるように変えたり、ときには野外でも結婚式を挙げられるようにした。なかでもグレトナグリーンで一番有名だったのは――というよりは悪名高かったのは――鍛冶屋結婚だった。そこではあまりにもお手軽にたくさんの式が挙げられたために、グレトナグリーンでの結婚式といえばたとえ鍛冶屋以外で挙げたとしても、「鉄床《かなとこ》結婚」と呼ばれるようになっていた。そもそもの始まりは、ある鍛冶屋が最初の神父役を演じた一八世紀にさかのぼり、それから綿々とその伝統がつづいているのだった。

ついに、セントヴィンセントの馬車は目的地に着いた。そこは鍛冶屋に隣接する宿屋だった。疲労のあまりエヴィーが倒れてしまうのではないかと思ったらしく、セントヴィンセントは彼女の体にしっかりと腕をまわして支えながら、受付の傷だらけの机の前に立った。宿の亭主はミスター・フィンドリーといった。ふたりが駆け落ちカップルだと知ると嬉しそうににっこり笑って、このような場合に備えていつでも部屋は用意してあるとウィンクしながら言った。

「床入りを済ませねば、正式に結婚したことになんねえがらね」と主人はひどい訛りで言った。「追っ手が鍛冶屋の正面玄関にやってきたときに、気の毒な花婿と花嫁を裏口からこの宿屋に逃がしたこともあったっけな。追っ手がこっちさ来たときにゃ、もうふだりは床の中さ。花婿はまだブーツをばいだまままだったがね。だけんど、もうことは済んだあとだってことはまちげえなかった」彼は思い出しながらがははと笑った。

「彼は何て言ったんです？」エヴィーはセントヴィンセントの肩に向かって小声で聞いた。

「わたしにもよくわからない」と彼は彼女の耳元でささやいた。「おそらく、知らないほうが身のためだ」彼は頭を起こして、亭主に言った。「鍛冶屋から帰ってきたときに、熱い風呂を用意しておいて欲しい」

「かしこまりました」旧式な鍵と交換に、セントヴィンセントが硬貨を渡すと亭主は嬉しそうに受け取った。「夕食も用意するかね、旦那さん？」

セントヴィンセントが問いかけるようにエヴィーを見ると、彼女は首を左右に振った。

「いや、いらない」セントヴィンセントは答えた。「だが、明日の朝は、たっぷり朝食をとりたい」

「承知しました。鍛冶屋で結婚式を挙げなさるんで？　そりゃけっこう。グレトナじゃあ、ペイズリー・マクフィーに勝る司祭はいないさね。字の読み書きはできるし、結婚式の事務官の役もして、りっぱな証明書を書いてくれますだよ」

「ありがとう」セントヴィンセントはエヴィーに腕をまわしたまま宿屋を出て、隣の鍛冶屋に向かった。さっと通りを見渡すと、こぎれいな家や店が並んでおり、夕暮れどきの深まりゆく闇をランプの光が和らげていた。白塗りの建物の前に立つと、セントヴィンセントはエヴィーにささやきかけた。「もうすこしがんばるんだ、かわいい人。もうじき終る」

彼の上着に半分顔を埋めてぐったりとよりかかったまま、エヴィーは彼がドアをたたくのをじっと聞いていた。すぐに扉が開いて、太った赤ら顔の男が姿をあらわした。口髭はきちんと手入れされて濃い頰髭につながっていた。嬉しいことに、彼のスコットランド訛りは宿屋の亭主ほど強くなく、エヴィーにもなんとか理解できた。

「あんたがマクフィーか？」セントヴィンセントはぶっきらぼうに尋ねた。

「そうだ」

そそくさとセントヴィンセントは名乗り、やってきた目的を話した。鍛冶屋はにっこりと笑った。「結婚式を挙げたいんだね？　さあ、中へ」彼はふたりの娘を呼んだ。黒髪のぽっちゃりした娘たちで、マクフィーはフローラグとガヴェニアだと紹介した。そしてセントヴィンセントたちを家に隣接している店に導いた。マクフィー一家は宿屋の亭主のフィンドリーと同様、しつこいほど愛想良くふるまった。スコットランド人は気難しい性格との評判だったが、ずいぶん噂とは違うのだわとエヴィーは思った。

「うちの娘たちを証人にしたらどうだね？」とマクフィーが言った。

「そうしよう」とセントヴィンセントは答えて、店の中を見回した。蹄鉄、馬車の装具、農業用の道具などがところせましと置かれていた。ランプの光が、彼の伸び始めた金色の髭をきらきらと輝かせた。「ごらんのとおり、わたしの……」彼は言葉を中断した。エヴィーのことをどう呼んだものか迷っているようだった。「わたしの花嫁……とわたしはとても疲れている。ロンドンからろくに休みもとらずに馬車を飛ばしてきたのだ。したがって、手続きを急いでもらいたいのだが」

「ロンドンから？」鍛冶屋はさも嬉しそうに尋ね、エヴィーにほほえみかけた。「お嬢さん、どうしてグレトナへ？　ご両親が結婚に反対していなさるのかい？」

エヴィーは弱々しくほほえみを返した。「そんな簡単な話ではないのです」

「ま、めったに簡単なこたあないがな」マクフィーは同意して、物知り顔でうなずいた。「しかし、言っとくがな、お嬢さん。むこうみずな結婚をすると……スコットランドの結婚の誓いはけっして破ることができないだよ。あんたの愛情が本物かどうかよく確かめてから――」

父親がするような長い説教が始まりそうな気配を感じ取って、セントヴィンセントは早口でさえぎった。「これは愛のための結婚ではなく、便宜的な結婚なのだ。わたしたちのあいだには、熱い情熱などなく、誕生日のろうそくすら灯せないくらいだ。よかったら、式を始めてくれ。ふたりともこの二日間ほとんど眠っていないのだ」

沈黙があたりを包んだ。マクフィーと娘たちはセントヴィンセントのぞんざいな言い方にショックを受けたようだった。それからマクフィーは太い眉をぐっと目に近づけて顔をしかめた。「気に食わねえ野郎だな」

セントヴィンセントはいらだたしげに彼をにらみつけた。「わたしの未来の花嫁もそう思っている。しかし、だからといって彼女は結婚をやめたいとは思わないのだから、あんたが口を挟むことではない。さあ、始めてくれ」

マクフィーは憐れむような目でエヴィーのほうを見ると、「花束がないじゃないか」と叫んだ。結婚式になんとかロマンチックな雰囲気を出そうと心に決めたようだ。「フローラグ、走っていって、白いヒースの花を何本かとってこい」

「花などいらん」セントヴィンセントはいらいらしながら言ったが、娘はぱっと走っていった。

「花嫁は白いヒースの花を持つ。それがスコットランドの慣わしだ」マクフィーはエヴィーに説明した。「どうしてか知りたいかね」

エヴィーはうなずき、くすくす笑い出したくなるのをぐっとこらえた。疲れ果てていたにもかかわらず――いや、疲れていたからかもしれないが――彼女はセントヴィンセントが必死に癇癪を抑えているのがおかしくて、ちょっぴり意地悪な喜びを感じ始めていた。髭もそらず、不機嫌な顔をして、いま彼女の隣に立っている彼は、ハンプシャーのウェストクリフ邸で催されたハウスパーティーに来ていた、とりすました貴族とはまったく別人のように見えた。

「むかし、むかし……」マクフィーは、セントヴィンセントが低いうなり声をあげてもそれを無視して話し始めた。「マルヴィーナという名のきれいな娘がいた。娘はオスカーという立派な戦士と婚約していた。オスカーは愛するマルヴィーナに、手柄を立てて戻るまで待っていてくれと言って村を出て行った。ところが、あるどんより曇った暗い日に、マルヴィーナは恋人の戦死の知らせを受け取った。彼は遠い丘陵地のどこかで永遠の眠りについている……終りのないまどろみの中で……」

「ふん、うらやましいかぎりだ」セントヴィンセントは目のまわりにできた隈をこすりながら、実感をこめて言った。

「マルヴィーナの悲しみの涙は、露のように草を濡らし」マクフィーはつづけた。「彼女の足元に咲いていたヒースの花は紫色から白に変わったとさ。それでスコットランドの花嫁はみんな白いヒースの花束を結婚式の日に持つのだよ」

「それがヒースの花束を花嫁が持つ由来だって?」セントヴィンセントは信じがたいというように顔をしかめた。「死んだ恋人を想う娘の涙から生まれたヒースを?」

「そうだ」

「いったいそれがどうして幸運のお守りになるって言うんだ?」

マクフィーは口を開いて答えようとしたが、ちょうどそのとき、フローラグが戻ってきて、エヴィーに乾燥した白いヒースの枝をわたした。エヴィーは聞き取れないくらい小さな声で彼女に礼を言った。鍛冶屋は彼女を店の中央に置かれている鉄床の前に連れて行った。「指輪はあるかね」とマクフィーはセントヴィンセントに尋ねた。彼が首を横に振ると、鍛冶屋はやっぱりなという顔で「そうだろうと思った」と言った。「ガヴェニア、指輪の箱をとってくれ」彼はエヴィーに体を近づけて言った。「わしは鉄ばかりでなく、貴金属も加工できるんだ。できばえは上等だし、すべてスコットランド産の金でできている」

「彼女には必要ない――」エヴィーが上目づかいに彼を見たので、セントヴィンセントは顔をしかめて途中でやめて、ふっとため息をついた。「わかった。すばやく選んでくれ」

マクフィーは箱の中から、四角い毛織の布を取り出し、鉄床の上にそれを広げて、布の上に大切そうに五、六個の指輪を並べた。エヴィーは屈み込んで、じっくり指輪をながめた。すべて金の指輪で、いろいろなサイズ、様々なデザインのものがあった。みごとな細工のとても優美な品ばかりで、鍛冶屋の無骨な太い指から生み出されたとは信じられないくらいだった。「これはアザミの花と組み紐の模様になっている」マクフィーは指輪のひとつを持ち上げて見せた。「こちらは鍵の模様、そしてこれはシェットランド・ローズだ」

エヴィーは一番小さい指輪を取って、左手の薬指にはめてみた。ぴったりだった。顔に近づけて、デザインをじっくりながめた。すべての指輪の中でもっともシンプルなデザインで、磨かれたかまぼこ型のリングにTha Gad Agam Ortという文字が刻まれていた。「どういう意味ですの?」

「わが愛をきみに捧ぐ」

セントヴィンセントは声を出さず、ぴくりとも体を動かさなかった。エヴィーはそのあとの居心地の悪い沈黙の中で顔を赤らめ、指から指輪を抜き取った。指輪になんか興味を持つんじゃなかったと後悔する。その情感に満ちた言葉は、手っ取り早く行われるこの結婚式にはまったくそぐわない。むしろ、この実のない結婚式の空虚さをさらに際立たせるようだった。「やっぱり、要りません」と彼女はつぶやいて、小さな指輪をそっと布の上に置いた。「それをもらおう」と言うセントヴィンセントの声にエヴィーはびっくりした。彼はその金の指輪を取り上げると、目を丸くして彼を見上げているエヴィーに、そっけなく言った。「ただの言葉にすぎない。意味などないのだ」

エヴィーはうなずいて顔を下げた。顔は紫に染まったままだ。

マクフィーはしかめ面でふたりをながめ、右頰の髭をひねった。「おまえたち」と彼はとってつけたような明るい声で娘たちに言った。「さあ、歌を聞かせてくれ」

「歌など――」セントヴィンセントが抗議しようとすると、エヴィーが彼の腕を引っ張った。「やらせてあげて」と小さな声で言う。「あなたが文句を言えば言うほど長引きます」

セントヴィンセントは口の中でもぐもぐと毒づきながら、娘たちが練習を積んだハーモニーで歌うあいだ、目を細めて鉄床をにらみつけていた。

ああ、ぼくの恋人は赤い、赤い薔薇
六月に開いたばかりの薔薇
ああ、ぼくの恋人はメロディー
甘美に奏でられるメロディー

ぼくの美しい人、きみは見事な芸術
かわいい娘よ、ぼくは心からきみを愛す
たとえ海の水がすっかり涸れても
きみを愛しつづけることだろう……

誇らしげに娘たちの歌を聞きながら、鍛冶屋は最後の声が消えていくのを待って、娘たちをさかんに褒めた。それから鉄床のそばに立っているカップルのほうを向いておもむろに言った。「さて、きいておかねばならんのだが、あんたがたはどちらも未婚だね」

「そうだ」セントヴィンセントは短く答えた。

「娘のために指輪は持っておるかね？」

「いま、さっき――」とセントヴィンセントは言いかけたが、マクフィーの太い眉毛が期待をこめて上がるのを見て、聞こえないような小さな声で不平をつぶやくだけにした。結婚式を終えたいなら、鍛冶屋の言うとおりにしなければならないようだ。「はい」と彼は低いうなるような声で答えた。「ここに持っています」

「ではそれを娘の指にはめて、手のひらを合わせなさい」

セントヴィンセントと向き合って立つと、エヴィーは奇妙な気分に襲われ、頭がくらくらしだした。彼が指輪を彼女の指に滑り込ませると、彼女の心臓はとてつもない速さで鼓動を打ち始めた。切望とも恐怖ともつかない、いままで経験したことのない感情の激流が体を駆けめぐり、神経が高ぶって彼女は圧倒されそうになった。この気持ちを表現する言葉は見つからなかった。全身が緊張でこわばってしまったが、激しい鼓動は収まる気配もない。ふたりは手のひらをぴたりと合わせた。彼の指は彼女の指よりずっと長く、彼の手のひらは滑らかで温かかった。

彼は、自分の顔を彼女にかぶせるように下に向けた。その顔には何の表情も浮かんでいなかったが、高い頬骨のあたりと鼻梁にかすかに色がさしていた。そして呼吸もいつもより速くなっていた。彼の呼吸のリズム――そんな親密なことをすでに知っているなんて。エヴィーは驚いて、目をそらした。鍛冶屋は白いリボンを娘のひとりから受け取った。彼がそのリボンをぴったり合わさったふたりの手首にかけたので彼女はたじろいだ。

言葉にならないようなかすかなささやきが彼女の耳をくすぐった。セントヴィンセントが、おびえた動物をなだめるように、彼女の首筋の側面を結ばれていないほうの手でさすっているのが感じられた。彼に触れられていると安心して緊張がほぐれていく。彼の指先は軽くデリケートに彼女の肌の上を滑っていった。

マクフィーはあわただしくリボンを彼らの腕に巻きつけた。そして「結びますぞ」と言って、仰々しくリボンを結んだ。「では、わたしのあとについて言いなさい、お嬢さん、いいかい……『汝をわたしの夫とします』」

「汝をわたしの夫とします」エヴィーは小さな声で言った。

「さあ、旦那さん」鍛冶屋が促す。

セントヴィンセントは彼女を見下ろした。彼の目は冷静で、ダイヤモンドのように輝いており、どんな感情も浮かんでいなかった。それでもなぜか彼女は、彼も奇妙な激しい緊張を――稲妻のように強烈な興奮を――感じているのだとわかった。

彼の声は低く静かだった。「汝をわたしの妻とします」

マクフィーは満足した声で言った。「神とこれらの証人の前で、汝らが夫婦となったことを宣言する。神によって結ばれし者を何人も引き離すことはできない。さ、お代は八二ポンド三クラウン一シリングだ」

セントヴィンセントはエヴィーから視線をなんとかはがし、眉をあげて鍛冶屋をちらりと見た。

「つまり、指輪が五〇ポンド」マクフィーはセントヴィンセントの無言の質問に答えて言った。

「宝石もはまっていない指輪に五〇ポンドだと？」セントヴィンセントは辛辣に聞き返した。

「スコットランド産の金だからな」自分のつけた値段にケチをつけられたのに憤慨してマクフィーが言った。「ラウザー丘陵の川から産する――」

「で、ほかは？」

「式が三〇ポンド、店の使用料が一ポンド、結婚証明書代が一ギニー。証明書は明日の朝までに用意しておく。それから証人ひとりにつき一クラウン」――と言って鍛冶屋が娘たちを指し示すと、ふたりはくすくす笑いながらぴょこんとお辞儀をした――「それから花にもう

「枯れた草の束に一クラウンだと?」セントヴィンセントは怒りで声を荒らげた。

「歌はおまけしとくよ」とマクフィーは恩着せがましく言った。「ああ、それからリボンに一シリング……床入りを済ますまではほどいちゃなんねえ……でないと、グレトナから悪運がついて行くことになる」

セントヴィンセントは文句を言いかけたが、エヴィーの疲れきった顔をちらっと見ると、黙って上着のポケットから金を出した。右利きなのに、右手が縛られていて左手しか使えないため、ぎこちない動きになってしまう。札の束とコインをいくつか取り出し、鉄床の上にぽんと置いた。「ほら」と彼はぞんざいに言った。「いや、釣りはいい。娘たちにやってくれ」そして皮肉な調子で付け加えた。「あの歌への感謝の気持ちをこめて」

マクフィーと娘たちの口から礼の言葉がそろって飛び出した。娘たちは戸口のところまでついてきて、ふたたび結婚の歌を歌いながらふたりを見送った。

たとえ海の水がすっかり涸れても
きみを愛しつづけることだろう……

4

鍛冶屋を出たときには、雨はさらにひどくなり、土砂降りになっていた。銀色に光る黒い雨粒が体につきささるようだった。エヴィーは足を速め、最後の力をふりしぼって宿屋へ向かった。夢の中を歩いているような気がした。目の焦点を合わすことができず、すべてがゆがんで見えた。ぬかるんだ地面が、足の下で浮きあがったり沈んだりするような気がした。ところが、セントヴィンセントが雨がしたたり落ちてくる宿屋の軒下で立ち止まったので、エヴィーはむっとした。

「いったいどうしたのです？」彼女は弱々しく尋ねた。

彼は結びつけられた手首に手を伸ばして、リボンをほどこうとし始めた。「こいつをとってしまおう」

「だめ、待って」なんとか止めようとしたので、マントのフードがはらりと後ろに落ちた。彼女は自分の手をかぶせて、彼の手の動きを一瞬止めた。

「なぜだ」セントヴィンセントはいらついた声できいた。彼女を見下ろしている彼の帽子のふちから水滴がぽたぽたと落ちた。あたりはすっかり暗くなり、明かりは街灯のちらちら揺れる光だけだ。とても薄暗かったが、彼の薄いブルーの瞳はそのかすかな光をとらえて、まるで内から光が放たれているかのように輝いていた。

「ミスター・マクフィーの言葉をお聞きになったでしょう——それをほどいてしまうと不運に見舞われると」

「迷信をかつぐんだな」セントヴィンセントは意外だという顔で言った。エヴィーは申しわけなさそうにうなずいた。

セントヴィンセントのいまにも切れそうな忍耐をかろうじてつなぎとめている糸は、ふたりの手首を結んでいるリボンよりはるかに弱いということは容易に見て取れた。冷たい闇の中、奇妙な角度に腕を上げたまま縛られた状態でふたりは立っていた。囚われた彼の指が彼女のこぶしを包むのをエヴィーは感じた。体の中でたった一カ所だけ温かい場所はそこだった。彼の手にすっぽりと包まれているその手だけだった。

セントヴィンセントの口調は、もう我慢の限界だと言いたげな雰囲気を漂わせていた。もしもエヴィーの頭がこれほどぼうっとしていなければすぐに言葉をひっこめただろう。「きみは本気でこのまま宿屋の中に入ろうというのか？」

エヴィーだってこれほどくたびれ果てていなければ、ばかげたことだと思っただろう。しかし、彼女はもう一生分に値するほどの不運に見舞われてきたので、もうこれ以上は勘弁して欲しかった。「ここはグレトナグリーンです。だれもなんとも思いませんわ。それに、あなたは見た目など気になさらない方だと思っていました」

るのはごめんだ」

「下劣な悪党に見られたってちっともかまわない。だが、間抜けなあほうと笑いものにされるのはごめんだ」

「だめです、どうかやめて」セントヴィンセントがまたもやリボンをほどこうとしたので、エヴィーは必死で言った。彼女は彼につかみかかり、彼の指に自分の指をからませた。するといきなり、彼の口が彼女の口を捕えた。彼は彼女を建物の外壁に押しつけ、自分の体で彼女の動きを封じた。縛られていないほうの手を湿った髪の下に差し入れて、彼女の首の付け根を捕えた。強く官能的に唇を押しつけられ、彼女の全身はびくんと激しく反応した。彼女はキスのしかたを知らなかった。口をどうしたらいいのかもわからなかった。当惑して震えながら、彼女は唇を閉じたまま彼の唇を求めた。心臓が破裂しそうなほどどきどきと打ち、手足から力が抜けていく。

どうやったら彼が欲しがっているものを与えられるのか、彼女にはわからなかった。セントヴィンセントは彼女の困惑を感じ取って、唇を少し退いて、柔らかくあやすようにキスし始めた。伸び始めた髭がやさしく彼女の顔をこする。彼は指を彼女の柔らかい顎に滑らせて、おとがいに親指をあて、そっと口を開かせた。唇の扉が開いた瞬間、彼は自分の口で彼女の口をふさいだ。彼女は彼を味わうことができた。その名状しがたい魅惑のエッセンスは、異国の秘薬のように彼女を酔わせた。舌が侵入してきて、慈しむように彼女の口の中をさぐった……抵抗せずにいると、舌はさらに奥へと滑り込んでくる。

ぜいたくな深いキスのあと、彼はかすかにお互いの唇が触れ合うくらいまで口を退いた。

ふたりの息がまじりあい、凍てつくような夜気の中に白い煙となって溶けていった。彼は半開きにした唇で彼女の唇をなでるようにキスをした。もう一度。彼の甘い息が彼女の口を満たした。軽いキスが彼女の頬から、耳の複雑なくぼみへと移っていった。彼が舌で耳介のデリケートな縁をなぞっていくと彼女は震える声であえいだ。するとすぐに彼は小さな耳たぶにそっと咬みついた。彼女は身悶えた。快感がじわっと胸へと広がり、そしてもっと下の秘密の場所に集まっていった。

彼にすがりつき、彼女はしゃにむに熱いからかうような口と滑らかに動く舌を求めた。彼はそれに応えて、やさしく、しかし確かなキスを彼女に与えた。彼女は倒れないように自由な右手を彼の首に巻きつけ、一方彼は反対の手首を壁に押しつけた。白いリボンで結ばれたふたりの手首の脈はどくんどくんと速く打っている。ふたたび深いキス。生々しくもあり、滑らかでもある……彼は彼女の口をむさぼり、味わい、口の中をなめつくした。あまりの喜びに、彼女は意識を失いかけた。よくわかったわ……と彼女はぼんやりした頭で考えた。なぜたくさんの女たちが彼に屈してしまうのかが。彼のためなら評判や名誉など失ってもいいと思ってしまう理由が……噂が本当なら、彼に捨てられて自殺を図る女もいるというが、その気持ちもいまならわかる。彼は官能の化身なのだから。

セントヴィンセントが体を離したとき、エヴィーは自分がへなへなと地面に倒れこまなかったのが不思議だった。彼の呼吸も彼女と同じくらい荒くなっており――いや、彼女よりも荒かったかもしれない――胸が大きく上下に動いていた。彼がリボンをほどくあいだ、どちらも黙っていた。氷のようなブルーの瞳はその仕事に集中していた。彼の手は震えていた。彼は彼女のほうに顔を向けないようにしていたが、それは彼女の表情を見たくないためなのか、あるいは自分の表情を見せたくないためなのか、彼女には推し量ることができなかった。ほどかれた白いリボンが落ちたあとも、エヴィーにはまだふたりがつながっているように感じられた。手首には彼につながれていたときの感触が残っていた。

ようやく彼女のほうに顔を向けたセントヴィンセントは、黙ったまま彼女がまだ抗議するつもりかどうかをさぐった。彼女は何も言わず彼の腕につかまり、ふたりは腕を組んで宿の入口までの短い距離を歩いていった。彼女の心は乱れていて、宿の亭主のミスター・フィンドリーが入って来たふたりに陽気にお祝いを述べたが、それもほとんど耳に入らなかった。彼女は重たく感じられる足をひきずるようにして、暗く狭い階段を一段ずつのぼって行った。ついにここまで来た。いまにも倒れてしまいそうになるのをなんとか持ちこたえるために、必死に一歩、また一歩と歯をくいしばって進んできたのだ。彼らは二階の廊下の小さなドアの前にやってきた。ぐったりと肩を落として壁によりかかり、エヴィーはセントヴィンセントがかじかんだ手で鍵を開けるのをながめた。きしるような音をたてて鍵が回り、彼女はよろよろと開いた戸口の中に入ろうとした。

「待ちなさい」セントヴィンセントは体を屈めて彼女を抱きかかえようとした。

彼女はすっと息を吸い込んだ。「そんなことをしてくださらなくても――」

「きみの迷信深さに敬意を表して」と彼は言って、まるで子どもを持ち上げるように、軽々と彼女を抱き上げた。「もうひとつ伝統に従ったほうがいいだろう。三日間飲み騒いだ男たちでも、きみよりは足がしっかりしている」

「ありがとう」彼が彼女を下ろすと、彼女はもごもごと礼を言った。

「お代は半クラウンだ」とセントヴィンセントは答えた。ごうつくばりの鍛冶屋を皮肉った彼の言葉を聞いて、彼女の顔にぱっと笑いが浮かんだ。

けれども、こぎれいな小さな部屋を見回すと、その笑みはしぼんでいった。ふたりが寝るのに十分な大きさのベッドは、柔らかく清潔そうに見えた。ベッドカバーは数え切れないくらい何度も洗濯されてすっかりよれよれになっていたが。ベッドの枠は真鍮と鉄でできていて、支柱の頭には球形の飾りがついていた。ベッドサイドテーブルに置かれているルビー色のガラスのオイルランプが部屋をバラ色に照らしていた。泥だらけで凍えていて、感覚も麻痺していたエヴィーは、火がちろちろと燃えている小さな暖炉の前に置かれている古い木製の縁がついたブリキのバスタブを無言で見つめた。

セントヴィンセントはドアを閉めて彼女のそばにやってくると、マントのボタンに手を伸ばした。彼女が疲労困憊して震えているのを見て、憐れみに似た表情が彼の顔に浮かんだ。

「脱がせてあげよう」彼は静かに言うと、彼女の肩からマントを外した。それを暖炉の近くの椅子に置く。

エヴィーはごくりと唾を飲み込んで、しっかり立っていようとしたが、いまにもひざが崩れそうだった。ベッドをちらりと見ると、心がずっしり重くなった。「わたしたち……」そう言いかけた彼女の声はかすれていた。

セントヴィンセントはドレスの前ボタンを外し始めた。「わたしたち……」と彼はおうむ返しに言って、彼女の視線をたどってベッドを見た。「おお、まさか」彼の指は身ごろの上を忙しく動いて、次々にボタンを外していく。「きみにはたいへんそそられるがね、かわいい人、わたしはくたくただ。こんなことを言ったのは生まれて初めてだ――だが、いまこの瞬間には、女とやる《ファックする》より眠りたい」

心からほっとして、エヴィーは震える息をほうっと吐いた。彼がボタンを外したドレスを腰のところまで下ろしたので、彼女はよろめかないように彼につかまってバランスをとらなければならなかった。「その言葉は嫌いです」と彼女はぶつぶつ言った。

「まあ、慣れることだな」彼は辛辣に返した。「きみの親父さんのクラブでは、頻繁に聞かれる言葉だ。いままで聞かずに過ごしてきたのが不思議だよ、まったく」

「聞いたことはありましたわ」彼女は憤慨して言った。下ろされたドレスをまたいで脱ぐ。

「ただ、いままでどういう意味か知らなかったのです」

セントヴィンセントは屈んで彼女の靴の紐をほどいた。その広い背中は震えていて、のどをつまらせたような奇妙な声が聞こえてきた。最初エヴィーは急に気分が悪くなったのかしらと心配したが、すぐに彼が笑っているのだと気づいた。彼が心から笑っている声を聞くのは初めてだった。いったい何がそんなにおかしいのか、さっぱりわからない。エヴィーは女性用下履き《ドロワーズ》とシュミーズ姿で、ひざまずいている彼の前に立ったまま、顔をしかめて胸の前で腕を組んだ。

まだ静かに鼻先で笑いながらセントヴィンセントは片方ずつ靴を脱がせて、横に置いた。手際よく靴下も脱がせる。「さあ、風呂に入りなさい」とようやく彼は言った。「今夜は手を出さないから安心していい。ながめさせてもらうかもしれないが、触ったりはしない。さあ」

エヴィーは生まれてから一度も男性の前で服を脱いだことがなかったので、シュミーズの紐を肩から下ろしたときに、ぴりぴりするほど肌が真っ赤になるのを感じた。セントヴィンセントは気をきかせて背中を向け、炉辺に置かれていた熱い湯の入った水差しを持って洗面台に行った。彼がトランクの中から髭剃りの道具を出しているあいだに、エヴィーはぎこちないしぐさで下着を脱ぎ、バスタブに入った。湯は素晴らしく温かかった。体をタブに沈めると、無数の針で刺されたかのように冷え切った脚がちくちくした。

タブの横の台にゼラチン状の茶色の石鹸が置かれていた。指先で少し石鹸をすくいとり、その鼻につんとくるにおいのするものを胸や腕にこすりつけた。手がかじかんでいて、指をうまく動かすことができない。頭を湯につけたあと、もう少し石鹸をとろうと手を伸ばしたが、あやうく石鹸を落としそうになった。髪を洗っているうちに、目に石鹸が入ったので、うめきながら顔にぱしゃぱしゃと水をかけた。

すぐにセントヴィンセントが水差しを持ってタブに近づいてきた。顔にかかる水の音を通して彼の声が聞こえる。「頭を後ろにのけぞらせて」彼は石鹸の泡がついた髪に水差しに残っていた湯をかけた。手際よくごわごわする清潔なタオルで彼女の顔を拭いて立ち上がらせた。エヴィーは差し出された手をとって、素直に従った。真っ裸で彼の前に立っているのだから恥ずかしくてたまらないはずだったが、あまりにも疲れきっていたので恥じらう元気もなくなっていた。弱々しく震えながら、彼に助けられてタブから出た。さらに体まで拭いてもらった。もう何もする気力がなく、ただぼんやりと立っているのがやっとで、彼が自分を見ているかどうかすらもうどうでもよかった。

セントヴィンセントはどんなメイドにも負けないほどてきぱきとエヴィーに寝巻きを着せた。彼がエヴィーの旅行かばんからさがし出した白いフランネルのナイトドレスだ。タオルで髪の水気を搾り取り、それから彼女を洗面台に連れていった。エヴィーは彼がかばんから歯ブラシを見つけて、それに歯磨き粉をつけて差し出しても無関心なようすだった。ぎくしゃくした動きで歯を磨いて口をすすぎ、クリーム色の釉薬をかけた洗面器に口の中の水を吐き出した。歯ブラシがだらりと力の抜けた指からすり抜けて、床の上にことんと落ちた。

「ベッドはどこ?」彼女はそうつぶやくと目を閉じた。

「ここだ。ほら、わたしの手をとって」セントヴィンセントにベッドへ導かれ、彼女は傷を負った動物のようにマットレスの上にはいのぼった。ベッドは温かく乾いていて、マットレスはふかふかしており、節々が痛む体にシーツと毛布の重さが心地よかった。枕に頭をうずめて、彼女はうーんとため息をもらした。頭皮が軽く引っ張られる。セントヴィンセントが濡れた髪のもつれをくしでといてくれているのだ。すっかりまかせきって、促されるままに体を転がし、反対側の髪もすいてもらった。仕事が済むとセントヴィンセントはベッドを離れ、自分も風呂に入った。エヴィーはなんとか目を開けていようとしたが、暖炉の光に照らされた彼の金色に輝く体を見て、はれ上がった唇をぽかんと開けたところで、意識が遠のいた。彼がバスタブの中に足を踏み入れたときには、彼女の目は閉じていた……そして、彼が湯に浸かったときにはもう深い眠りに落ちていた。

夢に邪魔されることなく彼女はぐっすり眠った。甘く重たい闇と、柔らかなベッド、そして寒い秋の夜のスコットランドの村の静けさに包まれて彼女は眠った。ようやく彼女がかすかに動いたのは、夜が明けて外から物音がかすかに聞こえてきたときだった……マフィン売りの陽気な叫び声やくず拾いの声、荷馬車を引く動物の鳴き声がもれ聞こえてくる。彼女は薄く目を開けた。織りの粗い淡黄褐色のカーテンを通してくる淡い光の中で、自分以外の人間が同じベッドに寝ているのを見て彼女はたじろいだ。

セントヴィンセント、わたしの夫。彼は裸だった。少なくとも上半身は何も身につけていない。彼はうつぶせで眠っており、しなやかな筋肉のついた腕は頭の下の枕を抱え込んでいる。彼の肩と背中の広いラインはあまりにも完璧で、バルト地方産の淡色の琥珀から削り出し、磨きをかけて艶やかに仕上げたかのように見えた。眠る横顔は起きているときよりもずっとやさしげだった……計算高い目は閉じられており、ゆるんだ唇の曲線は、無邪気でエロティックに見えた。

エヴィーは自分も目を閉じて、わたしは結婚したんだと思った。もうすぐ父に会うことができる。そして好きなだけ父のそばにいられるのだ。それにセントヴィンセントは、わたしが何をしようと、どこに行こうと気にかけることはほとんどないだろうから、おそらくかなり自由にしていられるだろう。不安が心の隅にくすぶっていたが、幸せに似た感情がこみあげてきて、彼女はほっとため息をつき、ふたたび眠りの中へと漂っていった。

今度は夢を見た。彼女は日光を浴びる道を歩いていた。道のわきには紫色のアスターと、とがった穂を揺らすアキノキリンソウが咲いている。そこは何度も通ったことがあるハンプシャーの道で、黄色のシモツケソウと背の高い夏草が生えている湿地を通り抜けていく。彼女は一段下がった道《サンクン・レーン》をぶらぶらと歩いて、願いの泉にたどりついた。ここには壁の花の仲間たちといっしょに来て、渦巻く水の底にピンを投げ入れて願い事をしたことがあった。地の底に住むという泉の精にまつわる地元の伝説を聞いていたので、エヴィーは泉の縁に近づきすぎないようにびくびくしていた。伝説によれば、泉の精は無垢な乙女がやってくるのを待っていて、彼女を泉の底に引き込み自分の妻とするということだった。けれども夢の中では、エヴィーは恐れることなく、靴を脱いで足先をぱしゃぱしゃと水に浸けていた。驚いたことに、水は冷たくなく、よい湯加減の風呂のように温かかった。

エヴィーは池の縁に腰掛けて、水の中に素足を浸してぶらぶらさせ、顔を上に向けて太陽を仰いだ。足首に何か柔らかいものが触った。彼女ははっと体を固くした。水面下で何かが動いているようだったが恐れは感じなかった。ふたたび、何かが触れた……手……長い指が彼女の足に触れて、やさしくもみほぐしている。痛む足の甲をさすられ、彼女はその心地よさにため息をついた。大きな男性的な手が足首からさらに上のほうに滑ってきて、ふくらはぎとひざを愛撫するうちに、滑らかな大きな体が泉の底からあらわれた。泉の精は男性の姿をしていた。彼は両腕を彼女にするりと巻きつけた。彼の感触は不思議だったが、とても素晴らしく、見ようとしたら、彼が消えてしまうような気がして、彼女は目をつぶったままでいた。彼の肌は熱くすべすべしていて、背中に触れると筋肉が波うつのが感じられた。

　夢の中の恋人は彼女を抱きしめながら愛の言葉をささやいた。その口は彼女ののどを這っていく。彼に触れられた場所はどこもかしこも熱く燃え上がる。「きみをもらってもいいかい？」と彼はささやき、そっと彼女の服を脱がしていく。彼女の肌は光と空気と水にさらされた。「こわがらないで、かわいい娘よ、こわがらないで……」彼女が震えながら、しゃにむに彼にしがみつくと、彼はのどと胸にキスをして、舌で胸にふれた。彼の手が下に滑りおりてきて、手ですくいあげるように乳房を支え、その先端を半開きの唇でなでた。舌を突き出して敏感になっている肌を何度も何度もじらすように舐める。ついに彼女ののどからうめき声がもれ、彼女は指を彼の豊かな髪に滑り込ませた。彼は口を開いて乳首に吸いつき、先端をそっと引っ張ったり、舌でなでまわしたりした……やさしく巧妙なリズムで舐めたり、吸ったりを繰り返す。彼女は体を弓なりに反らしてあえぎ、無我夢中で腿を開く。彼は腿のあいだに徐々に押し入ってきて……そして……。

　エヴィーはぱっと目を開けた。困惑と欲望がないまぜになった気持ちで目覚めた彼女の心は乱れ、はあはあと息が荒くなっていた。夢は薄らいでいき、自分はハンプシャーにいるのではなく、グレトナグリーンの宿屋の一室にいるのだということが思い出されてきた。太陽の光はなかったが、そして水音は泉から聞こえてくるのではなく、土砂降りの雨の音だった。そして彼女の体の上にあるのは泉の精ではなく、温かい男性の体だった……彼の頭は彼女の腹の上にあって、彼の口はかわりに新たに炊きつけられた暖炉の火が部屋を照らしていた。そして彼女の体の上にあるのんびりと彼女の肌をさまよっていた。エヴィーは体をこわばらせ、自分が裸なのに驚いて、べそをかくような声をあげた……しかも、セントヴィンセントに愛撫されている。それも何分も前から。

セントヴィンセントは彼女をちらりと見上げた。頬骨のあたりにかすかに赤みがさし、目はいつもよりも明るく、はっとするほど美しかった。彼は口の端をかすかに上げて、ゆったりと、しかしどこかずる賢そうな微笑を浮かべた。「きみを起こすのはたいへんだ」と彼はかすれた声で言うと、ふたたび頭を下げた。片方の手は彼女の腿の上を密やかに滑っていく。彼女はショックを受けて、しゃがれた叫び声をあげて彼の下から逃げ出そうとしたが、彼は両手で彼女の体をなでて落ち着かせた。脚やヒップをさすり、彼女をふたたびマットレスに押さえ込んだ。「じっとして。きみは何もしなくていいんだよ、愛する人。わたしにすべてをまかせて。そうだ。わたしに触れてごらん……うーん、そうだ……」彼女が震える指で彼の輝く髪やうなじ、そして肩の急峻なカーブに触れると、彼はのどを鳴らした。

彼はごわごわしたすね毛の生えた脚を彼女の脚の内側に滑らせながら、下へ移動していった。彼の顔が真っ赤な毛で覆われた三角地帯の真上にあることに彼女は気づき、あまりの恥ずかしさに、思わず手を伸ばして秘部を隠した。

セントヴィンセントの官能的な口が降りてきて、彼女の腰の敏感な皮膚に向かってほほえむのが感じられた。「そんなことをしたらだめだ」と彼はささやいた。「隠そうとすればするほど、わたしはもっとそれが欲しくなるんだ。どうやらきみはわたしの頭をもっとも淫らな妄想で満たしてくれているようだ……手をどけたほうが身のためだよ。でないとすごく悪いことをしてしまいそうだから」彼女が震える手をどけると、彼は一本の指を巻き毛の中に滑り込ませ、そのふっくらとした柔らかな感触を繊細なタッチでさぐり始めた。「そうだ……きみの夫の言うとおりにするんだ」彼はいたずらっぽくささやき、巻き毛を分けてさらに深く指を進めた。「とくにベッドの中では。きみはなんて美しいんだ。いい子だから、脚を開いて。奥に触れるからね。だめだ、こわがらないで。ここにキスしてあげよう。さあ、じっと動かないで……」

彼が口で深紅の巻き毛の三角地帯をさぐると、エヴィーはすすり泣きをはじめた。彼の温かい舌は、執拗な忍耐強さで、柔らかなひだの下に半分隠れた小さな突起をさがしあてた。長い巧みな指が彼女の体の入口に侵入したが、彼女が驚いてびくんと反応したので、彼はすぐに指を引き抜いた。

はれ上がった彼女の秘部に安心させるようにささやきかけながら、セントヴィンセントはふたたび彼女の中に指を挿入した。こんどはもっと深いところまで。「かわいい無垢なお嬢さん」甘やかなつぶやきが彼の口からもれ、狂おしいほどデリケートに舌でくすぐるように

かな内部をこする。彼女は歯をくいしばってなんとか声を出さないようにこらえていたが、のどの奥からあがってくる小さなあえぎ声を止めることができない。「どんなことが起こるか知っているかい」と彼が気だるく言うのが聞こえた。「もしわたしがこのままつづけたら……」

震える腹の上でふたりの視線が合ったとき、エヴィーの視界はぼやけた。エヴィーは自分の顔が真っ赤になってゆがむのを感じた……全身の肌が燃えるように熱くなっている。彼は返事を待っているようだったが、つまったのどから声を絞り出すのはむずかしかった。「わ、わかりません」彼女は小さくつぶやいた。

「じゃあ、試してみようか」

彼女は返事をすることはおろか、何もすることができず、ただ唖然として、彼が自分の巻き毛に口を押しつけるのを見ていた。彼の舌がどくどく脈打っている彼女の皮膚の上で巧みに舞い始めると、彼女は頭を後ろにのけぞらせた。心臓の鼓動はますます激しくなっていく。彼が二本目の指を入れてきたときにはかすかな焼けつくような痛みを感じた。彼はやさしく彼女を押し広げ、ぴんと尖った蕾を吸い、最初はゆっくりと、やがて激しさを増しながら舌で愛撫したので彼女は体をくねらせた。彼はそのまま彼女から離れず、長い指でうまくコントロールしながら彼女を突きつつ、貪欲で執拗なキスをつづけた。やがて快感がたたみかけるように押し寄せてきて、突然彼女は動くことができなくなった。彼の口に体を押しつけ、彼女は叫び声をあげ、あえぎ、ふたたび叫んだ。彼の舌の動きは緩やかになったが、その巧妙な動きはつづき、彼女を絶頂へと誘った。温かい舌で愛撫されながら彼女はびくんびくんと痙攣し始めた。

彼女は精も根も尽き果て、その肉体的な至福によって、酩酊したようになった。自分の手足の動きを抑えることができず、彼女は彼の下で震えながら身悶えた。彼に体を返されてうつぶせにされても彼女は抵抗しなかった。彼は股のあいだに指を滑らせていき、再び彼女の中に入ってきた。その入口はひりひり痛んだが、恥ずかしいことにしっとりと濡れていた。しかし、彼はその濡れに興奮を覚えたようで、彼の激しい息づかいが彼女の敏感になっているうなじに感じられた。指を彼女の中に入れたまま、彼は彼女の首筋にキスをして、かるく唇でかむようにしながら口を背中に滑りおろしていった。

彼のものが脚をなでるのが感じられる……固く怒張していて、その表面は焼けるように熱かった。彼女はその変化に驚きはしなかった……愛の行為の最中に男性の体にどのような変化が起こるかは、アナベルからたっぷり聞かされていたので、だいたいのところは理解していた。けれどもアナベルはそれ以外のたくさんのことについては教えてくれなかった。それは単なる肉体的な経験ではなく、魂そのものを変えてしまうほどのものであることを。

彼女に覆いかぶさるような体勢で、セントヴィンセントは彼女をじらすように愛撫した。やがて彼女はためらいがちに腰を上げて彼の手に体を押しつけた。「きみの中に入りたい」彼女の首の横にキスしながら彼はささやいた。「きみの体の奥深くに行きたい……やさしくやるからね……さあ、体を返してあげよう……おお、きみはなんてきれいなんだ……」彼女の背中をマットレスにつけ、大きく開かれた脚のあいだに自分の体を入れた。彼のささやき声はかすれて、きれぎれになっていく。「わたしに触れてくれ、かわいい人……そこに手をあてて……」彼女がそっと硬く長いものを指で包み込むようににぎると、彼ははっと息を吸い込んだ。エヴィーはおずおずと彼を愛撫した。彼の呼吸が速くなるのを聞いて、この愛撫が彼を喜ばせているのだとわかった。彼は目を閉じている。頰にかかる濃いまつげはかすかに震えていて、鋭い息づかいのせいで唇は開かれている。

ぎこちない手つきで彼女は重いさおを握り、自分の股間へと導いた。その頭部が濡れた入り江でするりと滑ると、セントヴィンセントは痛みを感じたかのようになった。エヴィーはもう一度試み、よくわからぬままに彼を入口にあてがった。位置が決まるやいなや、彼はぐっと柔らかな谷間を突き上げた。彼が指を入れてきたときよりもずっと激しい焼けつくような痛みに、エヴィーは体をこわばらせた。両腕で彼女の体を抱えるように抱きしめながら、彼は力強く突いてくる。もう一度。そして彼は一番奥まで到達した。その侵入の痛みに、思わず彼女は身をよじって逃れようとしたが、体を動かせば動かすほど、彼がさらに奥深く入ってくるだけのような気がした。

満たされ、引き伸ばされ、押しひろげられて、エヴィーは彼の腕の中でじっとしていた。彼女は彼の肩に手をかけ、指先を硬い筋肉と腱にくいこませた。彼は口と手で彼女をなだめようとする。彼は明るい色の瞳に重いまぶたをかぶせ、頭を下ろして彼女にキスをする。温かく滑らかな舌を、彼女は喜んで自分の口に招き入れ、不器用なやりかたで吸った。彼は驚いて低くうめき、ぶるっと震えた。ペニスが彼女の中でびくんびくんと激しく動き始めた。彼女の中で自己を放出すると、彼の胸は唸り声で振動した。食いしばった歯のあいだからしゅうしゅうと激しく息がもれてくる。

彼女は両手を彼の胸へと滑らせ、荒い金髪でうっすらと覆われた硬い胸の表面をなでた。彼女の中にまだ入ったまま、セントヴィンセントはじっと彼女のさぐるような指の感触を味わっている。彼女は彼の引き締まった体側に触れ、肋骨の丸い湾曲をたどり、しゅすのようになめらかな背中をなでた。彼は青い瞳を大きく見開き、それから彼女の横の枕に頭を落とした。彼はうなりながら、ふたたび彼女を深く突き上げ、新たな快感の波になすすべもなく体を震わせた。

彼は野蛮なほどの貪欲さで彼女の唇をむさぼった。彼女は脚をさらに大きく開き、もっと彼の重さを求めた。痛みがあったにもかかわらず彼をもっと深く、もっと強く引き寄せる。彼女をつぶさないように、両ひじをついて彼は頭を彼女の胸につけた。彼の熱く軽い息が、扇ぐように乳房にかかる。髭の伸びかけたざらつく頬が彼女の肌に少しちくちく感じられたが、その刺激で乳首がきゅっと立った。彼のものはまだ彼女の中に埋まったままだったが、やわらかくなっていた。彼は黙っていたが眠っているわけではなく、彼のまつげが彼女の肌をくすぐった。

エヴィーも黙っていた。腕を彼の頭にまわし、美しい髪に指をからめる。彼は頭を起こし、湿った熱い口で彼女の乳房をさぐり始めた。乳首を口で覆うと、光輪の縁をゆっくり舌でなぞる。何度も何度もなぞるうちに、エヴィーは彼の下でもだえ始めた。柔らかな蕾をくわえたまま、彼は絶え間なく舌で甘美な刺激を与えつづけた。彼女の胸や腹や股間で欲望に火がつき、痛みは新たな要求の波の中に消えていった。彼の熱心な口はもう一方の胸へと移り、軽くかんだり、舐めたりしながら彼女の喜びを高めていった。彼は体を少し上げて、手をふたりの体のあいだに滑り込ませた。湿った巻き毛の中に狡猾な指を侵入させ、敏感な突起をさぐりあてて熟練したやり方で愛撫した。エヴィーはふたたびクライマックスがやってくるのを感じた。そして、彼女の体は、奥深くに入り込んでいる熱い彼のものをなまめかしく締めつけた。

セントヴィンセントははっと息を飲んで、頭を上げ、彼女を見つめた。まるで彼女がこれまで見たこともない生き物であるかのように。「なんということだ」彼は小さな声でつぶやいた。彼の顔にあらわれていたのは、満足感ではなかった。それは警戒に似た表情だった。

5

セバスチャンはベッドを出て、おぼつかない足取りで洗面台まで歩いていった。いましがた純潔を失ったのはエヴィーでなく自分のほうであるかのように、なんだかよくわからない危うい気分だった。彼はずいぶん前から、目新しい経験などもうないと思っていた。だがそれは間違っていた。彼にとって性の営みは、いってみれば練達のテクニックを駆使した舞踊の振り付けのようなものだった。そう考えてきた男にとって、自然にわいてくる情熱に従ってしまったことはショックだった。最後の瞬間には、自分自身を引き抜くつもりだったのだが、欲望の激しさに我を忘れて、体をコントロールできなくなっていた。くそっ。こんなことは一度もなかったのに。

洗面台にあった清潔なリネンのタオルをとり、新鮮な水で濡らした。すでに呼吸はいつものリズムにもどっていたが、心はまだ完全には鎮まっていなかった。このような経験のあとなら、何時間も満足感に浸っていてしかるべきだった。ところがそれだけでは足りなかった。これまでの人生でもっとも長い、もっとも強烈で激しいクライマックスを味わったのだ……しかし、もっと彼女が欲しい。彼女を開かせ、彼女の中に沈み込みたいという欲望は薄れていなかった。だがなぜだ？　なぜ彼女なんだ？

たしかに彼女は、自分好みのぽっちゃりして豊満な女らしい体型をしている。そのふくよかな太腿は柔らかくて心地よかった。そして彼女の肌はアイロンをあてたベルベットのようにすべすべしていて、金色のそばかすが打ち上げ花火のように陽気に散っている。髪は……頭髪とおなじように、下のほうも赤くカールしている……そうだ、それにもとてもそそられる。しかし、エヴァンジェリン・ジェナーのそうした肉体的な魅力だけでは、彼にこれほどの衝撃を与えた理由を説明できない。

困ったことに、またしても欲望が燃え上がってきたが、セバスチャンはごしごしと自分の体をタオルで拭いて、新しいタオルに手を伸ばした。背中を丸めて横向きに寝ているエヴァンジェリンのところへそれを持っていく。処女を失ったからといってしくしく泣いたりせず、ぐずぐず言うようすもないので、彼はほっとした。動揺しているというよりは、考え込んでいるように見えた……パズルを解こうとしているかのように、じっと彼を見つめていた。静かに語りかけながら、仰向けにさせて、股間の血液と行為の名残りを拭き取った。

彼の前で裸のままじっとしているのは、エヴァンジェリンにとって容易ではなかった……セバスチャンは彼女の体がみるみる薔薇色にそまっていくのを見た。裸になったことで赤くなる女性を彼はほとんど知らなかった。彼は常に経験豊富な女を選んできたし、無垢な女には食指が動かなかった。もちろん、道徳的な理由からではない。処女はベッドでは退屈な相手と相場が決まっているからだ。

タオルをわきに置いて、セバスチャンは両手を彼女の肩の近くについた。手のひらがマットレスにぐっと沈み込む。ふたりは、まじまじと相手を興味深そうに見つめた。エヴァンジェリンは沈黙を好むのだと、彼は気づいた——彼女はほとんどの女がするように、沈黙を言葉で埋めようとはしなかった。良い資質だ。彼女の目を見つめながら、彼は彼女に覆いかぶさった……しかし彼が顔を近づけようとしたとき、かすかにゴロゴロと鳴る音が沈黙を破った。彼女のお腹が空腹を訴えていたのだ。すでに真っ赤になっている顔をさらに赤く染めて、自分勝手に鳴り出したお腹を黙らせようとするかのように、両手で腹を押さえた。

セバスチャンの顔に笑みが広がり、彼はさっと彼女の胃のあたりにキスをした。「朝食を持ってこさせるよ、いとしい人」

「エヴィーです」と彼女はベッドカバーを胸元まで引き上げながらつぶやいた。「父や友人はそう呼びます」

「とうとう名前で呼び合う仲になったというわけだ」からかうような笑みが彼の唇の端に浮かんだ。「では、わたしはセバスチャンだ」とやさしく言った。

エヴィーは、驚かせたら逃げ出してしまいそうな野生の動物に対するように、ゆっくりと彼に手を伸ばし、そっと彼の前髪に指を通した。額にかかっていた髪をうしろになでつけ、低い声で言った。「わたしたち、本当に結婚したのですね」

「そうだ、気の毒なことにね」彼は頭を傾けて、彼女が指で髪を梳く感触を楽しんだ。「今日、ロンドンに発とうか？」

エヴィーはうなずいた。「父に会いたいです」

「わたしが彼の義理の息子になったと説明するときには、慎重に言葉を選んだほうがいい。でないと、ショックで親父さんが逝ってしまうかもしれないからね」

彼女は手を引っ込めた。「急いで帰りたいわ。天気がよくなれば、早く着けるかもしれません。まっすぐ父のクラブへ行って、それから――」

「じきに戻れる」セバスチャンは冷静に言った。「しかし、スコットランドにやってきたときのようなスピードで旅をするつもりはない。少なくとも一晩は宿屋で泊まろう」彼女は口を開いて反対しようとしたが、彼はきっぱりと言った。「疲れきって死にかけたような状態でクラブに到着しても、きみの父親のためにはならない」

さあ、始まったわ――夫は権威をふりかざし、妻は夫に従わなければならない。エヴィーはいかにも反論したそうなようすだったが、彼女はそうするかわりに眉間にしわを寄せて彼を見つめた。彼は声を和らげた。「きみがたいへんな試練を潜り抜けているのはわかるよ、エヴィー。わたしを夫にすることだけをとっても、十分な試練だ。しかし、末期の肺病患者を介護するとなると……全力で取り組む必要がある。だから、ロンドンに着きもしないうちから力を消耗するのは無駄なんだ」

エヴィーがさきほどよりももっと大きく目を見開いてじっと見つめてくるので、彼は居心地が悪くなってきた。なんという目だ。まるで何層もの青いガラスを重ね合わせて、強烈な日光を通してきたかのように輝いている。「わたしの体を心配してくださっているの?」

彼は落ち着いた視線のまま、からかうような声で言った。「もちろんだよ。きみには元気で生きていてもらわなくちゃならない。持参金を手に入れるまではね」

エヴィーはまもなく理解するようになった。セントヴィンセント――セバスチャン――はすっかり身支度を整えているときと同じくらい、裸でいてもくつろいでいられるのだと。エヴィーは、一糸まとわぬ姿で男性が部屋の中を歩き回っていても、何食わぬ顔で冷静なふりをしていようと努めた。しかし、機会をとらえてこっそりその姿を盗み見せずにはいられなかった。しばらくすると彼はトランクから服を取り出した。彼は手足が長く細身で、乗馬や拳闘やフェンシングなど、紳士のスポーツで鍛えた筋肉が滑らかに盛り上がっていた。背中と肩は幅が広く、ぴんと張った皮膚の下で筋肉が収縮するのが見えた。それよりももっと目を引かれるのは、前から見た姿だった。胸は大理石像やブロンズ像とは違ってつるつるではなく、薄く胸毛に被われていた。彼の胸毛や、そのほかの場所の体毛は彼女を驚かせた。それは数多くのミステリアスな男性の側面のひとつだった。そうした秘密がいまや、文字どおり彼女の前で明らかにされているのだった。

彼のように裸で部屋を横切るわけにはいかず、エヴィーはシーツを体に巻きつけて自分の旅行かばんのところに行った。茶色い厚地の平織りの布でできたドレスと、きれいな下着、そして汚れていない靴を取り出した。はいてきたもう一足のほうは泥だらけで濡れており、それをはくことを思うだけでぞっとした。下着をつけている途中で、彼女はセバスチャンの視線が自分に注がれているのを感じた。彼女はあわててシュミーズをかぶせてピンク色に染まった体を隠した。

「エヴィー、きみは美しい」彼がやさしく言った。

親戚に育てられ、彼らにいつもけばけばしい髪の色や、星のように体中に散っているそばかすをけなされてきたので、エヴィーはいぶかるようにほほえんだ。「フローレンス伯母様にいつもそばかすを消す漂白化粧水をつけさせられていました。でも、ぜんぜん効き目がなかったけれど」

セバスチャンは怠惰な笑みを浮かべながら彼女に近づいた。肩に両手をおいて、半分下着に覆われた彼女の体をながめまわした。「そばかすは一個たりともとるなよ、愛しい人。いくつかとてもそそられる場所にもある。すでにお気に入りのそばかすを何個か見つけた……どこだか教えてやろうか？」

意外な言葉に不意をつかれて当惑し、エヴィーは体をふりほどいて彼から離れようとした。しかし彼はそうさせなかった。彼女を引き寄せ、金色に輝く頭を下ろして首筋にキスをした。「興をそぐ人だね、きみは」彼はほほえみながらささやいた。「ま、とにかく教えることにしよう」彼はシュミーズをわしづかみして、そろりそろりと引き上げた。彼が指でやさしく彼女の裸の足をなでるのを感じて、彼女は息を飲んだ。「さっき見つけたのだが」と彼は彼女の敏感なのどに向かって言った。「右の腿の内側に点々と並んでいて、その先には――」

ドアをノックする音がした。中断させられたセバスチャンは頭を上げて、ぶつぶつ文句を言った。「朝食だ。わたしと寝るのと、温かい食事のどちらをとるか、きみに選ばせるのはやめておこう。その答えに落胆するのはわかっているからね。わたしが出るから、ドレスを着てしまいなさい」

エヴィーがあわててドレスを着ると、彼はドアを開けた。ふたりのメイドが蓋をした皿がのったトレイを持って入ってきた。刈り取り間際の小麦のような金髪と天使のように美しい顔のハンサムな客を一目見るとメイドたちは一瞬息を止め、それからくすくす笑い出した。彼が身支度をすっかり整えていないのを見て、ますます彼女たちはそわそわし出した。ズボンははいていたが、足は靴下をまだはいていなくて裸足のままだ。白いシャツの襟はのど元まで開いていて、シルクのネクタイのように首に巻くスカーフ様《クラヴァット》の布はまだ結ばれておらず首からだらりと下がっていた。メイドたちはすっかりのぼせあがって、テーブルの上に朝食の皿を置く前に二回もトレイをひっくり返しそうになった。乱れたベッドに気づき、そこで夜のあいだに何が行われたのかを想像して、彼女たちはすっかり興奮しているようだった。エヴィーは不愉快になって、メイドたちを部屋から追い出すと、ばたんとドアを閉めた。

メイドたちからあからさまに憧れの視線を浴びせられて、セバスチャンはどんな反応をしているのだろうと、エヴィーは彼をちらりと見た。しかし、彼はまったく気にしていないようすだった。騒がれるのには慣れっこになっているのだろう。彼ほどの容姿と身分があれば、常に女たちから追いかけられる。彼を愛する妻にとって、それはとてもとてもつらいことだろうとエヴィーは思った。けれども、わたしはけっして嫉妬に苦しめられたり、裏切りを恐れたりはしない。

セバスチャンはそばにやってきて、彼女を椅子に座らせ、先に彼女の皿に食事をもりつけてくれた。塩とバターで味をつけたオートミール――糖蜜などで甘く味付けするのはスコットランド人にとってはもってのほかなのだろう――バノックと呼ばれる丸いパン、冷した茹でベーコンのスライス、それからマーマレードがたっぷりついた厚いトーストもあった。エヴィーはがつがつと食べ、濃い紅茶でお腹に流し込んだ。食事はシンプルだった。ハンプシャーのウェストクリフ邸で出される素晴らしい英国風朝食とは雲泥の差だったが、温かくて量もたっぷりあり、お腹がペコペコだったエヴィーにとって文句のつけようのない食事だった。

彼女が朝食をとっているあいだに、セバスチャンは髭をそり、身支度をすっかり整えた。髭剃りの道具を入れて丸めた革のケースをトランクにぽんと入れると、トランクの蓋を閉め、エヴィーにうちとけた調子で話しかけた。「荷物を詰めておくんだよ。わたしは下へ行って、馬車の用意ができているか見てくる」

「ミスター・マクフィーからの結婚証明書は――」

「それもわたしにまかせなさい。わたしが出て行ったらドアに鍵をかけること」

一時間ほどして彼は戻ってきた。エヴィーを連れ、トランクと旅行かばんは屈強な若者に馬車まで運ばせた。エヴィーが彼のシルクのクラヴァットを使って髪をうなじのところでまとめているのを見て、セバスチャンの口元にかすかな微笑が浮かんだ。ロンドンからここまでの道中で、エヴィーはヘアピンをほとんどなくしてしまった。ピンが必要になるとは予想していなかったので、かばんに予備のピンを入れておくのを忘れたのだ。「髪をそんなふうにしていると、結婚するには早すぎるほど若く見えるな」と彼はつぶやいた。「いたいけな少女をたぶらかしたようで、ますます面白い。気に入った」

いまではすっかり彼のひねくれた言葉に慣れてしまったので、しかたのない人ねという目で彼を軽くにらんでから、彼に伴われて部屋を出た。階下に降りていき、宿の亭主のミスター・フィンドリーに別れを告げた。セバスチャンといっしょに入口のところにさしかかったとき、フィンドリーの明るい叫び声が聞こえてきた。「お気をつけて、レディー・セントヴィンセント！」

自分が子爵夫人になったのだと気づいてエヴィーはびっくりし、言葉をつかえさせながら感謝の言葉を述べた。

セバスチャンは待っていた馬車に彼女を連れて行った。馬たちは足踏みしたり、体を動かしたりしながら、広げた鼻孔から白い息を吐いていた。「そうなんだよ」と彼は皮肉っぽく言った。「汚れた称号とはいえ、きみは子爵夫人になったのだ」彼は彼女に可撤式の階段をのぼらせて馬車に乗り込ませた。「さらに」と、ひらりと彼女の横に座りながらつづける。「いつかわれわれの身分はもっと上がる。わたしは公爵の第一継承者だからね……しかし、いよいよそのときがくるまでは、期待しないようにと助言しておこう。わたしの家系の男どもは、いやになるほど長生きなのだ。つまり、わたしたちは公爵の地位を楽しむには高齢すぎるほどよぼよぼになるまで、継承できないかもしれないのだ」

「もしもあなたが――」とエヴィーは言いかけたが、足元にかさばる物が置いてあるのに気づいて、言葉を止めた。それは大きな陶製の容器で、片方の端に口がついていて栓がはまっていた。丸い形をしていたが底面は平らで、床の上で安定していた。彼女は当惑した目をセバスチャンに向けてから、おそるおそる靴の甲で触ってみた。するとほわっと熱気がスカートの下から上がってきた。「足温器ね」と彼女は叫んだ。容器の中の湯の熱は、往きに使っていた温めたレンガよりもずっとずっと長持ちする。「どこで見つけてきたのです？」

「マクフィーのところで。彼の家に置いてあるのを見たのでね」セバスチャンはエヴィーがうきうき興奮しているのを見て面白がっているようだ。「もちろん彼はごきげんだった。もっとわたしからふんだくることができたのだから」

衝動的に、エヴィーは腰を浮かして彼の頬にキスをした。唇に触れた彼の肌は滑らかでひやりとしていた。「ありがとうございます。とてもよくしてくださって」

彼は彼女のウエストに手をかけて彼女を引き止めた。軽く力をこめて彼女をひざにのせると、ふたりの顔はほとんど鼻と鼻が触れ合うほど近づいた。彼がささやきかけると、その息が彼女の唇をなでた。「それくらいの感謝では足りないと思うが」

「たかが足温器だわ」と彼女はやんわり言い返した。

彼はにやりと笑った。「では言っておこう、ダーリン。足温器はやがて冷えていく……そうすると、またしても、暖をとるものはわたしの体しかなくなるわけだ。わたしは体の熱を

うに見える。

「あら、噂ではそうだと聞いていますけど」エヴィーはこうしたやりとりを楽しみ始めていた。こんなふうに、男性をからかったり、軽口をきいたりしたことはいままで一度もなかった。もちろん、男性が欲しがるものをおあずけにして、じらして喜んだ経験もなかった。彼が瞳を輝かせていることから判断して、彼も楽しんでいるらしい。彼女に襲いかかりたいよ見境なく人に分け与えるつもりはないね」

「しばらく待つことにしよう」と彼は言った。「その足温器の熱がいつまでももつはずはないからな」

彼は彼女がひざの上から這いおりても引き止めようとはせず、彼女がふわりと足温器の上にスカートをかけるのを見守った。馬車が走り出したので、エヴィーはゆったりと椅子の背にもたれた。ドロワーズを通して靴下の網目に心地よいぬくもりが染み入ってくる。脚にざわざわと鳥肌が立つのがわかった。「セントヴィンセント卿……いえ……セバスチャン……」

彼の目は鏡のように明るく輝いていた。「なんだい、かわいい人」

「あなたのお父様が公爵でいらっしゃるなら、どうしてあなたは子爵なのです？　侯爵とか、少なくとも伯爵であるべきでは？」

「必ずしもそうではないんだ。新しい爵位がつくられるときには、低い爵位を増やすというのが比較的最近のやり方だ。通例、公爵の家系が古ければ古いほど、長男が侯爵になる確率は低くなる。もちろん、わたしの父は当然そうすることを選ぶ。そんな話題を持ち出して父を驚かせるようなことはけっしてするな。とくに、一杯やっているときには。でないと、いやというほど講釈を聞かされるからね。いわく、『侯爵』などという言葉はもともと異国風で女々しい響きがある、さらにそもそも階級なんてものは意味がなく、公爵に半歩及ばないというだけなのだと」

「尊大なお方なのですか、お父様は」

苦笑いするかのように彼の口の端が少し動いた。「以前はそれを尊大さなのだろうと勘違いしていた。しかしいまでは、父は尊大なのではなく、外の世界のことを何も知らないだけなのだとわかってきた。わたしの知るかぎりでは、父は自分で靴下をはいたこともなければ、歯ブラシに歯磨き粉をつけたこともない。権威を失ったら、生きていけない人だ。実際、部屋に食べ物がたくさんあっても、それを召使がテーブルに並べて食事の準備をしなければ、父は飢え死にするだろうとわたしは思っている。父は平気で、値段がつけられないほど高価な花瓶を射撃の的にするし、キツネの毛皮のコートを投げ入れて暖炉の火を消したりもする。夜の森を散歩したいと思うかもしれないというただそれだけの理由で、家のまわりの森をたいまつとランプでいつも照らしているような人間なのだ」

「それでは貧乏になるのも仕方がないことですわね」エヴィーは、途方もない無駄遣いに唖然として言った。「あなたもお父様のような浪費家でないといいのですけど」

彼は首を横に振った。「わたしはまだ金づかいが荒すぎるという非難は受けたことがない。めったにギャンブルはしないし、愛人も囲っていないが、それでも借金の取り立てが厳しくなりつつある」

「何か仕事に就こうと考えたことはないのですか?」

彼はぽかんとした顔で彼女を見た。「何のために?」

「お金を得るために」

「ばかな、あるわけがないだろう。仕事などしたら、わたしの個人生活が不都合に乱される。それに、めったに昼前に起きることはないんだ」

「父があなたに好意を持つとは思えませんわ」

「もしも人に好かれることがわたしの人生の目的だとしたら、それを聞いて非常に落胆しただろう。だが、幸運なことにそうではないんだ」

彼とうちとけて会話しながら旅をつづけるうちに、エヴィーは自分が夫に対して相反する気持ちを抱いていることに気づいた。彼はたいへんな魅力の持ち主だったが、尊敬に値する部分はほとんど見つけることができなかった。頭の働きが鋭いことは明白だったが、その頭脳は善用されてはいなかった。さらに、リリアンを誘拐したこと、そのうえ親友であるウェストクリフ伯爵までも裏切ったことは、彼が信用できる人間ではないことの証明だった。でも……彼はときに騎士道精神を発揮してとても親切にしてくれる。彼女はそれには感謝していた。

馬の交換のために馬車を止めるときにはいつでも、セバスチャンはエヴィーに必要なものをそろえてくれた。いまに足温器が冷めてくるとおどかしたにもかかわらず、停車するたびに熱い湯を満たしてくれた。彼女が疲れてくると、胸を貸して彼女を眠らせ、でこぼこ道で馬車ががくんと上下に揺れるときにも彼女が投げ出されないように抱きとめていてくれた。彼の腕の中でうつらうつらしながら、彼女は思った。彼は自分がいままで手に入れたことのないものの幻を与えてくれているのだ。安心できる場所という幻を。彼はやさしく何度も彼女の髪をなで、黒天使の声でささやきかけた。「おやすみ、愛しい人。わたしが見守っていてあげよう」

6

セバスチャンは早くロンドンに着いて、自分が置かれることになる新たな状況がどんなものであるか知りたくてうずうずしていたが、やはり帰りは往きよりもゆっくり旅をすることにしてよかったと思った。夜になるころにはエヴィーは青ざめて口数も少なくなり、この過酷な数日間で力がすっかり使い果たされてしまったようだった。彼女には休息が必要だった。

一夜を過ごすのに適した街道沿いの宿屋を見つけて、セバスチャンは一番上等な部屋を借り、食事と熱い風呂をすぐに用意させた。エヴィーが小さなスリッパ型の風呂に浸かっているあいだに、セバスチャンは翌朝交換する馬の手配をし、御者にも宿をとらせた。擦り切れた青いカーテンが窓にかかっているこぢんまりした清潔な部屋に戻ると、妻はすでに風呂を済ませてナイトドレスに着替えていた。

テーブルに近づき、自分の皿にかかっているナプキンを取る。皿にはローストチキンが一切れ、しなびた根菜が何切れか、そして小さなプディングがのっていた。エヴィーの皿がすでに空なのを見て、彼は苦笑いをしながら彼女を見た。「味はどう?」

「何もいただかないよりはましです」

「ロンドンの屋敷の料理人の腕にあらためて感謝したくなるね」彼はぐらぐらしたテーブルに向かって座り、きれいなナプキンをひざにかけた。「彼の料理をきみは気に入ると思う」「あなたのお屋敷で何度も食事をすることはないと思います」とエヴィーは用心深く言った。

セバスチャンは口の手前でフォークを止めた。

「わたしは父のクラブに泊まります」エヴィーはつづけた。「前に申しましたとおり、わたしは父の看護をするつもりです」

「昼間はいい。だが夜、あそこにいてはならない。夜はわたしの……いや、われわれの家に帰ってくるんだ」

彼女はまばたきもせず彼をじっと見つめた。「夜から朝にかけて、父の容態がよくなるわけではありません。二四時間介護が必要なんです」

セバスチャンは食事を口に突っ込みながら、いらいらした声で言った。「そのために召使がいるのだ。介護のために女をひとり雇ったらいいだろう」

エヴィーは頑固に首を横に振り、さらに彼をいらだたせた。「父のことを心から愛している親族が看るようにはいきません」

「介護の質にどうしてそんなにこだわる？　彼がきみに何をしてくれたっていうんだ。きみはほとんど何も知りやしないじゃないか、あのろくでなしのこと——」

「その言葉はきらいです」

「ふん、気の毒に。残念ながら、これはわたしのお気に入りの言葉でね、これからも適切な場合にはいつでも使うつもりだ」

「まあ、運がいいこと。ロンドンに帰ったら、わたしたちが顔を合わせることはめったにないのですから」

彼は妻をにらみつけた。その愛らしい顔には予想外の強情さが隠されていたのだ。彼女は自分の欲しいものを手に入れるためには思い切ったことができる女だったのだとセバスチャンは思い出した。あまり強引なことをすると彼女は何をしでかすかわからない。ナイフとフォークを握っている手に力を入れすぎないよう注意しながら、彼はふたたび夕食を食べ始めた。チキンがどんなにまずかろうが関係なかった。最高に美味なフレンチソースがかかっていたとしても、彼はそんなことに気づきもしなかっただろう。なんとか彼女を言いくるめようとずる賢く頭を回転させていたからだ。

ついに彼は心から心配しているような表情をつくって、やさしく語りかけた。「愛しい人、泥棒やギャンブラーや酔っぱらいがうようよいる場所にきみを寝泊りさせるわけにはいかないのだよ。そのような状況が本来どんなに危険か、きみにも当然わかっているだろう」

「できるかぎり速やかに、わたしの持参金をあなたが受け取れるようにします。だから、わたしのことは心配無用です」

けっして失うことのなかった自制心が、火にかけたフライパンの中の水のように、蒸発していった。「きみのことを心配しているのではない、ちくしょう！　ただ——くそっ、そんなことはあってはならない。セントヴィンセント子爵夫人が賭博クラブに滞在するなんて、たとえ数日であっても許されないのだ」

「あなたがそんなに頭が固いとは知りませんでしたわ」と彼女は言った。そしてなぜか、彼がものすごい形相で顔をしかめているのがなんだかちょっとこっけいに思えた。彼女の唇の端が笑いを浮かべるかのように微妙に動いた。かすかな動きだったにもかかわらず、セバスチャンはそれを見逃さなかった。彼の怒りはたちどころに困惑に変わった。二三歳の処女に、いや元処女に、このわたしが手玉にとられるなんてことがあってたまるか。わたしと対等にやりあえると思うとは、世間知らずもいいとこだ。

彼の冷たい軽蔑の視線に彼女は縮み上がってもいいはずだった。「救いの天使を演じるという夢にひたるのは結構だがね、あの場所でいったいだれがきみを守ってくれると思っているんだ？　ひとりで寝ていれば、さあ襲ってくれと男を招いているようなものだ。きみといっしょにわたしがあそこに泊まることなど断じてない。二流の賭博場に滞在して、ジェナーが死ぬのを待つよりも、ほかにやることはたくさんあるんだ」

「わたしはあなたに守ってほしいと頼んだおぼえはありません」と彼女は冷静に答えた。

「あなたがいなくてもちゃんとやっていけます」

「そりゃそうだろうとも」セバスチャンはぶつぶつあてこするように言った。急に目の前の冷え切った食事を食べる気が失せた。半分しか食べていない皿の上に、ひざにかけていたナプキンを投げ、立ち上がって上着とベストを脱いだ。ほこりだらけで旅の疲れもあったので、風呂に入るつもりだった。湯がまだ冷え切っていないといいのだが。

彼は何年にもわたって、たくさんの女たちから結婚して欲しいと迫られてきた。服を脱いで椅子にかけながら、彼はそうした女たちすべてのことを考えずにはいられなかった——美しくて、肉体的にも金銭的にも恵まれた女たちだ。彼女たちは彼を喜ばせるためなら、殺人以外のどんなことでもしただろう。彼は粋な遊びにうつつを抜かしていたせいで、そうした女たちとの結婚を考えもしなかった。そうしていま、もろもろの事情とタイミングの悪さが合わさって、人づき合いが極端に下手で、血筋も良いとは言えない上に、度し難いほど頑固な女と結婚してしまったのだ。

エヴィーが自分の裸身から視線をそらしたのに気づき、セバスチャンの口元に意地悪い笑みが浮んだ。彼は小さな折りたたみ式のタブに入り、ぬるい湯に身を沈めた。長い脚はタブの両側に出している。体をのんびり洗い、石鹼のついた胸や腕に手ですくって水をかけながら、細めた目で妻を観察した。彼が入浴し始めたことで、彼女が多少どぎまぎしているのを見て、彼は愉快になった。キルトのベッドカバーの模様を妙に気にしてじっくりながめているが、頰は赤く染まっていた。

彼女は人差し指で縫い目をたどっていた。薬指にはまっているスコットランド産の金の指輪がきらりと光り、その輝きがセバスチャンの目を捕えた。それは彼の心に奇妙な反応を引き起こした。すぐに彼女のところに飛んでいってベッドに押し倒し、前戯もなにも無視して彼女を自分のものにしたくなった。彼女を支配し、自分が彼女の主人であることを認めさせたかった。洗練された人間という自負を持つ男にとって、そんな原始的な欲望にかられたことは大きな驚きだった。困惑と興奮に悩まされながら、彼は体を洗い終えて、彼女が使った濡れたタオルをさっと取ると、体をきびきびと拭き始めた。いきりたった彼のものはエヴィーの目に入ったらしい。彼女がはっと息を吸い込む音が部屋の向こうのほうから聞こえた。さりげなく腰にタオルを巻きつけて、タオルの端を縁にはさみこみながら彼はトランクに近づいた。

トランクの中をかきまわしてくしをさがし出し、洗面台へ持っていって濡れた髪を乱暴に梳かした。洗面台の上の姿見の隅にベッドの一部が映っていて、エヴィーがこちらを見ているのが見えた。

振り返らずに彼はつぶやいた。「わたしは今夜、肉屋の犬になるわけか？」

「肉屋の犬？」エヴィーは意味がわからず、その言葉を繰り返した。

「肉屋の店の片隅に寝そべっているが、一切れの肉も食べさせてもらえない犬さ」

「そのような比喩は、わたしたちのどちらにとっても、ほ、ほめ言葉とは言えませんわ」

セバスチャンは彼女の吃音が復活しているのに気づき、くしを使う手をほんの一瞬止めた。そうか、なるほど。彼女は平静を装っているが、内心かなり動揺しているのだ、と彼は冷やかに考えた。「わたしの質問に答えるつもりはないのか？」

「ご、ごめんなさい。でも、わたし二度とあなたと親密な関係を、も、持ちたくないのです」

その返事に驚き、気分を害して、セバスチャンはくしを置き、振り返って彼女を見た。女に拒絶されたことはなかった。今朝あれほどの喜びを感じたあとでエヴィーが自分を拒むとは理解しがたかった。

「あなたは、同じ女とは二度と寝たくないと言いました」エヴィーは詫びるように言った。

「そういうのは死ぬほど退屈だとおっしゃったわ」

「わたしがうんざりしているように、きみには見えるのか？」彼は大声で言った。タオルくらいではいきり立つものの外形を隠すことはできない。

「それは、あなたのどの部分を見るかによって違ってくるのだと思います」エヴィーは口の中でもぐもぐつぶやいた。「あえて念を押す必要はないかもしれませんが、わ、わ、わたしたちはそういうふうに決めたはずです」

「きみは心を変えてもよいのだ」

「でも、変えるつもりはありません」

「偽善のにおいがぷんぷんするぜ。すでにわたしのものになったんだ。もう一度やったからといって、貞操がさらに汚されるというわけじゃない」

「貞操のために拒絶しているのではありません」冷静さをとりもどすと彼女の吃音も消えた。

「まったく別の理由からです」

「その理由とやらを聞かせてもらいたいね」

「自己防衛です」やっとのことで、エヴィーは視線を彼に向けた。「あなたが愛人を囲っても、わたしはちっともかまいません。でもわたしはそういう女たちのひとりになるのがいやなのです。愛の行為はあなたにとっては何の意味もないものでしょうけれど、わたしにとってはあるのです。わたしはあなたに傷つけられたくありません。でも、あなたとこれからも寝ることを承諾すれば、いつかは必ず傷つくことになります」

セバスチャンは必死に冷静さを装っていたが、心の中は欲望と憤りで煮えくり返っていた。

「過去について謝るつもりはない。男には経験が必要なんだ」

「いろいろ聞くところによれば、一〇人分以上の経験をお積みのようですけど」

「なぜそんなことが気になるんだ?」

「なぜなら、あなたの……奥ゆかしい言い方をすれば、ロマンチックな遍歴は、あちこちの家の裏口で、食べかすをあさる犬の行状に似ているからです。わたしは、そんな裏口のひとつになるつもりはありません。あなたはひとりの女性に忠実な夫にはなれません――あなたのこれまでの生き方を見ればわかります」

「一度もそういう試みをしたことがないからといって、できないというわけではない。この小賢しい雌犬め! そうしたいと思ったことがないというだけだ」

雌犬という言葉にエヴィーは体をこわばらせた。「そのような汚い言葉は使っていただきたくありません」

「犬の比喩からの関連で、実に適切な使い方に思われるが」とセバスチャンはぶっきらぼうに言い返した。「だが、わたしの場合、あの比喩は正確であるとは言い難い。もの欲しそうにやってくるのは女たちのほうで、わたしではないからね」

「では、そういう方のところへお行きください」

「ああ、そうしよう」と彼はかんかんに怒って言った。「ロンドンに戻ったら、飲んで遊んで、しまいにはだれかが破目をはずしすぎて逮捕されるようなばか騒ぎに繰り出すことにしよう。だが、それまでのあいだ……きみは本当に、今夜と――そして、明日の晩――同じベッドに寝ていながら、休暇中の修道女のようにお行儀良くしていられると思っているのか？」

「わたしにはちっとも難しいことではありません」彼女はすっぱり言い切った。これが彼にとってたいへんな侮辱であることを意識しながら。

彼はそんなことはありえないという目でベッドのシーツをにらみつけた。その視線はあまりに強烈でシーツが焼け焦げてしまいそうだった。ぶつぶつと悪態をつきながら――それらの言葉はエヴィーの冒瀆の言葉リストをかなり膨らませることになった――タオルを床に落としてランプを消しに行った。激しくいきり立っている彼のものに彼女がちらちらと不安げな視線をさまよわせているのに気づき、セバスチャンは顔をしかめて彼女をさっと見た。

「気にするな」と言いながら彼女といっしょにベッドに入った。「これからは、きみに近づいても、こいつがシベリアの湖を長いこと泳いだあとのようにおとなしくしていてくれることを願うよ」

7

ロンドンへの帰りの道中は、天候がかなり良くなり、ついに雨もやんだ。しかし、外の気温が上がっても、新婚カップルのあいだに生じた霜のような冷やかさによってそれは帳消しにされてしまい、馬車の中はいっこうに暖まらない。セバスチャンはめんどくさそうではありながらも、足温器の湯は入れ換えてくれたが、エヴィーを腕で包み込んだり、胸にもたれて眠らせたりすることはなかった。彼女はそれが一番いいのだと思った。彼を知るようになればなるほど、少しでも心を通わせればその結果悲劇が訪れるという確信は強まっていったからだ。彼はそれに気づいてさえいないが、それこそが彼女にとって危険なのだった。

彼女は、ロンドンに着いたら、もう彼といっしょに過ごすことほとんどなくなるのだからと自分に言い聞かせた。わたしはクラブに寝泊りするし、彼は自分の家に帰って、父が亡くなったという知らせを受け取るまで、いままでどおりの放蕩生活をつづけるだろう。そうなったら、きっと彼はクラブを売りたいと言い出すだろう。そして売却した金と彼女が相続した残りの財産を使って、空っぽになった公爵家の金庫をいっぱいにするのだ。

父の人生そのものとも言えるクラブを売ることを考えると、エヴィーの心はずっしり重くなった。しかし、それがもっとも分別のある行動だろう。賭博クラブを上手に経営できる男などめったにいるものではない。クラブの経営者は、客を引き寄せる磁力のようなものを持っていなければならないし、客たちを店にひきとめ、たっぷり金を落としていってもらうためには、巧妙なかけひきの才能が必要だ。儲けを賢く投資できる事業の才覚は言うまでもない。

アイヴォウ・ジェナーは最初のふたつの資質はそこそこ備えていたが、三番目の事業の才覚のほうはからきしだった。最近ではニューマーケットの競馬で大損をしていた。年をとったせいで、競馬の世界にうようよいる口達者なごろつきどもにだまされやすくなっていたのだった。幸運にもクラブの経営は順調だったので、大きな損失もなんとか埋め合わせることができた。

セバスチャンは意地悪く軽蔑をこめてジェナーズを二流の賭博場だと言ったが、それは一部核心を衝いていた。かつての父との会話から――ジェナーはわざと控えめに言うたちではなかった――エヴィーは父のクラブが誰の目から見ても繁盛しているように見えるが、父が熱望していたほどの成功はおさめていないということを知っていた。彼は自分の店をクレーヴンズに匹敵するクラブにしたかった。クレーヴンズはジェナーのクラブのライバルだったが、遠い昔に火事で焼けてしまった。しかし、アイヴォウ・ジェナーには、デレク・クレーヴンのようなセンスも悪魔のような狡猾さもなかった。クレーヴンはイギリスの全男性の一世代分の金をそっくり稼いだと言われていた。さらにクレーヴンズは絶頂期に姿を消したために、伝説のクラブとして、イギリスの人々の記憶にしっかりと刻み込まれたのである。

ジェナーは自分のクラブがクレーヴンズの栄光の陰に隠れているあいだも、店を盛りたてる努力を怠っていたわけではなかった。アイヴォウはクラブをコヴェントガーデンからキングストリートに移した。キングストリートは、かつてはセントジェームズのおしゃれなショッピング街や住宅地へつづく道というだけだったが、いまでは主要道路に発展していた。通りに面した広い土地を買い取って、そこにあった四軒の建物を壊したあと、ジェナーは大きくて立派なクラブを建て、ハザード(二つのダイスを投げて賭けるゲーム。一八～一九世紀にヨーロッパで流行した。アメリカのクラップスの前身)ではロンドン一大きな賭けができる賭博場というふれこみで宣伝をした。大きな賭け金でギャンブルをしたい紳士たちは、ジェナーズに行った。

エヴィーは子どものころ、ときどき父のクラブを昼間訪ねることが許されていたので、そのころのクラブのことを覚えていた。少々ごてごてしすぎている感はあったが、よく設備がゆきとどいており、三階の室内バルコニーに父と並んで立って、二階のメインフロアのようすをながめるのが好きだった。娘に甘いジェナーはにこにこ笑いながらエヴィーをセントジェームズ通りまで散歩に連れていき、彼女が望めばどの店にでも入ったものだった。香水店に帽子屋、本屋に版画商、そしてパン屋ではアイシングのかかった十字つき菓子パンを買ってもらった。できたてのほかほかだったので、白いアイシングが半分溶けて流れ落ちそうになっていたっけ。

しかし年が経つうちに、キングストリートへの訪問の回数はどんどん減っていった。エヴィーはメイブリック家の人々のせいだとずっと恨んできたが、いまでは父もそれに一枚加わっていたのだと思うようになっていた。ジェナーにとって、子どものエヴィーをかわいがるのは簡単だった。高く投げ上げてはたくましい腕で受け止めてやれば、エヴィーはきゃーきゃー笑いながら大喜びをしたものだ。自分と同じ赤毛の娘の頭をくしゃくしゃにしたり、父と別れるのが悲しくて涙をためているエヴィーにお菓子やコインを握らせてやったりすればよかった。しかし、彼女が若い娘に成長すると、もう彼女を子どものように扱うことはできなくなり、ふたりの関係はぎこちなく、よそよそしいものになった。「このクラブはおまえの来るところじゃないんだよ」と彼は愛情に満ちたどら声で言った。「おれみたいなやくざな野郎には近づいちゃいけない。立派な男を見つけて結婚しちまいな」

「お父様」エヴィーは激しく言葉をつかえさせながら、懇願した。「お、お願いですからわたしをあそこに帰さないで。ど、どうか、ここに置いてください」

「おまえはメイブリック家の人間だ。ここに逃げてきてもだめだよ。また送り返すだけだからね」

娘の涙にも父の心は揺らがなかった。それからのち数年間は、エヴィーの父のクラブへの訪問は、年に一、二回程度になった。いくらそれはおまえのためなんだと言われても、自分は求められていないのだという意識が骨の髄まで浸透していった。だから男性がそばにいるとひどく落ち着かなくなり、きっと相手を退屈させているに違いないと勝手に思い込むよう

になった。吃音はさらに激しくなった。言葉をうまく話そうとすればするほど、しどろもど

ろになった。しまいには黙っているのが一番楽に感じられるようになり、家具の一部と化し

て、壁の花の常連になった。ダンスを申し込まれることも、キスされることも、からかわれ

たり、交際を申し込まれたりすることもなかった。たった一度受けた申し込みは、ユースタ

スからのおざなりのプロポーズだった。

自分の運命の変化に驚嘆しながら、エヴィーは夫をちらりと盗み見た。彼はこの二時間ば

かりむっつり黙り込んでいる。彼は目を細めて彼女を見返した。冷酷な表情と世をすねた口

元を見ると、二日前にベッドを共にした女たらしの放蕩者と同一人物とは思えなかった。

彼女は窓の外の通りすぎていくロンドンの町並みに目を移した。もうすぐクラブに到着す

る。そうすれば父に会えるのだ。最後に会ってから六カ月経っていた。父の変わり果てた姿

に動揺しないよう、気持ちをしっかり持たなくては。肺病はめずらしい病気ではなく、だれ

もがそのすさまじさを知っていた。

やせ細って、熱と咳と寝汗に苦しめられながら徐々に衰弱して死んでいく病気だ。ようや

く死が訪れたときには、やっとつらい苦しみがこれで終るのだと、患者も介護する者たちも

それをむしろ歓迎することが多い。屈強な体の父がそんな状態になってしまうなんて、エヴ

ィーには想像ができなかった。父に会いたいと思う一方で、父の姿を見るのがこわかった。

しかし、彼女はそうした思いを自分の心の中にだけ収めていた。不安をセバスチャンに打ち

明けても彼はおそらくあざ笑うに違いない。

馬車がセントジェームズ通りを進んでいき、角を曲がってキングストリートに入っていくと、彼女の心臓の鼓動は速まった。レンガと大理石でできたジェナーズの横長の建物の正面が見えてきた。常にロンドンの町にかかっている靄《もや》を通して、オレンジ色の夕陽が建物を背後から照らしている。馬車は、公道から建物の後ろの中庭につづく小道に入った。窓からその景色をながめてエヴィーはふっと鋭くため息をついた。

馬車は裏口の前で止まった。正面から入るよりもそのほうが都合がよかった。ジェナーズは育ちの良い女性が頻繁に訪れるような場所ではない。紳士が愛人を連れてきたり、一夜の相手として娼婦を伴ってきたりということはあっても、上品な女性をクラブにエスコートしてくることはまずない。エヴィーはセバスチャンが新種の甲虫を観察する昆虫学者のように冷静な目で自分を見ているのを意識した。彼女が突然青ざめ、傍目にわかるほどぶるぶる震え出したのに気づかないはずはないが、彼はなぐさめの言葉をかけようともせず、いたわるそぶりも見せなかった。

セバスチャンは彼女よりも先に馬車から降りて、エヴィーの腰に両手をまわして彼女を地面に下ろした。裏道のにおいは子どものころにかいだにおいといっしょだった——堆肥と残飯と酒に、石炭の煙がまざったにおいだ。ロンドンの上流の家で育った娘たちの中で、こんなにおいに郷愁を感じるのはエヴィーだけだろう。少なくとも、傷んだカーペットと質の悪い香水のにおいがするメイブリック家の屋敷の空気よりも、こちらの空気のほうが鼻に心地よく感じられるのはたしかだ。

あまりにも長い時間馬車に押し込められていたせいで体中の筋肉が傷む。顔をしかめながらエヴィーは戸口へ歩いていった。厨房などのクラブの施設につづいているドアは建物のもっと向こう側についており、このドアからは直接父の部屋に上がっていけるようになっていた。御者はドアをどんどんとたたいてクラブの従業員を呼び出し、自分は後ろに下がった。

若い男が戸口にあらわれた。知っている顔だったのでエヴィーはほっとした。ジョス・ブラードという昔からのクラブの従業員で、借金の取り立てとクラブの案内係を務めていた。黒髪でがっしりした体格の大男で、頭の形は銃弾のようにとがっていて、顎が張っていた。元来無愛想なたちで、ブラードはエヴィーがクラブを訪ねてもいつもぶっきらぼうな態度で接していた。しかし、父がブラードのことを忠実な使用人だといつもほめているのを聞いていたので、エヴィーも彼には感謝していた。

「ミスター・ブラード、わたし、ち、父に会いにきたのです。どうか、な、中に入れてください」

その屈強な若者は動かなかった。「彼はあんたに会いたがっちゃいねえ」と彼はつっけんどんに言った。彼は視線をセバスチャンに移し、高級な服を身につけているのに気づいた。

「正面におまわりください。会員でいらっしゃるなら」

「愚か者め」エヴィーはセバスチャンがつぶやくのを聞き、彼がその先を言う前にあわててさえぎった。

「ミスター・イーガンを、よ、呼んでくださる？」と彼女は尋ねた。クラブの支配人として一〇年前から働いている男の名前を出した。威張りちらして自慢ばかりしているイーガンにとくに好意を持っていたわけではなかったが、彼なら父のクラブに娘のわたしが立ち入るのを拒否したりはしないだろう。

「いいや」

「では、ミスター・ローハンは？」エヴィーは必死になって言った。「彼に、ミ、ミス・ジェナーが来ていると、伝えてください」

「言っただろう――」

「ローハンを連れて来い」セバスチャンは若者にぴしりと命じ、ブーツをドアの隙間にぐっと入れて、ドアを閉じさせないようにした。「わたしたちは中で待つ。妻を外の通りに立たせておくわけにはいかない」

自分より長身の男の目が冷たく光るのを見てぎょっとしたブラードは、もごもごと承知したと返事をして、さっと姿を消した。

セバスチャンはエヴィーを中に入れて、近くの階段にちらりと目をやった。「上に行こうか？」

彼女は頭を左右に振った。「できれば、ミスター・ローハンと先に話がしたいのです。彼なら、父のよ、容態を教えてくれると思います」

彼女の言葉が少しつかえ始めたのを聞いて、セバスチャンは手を彼女のうなじに持っていき、乱れた髪の下に滑り込ませて軽く首筋をつかんだ。表情は冷たいままだったが、彼の手は温かく癒す力があるようで、なんだかそのおかげで緊張がほぐれてきた。「ローハンというのはだれだ？」

「賭博台のゲーム進行補佐《クルピエ》のひとりです……彼は子どものころからここで働いています。父は、賭け金表作りから仕事を覚えさせていきました。彼を見たことがあればきっと覚えているはずです。とても目立つ容貌ですから」

セバスチャンはちょっと考えてからつぶやいた。「そうか、あのロマ（ヨーロッパを主に、各地に散在している少数民族。かつてはジプシーと呼ばれることが多かった）だな？」

「半分だけ。母親がそうなのだと聞いています」

「じゃあ、父親は？」

「だれも知りません」彼女は用心深い目で彼を見ながら、静かに言った。「もしかするとわたしの異母兄なのではと、いつも思ってきました」

興味がわいたらしく、薄いブルーの瞳がきらりと輝いた。「父親にきいてみたことはあるのか？」

「ええ。でも、父は否定しました」とはいえ、エヴィーは完全に信じてはいなかった。父はいつでも、キャム・ローハンに父親のような接し方をしていた。それに父に隠し子のひとりやふたりはいるだろうということは、世間知らずなエヴィーでも想像がついた。彼が精力旺盛な男であることは有名だったし、自分の行動の結果を心配するようなたちではなかったからだ。自分の夫もそうなのではないかしらと思った彼女は、さりげなくきいてみた。「セバスチャン、あなたにも――」

「わたしの知るかぎりではいない」彼はすぐに質問の意味を理解した。「わたしはいつもフレンチ・レターを使うようにしてきた。妊娠を防ぐためだけでなく、無用心な者がかかる性病を避けるためにね」

彼の言葉にうろたえて、エヴィーは小さな声で言った。「フレンチ・レター？　なんですかそれは？　それに性病って？　あれを……あれをすると、病気になることがあるのですか？でも、どうして――」

「まったくもう」セバスチャンは指で彼女の口をおさえて質問を封じた。「あとで説明してあげよう。戸口で話し合うようなことではないからな」

キャムがあらわれたので、エヴィーはそれ以上きくことができなかった。エヴィーを見ると、キャムはかすかにほほえんで、優雅にお辞儀をした。キャムのしぐさやふるまいには、大げさにならないよう控え目にしているときでさえ、どことなく芝居がかった派手さがあり、カリスマ性が感じられた。彼は飛びぬけて優れたクルピエだったが、その若い海賊のような風貌のせいで、初めて見た人はたいてい疑いの目を向ける。年齢は二五歳くらいで、体は若者らしくスリムで引き締まっていた。ローハンというロマに多い苗字を知らなくても、その浅黒い肌と漆黒の髪で素性がすぐに知れた。エヴィーは穏やかに話すキャムに昔からずっと好意を感じていたし、この何年かのあいだに、父に対する彼の忠誠心が証明されたことは数知れなかった。

キャムは黒い服を着てぴかぴかに磨いた靴をはいていたが、黒いたっぷりした髪は糊のぱりっときいた襟にかかっており、床屋に行く必要があった。細くて長い指にはいくつか金の指輪がはまっている。頭を上げると、片耳にダイヤモンドのピアスが輝いた。そのエキゾチックなアクセサリーは彼にとても似合っていた。キャムは珍しい金褐色の瞳でエヴィーを見つめた。その目はしばしば人々の心をとろかせて、ついその後ろに明敏な頭脳があることを忘れさせてしまうのだった。ときには、その眼差しがあまりに鋭くて、すべてを見透かされているような気がすることもあった……あたかも相手を通り越してその後ろにある物を見ているかのように。

「ギャッジ」とキャムはやさしく言った。ロマでない女性を呼ぶときの、ロマニー語だ。彼の発音は一風変わっていた。教養のある英語だが、ロンドンなまりと、外国のリズムがまざっていて、とてもユニークだった。「ようこそ」彼はにこっと眩しいほほえみを浮かべた。

「きみが来てくれて、ミスター・ジェナーは喜ぶよ」

「ありがとう、キャム。わたし……わたし心配で、お父様がもうすでに――」

「大丈夫」キャムは小さい声で答えたが、ほほえみは消えていった。「まだ生きている」彼は少しためらってから付け加えた。「ほとんどの時間、眠っているけどね。食事もとらないし。もう長くはないだろう。きみを呼ぼうとしたのだが――」

「メイブリック家の人々が許さなかったのでしょう」エヴィーはささやくような声で言い、怒りで口を真一文字に結んだ。彼らは父が彼女に会いたがっているということも教えてくれなかったのだ。そして、ジョス・ブラードもいまさっき嘘をついた。「でも、わたしはもう、か、彼らのところには永久に帰らないのよ、キャム。結婚したの。そしてここにずっといます、お父様が……わたしをもう、ひ、必要としなくなるまで」

キャムは視線をセバスチャンの冷やかな顔に移した。ぴんときたらしく、彼はつぶやいた。「セントヴィンセント卿」エヴィーがこのような男と結婚したことについてどのような意見を持ったにせよ、キャムはそれをまったく表に出さなかった。

エヴィーはキャムの上着の袖に触れた。「お父様はいま目覚めていらっしゃる？」彼女は心配そうに尋ねた。「上に行って、会ってもいいかしら？」

「もちろん」ロマの青年は彼女の両手を軽く握った。指にはまっている金の指輪は彼の指の熱で温まっていた。「邪魔が入らないようにしておこう」

「ありがとう」

いきなりセバスチャンはふたりのあいだに割って入り、エヴィーの片方の手をぐいっと引いて自分の腕にかけた。さりげないしぐさだったが、彼女が手を引き抜けないように指でしっかりと押さえていた。

彼女を所有していることを見せつけるようなセバスチャンのやり方に当惑して、エヴィーは顔をしかめた。「わたしはキャムを子どものころから知っているのです」と彼女はきっぱりと言った。「彼はいつも親切にしてくれましたわ」

「夫というものは、妻が親切にしてもらったと聞けば喜ぶものさ」セバスチャンは冷たく答えた。「ただし、限度内においてだが」

「おっしゃるとおりです」キャムは物柔らかに言った。彼はふたたびエヴィーを見た。「部屋まで案内いたしましょうか、奥様」

彼女は頭を左右に振った。「いいえ、行き方は知っています。どうか、お仕事にも、戻ってください」

キャムはふたたびお辞儀をして、さっとエヴィーと視線を交わした。ふたりは、機会を見つけてあとで話し合うことを無言で確認しあった。

「彼を嫌うのは、彼がロマだから？」エヴィーは階段のほうに歩きながら、夫に尋ねた。

「わたしは、生まれや素性で相手を嫌ったりはしない」セバスチャンは皮肉っぽく答えた。

「たいていはほかに嫌う理由が十分にあるのだ」

彼女は手を彼の腕からはずして、スカートをつまんで持ち上げた。

「支配人はどこへ行ったのだろう？」彼女のウエストのあたりに手をあてて階段を上りながら、セバスチャンはつづけた。「まだ宵の口だ。ハザードルームとダイニングルームは開いている――支配人は忙しくしているはずだが」

「飲んでいるのです」とエヴィーが言った。

「それでこのクラブの経営状態の悪さが大分説明できるな」

父のクラブについてのどんな侮辱にも敏感になっていて、しかも腰にあてがわれた彼の手が気になってしかたがないので、エヴィーは辛辣なことを言い返さないようにぐっと我慢しなければならなかった。甘やかされて生きてきた貴族が、商売のやり方を批判するのは簡単だ。もしも彼がこのようなクラブを自分で経営しなければならないとしたら――まずありえないことだけれども――父がやり遂げてきたことに対して、もっと敬意を払ったかもしれない。

彼らは三階に着き、二階の部屋の上部をぐるりと取り囲んでいる回廊に沿って進んだ。バルコニーの手すりからのぞけば、メインフロアの活動がすべて見渡せた。このクラブの中で一番広い部分はハザード専用の部屋になっていた。黄色でマーキングされたグリーンのフェルト様の布《ベーズ》に覆われた三台の楕円形テーブルのまわりに数十人の男たちが集まっていた。賭博場特有の音が三階まで響いてくる――絶え間なくダイスが投げられる音、ダイスの投げ手とクルピエの抑えてはいるが熱のこもった感嘆の声、クルピエが小さな木製の掛け金を集める道具《レーキ》をテーブルの上に滑らせて金を回収する静かな音――それらはエヴィーにとって子ども時代の思い出の一部だった。彼女は部屋の隅に置かれた彫刻をほどこした豪華なテーブルに目をやった。父はそこに座り、信用貸しをしたり、一時会員になる許可を出したり、賭けが大きくなると胴元の金を引き上げたりしていたものだった。そのときその机にいたのは、彼女の知らないなんとなくいかがわしげな男だった。部屋の反対側の隅に視線を移すと、そこでも見たことのない男が支払いやゲームの進み具合など、賭博場全体を監督していた。

手すりのところで足を止め、セバスチャンは妙に熱心な表情でメインフロアを見下ろした。

父の元へ一刻も早く行きたいエヴィーはもどかしげに彼の腕を引っ張った。しかし、セバスチャンは動こうとはしない。それどころか、彼女の存在すら忘れてしまったかのように、階下のようすに見入っていた。「どうしたのです？」エヴィーはきいた。「何か珍しいことでも目につきましたか？　何か問題でも？」

セバスチャンは頭を軽く振って、メインフロアから視線を三階に戻し、あたりを見回した。塗料の色が褪せ始めている壁板、あちこちが欠けた装飾、擦り切れたカーペットに順番に目を移していく。かつてジェナーズの室内装飾は見事なものだったが、時を経て、その輝きはほとんど失われていた。「クラブに会員は何人くらいいるんだ？　仮会員を除くと」

「昔は二〇〇〇人ほどでしたけど、いまは何人くらいいるかしら」エヴィーはもう一度彼の腕を引っ張った。「お父様に会いたいわ。ひとりで行かなければならないというのなら――」

「きみはひとりではどこにも行ってはならない」セバスチャンはそう言うと、顔を近づけて目を大きく見開いて彼女を見つめたので、エヴィーはびっくりした。彼の瞳は研磨されたムーンストーンのようだった。「酔っ払いや従業員に、売春婦が使う部屋に引っ張り込まれ、きみがいなくなったことにだれも気づかないうちに、強姦されてしまうかもしれない」

「そんな心配はまったくいりませんわ」彼女は不愉快そうに言い返した。「いままでもたくさんの従業員を知っていますし、クラブの中のことならあなたより詳しいのよ」

「いまのところはね」とセバスチャンはつぶやきながら、しつこく視線をメインフロアに戻した。「わたしはここを隅から隅までくわしく見て回るつもりだ。あらゆる秘密をさぐり出す」

その言葉にめんくらって、エヴィーは怪しむように彼を見た。このクラブに足を踏み入れた瞬間から、彼の表情が微妙に変化していることに彼女は気づいていた……彼の奇妙な反応をどう解釈したらいいのか、彼女にはわからなかった。いつものものうい雰囲気は消え去り、まるでクラブの不穏なエネルギーを吸収しようとしているかのごとく、油断なくあたりを観察している。

「まるで初めて来たみたいに、クラブを見ていらっしゃるのね?」とエヴィーはつぶやいた。

セバスチャンはバルコニーの手すりに手を滑らせ、指についたほこりをじっと見つめてから、それを払い落とした。彼は批判的というよりは考え込むような表情で答えた。「自分のものだと思うといままでとは違って見えてくるのだ」

「まだあなたのものではありません」エヴィーは暗い声で言った。きっと彼は将来ここを売るときの価値を評価しているのだろう。お父様が死の床についているというのにお金の計算をするとは、なんと彼らしいことか。「あなたはご自分以外の人の気持ちを思いやったことはないのですか?」

この質問は、夢中になっていた彼を現実に引き戻したらしく、不可解な顔になった。「めったにないね」

彼らは見つめ合った。エヴィーは非難するような目で彼を見ている。セバスチャンの目を通して彼の心を読むことはできない。彼に人並みの感情を期待すれば、落胆が繰り返されるだけだとエヴィーは理解した。いくら彼にやさしさや理解を示したところで、壊れてしまった彼の魂を修復することはできないだろう。デイジー・ボウマンが愛読しているスキャンダラスな小説に出てくる改心した放蕩者のように彼が心を入れ替えることはまずないだろう。「あなたが欲しがっていらっしゃるものは、まもなく手に入ると思いますわ」と彼女は冷たく言った。「でもとりあえずいまは、わたしは父の部屋へ行きます」彼女は彼から離れて一人で回廊を歩いていこうとしたが、数歩も行かぬうちに彼が追いついてきた。

アイヴォウ・ジェナー個人のスイートルームに着くころには、エヴィーの全身は脈打ち、どきんどきんという音が実際に聞こえるほどだった。会うのを恐れる気持ちと会いたくてたまらない気持ちが半々で、手はじっとりとして、胃がひっくりかえりそうになった。部屋のドアに手を伸ばすと、さびた真鍮のノブを握った手がつるりと滑った。

「わたしが」とセバスチャンは無愛想に言い、彼女の手を払いのけた。彼はドアを開けて、彼女が通れるように押さえ、彼女のあとから暗い応接間に入った。明かりは戸が開いている奥の寝室からの光だけだった。寝室には小さなランプが灯され、ぼんやりと室内を照らしていた。エヴィーは応接間と寝室のあいだのしきいをまたぎ立ち止まった。薄暗さになじむまで目をしばたかせる。自分の隣にセバスチャンが立っていることをほとんど忘れて、彼女はベッドに近づいていった。

父は口を少し開けて眠っていた。顔は精巧につくられた蠟人形さながらに奇妙に青白く輝いていた。深いしわが刻まれ、頬はたるんで窓のよろい戸のように見えた。父は元気だったころの半分くらいになっていた。腕はおそろしく細くなり、体全体がしぼんでしまっていた。ベッドに横たわっているこの痩せおとろえた姿を、かつて自分が知っていた大きくて頑丈な父と重ね合わせるのは難しかった。父の赤毛を見ると、悲しみと情愛が津波のように押し寄せてきた。赤毛にはたくさんの白髪がまじり、雛鳥のくしゃくしゃな羽毛のように頭のあちこちで立っていた。

部屋にはろうそくの芯が燃えるにおいと、薬と風呂に入っていない肌のにおいが満ちていた。病と近づきつつある死のにおいだ。部屋の隅には汚れたシーツが山積みにされ、ベッドの下には血がついたしわくちゃのハンカチがいくつも落ちている。ナイトテーブルの上には汚れたスプーンや色つきガラスの薬瓶がたくさん置いてあった。エヴィーは腰を屈めて、床に落ちている汚物をいくつか拾おうとしたが、セバスチャンは彼女の腕をつかんだ。「そんなことをする必要はない」と彼は小声で言った。「メイドにやらせればいいんだ」

「そうね」エヴィーは心を痛めたようすでつぶやいた。「よく働いてくれてますこと」彼の腕を振り払って、彼女は汚れたハンカチを拾い集め、シーツの山の上に落とした。

セバスチャンはベッドの近くに歩いていき、消耗しきったジェナーの姿を見下ろした。薬瓶のひとつを取り上げて、鼻の下をぐぐらせてつぶやいた。「モルヒネだ」

なぜかはわからないが、彼が無力な父のそばに立って、父の薬を調べている姿に、エヴィーはかっとなった。「わたしはいろいろとすることがあります」と彼女は低い声で言った。「部屋から出て行ってください」

「何をするつもりだ?」

「部屋をかたづけて、シーツを交換し、父に付き添うのです」

薄いブルーの目が細められた。「気の毒な病人は寝かせておけ。きみは食べる必要があるし、旅の服も着替えなくては。こんな暗がりにきみが座っていても、彼のためになるわけじゃない——」エヴィーの頑固な表情を見て、セバスチャンは途中で言葉を止め、口の中でぶつぶつ悪態をついた。「よかろう。一時間だ。そうしたらわたしといっしょに食事をとるのだ」

「わたしは父のそばについているつもりです」と彼女はきっぱりと言った。

「エヴィー」と彼は声を和らげたが、その裏には絶対に譲らないという警告が感じられ、エヴィーはびくんとした。彼は彼女に近づいて、そのこわばった体を自分のほうに向けて軽く揺すぶり、自分の顔を見上げさせた。「一時間後にだれかを呼びに来させるから、そうしたら来るのだぞ。わかったか?」

エヴィーは体が怒りでぶるぶる震えるのを感じた。まるでわたしを所有しているかのように、彼は命令した。ああ、なんてこと。生まれてからずっと、伯父や伯母の命令にしたがって生きてきたのに、こんどは夫にかしずかなくてはならないのだ。

でも……公平に見れば、わたしの人生を惨めにすることにかけては、セバスチャンはメイブリック家やスタビンズ家の人々には遠くおよばない。それにいっしょに食事をしろと命じることは、理不尽でもなければ、残酷なしうちでもない。怒りをぐっと飲み込んで、エヴィーはなんとかうなずいた。彼女の緊張した顔をまじまじと見つめる彼の瞳には、赤く焼けた金属の板に鍛冶屋がハンマーを打ち下ろすときに出る火花のような、奇妙な輝きがあった。

「いい子だ」と彼はにやりと笑ってつぶやき、部屋を出て行った。

8

セバスチャンはエヴィーをクラブに残して屋敷に帰ってしまおうかとも思った。セントジョーンズ通りを歩いていけば家に着く。近代的な水道設備が整い、食糧庫には食べ物がたっぷり蓄えられている静かな自宅の誘惑は、あらがいがたいものがあった。自分の家の食卓で食事がしたかったし、寝室のクローゼットにかかっているベルベットで裏打ちしたシルクのガウンを着て炉辺でくつろぎたかった。あんな頑固な妻などかまうものか――自分のことは自分で決められるさ。その結果手ひどい目に遭って、教訓を学べばいいのだ。

しかし、にぎわっているメインフロアの人々から見られないように気をつけながら、三階を静かに歩き回っているうちに、セバスチャンはどうしても好奇心を抑えることができなくなった。無造作に両手を上着のポケットにつっこんで柱にもたれ、クルピエたちが働く姿を見つめた。すると、ゲームのようすを監督し、すべてが満足のいくペースで進んでいるように見張る役目の監督主任がろくに仕事をしていないことに気づいた。三台のハザードテーブルは、どれもゲームの進行が滞っているようだった。だれかが行って景気づけ、ゲームのスピードをあげて、賭け金をもっとつり上げるような雰囲気をつくる必要があった。

だらしない身なりの住み込みの娼婦が、部屋をぶらぶらと歩き回り、ときどき立ち止まっては客と話をしていた。ダイニングホールのサイドボードや階下のコーヒールームに並べられている食事と同じく、会員は無料で娼婦と遊ぶことができた。慰めを得るためにせよ、ただ楽しく過ごしたいからにせよ、男たちが女を必要とするときには、娼婦は彼らといっしょに、上の階の専用の部屋へ行くのだ。

カードルームとコーヒールームがある一階までぶらぶらと降りていき、セバスチャンはまわりのようすをじっくりながめた。事業が傾きかけているサインが、わずかながらもあちこちに見られた。ジェナーは病気になったときに、自分の代わりにクラブをまかせられる人間を見つけられなかったのだろう。支配人のクライブ・イーガンは、無能か不正直のどちらか、あるいはその両方なのだろう。セバスチャンは帳簿が見たかった。支出と利益の記録、会員の個人的な金銭面の記録、地代、抵当、負債、貸し付け、信用貸しなど、クラブの経営状態の良し悪しを示すすべての資料に目を通したかった。

くるりと体の向きを変えて、階段に歩いていこうとすると、ローハンがいるのに気づいた。リラックスした姿勢で、陰になっている部屋の隅に立っていた。セバスチャンはわざと黙ったままで、青年が先に口を開くのを待った。

ローハンは彼をじっと見つめたまま、ばか丁寧に言った。「何かご用でしょうか」

「まず、イーガンがどこにいるか教えてくれ」

「自分の部屋におります」

「なぜだね？」

「気分が悪いのです」

「ほう」セバスチャンは軽く言った。「よく彼は気分が悪くなるのかな、ローハン？」

ローハンは黙っていたが、頭の中でいろいろ思いをめぐらせているらしく、ひるまずにつりあがった目でじっとセバスチャンを見つめている。

「事務室の鍵が欲しい」とセバスチャンは言った。「台帳が見たいのだ」

「鍵はひとつしかございません」彼はセバスチャンを見つめたまま返事をした。「その鍵はミスター・イーガンが肌身離さず持っています」

「では、とってきてくれ」

青年の太くて黒い眉がわずかに上がった。「酔っ払いから盗んでこいと？」

「奴がしらふになるまで待つより、はるかに簡単だ」セバスチャンは皮肉っぽく言った。「それに、盗むことにはなるまい。その鍵は、ほぼ、わたしのものなんだから」

ローハンの若々しい顔がこわばった。「わたしの忠誠心はミスター・ジェナーに捧げています。そして、彼のお嬢さんに」

「わたしもそうだ」もちろん、これは嘘だ。セバスチャンの忠誠心のほとんどは自分に捧げられていた。エヴィーと彼女の父親はそれぞれ、一位に大きな差をつけられた二番目と三番目だった。「鍵をとってきてくれ。でなければ、明日イーガンといっしょにここから出て行く覚悟をするんだな」

一瞬、気まずいムードが漂ったが、ローハンは嫌悪とかすかな好奇心がまざりあった目でセバスチャンをにらむだけにした。彼はうなずいて、優雅に大またで階段に向かって歩いていった。セバスチャンを恐れて従ったわけではなかった。むしろ、セバスチャンの出方を見てやろうじゃないかという気分だった。

セバスチャンに命じられてローハンがエヴィーを呼びに行ったころには、エヴィーは部屋をかたづけ、いやがるメイドに手伝わせてシーツを交換し終えていた。シーツは寝汗でぐっしょり濡れていた。シーツを取り替えるあいだ、慎重に父の体をベッドの片側に転がし、また反対側へと転がしても、父はむにゃむにゃ何ごとかつぶやき、少し動いただけで、モルヒネによる深い眠りから覚めることはなかった。濡れた寝巻きに包まれた骨の浮き出た体と、その体の軽さにエヴィーは驚いた。あまりにもかわいそうで、なんとか少しでも楽にしてあげたいという思いで胸が苦しくなるほどだった。新しいシーツと毛布を父の胸元まで引き上げ、冷たい水を浸した布を額の上にのせる。父はため息をひとつ漏らし、ついに暗闇の中で目を開けた。落ち窪んだまぶたがかすかに開いて目がきらりと輝いた。彼は長いあいだ、相手がだれかわからなかったらしくただじっと見つめていたが、やがてひび割れた唇を横に引いてほほえんだ。煙草で黄ばんだ歯の先が少しのぞいた。

「エヴィー」低いしわがれ声で父は言った。

父のほうに身を屈めてエヴィーはほほえみかけた。鼻の奥がつんとして、涙がこみ上げてきた。「わたしはここよ、お父様」と彼女はささやいた。そしてずっと言いたくてたまらなかった言葉を言った。「わたしはここにいます。そしてぜったいお父様のそばを離れません」

父は満足そうな声を出して目を閉じた。眠ってしまったのかしらとエヴィーが思ったとき、彼はつぶやいた。「今朝は、まずどこから行こうか、エヴィーちゃんや。パン屋にするか、それとも……」

父は子どものわたしがクラブにやってきたと思っているのだとエヴィーは気づき、やさしい声で言った。「ええ、そうしましょう」あわててあふれてくる涙をこぶしでぬぐう。「アイシングのかかったパンが食べたいわ……割れビスケットでつくったお菓子も……それからここに帰ってきて、いっしょにサイコロ遊びをしましょう」

かすれた笑い声が荒れたのどからもれて、彼は軽く咳き込んだ。「出かける前に、ちょっと昼寝をさせてくれ……いい子だから……」

「ええ、お休みになって」エヴィーはささやいて、額にあてた布を裏返した。「わたし、待っているわ、お父様」

父が薬による眠りにふたたび落ちていくのを見ながら、こみあげてくる鋭い胸の痛みを飲み込み、ベッドサイドの椅子にふわりと座り込んだ。ここ以外に彼女が行きたい場所はなかった。力を少し抜くと、糸が切れた操り人形のように痛む肩ががくんと下がった。だれかに必要とされたと感じたのは生まれて初めてだった。初めて、自分がそこにいることでだれかのためになれるような気がしたのだ。父の重い容態は彼女の心をずっしりと沈み込ませたが、ほんの短いあいだにせよ、父の最期を看取れることに感謝した。父と娘はこれまでもずっと互いを理解することはなく、見知らぬ他人どうしのままだったから、父を知ることができるほどの時間は残されていない。だが、このわずかな時間が与えられただけでも願っていた以上の幸福だった。

ドアの側柱をこつこつと叩く音で、彼女ははっと我に返った。見上げるとキャムがしきいのところに立っていた。両腕を胸の前で組み、ゆったりとした雰囲気を漂わせてたたずんでいる。エヴィーは疲れた顔にかすかな笑みを浮かべて彼を見た。「彼に、わたしをよ、呼んでくるように言われたのね？」

もちろん、「彼」がだれかをはっきりさせる必要はなかった。「食事用の個室でいっしょに夕食を食べるようにと」

エヴィーは軽く頭を振り、笑みは苦笑いに変わった。「わかりました、ただいま参ります」と従順な妻のような口調でつぶやいた。彼女は立ち上がって、眠っている父親の肩にかかっている毛布を直してから歩き出した。

キャムは彼女が近づいてきても戸口から動かなかった。彼は平均よりも背が高かったが、セバスチャンほどではなかった。「いったいどうしてセントヴィンセント卿と結婚することになったんだ？　彼が金に困っていることは知っている。うちでも、最後に彼が来たとき、信用貸しを拒否しようかと思ったくらいだからね。あちらから、結婚の取引を持ちかけてきたのか？」

「どうしてわたしたちが愛し合って結婚したのではないとわかるの？」とエヴィーははぐらかした。

彼は皮肉たっぷりな目で彼女を見た。「セントヴィンセントが愛しているのは自分自身だけだからだ」

口元に本物の笑いが浮かびそうになるのを抑えるのは骨が折れた。「じ、じつは、わたしのほうから彼のところに行ったの。永久にメイブリック家から逃げ出すためには、ほかに方法を思いつかなかったから」親戚のことを思い出すと、笑みは消えた。「キャム、わたしが失踪してから、彼らはここにさがしに来た？」

彼はうなずいた。「きみの伯父さんがふたり。クラブ中をさがし回って、ようやくきみが隠れていないと納得して、満足そうに帰ったよ」

「いまいましい」エヴィーは、デイジー・ボウマンお気に入りの汚い言葉をつぶやいた。「次には友人たちのところに行くでしょうね、きっと。ハント家やボウマン家に。わたしがいなくなったことを知ったら、彼女たち心配するわ」しかし、エヴィーが何をしたかを知ったら、彼女たちはもっと心配することだろう。ぼんやりと彼女はほつれた髪をうしろになでつけ、両腕で自分の体を抱きしめた。無事であることを、アナベルとデイジーに知らせなければならない。リリアンはヨーロッパを旅行中だから、エヴィーの失踪のニュースは届かないだろう。

明日、と彼女は思った。まもなくこのスキャンダラスな駆け落ち事件に非難が集まるだろうけれど、後始末は明日にまわそう。メイブリック家に使いを送って残りの衣類をとってこさせたほうがいいのだろうか……いや、彼らがそう簡単にわたすかどうかも怪しいものだ。きっとだめだろう。やらなければならないことがどんどん頭に浮かんでくる……昼間着用するドレスを何枚か、そして靴を早急に作らせなければならないだろう。

「わ、わたしがここにいることを親戚が知ったら、わたしを連れ戻しにくるでしょう。結婚の無効を申し立てようとするかもしれない。わたしは……」彼女は言いよどんでから、はっきりした声でつづけた。「彼らに無理矢理連れ戻されたら、どんなことになるのかと思うと、とても恐ろしいわ」

「セントヴィンセントは彼らを止めないと？」キャムはそう尋ねると、なだめるように彼女の肩に片手を置いた。彼の手のひらの重みが肩の骨のたよりなげな曲線にのっているだけの無害な接触だったが、彼女は勇気づけられた。

「ちょうどそのとき彼がここにいたら。しらふだったら。腕力があったら」彼女は乾いた笑いを浮かべた。「もしも、もしも……」

「おれはここにいる」とキャムはささやいた。「しらふで、腕力もある。どうしてセントヴィンセントはそうではないと思うんだ？」

「この結婚は便宜的なものだから。彼が持参金を受け取ったら、わたしたちはほとんど会うことはないだろうと思うの。彼はわたしに言ったわ。二流の賭博場でじっと待っているほど暇ではないって……」彼女は言うのをためらって、肩越しに振り返って父のベッドを見た。

「それについては、心を変えたかもしれない」とキャムは皮肉っぽく言った。「彼に事務室の鍵をわたしたとたん、すべての台帳を引っ張り出して、一ページずつ丹念に調べ始めた。それが終わったら、クラブ中を隅から隅まで見て回るつもりじゃないかな」

エヴィーはそれを聞いて目を丸くした。「いったい、彼はなにを調べようというのかしら?」と彼女は彼にというより自分自身に言った。セバスチャンの行動は奇妙だ。長い旅から戻ったばかりだというのに、そんなにあわててクラブの経営状態を調べる理由などないはずだ。明日に延ばしてもいいことだ。彼女は、彼がメインフロアのようすを見下ろしていたときの、とりつかれたような目つきを思い出した。それにこんなこともつぶやいていた……わたしはここを隅から隅までくわしく見て回るつもりだ。あらゆる秘密をさぐり出す、と。まるで、ここが色あせた絨毯と何台かのハザードテーブルがあるだけのしがない賭博場ではなく、それ以上の価値があるものだとでも言うように。

不思議に思いながら、エヴィーはキャムとともに、下のダイニングルームへの一番の近道であるいくつもの裏通路や廊下を通っていった。ほとんどの賭博場がそうであるように、ジェナーズにも、秘密の隠れ場所や、こっそり陰から見張るための場所や、人や物を密かに外に出すための隠し扉などがあった。キャムは小さな個室に案内し、彼女のためにドアを開けてやり、彼女が礼を言うとお辞儀をした。

部屋の奥へ進んでいくと、後ろでドアが静かに閉まる音がした。セバスチャンは魔界の帝王サタンよろしくゆったりと自信をみなぎらせて重いひじ掛け椅子に手足を伸ばして座り、鉛筆で台帳の欄外余白にメモを書きつけていた。彼の前のテーブルにはメインダイニングルームのサイドボードから運ばせた料理の皿がたくさん並んでいた。

台帳から目を離し、セバスチャンはそれをわきにすっと置いて立ち上がると、もうひとつの椅子をエヴィーのために引いた。「親父さんの具合は？」

彼に椅子を押してもらって座りながら、彼女は用心深く答えた。「ほんの一瞬目覚めました。わたしのことを、子どものころのわたしと思ったようです」切り分けたローストチキンがのった皿と、温室栽培の桃とぶどうが盛られた皿を見て、彼女は自分の皿に食物を取ろうと手をのばした。極度の空腹と疲労のせいで、手がぶるぶる震えた。それを見たセバスチャンは、黙って食べ物を少しずつ選んで彼女の空の皿にのせた。茹でた小さなウズラの卵、ペポカボチャのクリーム煮を一匙、チーズをひときれ、冷えた肉を何切れか、魚、柔らかいパンなどだ。

「ありがとう」エヴィーは礼を言った。疲れ果てていて、何を食べているのかもわからないくらいだ。フォークを口元まで運んで食べ物を口に入れ、目を閉じて嚙んで飲み込んだ。まつげを上げると、セバスチャンがこちらをじっと見つめていた。

彼も自分と同じくらい疲れているように見えた。青い目の下にうっすらと隈ができていた。頬骨の上の皮膚はぴんと張っていて、軽く日焼けした肌は青ざめていた。髭が伸びやすいたちらしく、無精髭が金色の陰を頬につけていた。少し容姿が崩れたくらいのほうが、彼はいつもよりもっとハンサムに見えた。つるりとした大理石の彫像の完成された美に、味わいのある優雅さが加わった感じだった。

「まだ、ここに泊まるという考えに固執しているのか？」彼は器用に桃を半分に割って皮をむき、彼女にきれいに皮がむかれた金色の桃をわたした。

「ええ、もちろんです」エヴィーは桃を受け取り、かぶりついた。すっぱい汁が口中に広がった。

「そう言うだろうと思った」と彼は冷たく言った。「いいかい、それは間違いだ。きみは、自分がどんな危険に身をさらすことになるのかまるでわかっていない……卑猥な行為や、みだらな言葉、好色な目つき、体をまさぐられたり、尻をつかまれたり……そんなことは日常茶飯事だ。ここでの生活がどんなものか想像してみろ」

眉をひそめたらいいのか、ほほえんでいいのかわからず、エヴィーは彼を不思議そうに見つめた。「なんとかします」と彼女は言った。

「きっとそうするだろうな」

グラスを口元に持っていき、エヴィーはワインを飲みながらグラスの縁越しに彼を見つめた。「台帳に何が書いてあるのです？」

「創造的記帳の方法を学んでいるのだよ。イーガンがクラブのあがりをちょろまかしていたと聞いてもきみは驚かないだろうな。あちこちで利益を横取りしている。ばれないように少額ずつ。だが、ちりも積もれば山となるで、総額はかなりのものになっている。いったい何年くらい前からやっていたのかはわからんが。これまでのところ、わたしが目を通した帳簿にはすべて、だれかが故意にやった計算の間違いがある」

「どうして故意だとわかりますの？」

「明らかなパターンがあるのだ」彼は一冊の帳簿を開いて、彼女のほうに押しやった。「先週の火曜日、クラブの売上は約二万ポンドだった。貸し付け金や、銀行預金高、現金支出などの記録から数字をクロスチェックすれば、食い違いがあることがわかる」

エヴィーは彼の指先の動きを目でたどり、ページの余白に彼が書いたメモを見た。「わかるだろう？」と彼は言った。「これが正しい売上額であるはずなんだ。彼は支出をたっぷりと水増ししている。たとえば象牙のダイス。たしかにダイスは一晩しか使われない消耗品だが、ローハンによれば、年間の費用はせいぜい二〇〇〇ポンドだそうだ」どの賭博場でも、いかさまの疑いを持たれないために、毎晩新しいダイスを使うことになっていた。

「でも、ダイスにほぼ三〇〇〇ポンドも使われていることになっているわ」とエヴィーはつぶやいた。

「そのとおり」セバスチャンは椅子の背にもたれて、にやりと笑った。「わたしも若いころはよく同じ手で父をだましたものだった。毎月もらう手当てでは足りず、自由に使える金がもっと必要だったから」

「どんなものに必要だったのです？」エヴィーは尋ねずにはいられなかった。

彼はにやにやしたまま言った。「それを説明するには、きみの聞きたくない言葉リストに入っている言葉をわんさと使わなければならない」

フォークをウズラの卵に突き刺し、エヴィーはそれを口に放り込んだ。「ミスター・イーガンのことはどうなさるつもりですか?」

彼は優雅に肩をすくめた。「酔いが覚めて歩けるようになったら、即刻ここから出て行ってもらう」

エヴィーは顔にかかっていたほつれ毛をはらいのけた。「彼の代わりを務める人がいませんわ」

「それが、いるんだ。適切な支配人が見つかるまで、わたしがクラブをみる」

ウズラの卵がのどにつまったような気がして、エヴィーは軽くむせた。あわててグラスを取り、ワインで卵を流し込み、目をまん丸くして彼を見つめた。そんな途方もないことを言い出すなんて、どうかしている。「無理です」

「イーガンよりははるかにましな仕事ができるさ。なにしろ、ここ数カ月、奴は何ひとつやっちゃいないんだ……間もなく、このクラブは音を立てて崩れ落ちるだろう」

「仕事など嫌いだとおっしゃっていたわ!」

「たしかに。だが、一度くらい試してみるのも悪くない。本当に嫌いかどうか確かめるためにね」

彼女は不安で、言葉がつかえ始めた。「ほんの数日間だけここをおもちゃにして、すぐに飽きてしまうんだわ」

「飽きてしまうわけにはいかないんだよ、かわいい人。このクラブはまだ儲かっているが、価値は下がり始めている。きみの親父さんはものすごい負債をかかえていて、そいつの片をつけなくてはならない。クラブに借りがある人間が現金を払えないというなら、資産や宝石類、美術品で支払ってもらう。わたしは物品の価値には詳しいので、上手い具合に交渉できると思う。そうそう、他にもまだ話していない問題がある……ジェナーはだめなサラブレッドを何頭も所有していて、ニューマーケットで大金を失っている。さらに彼は、頭がいかれているとしか思えない愚かな投資をしている――フリントシアにあるといわれている金鉱に一万ポンドも投資しているんだ。子どもでも詐欺だってことは見抜けるだろうに」

「まあ、なんてことでしょう」エヴィーは額をこすりながらつぶやいた。「父は長いこと病気だったので――人々が父を利用して――」

「そういうことだ。だが、このクラブを売るとしても、まずは商売を立て直さなくてはならない。ほかに方法があるというなら、正直な話、そのほうがいいんだ。だが、現状では、穴の空いた鉢のようにどんどん金がこぼれていく。穴をふさぐ能力のある人間も、それを喜んでやろうとする人間もいないからだ。わたし以外には」

「あなただって、穴をふさぐ方法など知らないくせに！」エヴィーは彼の傲慢さにぞっとして叫んだ。

セバスチャンは穏やかに笑み、かすかに片眉をあげた。彼が何か言おうと口を開くより前に、彼女は両耳を手でふさいだ。「ああ、やめて、聞きたくないわ！」彼が彼女の気持ちをくんで黙ったままでいるのを見て――とはいえ、彼の目には悪魔のようなきらめきが残っていたが――ためらいながら手を下ろした。「クラブを経営するというなら、どこで眠るつもりなのです？」

「もちろんここだ」と彼はあっさり答えた。

「たったひとつしかない客用の部屋はわたしが使いますし、ほかの部屋はみな埋まっています。わたしはあなたと同じベッドで寝る気はありません」

「明日になれば、部屋はたくさん空く。クラブに住み込んでいる娼婦たちを追い出すつもりだ」

あまりにめまぐるしい状況の変化に、くらくらする彼女の頭はついていけなかった。セバスチャンは父の事業や使用人たちを支配するつもりのようだが、すべての展開があまりに性急すぎて不安になる。飼いならされた猫をクラブに連れてきたら、突然それが虎に変身して暴れ出したような、いやな感じがした。しかも自分にできることは、彼が思うがままに殺戮をつづけるのを、どうすることもできずに見守るだけなのだ。数日間勝手にやらせれば、きっと新鮮味が薄れて飽きてしまうだろう、とエヴィーはすてばちに考えた。それまでのあいだ、できるかぎり被害が少なくなるようにしよう。

「娼婦たちをただ道に放り出すつもりですか？」彼女はなんとか心を落ち着かせて尋ねた。

「クラブのために働いてくれた報酬として十分すぎるほどの金を与えて解雇する」

「新しい人を雇うのですか？」

セバスチャンは頭を振った。「わたしは、売春という概念にまったく道徳的な嫌悪感を抱いていない。むしろ、おおいに奨励したいくらいだが、自分がポン引きになるのは我慢できないのだ」

「何ですって?」

「ポン引きさ。売春婦のヒモ。売春周旋業。まったくもう、きみは子どものころ、耳に綿でも詰めていたのか? そういう言葉を耳にしたことはなかったのか。下品な身なりをした女たちがいつもクラブの階段を上がったり下りたりしているのを見て、なぜだろうと思ったことは?」

「わたしはいつも昼間クラブに来ていましたから」エヴィーは威厳たっぷりに答えた。「あの人たちが働いているところはめったに見ませんでした。大きくなって、彼女たちが何をしているか理解できるようになると、父はわたしの訪問を拒み始めたのです」

「ジェナーもきみのためになることをしたってわけだ」セバスチャンはその話題を払いのけるようにいらだたしげに手を振った。「話を元にもどすと……わたしはつまらん娼婦たちをここに置いておく責任をとりたくないし、また彼女たちを住まわせておく部屋もない。毎晩、ベッドがすべてふさがっているときには、クラブの会員は外の厩舎でお楽しみをしなければならないんだ」

「そうなのですか?」

「厩舎は風が入ってきて寒いし、しかも藁がちくちくして痛い。わたしが言うのだから本当だ」

「あなたは——」

「しかし、二ブロック先に素晴らしい娼館がある。そこの所有者、マダム・ブラッドショーとうまく話がつけられると思う。クラブの会員が女と遊びたくなったら、ブラッドショーの娼館まで歩いていける。そうすれば割引価格でサービスが受けられ、気分がすっきりしたらまたクラブに戻ればいいのだ」彼は、彼女からこのアイデアへの賞賛を期待するかのように、眉をぐっと上げた。「どう思う？」

「それでもやはり、あなたが売春周旋業であることに変わりはないと思いますわ。こっそりとやっているだけで」

「道徳心は中流階級だけのものなのだよ。それより下層の人々は、そんなことにかまっちゃいられない。そして上流の人々は暇をもてあましていて、退屈しのぎを見つけなければならないのだ」

エヴィーはゆっくりと頭を振りながら、大きく目を見開いて彼をじっと見つめた。彼が身を乗り出してきて彼女のゆるんだ唇のあいだにぶどうの粒を押し込んでも、彼女は動かなかった。「何も言う必要はない」彼は笑いながらささやいた。「わたしがここにいてきみを見守ることに感謝するあまり、口がきけなくなっているようだからね」

彼女が赤い眉をさげて眉間にしわを寄せると、彼は軽く笑った。「わたしが男の欲望に屈して、弱っているきみを襲うのではないかと心配しているなら……そうしてもいいんだよ。きみが感じよく頼めばね」

エヴィーは甘くて汁気たっぷりのブドウを歯で噛んでつぶし、歯と舌で種を出した。その口の動きを見ているうちに、セバスチャンは笑顔を少し真顔に戻し、体を後ろに退いた。

「ま、いまのところ、きみは経験不足すぎて、わざわざ寝る価値もないがね」と彼は冷たくつづけた。「何人か別の男がめんどうでもきみを教育してくれたら、いつかきみを誘惑する気になるかもしれない」

「どうかしら」と彼女はむっつりと言った。「わたし、自分の夫と寝るような中産階級の人間じゃありませんから」

彼は笑い出した。「恐れ入った。その言葉を使う機会を何日も狙っていたんだな。なかなかやるじゃないか。結婚してからまだ一週間にもならないというのに、きみはもう戦い方を学んだわけだ」

9

エヴィーは最初の晩、夫がどこに寝たのか知らなかったが、どこか寝心地の悪い場所だったのではないかと思った。彼女自身も安眠できたとはとても言えず、不安のせいでしょっちゅう目が覚めた。何度か父のようすを見に行き、水を口に含ませたり、寝具を直したり、咳がひどいときには薬を飲ませたりした。ジェナーは目覚めるたびに、娘を見てあらためて驚くのだった。「おまえがここにいるなんて、おれは夢を見ているのかな、おちびちゃん」と父がきくと、彼女はやさしくささやいて、父の髪をなでた。

日が昇るやいなや、エヴィーは顔を洗って着替え、湿った髪を首のうしろで三つ編みにしてまとめた。ベルを鳴らしてメイドを呼びエッグノッグ、コンソメスープ、紅茶など、食欲を失った父が少しでも食べたくなるような病人食を用意するよう命じた。クラブの朝はしんと静かで、明け方まで働いていた従業員たちのほとんどは眠っていた。とはいえ、何人かは働いており、軽い用事をこなしていた。料理人が厨房にいないときには、代わりに料理係のメイドが食事を所望する人に簡単な料理を用意した。

父の部屋から連続した空咳が聞こえてきた。急いでベッドに駆けつけると、父は体を痙攣させながらハンカチに咳をしていた。激しく咳き込む父のつらそうな胸の音を聞いて、エヴィー自身の胸も痛んだ。ナイトテーブルの上の薬瓶をがちゃがちゃとさぐってモルヒネのシロップを見つけ、それをスプーンにたらした。父の熱く湿った頭の下に腕を差し入れて上体を起こした。その軽さにあらためてショックを受ける。父の体は咳の発作をこらえようとしているかのようにこわばっている。エヴィーはおののき震えてスプーンを取り落としてしまい、薬が寝具の上にこぼれた。

「ごめんなさい」とエヴィーはつぶやき、あわててどろりとしたシロップを拭き取ると、もう一度スプーンにシロップを入れた。「さあ、お父様、もう一度」父はなんとか薬を口に入れ、ごくりと飲み込んだ。血管の浮いた父ののどがそれにあわせて動いた。それから、何度かまた咳をして、娘が頭を枕の上に下ろしてくれるのをじっと待った。

エヴィーはそっと父を寝かせて、折りたたんだハンカチを手に握らせた。ごましおの髭に覆われた衰えた顔をじっと見つめながら、変わり果てた姿に昔の父の面影をさがした。父は丸顔で、いつも血色がよく、頑丈そうだった……会話をするときには手振りをつけずにはいられなかった。こぶしをつくって空をパンチするような、元拳闘家特有のジェスチャーをしながらしゃべったものだった。いまここにいるのはその男の青ざめた影だ。皮膚は灰色に変わり、急激な体重減少のせいでたるんでいた。だが、青い目だけは同じだった……丸くて、アイルランドの海のような深いブルー。見慣れた瞳に出会えたことでちょっと安心して、エヴィーはほほえんだ。

「食事をたのみました。すぐにくると思うわ」

ジェナーはかすかに首を振って、食べたくないという意思表示をした。

「だめよ」ベッドの端に半分腰を下ろしてエヴィーは言った。「何か食べなくてはだめよ、お父様」折りたたんだガーゼの隅で、髭の密集した口の端についた血をぬぐった。

父は白髪まじりの眉をひそめ、かすれた声で言った。「メイブリックの連中が、おまえを連れ戻しにくるだろう、エヴィー？」

彼女のほほえみは満足そうな笑みに変わった。「もう戻らなくてもいいの、永久に。数日前、わたしは駆け落ちをしてグレトナグリーンに行き、け、結婚したの。もうあの人たちの自由にはさせないわ」

ジェナーは目を丸くした。「相手は？」と短くきく。

「セントヴィンセント卿よ」

ノックの音がして、皿がたくさんのったトレイを持ってメイドが入って来た。エヴィーは立ち上がって、メイドを手伝い、ナイトテーブルの上のものを少しどけた。食べ物のにおいに、父がほんのかすかにではあったが、うっと身をすくませたのを見て、エヴィーは父が気の毒でたまらなくなった。「ごめんなさい、お父様。でもせめてコンソメスープくらいは飲まなくては」父の胸の上にナプキンをかけ、口元にスープのカップを持っていった。彼は数口すすってまた枕に頭をつけ、口を拭いてくれる娘の顔をじっと見つめた。父が説明を待っているのだとわかって、エヴィーは悲しげにほほえんだ。この問題については少し前もって考えておいたので、父のためにロマンスをでっち上げる必要はないと思っていた。父は現実的な人間だから、娘が愛のために結婚することを願っていたとは思えない。人生をあるがままに受け入れ、生き残るためには必要なことはどんなことでもする、というのが父の考え方だ。生きていく道すがら、ちょっと楽しいことがあれば、それを享受すべきだし、あとでその代償を求められても文句を言うべきではないのだ。

「わたしたちが結婚したことを知っている人はまだほとんどいないの。でも、実のところ、それほど悪い縁組というわけではないのよ。わたしたちけっこううまくやっているし、彼についていて幻想は抱いてないわ」

ジェナーが口を開けると、彼女はエッグノッグを一匙滑り込ませた。彼は娘の話をじっくり考え、エッグノッグを飲み込んでから、思い切って言った。「彼の父親の公爵は、自分自身と斧の取っ手の区別もつかんようなとんまだ」

「でも、セントヴィンセント卿は頭が切れるわ」

「冷たい奴だ」とジェナーは指摘した。

「ええ。でも、そうでないときもあるのよ。つまり――」彼女は突然言葉を止めた。セバスチャンがベッドで自分にのしかかってきたときのことを思い出して頬が熱くなる。彼の体は硬くて温かく、指で触れると背中の筋肉が動くのがわかった。

「女たらしだ、あいつは」ジェナーは感情を交えず言った。

「それはどうでもいいの」とエヴィーも率直に答えた。「わたしはけっして彼に誠実さを求めたりはしない。わたしは結婚によって欲しいものを手に入れた。そして彼が欲しいのは……」

「よっしゃ、おれが借りを返してやろうじゃねえか」と父はほがらかに、ロンドン訛りで言った。「奴はどこだ？」

彼女はもう一匙、エッグノッグを父の口に入れた。「まだベッドの中だと思うわ」

部屋を出ようとしていたメイドが、戸口のところで立ち止まった。「さしでがましいようですが、ベッドにはおられません、お嬢様……いえ、奥様。セントヴィンセント卿はミスター・ローハンを夜明けとともにお起こしになってあちこち連れまわし、いろいろ質問なさったり、リストをわたしたりしていらっしゃいます。ミスター・ローハンはすっかりご機嫌ななめで」

「セントヴィンセント卿は人をこき使うのが好きなのよ」とエヴィーは辛辣に言った。

「何のリストだ？」とジェナーがきいた。

エヴィーはセバスチャンがクラブの経営に自ら乗り出すことにしたと父に言う勇気がなかった。そんなことを言ったら、父を怒らせるにきまっている。娘が愛のない結婚をしたという知らせなら冷静に受け止められても、自分の事業に関係することとなったら大きな心配の種になる。「ああ、それは」と彼女はあいまいに言った。「傷んだ絨毯を交換する話だと思うわ。それから、サイドボードに置かれる食事のメニューも改善したいんですって。そんなことよ」

「ふーむ」エヴィーがスープのカップをふたたび口元に持っていくと父はいやな顔をした。

「奴に言ってくれ。イーガンの許可なしには何もしてはならないと」

「はい、お父様」

エヴィーはこっそりメイドに目配せし、目を細めてそれ以上何も言わないようにと合図した。無言の命令を理解して、メイドはうなずいた。

「おまえは前より言葉がつかえなくなったな」とジェナーは言った。「どうしてだい、赤毛ちゃん？」

エヴィーはその質問をじっくり考えてみた。たしかにこの一週間、吃音は驚くほど少なくなっている。「よくわからないの。たぶん、メイブリック家から離れたことで、気分が……楽になったからだと思うわ。ロンドンを出発してすぐに気づいたの……」エヴィーは、グレトナグリーンへの逃避行の顚末を、聞かせたくない部分は端折って父に話した。父は聞きながらときおり笑い出し、そのせいで何度かハンカチに向かって咳き込んだ。話をしているうちに、父の顔はリラックスしていった。モルヒネが効いて痛みが和らいでいるのだろう。エヴィーは父が手をつけなかったトーストを食べ、紅茶を一杯飲んでから、朝食のトレイをドアのところに置いた。

「お父様」と彼女は落ち着いた声で言った。「眠ってしまう前に、体をきれいにして、髭を剃るお手伝いをするわ」

「その必要はない」と答えた父の目は、モルヒネの影響でどんよりしている。

「お世話させて」と彼女はゆずらず、洗面台に向かった。そこにはメイドが湯の入った水差しを置いておいてくれた。「さっぱりすればよく眠れるわ」

言い返すのもおっくうだったらしく、彼はため息をついてこほんと咳をし、彼女が磁器の洗面器と髭剃り道具をベッドサイドテーブルに運んでくるのをじっと見ていた。彼女はタオルを父の胸にかけて、首の付け根にたくしこんだ。男の髭など剃ったことのないエヴィーは、髭剃り用ブラシを取って水につけ、カップに入った石鹼にためらいながらなすりつけてみた。

「まず、熱いタオルが先だ」とジェナーはもぐもぐ言った。「そうすれば髭が柔らかくなる」

言われたとおり、エヴィーは別のタオルを湯につけて絞り、父の顎とのどにそっとあてた。一分ほど待ってからタオルをどけて、髭剃りブラシを使って片側の顎に石鹼をつけた。半分ずつ髭を剃っていくことにして、剃刀を開き、心もとない目でじっと刃先を見つめてから、おもむろに父のほうに屈み込んだ。剃刀が顔に触れる直前に、戸口から小ばかにしたような声が聞こえてきた。

「なんとまあ」肩越しに振り返ると、セバスチャンが立っていた。彼はエヴィーにではなく、彼女の父親に話し掛けていた。「あんたの勇気を称えたほうがいいのか、それとも剃刀をかまえた娘を自分に近づけるとは、頭がどうかしてしまったのではないかときいたほうがいいのか、迷うところだな」彼はのんびりと数歩でベッドに近づいてきて、手を差し出した。

「それを寄越しなさい。親父さんが咳をしたら、彼の鼻を削ぎ落としてしまうぞ」

エヴィーは口答えせずに剃刀をわたした。睡眠不足であるにもかかわらず、今日の彼はきのうよりずっとすっきりしているように見えた。さっぱりと髭を剃り、髪は洗ってくしできれいに整えられて輝いていた。ほっそりした体にぴったり合うように仕立てられた服を身につけている。上着は濃いチョコレート色の布で作られており、黄金の髪を美しく引き立てていた。このクラブに来たことが彼に活力を吹き込んだのか、生きるエネルギーのようなものが彼から発散していた。ふたりの男たち——ひとりは年老いた病人、もうひとりは健康そのものの大柄な男——のあいだには、夜と昼ほどの激しい違いがあった。セバスチャンが父に近づいていくと、エヴィーはふたりのあいだに割って入りたいという衝動にかられた。彼女の夫は、無力な獲物にとどめを刺すために近づいていく肉食獣にそっくりだった。

「革砥をとってきてくれ」セバスチャンは口の端を少しねじ曲げてほほえんで、彼女に命じた。

彼女は素直に取りに行った。戻ったときには、セバスチャンはさきほど彼女がいた場所に立っていた。「髭剃りの前後にはかならず剃刀を研いでおかなければならないんだ」とつぶやきながら、剃刀の刃を革砥にこすりつけた。

「研ぐ必要がないくらい鋭利に見えましたわ」とエヴィーは疑うように言った。

「鋭利であればあるほどいいんだよ。顔全体に石鹸の泡をつけてくれ。石鹸で髭がやわらかくなる」彼は後ろにさがって、彼女に石鹸をつけさせ、それから彼女を軽く押してどかせて自分はベッドのマットの上に半座りの姿勢をとった。手に剃刀を持ち、ジェナーに尋ねる。

「いいかな?」

父がうなずいたので、エヴィーは目を丸くした。セバスチャンに髭を剃ってもらうことに何の不安も感じていないかのようだ。エヴィーはよく見えるようにベッドの反対側にまわった。

「剃刀にまかせるんだ」とセバスチャンは言った。「手に力を入れるのではなくね。髭の向きに逆らわないように。生えている方向に向かって動かす……こんな感じだ。絶対に歯を平行に動かさないように注意すること。顔の横から始めて……それから頬……それから首の横、こんなふうに……」セバスチャンはしゃべりながら、石鹼の泡がついた髭に剃刀の刃をこすりつけるようにして、きびきびと剃り落としていく。「そして、刃は頻繁にすすぐ」彼の長い指が父の顔の上をやさしく動いていく。角度を変えたり、皮膚がたるんでいるところは引っ張ったりしながら。その動作は軽やかで手際がよく、まったく無駄がない。エヴィーはかすかに頭を振った。セントヴィンセント卿セバスチャンが、老練な召使のように父の髭を剃っているところを自分が見ているのだとは信じられなかった。

男の儀式を終えて、セバスチャンは残った石鹼の泡をジェナーの輝くばかりにつるつるになった顔からふき取った。顎の先に、一か所だけ小さな切り傷ができていた。それにタオルを押し当て、セバスチャンはぶつぶつ言った。「石鹼にはもっとグリセリンをいれなくては。わたしの近侍はこれよりもずっと良質の髭剃り石鹼をつくる……あとで少しここに持ってこさせよう」

「ありがとうございます」とエヴィーは礼を言った。彼に見つめられていると、胸が熱くなってくすぐったいように感じられる。

セバスチャンは彼女の顔に視線を走らせた。彼女の表情に彼が何を見たのかはわからなかったが、どうやら彼はそれに惹きつけられたらしい。「シーツを交換しなければならない。手伝ってやろう」

エヴィーは頭を左右に振った。やせ衰えた父の体を彼に見られるかと思うとぞっとする。そんな姿を見られたあとでは、父は彼に対して卑屈になってしまうだろう。「ありがとうございます。でもけっこうですわ」と彼女はきっぱり言った。「メイドを呼びますから」

「そうか」彼はジェナーをちらりと見て言った。「そちらがかまわないなら、目が覚めたころまた来る」

「わかった」とジェナーは同意した。彼はとろんとした目を閉じて、ため息をつくと枕に頭を沈めた。

セバスチャンが剃刀をきれいにして、もう一度革砥で研いでから革のケースにしまっているあいだ、エヴィーは部屋をかたづけた。セバスチャンとともに戸口まで歩いていき、そこで立ち止まって背中を戸口の側柱にもたれかけて、心配そうな顔で彼を見上げた。「もうミスター・イーガンを解雇したのですか？」

セバスチャンはうなずいて、片手を彼女の頭上の側柱について、彼女のほうに屈みこんだ。彼の姿勢はゆるやかでさりげない感じだったが、エヴィーはなんとなく支配されているような気がしてならなかった。しかし自分でも戸惑ってしまうのだが、それは必ずしも不快だというわけでもないのだった。「彼は最初攻撃的な態度に出たが」とセバスチャンは言った。「何冊か帳簿を調べたと言ったらおとなしくなった。それからは子羊のごとく従順になってね。われわれが彼を訴えないことにしたのがどんなに幸運なのかわかったのだろうよ。ローハンが荷造りを手伝って、すぐに立ち去れるようにしている」

「どうしてミスター・イーガンを訴えようとしないのですか？」

「評判に傷がつくからだ。経営状態が悪いという徴候が見えたら、客たちはクラブの屋台骨がぐらついているのではないかと心配する。だから損失には目をつぶり、ここから先に進むほうがいいのだ」彼は彼女の緊張した姿をじろじろながめ、「後ろを向いて」とやさしく言ったので彼女はびっくりした。

彼女の目が大きく見開かれた。「な、なんですって？　なぜ？」

「後ろを向くんだ」とセバスチャンは繰り返し、彼女がゆっくりと従うのを待った。彼は後ろから両手をまわしてきて、彼女の手首をつかんで持ち上げると、側柱に彼女の両手を置いた。彼女の心臓は痛いほどばくばく打っている。「そのまま柱をつかんでいるんだ」

彼女は狼狽して、いったい何をするつもりなのかしらといぶかりながら待った。目を閉じる。彼の大きな手が肩に置かれたのを感じて彼女は体をこわばらせた。彼は何かをさがすかのように、指を軽く背中の上部に滑らせた……それからやさしく確かな動きで背中を揉みほぐし始めた。酷使された筋肉の痛みが和らいでいった。指先で巧みに凝っている場所をさぐりあてるので、彼女はそのたびにはっと息を吸い込んだ。手に力をいれて、手のひらを背中に滑らせ、親指で背骨の両側をもむ。恥ずかしいことに、エヴィーは猫のように背中を弓なりに反らせていた。セバスチャンは徐々に手を上のほうに動かして、首の付け根のあたりに凝り固まった筋肉を見つけ、そこを集中的に揉みほぐしていく。しまいには、彼女は軽いうめき声をもらしていた。

女がこの経験豊富な指づかいの奴隷になってしまうのもうなずける。彼の完璧な指のテクニックのほとんどを彼女の官能を目覚めさせ、痛む肉体から強烈な快感を引き出した。エヴィーは体重のほとんどを側柱にかけていた。呼吸はゆっくり深くなっていく。彼女の背中から硬さがとれ、巧みなマッサージによってしなやかに伸びた。あまりに気持ちがよくて、彼が手を止めたときにはがっかりしてしまったほどだった。

ようやくセバスチャンの手が彼女の体から離れたとき、彼女は自分が溶けて床の上の水溜りになっていないのが不思議なくらいだった。彼女はくるりと体を半回転させ、あざけるような笑いや茶化すような言葉を予測しながら彼を見上げた。ところが、彼は顔を少し紅潮させ、どんな表情も浮かべていなかった。「きみに話しておくことがある」と彼はささやいた。「ふたりきりで」彼女の腕をとり、セバスチャンは彼女を父親の部屋から連れ出して、一番近い空き部屋に入った。そこは彼女が昨晩泊まった部屋だった。セバスチャンはドアを閉めて、ぬうっと彼女にのしかかるように立った。その表情を読み取ることはできない。「ローハンは正しかった」と彼はぶっきらぼうに言った。「きみの父親は長くない。あと一日もてば奇跡だ」

「ええ。わたしにも……いえ、だれにでもそれはわかります」

「今朝、わたしはローハンときみの父親の容態について長いこと話し合った。彼はわたしに医者が診断を下したときに置いていった紙を見せてくれた」セバスチャンは上着のポケットに手を入れて、細かい字が印刷されている小さく折りたたまれた紙を取り出して、彼女にわたした。

エヴィーは一番上の「肺結核に関する新しい理論」という言葉を読んだ。部屋の明かりは小さな窓からの光だけだったし、目が疲れてもいたので、彼女は首を振った。「あとで読んでもいいかしら？」

「ああ。しかし要点をわたしが聞かせてやろう。肺病つまり肺結核は、微小な生物が原因で起こる。そいつらはものすごく小さいのでわれわれの目では見えないのだが、患者の肺に居座りつづける。そして病人の肺から吐き出される息を健康な人が吸い込むと病気が移るんだ」

「肺の中に、小さな生物が？」エヴィーはぼんやりと繰り返した。「ばかばかしい。肺病はかかりやすい体質の人がかかる病気です……あるいは、あまりに長いこと寒くて湿った場所にいたりすると……」

「わたしたちはどちらも医者でも科学者でもないのだから、そんな議論は無駄だ。しかし、安全のため……きみが父親のそばについている時間を制限しなければならない」

紙が手から落ちた。ショックのあまり、彼女の心臓は破裂しそうなほどドキドキと鳴り始めた。父のそばにいるために、あんなに苦労したというのに、セバスチャンは最後の数日間父と過ごすことを禁じようとしている――この紙に印刷されているまだ証明もされていない医学理論のせいで？　「いやよ」と彼女は叫んだ。のどが締めつけられているようで、言葉がなめらかに出てこない。「ぜ、ぜ、絶対にいや！　わたしは好きなだけ父のそばにいるわ。あ、あなたは……わ、わたしのことも、父のことも、な、なんとも思ってやしない……あなたはただ自分のち、力を残酷にもわたしに見せつけようと……」

「わたしはシーツを見た」セバスチャンはそっけなく言った。「咳をするときに血液やら痰やら、いろいろな汚物を吐き出している……あそこにいる時間が長くなればなるほど、彼を殺そうとしている微小な生物を吸い込む確率が高くなるんだ」

「あなたのばかげた理論なんか信じません。あんな理論をあざ笑う医者を一〇人でも二〇人でも、見つけてこれるわ――」

「きみに危険を冒させるわけにはいかない。くそっ、きみはこれから六カ月間、徐々に衰弱しながらあんなふうにベッドに横たわっていたいというのか？」

「も、もしも、そうだとしても、あ、あなたには関係ないでしょう」

ふたりはいきりたち、黙ったままにらみ合った。その間に、エヴィーは自分の辛辣な言葉は、思っていた以上に彼を深く傷つけていたのだとなんとなく感じた。

「きみの言うとおりだ」彼はむしゃくしゃした声で言った。「肺病になりたいなら、そうするがいいさ。しかし、わたしがきみの病床で手を揉み絞りながら心配するとは思うなよ。きみの看護などいっさいしてやらない。寝たきりになって、肺病にやられた胸で咳き込んでいても、自分が蒔いた種だとせせら笑ってやる。頑固な愚か者めとな！」彼はいらいらと両手を振って話をしめくくった。

　不幸にも、エヴィーは何度となくペレグリン伯父の怒りのしぐさが暴力に変わることを経験してきたため、そういう動作に条件反射するようになっていた。彼女は本能的に身をすくめ、両手で頭を隠した。ところが殴られる気配がないので、彼女はふうっと息を吐き、おそるおそる腕を下ろした。セバスチャンは啞然として彼女を見つめている。

　それから彼の表情は暗くなった。

「エヴィー」彼の声には刃のような凄みが感じられて、エヴィーを震え上がらせた。「きみはわたしがきみを……くそっ。だれかに殴られたんだな。いままでに殴られたことがあるんだ――いったいだれに？」彼が突然、それも本当にいきなり手を伸ばしてきたので、彼女は後ろによろめいて背中を壁にぶつけてしまった。セバスチャンは動きを止めた。「ちくしょう」と彼はつぶやいた。非常に強い感情の波にもまれて困惑しているかのように、彼は彼女をじっと見つめた。長い時間が経ってから、彼は声を和らげて言った。「わたしは絶対に女は殴らない。きみを傷つけたりしない。わかったな」

　こちらをじっと見つめている明るく輝く瞳に射すくめられて、エヴィーは動くことも、声を出すこともできなかった。彼女がゆっくり近づこうとすると、彼女はびくっとした。「大丈夫だ」と彼はささやいた。「そばに行かせてくれ。大丈夫だ。気持ちを楽にして」片方の腕を彼女にまわし、もう一方の手で彼女の髪をなでた。彼女はふうっとため息をつき、こわばっていた体から力が抜けていった。セバスチャンは彼女をもっと近くに引き寄せ、唇を軽く彼女のこめかみにつけた。「だれにやられたんだ」と尋ねる。

「お、伯父です」彼女はやっとのことで答えた。彼女の言葉がつかえるのを聞いて、背中をなでていた彼の手が止まった。

「メイブリックか？」と辛抱強くきく。

「いいえ、も、もうひとりの」

「スタビンズだな」

「そうです」彼のもう一方の手も彼女にまわされたので、エヴィーはその心地よさに目を閉じた。セバスチャンの硬い胸にぴたりと寄り添い、頬を彼の肩にあてて、彼女は清潔な男性の肌のにおいをかいだ。その香りにはかすかに白檀のコロンのにおいがまざっていた。

「何度くらい？」と尋ねる彼の声が聞こえてくる。「一度ではないんだろう？」

「も、もう、どうでもいいことです」

「何度くらいだ、エヴィー」

ちゃんと答えるまで彼はあきらめないことに気づき、エヴィーはつぶやいた。「そんなに頻繁というわけではなかったのですが、でも……伯父やフローレンス伯母の機嫌をそこねてしまうことがときどきあって、そうすると伯父は怒り出すのです。さ、最後に、逃亡をくわだてたときには、目のまわりに青あざができて、唇が切れました」

「あいつがそんなことを」セバスチャンは長いあいだ黙っていたが、しばらくしてから冷たい声で静かに言った。「八つ裂きにしてやる」

「わたしは復讐を望んでいません」とエヴィーは心から言った。「わ、わたしはただ伯父から離れていたいだけです。親戚たち全員から」

セバスチャンは頭を後ろに退いて、紅潮した彼女の顔を見下ろした。「きみは安全だ」と彼は低い声で言った。彼は片手で彼女の顔に触れた。頬骨の上をなで、鼻梁を越えて薄い金色のそばかすをたどった。彼女がまつげをしばたたかせるあいだ、彼は細い眉のアーチを指でこすってから、手のひらを彼女の顔の横にあてた。「エヴィー」と彼はささやいた。「命をかけて誓うが、わたしの手がきみに痛みを与えることは絶対にない。わたしはほかの点では最低の夫になるかもしれない……しかし、暴力をふるうことはけっしてない。それだけはわかってもらいたい」

彼女の皮膚の繊細な神経は、その感触を貪欲に飲み込んだ……彼の手の感触、唇にかかる彼のエロティックな息。エヴィーは目を開けるのが恐ろしかった。というより、この瞬間をじゃまするどんなこともしたくなかった。「ええ」彼女はなんとか小さな声で答えた。「ええ……わたしは――」

唇に試すようなキスを感じて、エヴィーは心地よいショックを受けた……もう一度……彼女は軽くあえいで、彼を受け入れた。そっとさぐるように侵入してくる彼の口は温かいシルクのようでもあり、やさしい炎のようでもあった。彼は指で彼女の顔をなでて、やさしく顔の角度を調節した。

平衡感覚を失って彼女の体が揺れるのを感じたセバスチャンは、彼女の片手を取ってそっと自分の首にかけさせた。彼女はもう一方の手も彼の首にかけて、硬いうなじにつかまりながら、甘く唇をこすりつけてくる彼のキスに応えた。彼の息づかいは速く、乳房とこすれあう彼の胸の動きが彼女を魅了する。突然、彼のキスは深く強引になって、情熱を抑えきれない欲望へと燃え上がらせた。彼女は硬い男らしい体にもっと近づきたくてたまらず、身をよじらせてすり寄った。

セバスチャンはのどから低い苦しげな欲望のうめきをもらし、彼女から口を離した。「だめだ」嗄れた声で彼はささやいた。「待つんだ……愛する人……こんなことを始めるつもりはなかった。わたしはただ……くそっ」

エヴィーは彼の上着に指をぐっと食い込ませ、すべすべするグレイのシルクのネクタイに顔を埋めた。セバスチャンは手で彼女の後頭部を抱え、体で彼女のふらつく体を支えた。「さっき言ったことを撤回するつもりはない」と彼は彼女の髪に向かって言った。「父親の看護をしたいなら、わたしの規則に従わなければならない。部屋の換気をすること――常にドアと窓を開けておいて欲しい。そして座るときには彼に近づきすぎないこと。それから、彼のそばについているときにはいつも、顔にハンカチを巻いて口と鼻を隠すこと」

「なんですって?」エヴィーは身をよじって彼から離れ、信じられないという目で彼を見た。「そうすれば小さな目に見えない生物が、わたしの肺の中に飛んでくることはないというの？」彼女は皮肉たっぷりにきいた。

彼は目を細めた。「わたしを怒らせないほうがいいぞ、エヴィー。彼のところに行くことを完全に禁じたいくらいなのだからな」

「顔をハンカチで覆うなんて、ばかげているわ」と彼女は言い返した。「それに父の気持ちを傷つけます」

「そんなことかまうもんか。わたしに従わないなら、父親には会わせない、いいな」

新たな怒りが燃え上がり、彼女はさっと彼から飛びのいた。「あなたもメイブリック家の人々と変わらないわ」と彼女ははきすてるように言った。「わたしは自由を手に入れるためにあなたと結婚したのです。それなのに、牢の番人が変わっただけだったんだわ」

「完全な自由を手にしている者などいない。このわたしだってそうだ」

両手を握り締めてこぶしをつくり、彼女は彼をにらみつけた。「少なくともあなたは自分自身のために選択する権利をお持ちだわ」

「そしてきみのためにも」と彼はからかうように言った。彼女が癇癪を爆発させたのを楽しんでいるかのようだ。「おやまあ、なんたる激しさだ。その見事なまでの反抗的態度……きみをベッドに連れて行きたくなるね」

「わたしに触らないでちょうだい」と彼女はぴしゃりと言った。「絶対に！」

腹の立つことに、彼は声を立てて笑いながら部屋を出て行った。

10

夜になって父の部屋に戻ったエヴィーは、最期の時がきていることをすぐに悟った。肌の色は蒼白で生気がなく、唇は紫色に変わり、傷めつけられた肺はもはや十分な酸素を吸い込むことができなくなっていた。自分が代わりに息をしてあげられたらと彼女は願った。父の冷たい手を両手ではさみ、温めようとするかのように指でこすった。こわばった笑みを浮かべて父の顔をのぞき込んで、「お父様」と彼女は色の抜けた髪をなでながらささやきかけた。「どうしたらいいか言って。何をして欲しいか教えて」

彼は穏やかな愛情に満ちた目で娘を見て、すっかりしぼんでしまった唇を歪めて弱々しくほほえんだ。「キャム」と彼はか細い声で言った。

「わかったわ。彼を呼びにやります」エヴィーは震える指で父の髪をなでて静かに尋ねた。「お父様、キャムはわたしの兄なの?」

「ふう」と父はため息をついて、目にしわを寄せた。「いや、そうだったらよかったんだが。いい若者だ……」

エヴィーは屈んでやせ細った手にキスをした。急いで呼び鈴の紐のところへ行き、何度も引っ張った。するとめずらしく迅速にメイドがあらわれた。「ご用ですか、奥様?」

「ミスター・ローハンを呼んできてちょうだい」とエヴィーは命じた。声はかすかに震えているだけだ。彼女は一瞬動きを止めて、セバスチャンも呼んだほうがいいのかしらと考えた……しかし父は彼に会いたがってはいない。それにセバスチャンの冷静で理性的な態度と、自分の激しい感情の高ぶりはあまりにもそぐわない気がした……やめておこう。これから先、彼を頼らなければならないこともあるかもしれないが、いまはそのときではない。「急いで」と彼女はメイドに小声で言って、自分は父のそばに戻った。

父を安心させたくて落ち着こうと努力はしていたけれど、恐怖が透けて見えたに違いない。父は彼女の手をとり、力なく自分の近くに引き寄せた。「エヴィー」と消え入りそうな声で父は言った。「おれはお前の母親のところへいく……あいつが天国の裏口を開けておいてくれる……だからおれはこっそり忍び込んでやるんだ」

エヴィーは静かに笑ったが、熱い涙が目から溢れ出た。

まもなくキャムが部屋に入ってきた。漆黒の髪は乱れ、服装も、あわてて着替えてきたかのように、いつになくだらしなかった。穏やかで沈着な態度だったが、エヴィーを見つめる金色の目は少しうるんで輝いていた。彼女は立ち上がって後ろにさがった。話し始めるまえに、何度かごくんごくんとつばを飲み込まなければならなかった。「顔を近づけないと、声が聞こえないわ」とかすれた声で言った。

キャムはベッドサイドに屈み込んで、エヴィーがしていたようにジェナーの手を握った。

「心の父よ」とロマの青年はやさしく言った。「この世に残していくあらゆる魂とともに心安らかであれ。神は新しき生へと汝の道をお開きくださるでしょう」

ジェナーが彼にささやきかけているあいだ、青年は頭を傾け、老人の手をいたわるようになでていた。「わかりました」とキャムはためらわず答えた。しかし、彼の広い肩がこわばったのを見て、父が何を言ったにせよ彼にとっては愉快な話ではなかったことが、エヴィーにはわかった。「そのように手配します」

そのあと、ジェナーは体の力を抜いて目を閉じた。キャムはベッドから離れ、エヴィーを引き寄せた。「大丈夫だ」彼女が震えているのを感じて、青年は言った。「祖母がよく言っていた。『新しい道に出合ったら、引き返そうと思っちゃだめだよ――どんな冒険が待っているかわからないじゃないか』ってね」

エヴィーはその言葉から慰めを得ようとしたが、目は涙で曇り、のどがひりひり痛んだ。ベッドの横に座って、片腕を父の頭にまわし、もう一方の手をそっと父の胸にあてた。ごろごろ鳴る息がおさまり、彼女の手の感触を喜ぶかのようにかすかな声をもらした。徐々に父の命の炎が消えていくのを感じていると、キャムの大きな手がやさしく彼女の腕をさすってくれているのが感じられた。

部屋の中はしんと静まり返って、エヴィーの鼓動まで聞こえる気がするほどだった。彼女はこれまで死に遭遇したことがなかった。そしていま、それに直面しなければならなくなったのだ。彼女を愛してくれたたったひとりの人を見送らなければならない。そう思うと冷たい恐怖に包まれた。うるんだ目を戸口に向けると、セバスチャンの背の高い姿がそこにあった。彼の表情を読むことはできなかったけれど、彼女は突然、やはり自分は彼にここにいて欲しかったんだと気づいた。明るいムーンストーンのような目で見つめられていると、なんだか少し気持ちがしゃんとしてくるような気がした。

アイヴォウ・ジェナーの口から、かすかな息が吐き出され……それが最後の息となった。ついに終ったのだ。エヴィーは頬を父の頭につけ、涙が溢れてくる目を閉じて、「さようなら」とささやいた。涙がかつては赤かった彼の髪を伝っていく。

しばらくしてから、しっかりとしたキャムの手がエヴィーを立たせた。

「エヴィー」青年は彼女の顔を見ずにささやくように言った。「……亡骸の身づくろいをしなくてはならない。ご主人のところへ行くんだ」

エヴィーはうなずいて行こうとしたが、足がすくんで動けない。キャムは彼女の髪を後ろになでつけ、乾いた唇で彼女の額にやさしく親愛のキスをした。彼女はぼうっとしたまま体の向きを変えて、よろめきながら夫のほうに向かった。セバスチャンはさっと数歩で彼女のもとへ行き、ハンカチを手のひらに押しつけた。彼女はありがたくそれを受け取った。あまりにも取り乱していたので何も考えられず、目を拭いて鼻をかみながらセバスチャンに導かれてジェナーの部屋を出た。彼は力強い腕を背中にまわし、手をウエストにあてて支えてくれた。

「彼は痛みに苦しめられていた」セバスチャンは感情を交えず言った。「このほうが彼にとってよかったのだよ」

「ええ」エヴィーはぼんやりと返事をした。「ええ、そのとおりですわ」

「何かきみに言い残したのか?」

「父は……母の話をしていました」そのことを思い出すとまた目が焼けつくように痛み出したが、彼女は唇を歪めて笑った。「父ったら、母が天国の裏口を開けて入れてくれるって、言っていたの」

セバスチャンはエヴィーを彼女の寝室に連れて行った。エヴィーはベッドに崩れるように座り込むと、ハンカチで鼻をはさみ、背中を丸めて横になった。彼女はこんなふうに泣いたことはなかった。すすり泣くのではなく、のどから悲嘆がじわっと染み出してくるようだった。胸は悲しみでいまにも張り裂けそうだ。セバスチャンがカーテンを閉じる音、そして彼がメイドにワインと冷たい水の入った水差しを持ってくるように命じている声をぼんやり聞いていた。

セバスチャンは部屋にとどまったが、そばには寄ってこなかった。しばらく歩き回ってから、ベッドの横の椅子に沈み込んだ。彼は泣いているエヴィーを抱きしめる気にはなれないらしく、このような感情的な場面に尻込みしているようだった。だから彼女は、情熱にまかせて彼の腕に飛び込むことはできても、悲しみに打ちひしがれているいまはそうすることはできなかった。それでも、彼が彼女を置き去りにするつもりはまったくないこともたしかだった。

メイドがワインを運んでくると、セバスチャンはエヴィーを枕にもたれさせ、グラスにたっぷりワインを注いで彼女に手わたした。彼女がワインを飲んでいるあいだ、彼は濡れた冷たい布を彼女の腫れた目にあてがった。まるで小さな子どもの世話をしているかのように、彼のやり方はやさしく心遣いにあふれていた。

「使用人たちのことや」しばらくしてからエヴィーははっきりしない声でつぶやいた。「クラブのこと。お葬式……」

「わたしがすべて面倒をみる」とセバスチャンは静かに言った。「クラブは閉めて、わたしが葬儀の手配をする。友人のだれかに連絡するかい？」

エヴィーは即座に首を横に振った。「彼女たちを困らせることになります。それにだれとも話したくないわ」

「わかった」

セバスチャンは彼女が二杯目のワインを飲み終るまでそばに留まった。自分が合図を出すのを彼は待っているのだと気づいたエヴィーは、空のグラスをナイトテーブルに置いた。話し始めると舌が分厚くなったような感じがした。「もう休みます。わたしを見守っていてくださらなくても大丈夫。あなたにはほかにも仕事がたくさんあるのですから」

ひとりにして平気かどうか確かめるようにエヴィーをじろじろと見てから、彼は椅子から立ち上がった。「目が覚めたら、わたしを呼びなさい」

ほろ酔いかげんでうとうとしながら薄暗い部屋でひとり横たわり、エヴィーは考えた。心の準備ができていれば、愛する人の死を容易に受け入れられるものだと人は言うけれど、そんなの嘘だ。容易になんか受け入れられない。父のことをよく知らなかったのだから、喪失の悲しみもそれほどではないでしょう、とも人は言うかもしれない。でも、それは違う。かえって悲しみは増すのだ。自分を慰めるための思い出がほんのちょっぴりしかないのだから……ほんのわずかな時間しかいっしょに過ごすことができなかったのだから。悲しみといっしょに、父との思い出や時間を奪われたのだという陰鬱な思いが押し寄せてきた……その感情の奥にはかすかな怒りさえもあった。わたしは愛される価値のない人間なの？　こんなに少しのものしかわたしには与えられないの？　人に愛されるという基本的な才能がわたしには欠けているの？

自分の考えが、危険なほど自己憐憫に近づきつつあるのを感じて、彼女は目を閉じ、震えるため息をついた。

ジェナーの部屋から出たところで、キャムは廊下にいたセントヴィンセントと出くわした。金髪の男はこわい顔をしており、声には冷酷な傲慢さがにじんでいた。「わたしの妻が陳腐なロマの教訓に慰めを見出すというなら、いくらでも彼女に話してやってくれ。しかし、おまえがまた彼女にキスをしたら――たとえどんなにプラトニックなものであっても――睾丸《たま》を切り取ってやるから覚悟しろ」

ジェナーがベッドの中でまだ冷たくなってもいないうちに、ささいなことで嫉妬するセントヴィンセントを、不謹慎だと非難する人もいるだろう。しかしキャムは、なにか思うところがあるような目でこの貴族を興味深げにじっと見つめた。

セントヴィンセントの気持ちを試すかのように、キャムはわざと相手を挑発する言葉を選んで答えた。「その気があったら、もういまごろは彼女を手に入れていましたよ」

その言葉はずばり急所を衝いた――セントヴィンセントのアイスブルーの瞳が警告の光を放った。彼自身認めたがらない彼女への深い思いが明らかになったのだ。キャムはこれまで、セントヴィンセントが自分の妻に感じているような押し殺された情熱に出会ったことがなかった。エヴィーが部屋に入ってくると、セントヴィンセントの体がそれに反応してまるで音叉のように振え出すのが傍目にもわかった。

「ベッドに連れて行きたいと思わずに、女性に好意を持つことは可能なんだ」とキャムは言った。「どうやら、あなたはそれに同意なさらないようだが。それとも、あなたは彼女に執着しすぎていて、ほかのだれかが彼女と寝たいと思わないのが信じられないというのですか？」

「執着などしていない」とセントヴィンセントはぴしっと言った。

肩を壁にもたせかけて、キャムは子爵の厳しい目を見つめた。いつもの冷静さを失いかけている目だ。「もちろん、執着していますとも。だれが見たってわかる」

セントヴィンセントは目で警告を与えた。「あとひとことでもしゃべってみろ」彼はすごみをきかせて言った。「おまえもイーガンのあとを追うことになる」

キャムは両手をあげて自分を守るようなしぐさをした。「警告、承りました。ところで……ジェナーの最後の言葉はブラードのことでした。遺言状には彼にも遺産を分けるようにと書かれています……ジェナーはそれを守って欲しいと」

セントヴィンセントは目を細めた。「どうして彼はブラードに金を残そうとしたんだ？」

キャムは肩をすくめた。「わたしからはなんとも言えません。でもわたしがあなたなら、ジェナーの最後の望みを拒絶するようなことはしませんが」

「もしわたしが拒絶したとしても、ジェナーにも、ほかのだれにも、打つ手はないんだ」

「では、やり残したことがあるために彼の幽霊がクラブにとりついてもいいんですね」

「幽霊だと？」セントヴィンセントは信じがたいという目で、彼をちらりと見た。「まさか、真面目に言っているんじゃないだろうな？」

「わたしはロマですよ」キャムはあたりまえだという顔で答えた。「もちろん、幽霊を信じています」

「ロマといっても半分だけだろう。ということは、少なくとも残りの半分は、かろうじて正気で理性的であるはずだ」

「あとの半分はアイルランド人です」とキャムは申しわけなさそうに言った。

「なんてこった」セントヴィンセントは頭を振りながら歩み去った。

葬儀の手配はしなくてはならない、クラブの経営はめちゃくちゃ、建物にも手を入れなくてはならないとなれば、セバスチャンは忙しすぎて、エヴィーのことにかまっている暇はないはずだった。しかし、まもなくエヴィーは気づいた。彼はメイドに言いつけて、彼女がどれくらい眠ったか、食事をしたか、だいたい何をして過ごしているかを逐一報告させているらしかった。エヴィーが朝食か昼食を抜いたと聞けば、セバスチャンはそっけない手紙を添えて、夕食のトレイを二階に運ばせた。

御奥様

このトレイは、どのくらいきみが食べたかを検分するために、一時間以内にわたしの元に運ばれてくることになっている。もし何か残してあったら、わたしが直々に食べさせるからそのつもりで。

しっかり食べるように。

S

エヴィーがこの命令に従ったのでセバスチャンは満足した。エヴィーは迷惑なことだと思いながらも、考えずにいられなかった。彼はわたしのことを気にかけているから、こんな命令をするのかしら。それともただわたしを脅しつけたいだけ？　しかし、そのあとすぐに、セバスチャンはとびきりの思いやりを見せた。ドレスメーカーに通常の二倍の料金を払って、三着の喪服を急ぎで作らせたのだ。だが、残念ながら、生地の選択がまったくなっていなかった。

喪に服した一年目の女性はクレープのドレスを着なければならない。糊付けされた糸で織った艶のない硬くてちくちくする布地だ。クレープを好む人などいない。簡単に引火するので危ないし、縮みやすく、雨に降られたらたいへんなことになる。しかし、セバスチャンはクレープではなく、毛足の長い黒のベルベットのドレスを一着、柔らかいキャンブリックのものを一着、そしてカシミアのものを一着注文した。

「こんなドレスは着られません」エヴィーは、ドレスを手でなでながら眉をひそめてセバスチャンに言った。彼女は三着のドレスをベッドのヘッドボードにかけていた。真夜中に咲く花々のように布地が重なり合っている。

セバスチャンはドレスがクラブに届けられるとすぐに、自身でそれらを三階に運んできた。彼はベッドの角のところに立ち、彫刻を施した太いベッドポストにゆったりとよりかかっている。雪のように白いシャツとカラーのほかは、頭の先からつま先まで黒で装っていた。予想どおり、彼は簡素な服装でいるとびっくりするほどハンサムだった。輝くような黄金の肌と髪が、黒と風変わりなコントラストをなしていた。こんな素晴らしい容姿に恵まれれば慎み深い性格にならないのも当然かもしれないとエヴィーが意地悪く思うのもこれが初めてではなかった。きっと彼は幼児のころから甘やかされてきたに違いない。

「この服のどこが気に入らないというんだ?」セバスチャンはドレスにちらっと目をやりながら尋ねた。「黒いだろう?」

「ええ、まあ。でも、クレープでないので」

「クレープが着たいというのか?」

「もちろん着たくありません――だれだっていやがるわ。でも、クレープでないドレスを着ているのを人に見られたら、悪い噂を立てられるわ」

セバスチャンは片眉をつりあげた。「エヴィー」と彼はそっけなく言った。「きみは家族の願いにさからって駆け落ちして、悪名高き放蕩者と結婚し、賭博クラブに住んでいる。そんなきみがこれ以上どんな噂で傷つくというのだ?」

彼女は自分が着ているドレスにちらちらと目を走らせた。メイブリック家から逃げ出した夜に持ってきた三着のうちのひとつだ。メイドといっしょにできるかぎりきれいにしたが、その茶色のウールのドレスには旅の汚れがついており、濡れたり泥がついたところがあちこち縮んでいた。しかもちくちくする。彼女は新しくて柔らかく清潔な服を着たかった。黒のベルベットのひだに手を伸ばし、そっとなでてみると、滑らせた指のあとが筋になって黒い生地の上に残った。

「人に何と言われようと無視することを学ばなければならない」セバスチャンはささやきながら、エヴィーに近づいてきた。彼女の後ろに立って、指を軽く彼女の両肩にかけた。彼女はぴくっと反応した。「そのほうがずっと幸せでいられる」急に、彼の声に面白がるような響きがまざった。「それに、ほかのやつらに関するゴシップはしばしば真実なのだが、わたし自身に関するゴシップは全部嘘っぱちだ」

彼の指が背中のボタンの列に沿って動いていくのを感じて、エヴィーは神経質に体をこわばらせた。「何をしているの？」

「着替えを手伝っている」

「けっこうです。いまは。わたし……ああ、やめてください！」

しかし彼はやめずに、彼女が逃げ出さないように片方の手を前にまわして、別の手でボタンを順番に外していく。みっともなくもがくのはやめて、エヴィーは顔を赤らめてじっとしていた。露出した皮膚に鳥肌が立つ。「騎士気取りで、わ、わたしを扱うのはやめていただきたいわ！」

「騎士気取りとは、ずいぶん他人行儀な言い方だね」彼はドレスを彼女の腰のほうに押しやりながら答えた。ドレスは床に落ちてくしゃくしゃの山になった。「わたしのきみへの態度には他人行儀なところは微塵もないはずだけれどね、愛しい人」

「少しは敬意を払っていただきたいものだわ」エヴィーは彼の前で下着姿になって震えながら叫んだ。「とくにあの……あのあとなのですから……」

「きみには敬意は必要ない。きみに必要なのは慰めだ。そして抱擁。それからおそらくわたしとベッドで長い時間たわむれること。しかし、きみはそれを許さないのだから、肩をもんでもらって、ひとことふたこと助言を聞くんだ」セバスチャンは温かい手を彼女の両肩に置いた。シュミーズの紐以外、肩はむき出しになっている。彼は凝った筋肉をほぐしはじめた。親指に力を入れて弧を描くように背中の上のほうをマッサージする。エヴィーは小さな声をあげて、一歩前に出て離れようとしたが、彼はしっと黙らせて熟練の技でマッサージをつづけた。

「きみはもう数日前のきみではない」と彼はささやいた。「もう壁の花ではないし、処女でもない。ましてやメイブリック家での惨めな生活に耐えなければならなかった無力な子どもでもない。きみは子爵夫人で、相当の財産とやくざな夫を持っている。こうなったいま、いったいきみはだれの規則に従うつもりだ？」

エヴィーは困惑し、やりきれないといった顔で頭を振った。セバスチャンのマッサージで背中の凝りがほぐれてくるとともに、感情を抑えることが難しくなっていくようだった。しゃべるのがこわかった。でないと泣いてしまいそうだ。だから彼女は黙ったまま、目をきつく閉じ、ふつうに呼吸するように努めた。「これまできみは、人を喜ばすためにもがきながら生きてきた。あまり成功したとは言えないが。これからは気持ちを変えて、自分の喜びのために生きてみたらどうだ？　自分自身の規則に従って生きたら？　しきたりに従ってきたことで何か得することがあったのか？」

エヴィーはそれらの問いについて考えてみた。彼がとくに凝っている場所をさがしあてたので、彼女はひっと快感の声を漏らした。「わたしはしきたりが好きなんです」しばらくして、彼女は言った。「平凡が悪いわけではないですわよね？」

「ああ。だがきみは平凡な人間ではない。でなければ、いとこのユースタスと結婚するかわりに、わたしのところに来たりはしなかっただろう」

「切羽詰っていたのです」

「それだけが理由じゃないはずだ」彼の低い声は猫がのどを鳴らす音に似ていた。「きみは悪魔に惹かれるところがあるんだ」

「いいえ！　違います！」

「きみは、名うての放蕩者であるわたしを、このわたしの家で追い詰めるのを楽しんでいた。わたしが拒絶できない餌を見せつけて。否定しようとするなよ——いまでは、わたしはきみのことを十分わかっているのだ」

悲嘆と不安が心を占めていたにもかかわらず、エヴィーはほほえみが口元に浮かんでくるのに気づいて驚いた。「ちょっとのあいだは、楽しんでいたかもしれませんわね」と彼女は認めた。「そして、駆け落ちのことを知ったら親戚たちがどんなに怒り狂うことかと考えると、とってもいい気分だったわ」かすかな笑みは消え、彼女は暗い声で付け足した。「あの人たちとの暮らしは本当に悲惨だった！　父がわたしを手元に置いてくれさえしたら。人を雇って、わたしの面倒をみさせることだってできたのに……」

「おやおや」セバスチャンは同情のかけらすら見せず言った。「こんな環境に小さな子どもを置きたいと彼が思うはずはないだろう」

「でもわたしは家族よ。父にはわたししかいなかったんだわ！」

それを聞いて、セバスチャンはきっぱりと首を横に振った。「男はそんなふうには考えない。きみの父親は、自分から離れていたほうがきみのためになると思ったのだ。そしてその判断は妥当だ。立派な家庭で育てられなければ、よい結婚相手にめぐり会えないことも彼は知っていたのだ」

「でも、もし、メイブリック家の人々にわたしがどんな目に遭わされているかを父が知っていたら……あんなふうに虐待されていたことを――」

「きみの父親だって同じことをしたかもしれない。そうでないと言い切れるか？」セバスチャンの問いはエヴィーにショックを与えた。「彼は元拳闘家なんだぜ、まったく。自制心の強い人間として知られてたわけじゃない。もっと頻繁に彼に会っていたら、きみは奴のげんこつに馴らされていたかもしれない」

「そんなこと信じません！」

「まあ、落ち着いて」とセバスチャンは言って、ベッドの上に置いてあったベルベットのドレスに手を伸ばした。「前に言ったとおり、わたしはどんな理由があろうとも女性を殴ることは許せない。しかしそういうことに良心のとがめを感じない男たちも世の中にはたくさんいるし、きみの父親もそのひとりであった可能性は高い。文句があるのだったら言いたまえ。だが、ジェナーを神のように崇める世間知らずにはなるな。ジェナーが生きてきた、貧民窟の連中やギャンブラー、ごろつきや犯罪者や詐欺師がうようよいる世界では、彼はましなほうだったさ。彼はこの言葉を賛辞と受け取ってくれると思う。腕を上げて」彼は慣れた手つきでドレスを頭からかぶせ、スカートを引っ張って腰から柔らかく重厚なひだが流れるように整え、彼女が腕を袖に通す手伝いをした。「きみはこんなところで生活する人じゃない」と彼は、冷たいというわけでもない口調で言った。「きみにはどこか田舎の邸宅が似合う。緑の芝生の上に毛布でも広げて座り、ストロベリークリームを食べたり、馬車で出かけたり、友達の家を訪問したり。いつか、きみはわたしとの子どもをつくる気になるかもしれない。そうすれば、友人たちと共通の話題ができるだろう。彼女たちは間違いなく、もう子づくりを始めているだろうからね」

ことなげにそんな提案を彼がすることにエヴィーは驚き、すぐ近くにあったハンサムな顔を見つめた。小犬を買ってやろうかとでも言うような顔だった。彼は冷淡に見えるけれど、本当はそうでもないのかもしれない。

「あなたは、子どもに少しは興味がおありなの?」エヴィーはごくんと何度か唾を飲み込んでから尋ねた。

「いいや。わたし自身はきみの父親同様、よき夫よき父親タイプじゃない。しかし、きみには十分欲しいものを与えるつもりだ」ずる賢く彼の目がきらりと光った。「そして、子づくりには熱心に協力する。育てるほうは遠慮するが」彼は彼女の後ろにまわってドレスのボタンを留めた。「何が欲しいのか、よく考えてみたまえ。手に入らないものはほとんどないはずだ……それに手を伸ばしさえすれば」

11

エヴィーが夫にわずかながら親しみを感じたとしても、彼が翌朝、事業の相談と称してマダム・ブラッドショーに会うために出かけた瞬間にその気持ちは消えうせた。彼は、次の日に行われる予定のアイヴォウ・ジェナーの葬儀の手配をすでに済ませ、いまはクラブの経営に関する仕事に集中していた。ジェナーズは二週間閉鎖されることになり、その間に、大勢の大工、煉瓦職人、塗装屋などが入って大がかりに建物を改装することになっていた。

セバスチャンはクラブの運営方法も大幅に変更し始めており、まずキャムを支配人に昇格させた。ロマの血がまじっていることを考えれば、問題のある人選と言えた。ロマはどこでも手癖の悪い信用できない連中と思われていた。キャムに多額の集金や支払いをまかせたり、ゲームでもめた際の仲裁をさせたりすることは、猫に雛鳥がいる巣を見張らせるのと同じだと見る人もいるだろう。支配人の権力は非常に強く、ゲームについての彼の判断には、たとえセバスチャンであろうとも口を出すことはできないのだ。しかし、キャムはクラブではよく知られた顔で、人々から好かれている。セバスチャンは、彼ほどの人望があれば会員たちも支配人という新たな地位をすんなり受け入れるというほうに賭けてみるつもりだった。それに、三〇人の使用人の中で、彼以外にハザードルームをまがりなりにも仕切れそうな人間はひとりもいなかった。

住み込みの娼婦がいなくなったので、クラブが再開したときに、女遊びを求める会員を満足させるために、何か手を打っておくことは急務だった。エヴィーは不満だったが、キャムもマダム・ブラッドショーと提携を結ぶというセバスチャンの案には大賛成だった。というわけで、セバスチャンはその交渉のために自ら悪名高きマダムに会いに行ったのだった。夫の女癖の悪さを知っていたので、マダムの娼館を訪れるということには事業の話し合い以上のことも当然含まれるのだろうとエヴィーは思った。セバスチャンはグレトナグリーンに一時逗留して以来、だれとも寝ていなかった。女に餓えていて、手頃な女を抱きたがっているに決まっている。

エヴィーは、そんなことどうでもいいことだわ、と何度も自分に言い聞かせた。一〇人でも……一〇〇人でも……一〇〇〇人でも女と寝るがいい。わたしは気にしたりしない。そんなことを気にするなんてばかよ。セバスチャンは、町をうろつく野良猫が手当たり次第に雌猫と交尾するのと同じで、妻に対する誠実さなんか持ってやしないんだから。

冷静さの仮面の下でかっかと腹を立てながら、エヴィーは髪をとかし、三つ編みにした髪をおだんごにまとめてピンで留めた。ドレッサーの上に置かれている小さな姿見から顔を背けて、ブラシを置いた。金の結婚指輪の輝きが彼女の目をとらえた。刻み込まれたゲール語の文字が自分をあざ笑っているように思われた。「わが愛をきみに捧ぐ」と彼女はにがにがしげにつぶやき、指輪を外した。偽りの結婚のために指輪をしている理由などないのだ。彼女はそれをドレッサーの上に置こうとしたが、もっといい考えが浮かんで、ポケットに滑り込ませた。キャムに頼んでクラブの金庫にしまっておいてもらおう。部屋を出ようとすると、ドアをたたく音がした。セバスチャンではない。彼はノックなどしないから。ドアを開けると、ジョス・ブラードの荒くれた顔があった。

ブラードは使用人たちに特別嫌われていたわけではなかったが、人気はキャムの足元にもおよばなかった。ブラードにとって不運だったのは、彼とキャムは同い年で、なにかにつけて比べられたことだった。浅黒い美男子のキャムと比べられたらたいていの男は分が悪い。キャムは茶目っ気たっぷりな魅力と辛辣なユーモアで、使用人たちにもクラブのお客にも人気があった。さらに悪いことに、ブラードにはユーモアがなく、自分の運命に不満を抱いていて、自分より恵まれている人々に嫉妬していた。エヴィーは、彼が彼女に対し礼儀正しい態度をとることすら不愉快に思っていることを感じ取って、用心深く丁重に彼と接していた。

ブラードは生気のない厳しい目で彼女を見ていた。「裏口にあんたに会いてえって客が来てるぜ、奥さん」

「お客?」エヴィーは眉をひそめた。伯父たちがとうとう彼女の居所をつきとめたのかもしれないと思うと胃がひっくり返りそうになる。ジェナーの死、クラブの一時閉鎖、そして彼女がここにいることは、噂になってすばやくロンドン中を駆けめぐったに違いない。「だれ? その人の、な、名前は?」

「ミセス・ハントだったかな」

アナベルだ。大切な友人の名前を聞いて、エヴィーの心臓の鼓動は激しくなり、安堵と会いたい気持ちで胸がいっぱいになった。しかし、アナベルが賭博クラブにわざわざやってくるはずがないと疑いを持った。「それは嬉しい知らせね」と彼女は叫んだ。「上の父の応接間に上がってもらってください」

「奥さんに下の裏口まで来て欲しい、とことづかってきた」

「まあ」しかし、それはよくない。アナベルのような良家の婦人を賭博クラブの裏口に立たせておくべきではない。エヴィーはとても心配になって、ドアを通り抜けて部屋を出た。一刻も早くアナベルのところへ行かなくてはという思いでいっぱいだった。ブラードを後ろに従えて、ときどき手すりにつかまりながら、急いで二階分の階段を駆け下りた。一階に着いたときには、走ったせいで心臓がどきどき鳴っていた。苦労して重いドアを押し開けた――。

――相手を見て彼女は驚愕し、後ずさりした。そこにいたのは美しい身なりのアナベル・ハントではなく、図体の大きなペレグリン伯父だった。

エヴィーの頭は真っ白になった。彼女は伯父を驚きの目で一瞬見ると、恐怖にかられてさっと身を引いた。ペレグリンはいつも、彼女を服従させるために平気でこぶしを使った。彼にとって、彼女が現在はセントヴィンセント子爵夫人であり、法的には彼になんの権限もないことなど関係なかった。伯父は復讐するためにはどんな手段もとるだろう。手始めにまず一発食らわせるつもりだ。

やみくもにエヴィーは後ろを向いて逃げようとした。ところが驚いたことに、ブラードが道をふさいだ。

「あんたを引き渡すという約束で一ポンドもらったんだよ」とブラードは言った。「おれの一カ月分の給料と同じ額だ」

「やめて」彼女はあえいで、彼の胸を突いた。「やめて——なんでもあげるわ——伯父にわたしを連れて行かせないで!」

「ジェナーは何年もあいつらのところにあんたを住まわせていた。彼はあんたなんかにここにいてもらいたくなかったんだ。ここのだれもがそう思っているさ」

エヴィーは悲鳴をあげて抵抗したが、ブラードは無情にも彼女を伯父のほうに押しやった。ペレグリンの広い顔には意地悪く勝ち誇った表情が浮かんでいた。「さあ、あんたの言うとおりにしたぜ」とブラードはペレグリンのすぐ後ろにいる男にぶっきらぼうに言った。エヴィーはすぐにそれがブルック伯父であることに気づいた。「さあ、払ってもらおうか」

ブルックはこのなりゆきをにがにがしく思っており、少々恥じているように見えたが、とにかくブラードに一ポンド金貨をわたした。

ペレグリンは、無力なウサギの首をつかむように、エヴィーをがしっとつかんだ。彼の大きな四角い顔は怒りで真っ赤になっていた。「おまえがまだ何かの役に立つのでなかったら、ゴミのように捨ててやるんだが。どれくらいわたしたちから隠れていられると思っていたんだ? このおとしまえはたっぷりつけてやるからな!」

「ブラード、お願い、やめさせて」エヴィーはそう叫んで、必死にもがいて抵抗したが、ペレグリンは待たせてあった馬車に彼女を引きずっていった。

ブラードは彼女を助けようとはせず、ただ戸口に立って憎悪に満ちた目で彼女を見ているだけだった。どうして彼にそんなふうに憎まれるようになったのか、彼女には理解できなかった。どうしてだれも助けに来てくれないの？　こんなに叫んでいるのに、なぜだれも応えてくれないの？　エヴィーは必死でもがき、伯父を引っ掻いたり、ひじで突いたりしたが、分厚いスカートにじゃまされてうまくいかない。伯父の力にはまったくかなわなかった。彼女が抵抗するのでますます頭にきたペレグリンは怒鳴った。「おとなしくしろ、このあばずれめ！」

エヴィーは目の隅で、若者が厩舎の中庭からやってくるのを見た。彼は通路でなにかもめごとが起こっているのに気づき、けげんな顔で立ち止まった。彼女は彼に向かって叫んだ。

「キャムを呼んで――」ペレグリンがばっと手で彼女の鼻と口をふさいだので、叫びは押し殺されてしまった。彼女は伯父のほこりの味がする手のひらに嚙みついた。彼は怒り狂ってうなり、手を引っ込めた。「キャム！」エヴィーはふたたび叫んだが、耳を殴りつけられて黙らされた。

ペレグリンは彼女をブルック伯父のほうに突き出した。彼女のぼやけた視界でブルックの細長い顔が揺れている。「こいつを馬車に乗せろ」とペレグリンは命じると、上着のポケットからハンカチを出して出血している手を縛った。

エヴィーはブルックの手から逃れようと身をくねらせた。彼が彼女を乱暴に馬車のほうに押した隙に、エヴィーは体を捻って、彼ののどの正面に軽い一撃を与えた。その衝撃でブルックは息を詰まらせ、彼女を放した。

エヴィーはペレグリンの皿のように大きな手でつかまれ、馬車の側面にたたきつけられた。頭を硬いラッカー塗りの板にしたたかに打ち付けたため、目の前に火花が散り、頭蓋骨に刺すような痛みが走った。衝撃で頭がぼんやりとして、馬車の中に押し込まれても、弱々しく抵抗するしかできなかった。

驚いたことに、馬車の中にはいとこのユースタスがいた。座席に押し込まれた赤ちゃんクジラのように、青ざめてでっぷり太っていた。彼は不潔なにおいのする巨大な体で彼女を羽交い締めにし、肉付きのいい前腕を彼女ののどにあててびっくりするほど強い力で締めつけた。「つかまえたぞ」と彼は息をきらせながら言った。「やっかいな女だなお前は――ぼくとの結婚の約束を破りやがった。しかし、うちの両親は、おまえの財産をもらうのはぼくだと言っている。どんな手を使ってでも、そうするつもりだとな」

「わたしはもう結婚しているの――」エヴィーはぜーぜー苦しそうにあえいだ。巨大な肉の塊に取り囲まれて息ができなかった。まるで不気味な深海生物に体ごとひと呑みにされてしまったかのようだった。

「そんな結婚は意味がない。われわれは無効を申し立てるつもりだ。だからな、ぼくのものになるはずのものを取り上げようというお前の計画は失敗したんだ」ユースタスは短気な子どものような口調でつづけた。「ぼくを怒らせないほうが身のためだぞ。結婚したらおまえのことを好きにしていいと、父が言っていた。一週間、納戸に閉じ込められるっていうのはどうだ？」

エヴィーは息が苦しくて答えることができなかった。彼は重たい腕で彼女を巨大な餅のような自分の胸と腹に押しつけた。首を締めつけてくる腕をふりほどこうと必死にもがく彼女の目に苦痛と絶望の涙がわいてきた。

がんがんする耳に、馬車の外から新たな音が飛び込んできた。叫び、ののしる声。いきなり馬車のドアが開き、だれかが中に押し入ってきた。エヴィーは身をよじって、それがだれなのか確かめようとした。見慣れた濃い金色の髪の輝きが見え、彼女の息はすすり泣きに変わった。

そんなセバスチャンを見たことはなかった。冷静で超然とした表情は消え去り、怒りにかられて体をぶるぶる震わせている。爬虫類を思わせる薄いブルーの目でユースタスを射すくめるようににらみつけた。ユースタスはでっぷりとした二重顎の奥で神経質にぜーぜー呼吸し始めた。

「彼女をこちらにわたせ」セバスチャンはすごみのある声で怒鳴りつけた。「さあ！　この薄汚い泥まんじゅうめ、逆らえばのどをかき切るぞ」

セバスチャンがこけおどしでなく、本気でそうするつもりだということを見て取ったユースタスは、エヴィーの首を締めていた腕を緩めた。彼女は這いずるようにしてセバスチャンの元に行き、苦しそうに息を吸い込んだ。彼は何ごとか低い声でささやきながら彼女を抱きとめた。その腕はやさしく頼りがいがあった。「大丈夫だ。もう安心していい」エヴィーは、憤怒のせいで彼の体がぶるぶる震えつづけているのを感じた。

セバスチャンがぎろりとユースタスをにらみつけると、彼はゼリーのようなぶよぶよの体を座席の奥に引っ込めた。「次におまえに会ったときには」セバスチャンは敵意をむき出しにして言った。「たとえどんな状況であろうと、おまえを殺す。法律も、武器も、たとえ神であろうとも、それを止めることはできない。だから、命が惜しければ、わたしと出くわすことがないように気をつけるんだな」

泡を食って何も言えず、ただ震えているユースタスを残し、セバスチャンはエヴィーを馬車から下ろした。彼女は彼にしがみつき、まだ少しあえぎながら、不安そうにあたりを見回した。どうやらキャムが騒ぎを聞きつけ、ふたりの伯父を押さえてくれていたようだ。ブルックは地面に倒れ、ペレグリンは殴られたらしく後ろによろめいている。彼のでっぷりした顔が怒りと驚きによって真っ赤に変わっていた。

地面に足がつくとよろめいて、エヴィーは顔を夫の肩に埋めた。セバスチャンの体からは実際に湯気が立っていた。冷気が彼の火照った肌にあたり、吐く息を白く変えた。彼は彼女をさっと短い時間で入念に調べた。両手で全身を軽くさぐり、青ざめた顔をしげしげとながめた。彼の声は驚くほどやさしかった。「怪我はないかい、エヴィー？　わたしを見て。そうだ。かわいい人……奴らはきみを傷つけたのか？」

「い、いいえ」彼女はぼんやりと彼を見つめた。「ペレグリン伯父は」彼女はささやいた。「彼はとても力が強くて――」

「彼のことはわたしが片をつける」と彼女を安心させて、キャムを呼んだ。「ローハン！こっちへ来てくれ。彼女を頼む」

若者はすぐに命令にしたがい、優雅に大またでエヴィーに近づいてきた。彼は彼女に異国風のアクセントで語りかけ、その声が彼女の高ぶった神経をなだめてくれた。彼女はキャムとわきに退く前にちょっとためらって、不安そうな視線をセバスチャンに投げかけた。

「大丈夫だ」と彼は彼女を見ずに言った。彼の氷のような視線はペレグリンの雄牛のような顔に固定されている。「行け」

唇を噛んで、エヴィーはキャムの腕をとり、邪魔にならない場所に移動した。

「わたしたちをお訪ねくださるとは、お心が広いことですな、伯父上」セバスチャンは辛辣に言った。「お祝いを言いに来てくださったのでしょうね？」

「わたしは姪を連れ戻すためにきたのだ」とペレグリンはいがんだ。「あの娘はわたしの息子と婚約している。きさまの不法な結婚などに邪魔されてたまるか」

「彼女はわたしのものだ」とセバスチャンはぴしりと言い放った。「わたしがおめおめと彼女を引きわたすと思うほど、いくらあんたでもそこまではばかじゃないだろう」

「わたしは結婚の無効を申し立てるつもりだ」ペレグリンは自信たっぷりに言った。

「それが可能なのは、床入りを済ませていない結婚の場合だけだ。言っておくが、ちゃんと済ませてある」

「あれがまだ処女であることを証言してくれるよう医者に頼んである」

「冗談じゃない」セバスチャンは冷たくせせら笑った。「そんなことをしたら、わたしにとってどんなに不名誉なことになるか。いいかい、わたしは色男の評判を得るために、これまで誠心誠意尽くしてきたんだぜ——わたしを不能呼ばわりしてその評判を台無しにすることは断じて許さん」彼は上着を脱いで、キャムに向かって投げた。キャムは片手でそれを受け取った。セバスチャンの狂暴な視線は一瞬たりとも土気色のペレグリンの顔から離れない。

「もうすでに彼女をはらませているかもしれないという考えは浮かばなかったかな？」

「もしそうだとしても、そんなものは始末できる」

伯父の言葉の意味を完全には理解できなかったが、エヴィーはキャムの頼もしい腕の中で縮こまった。彼は彼女をぎゅっと抱きしめ、めずらしく金色の目を憎悪で光らせてペレグリンをにらみつけていた。「心配しなくても大丈夫だ」と彼はエヴィーにささやいた。

ペレグリンの言葉にセバスチャンの顔は紅潮し、目はガラスの破片のように鋭くなった。

「面白い」と彼は言った。「おまえにわたすくらいなら、わたしがこの手で彼女を殺したほうがましだ」

自制心のすべてが失われたらしく、ペレグリンはうぉーっとうなり声をあげてセバスチャンに飛びかかってきた。「必要とあらばきさまをかたづけるまでだ。気取った野郎め！」

セバスチャンはさっと横に一歩動いて襲い掛かってきたペレグリンをよけ、ふたたび襲ってくるのを待っている。それを見てエヴィーははっと息を吸い込んだ。「ばかだな」とキャムがつぶやくのが聞こえた。「あそこで足をかけて転ばせなきゃだめだ」それから彼は黙って、セバスチャンスがペレグリンのくりだしてくる巨大なこぶしをかろうじて止め、すばやく左のパンチを相手のあごに浴びせるのを見つめた。かなり強烈なパンチだったが、巨漢のペレグリンにはほとんど効いていないようだった。エヴィーは恐怖にかられながら、めまぐるしいジャブやパンチの応酬を見守った。セバスチャンのほうが動きははるかに機敏だったが、ペレグリンは骨にずしっとこたえるような重いパンチをセバスチャンに食らわし、彼はその衝撃でふらふらと後ろにさがった。

従業員たちがぞろぞろクラブから出てきて、セバスチャンを応援し始めた。往来を歩いていた人々も騒ぎを見物しようと駆けつけてきた。喧嘩をしているふたりのまわりに厚い人垣ができ、野次やうなり声が飛び交った。

エヴィーは胴にまわされているキャムの腕にぎゅっとしがみつき、「キャム、なんとかして」と懇願した。

「できない」

「あなたは喧嘩が強いじゃないの。お父様がいつも――」

「だめだ」キャムは厳しく言った。「これは彼の喧嘩だ。もしおれがいま飛び入りしたら、彼ひとりではきみの伯父をやっつけられなかったように見える」

「でも、彼ひとりじゃ無理よ！」エヴィーはセバスチャンがまたもやペレグリンから容赦ない殴打を受けてよろよろとさがるのを見て肩をすくめた。

「きみは彼を見くびっている」キャムはセバスチャンがふたたび前に出るのを見つめながら言った。「彼は――よし、いいぞ。見事な右フックだ。彼はフットワークもいい。彼ほどの長身だとふつうはあんなに敏捷には動けない。だからあとちょっと――くそっ、チャンスを逃した――」キャムは突然、歓声をあげた。セバスチャンが鋭い左を顎に浴びせて、ペレグリンを倒したのだ。「いまのは、強烈だったぞ！」とキャムは叫んだ。「彼には力もあるし、狙いも正確だ……あとは喧嘩のコツを習得するだけだ」

ぶざまに土の上に転がってうめいているペレグリンは、上からのぞき込んでいる厳しい顔の男がだれなのかわからないようだった。

喧嘩が終ったことを知ったクラブの従業員たちは、はやし立て、歓声をあげながら前方に寄ってきて、ひ弱な腰抜けと思っていたが、あんたなかなかやるじゃないかとでも言いたげに、セバスチャンの背中をぽんとたたいて健闘を称えた。セバスチャンはその怪しげな賞賛を皮肉な顔で受けながし、情けない姿になった対戦相手を馬車に乗せるよう、憮然とした顔で命じた。

キャムはやさしくエヴィーの体を回転させて自分のほうを向かせた。「どうしてこんなことになったか教えてくれ」と彼はせっつくように言った。「いますぐにだ。きみの旦那がこっちに来る前に」

あわててエヴィーは、ブラードにだまされて下に降りてきたこと、そして彼が一ポンド金貨と引き替えに彼女を親戚に引き渡したことを話した。彼女はつっかえつっかえ話したが、キャムはなんとか彼女の言いたいことをくみ取った。「わかった」と彼は静かに言った。その蜂蜜色の顔から感情は拭い去られていた。「ブラードのことはおれが処理する。きみはセントヴィンセントの面倒をみてくれ。彼はきみを必要とするだろう。いい喧嘩をしたあとには精力がみなぎっているものなんだ」

エヴィーは困惑して頭を振った。「精力？　何のこと？　ぜんぜん意味がわからないわ」

キャムの目が急にいたずらっぽく輝いた。「いまにわかる」

問いただす前に、セバスチャンがやってきた。エヴィーがキャムの腕に抱かれているのがどうやら面白くないらしかった。彼の顔が不機嫌に曇った。「いったい何が起こったか聞かせてもらいたいね」と彼はエヴィーをぐっと引っ張って自分の腕に抱きながら、かっかした顔で聞いた。「平和な日曜の朝、たった二時間出かけて帰ってきてみたら、たいへんな騒ぎが起こっていた――」

「彼女が説明しますよ」とキャムは途中で割り込んだ。彼はセバスチャンの背後に目を走らせ、厩舎の裏庭にだれかがいるのに気づいた。「失礼します。わたしにはやらなければならないことが――」彼は低い手すりを軽々と飛び越え、人々の群れの中に消えた。

12

キャムは厩舎の裏庭のあたりでジョス・ブラードに追いつき、用心深く向かい合った。ブラードはかっと目を見開き、鼻の穴をふくらませて荒く息をしていた。ふたりは昔から馬が合わなかった。ジェナーを父親代わりにして育った、仲の悪い兄弟といった関係だった。子どものころはいっしょに遊び、よく喧嘩もした。大人になってからは、ジェナーのクラブで共に働いた。ジェナーは常々ブラードにいろいろと良くしてやっていたので、キャムはブラードが今回のようなことをしでかすとは夢にも思っていなかった。困惑と怒りが心の中でせめぎあい、キャムはブラードをにらみつけながら、ゆっくりと頭を左右に振った。

「どうして彼女をあいつらに引き渡そうとしたんだ」とキャムは話し始めた。「いったいそれでどんな得があるというんだ——」

「一ポンドせしめたさ」とブラードはにらみかえした。「それにあの舌ったらずをやっかい払いできたらせいせいすらあ」

「頭がおかしくなったのか?」キャムはかっとなって怒鳴った。「いったいどうしたっていうんだ。ジェナーの娘だぞ。たくさん金を積まれたって、そんなことはできないはずだ!」

「あの娘はジェナーのためになることは何ひとつしてやしねえ」ブラードは激しい口調でさえぎった。「クラブのためにもだ。ところが最後の最後になってクラブに乗り込んできて、全部遺産をかっさらっていく。あのばか女とあいつのいまいましい亭主なぞ、クソ食らえってんだ！」

キャムは真剣に耳を傾けていたが、ブラードが嫉妬する理由がいまひとつわからなかった。ロマの人々はめったに他人が持っているものをうらやんだりはしない。金はその場かぎりの刹那的快楽のためのものでしかなかった。キャムは一二歳までロマの人々と放浪生活を送っていたが、彼らは必要以上のものをけっして欲しがらなかった。しょせん人間は一着の服しか着ることができないし、一頭の馬にしか乗れないのだから。

「彼女はジェナーの一人娘だ」とキャムは言った。「ジェナーが彼女に何を残そうと、それはおれやおまえには関係がないことだ。しかし、自分を頼りにしている人間の信頼を裏切ることは、絶対にしてはならないことだ。彼女をだますことは……嫌がる彼女をあいつらにひきわたすことは……」

「おれは何度でも同じことをしてやる！」とブラードはいきまいて、ぺっと地面に唾を吐いた。

キャムは相手をまじまじと見つめ、ブラードのようすがおかしいことに気づいた。顔は青白くて、生気のない表情をしており、目はどんより濁っていた。「具合でも悪いのか？」キャムは静かに尋ねた。「そうなら、そうだと言ってくれ。おれからセントヴィンセントに話をつける。なんとか彼に——」

「こんちくしょう！　おまえこそ出て行け。薄汚いロマめ。おまえらみんなだ」

ブラードの激しい憎悪の声は、これで終りだということを告げていた。もう穏便に済ますことは不可能だ。あとは、ブラードをつかまえてクラブに引っ張っていくか、彼を逃がすかのどちらかだ。セントヴィンセントの残虐な目の輝きを思い出し、ひょっとすると子爵は本当にブラードを殺しかねないとキャムは思った。そうなったら、だれにとっても、とくにエヴィーにとって、非常にあと味の悪いことになる。だめだ……このままブラードは姿を消したほうがいい。

何年も前から知っている細く尖った顔をした若者を見つめながら、キャムは腹立ちと当惑にかられて頭を振った。魂の喪失——ロマの人々ならそう言う……心の一番大切な部分が、どこか暗黒の世界に迷い込んでしまったのだ。だが、どうしてブラードにそんなことが起こったのか？　そしていつから？

「クラブには近づかないようにすることだな」キャムは低い声でつぶやいた。「もしセントヴィンセントに見つかったら——」

「セントヴィンセントなど、地獄に落ちろ」ブラードはうなり声をあげて、キャムに素早いパンチを繰り出した。

鋭い弧を描いて飛んでくるブラードのこぶしを、キャムは見事な反射神経でかわし、さっと横に移動した。キャムは目を細めて、ブラードがくるりと体を返して逃げ去るのを見送った。

近くの支柱につながれていた馬が神経質にいななないたのに気づき、キャムはそのしゅすのようにつややかな首をやさしくなでてやった。指にはまっている金の指輪が午後の日差しを受けてきらきら輝く。「ばかな男だ」とキャムは穏やかに馬に話しかけた。声と手を使って馬をなだめる。あることを思い出して、キャムはため息をついた。「ジェナーは彼に遺産を残していた……彼が必ず受け取れるようにするとおれは約束したんだが。さて、どうしたものか」

＊　＊　＊

セバスチャンはエヴィーをクラブの中に入れた。外の通路での騒動のあとでは、クラブの中の静寂が信じられない気がした。エヴィーは大またで歩いていくセバスチャンについていくのがやっとで、メインフロアの読書室についたころには息を切らしていた。つくりつけのマホガニーの本棚には革装の本が並んでおり、壁際のラックにはたくさんの新聞や雑誌が掛かっていた。セバスチャンはエヴィーを部屋の中に押し込み、ばたんとドアを閉めた。

「怪我はないか？」と彼はぶっきらぼうにきいた。

「はい」エヴィーはそのまま黙っていようとしたが、我慢しきれなくなった。恨みがましい言葉があふれ出てきた。「なぜこんなに遅くなったんです？　あなたを必要としていたのに、あなたはいなかったわ！」

「きみを守る従業員が三〇人もいたんだぞ。そもそも、どうして下へ行ったりしたんだ？だれが来ているのかを確かめるまでは、上にいるべきだったんだ」

「アナベル・ハントが外で待っていると、ミスター・ブラードが言ったのです。それがじつは伯父だとわかったときには、ブラードにじゃまされてクラブの中に戻ることができませんでした。彼はわたしを伯父にひきわたしたんです」

「なんということだ」セバスチャンは目を見開いた。「あのごろつきのはらわたを引きずり出してやる――」

「そんなことが起こっているあいだ」エヴィーはかんかんに怒りながらつづけた。「あなたは娼婦とベッドの中にいたんだわ！」その言葉が口から出た瞬間、エヴィーはそれが自分にとってとても重要なことだったのだと気づいた……ブラードの裏切りよりも、伯父の暴力よりも。セバスチャンがこんなに早く自分を裏切ってほかの女と寝ているという事実のほうが、はるかに彼女の感情を揺さぶっていたのだ。

セバスチャンは鋭い目でエヴィーを見た。「それは違う」

「嘘をつかないで」ふたりのあいだには怒りが煮えたぎっていた。「わたしにはわかっているのよ」

「なんでそんなに確信があるんだ？」

「だって、あなたはマダム・ブラッドショーのところに二時間以上もいたじゃないの！」

「商売の話をしていたのだ。話し合いだ、エヴィー！　信じないというなら、勝手にしろ。だが、もし女と寝てきたのなら、いまこんなに頭に血が上っていないはずだ」

セバスチャンの凍った池のように厳しい目を見つめているうちに、エヴィーの激しい怒りは徐々におさまっていった。彼を信じる以外にない――彼が激昂していることは火を見るより明らかだ。

「まあ」と彼女はつぶやいた。

「まあだと？　言うことはそれだけか？」

「ええと……わたしの勘違いだったみたいですわね。でも、昔のあなたの行状から考えて……わたしは、てっきり……」

彼女のしどろもどろの詫びのせいで、セバスチャンはかえって自制心を失ってしまったようだった。「きみの思い込みは間違っていた！　きみは気づいていないのかもしれないがね、わたしは一日中目が回るほど忙しいのだ。女と寝ている暇などない。それに、仮にそんな暇があったら――」彼はいきなり言葉を止めた。エヴィーがウェストクリフ伯爵の応接間で遠くからながめていたエレガントな子爵の面影はすっかり消えていた。服装は乱れ、あざをつくり、激怒している。しかも息も荒い。「もし暇があったら――」とふたたび彼は途中で言葉を止めた。頬骨と鼻梁にさっと赤みがさす。

エヴィーは彼の自制心がぷつっと切れる瞬間を目撃した。危険を察知して、彼女はよろめきながら閉じたドアに向かおうとした。しかし、一歩踏み出すよりも前に彼女はつかまり、彼の手と体で壁に釘付けにされてしまった。汗で湿ったリネンのかおりと、健康な男の欲情したにおいが彼女の鼻孔を満たした。

彼女をとらえると、セバスチャンは少し開けた口を彼女のこめかみの薄い肌に押しつけた。彼の呼吸は乱れていた。またもや沈黙の瞬間が訪れた。眉の先に彼の舌が触れ、彼女はびりっと痺れるような感覚を覚えた。彼は小さな湿ったほくろに息を吹きかける。その地獄の炎のような熱い息に、彼女の全身は震え上がった。ゆっくりと彼は口を耳へとずらしていき、耳介の複雑なひだを舌でたどった。

彼のささやきは、自分の心の一番暗い奥まった場所から聞こえてくるかのようだった。

「もしその暇があったら、エヴィー……いまごろ、わたしはこの手と歯できみの服を引き裂き、素っ裸にしていただろう。きみをカーペットの上に押し倒し、両手できみの胸をすくいあげて口元に持ってき、キスをして……乳首が小さなスグリの実のように硬くなるまで舐め……それからそっと噛んで……」

彼にかすれた声でささやきかけられていると、エヴィーはうっとりと恍惚の世界に漂っていくような気がした。「……それからきみの腿に向かって、少しずつ……少しずつキスをしながら口を動かしていき……そのかわいい赤い巻き毛に届いたら、舌でその先に深く深く侵入して、小さな真珠のようなクリトリスをさがし出す……そして、真珠が脈動を始めるまで舌を遊ばせる。ぐるりと舐め……きみが懇願するまで、愛撫しつづける。それからきみを吸う。だが、それほど強くじゃない。わたしは意地悪だからね。軽く、そっと吸って、きみが

きみを奪う……きみを味わい……食べる。きみの全身がしっぽり濡れて、震え出すまでわたしはやめない。きみの脚を開かせ、きみの中に入って、きみを十分いたぶってから、舌をきみの中に差し入れ……き欲しくて欲しくてたまらずに叫び出すまでじらしてやる……

……」

セバスチャンはそこでやめて、彼女の体を壁に押しつけたまま黙り込んだ。ふたりは欲望にかられて、はあはあと荒く息をしていたが、凍りついたように動かなかった。

長い時間が経ってから、彼はほとんど聞き取れないほど小さな声でささやいた。「濡れているんだろう?」

これ以上赤くなれるものなら、エヴィーはもっと赤くなっていたことだろう。彼の質問の意味を理解して、彼女は死にたいくらい恥ずかしくなった。とがった顎の先をかすかに動かしてうなずく。

「わたしは、これまでこの世で欲しいと思ったどんなものよりも、きみが欲しい」セバスチャンは震える息を吐いた。「きみを手に入れるためにはどうしたらいいか教えてくれ。きみのベッドに招き入れてもらうにはどうしたらいい?」

エヴィーは力なく彼を押したが、重たい刺激的な彼の体をどけることはできない。「あ、あなたにはどうすることもできないわ。わたしが欲しいのは、あなたにはできないことなのですから。わたしはあなたに、妻に忠実な夫になって欲しいの。でも、あなたには絶対にできないわ」

「できるさ」しかし返事が早すぎた。いかにも信じられない感じがぷんぷんする。

「できないわ」と彼女は小声で言った。

彼は長い手で彼女の顔をはさみ、親指で頬の丸みをなでた。彼の口は彼女の口のすぐ前にある。「エヴィー……わたしは契約を守れそうにない。きみといっしょに暮らして、毎日きみの顔を見ているのに、きみを自分のものにできないというのは、我慢できない……」彼女の体にかすかな震えが走ったのを感じ取って、彼は頭を傾げて、彼女の首筋にキスをした。その巧みで熱い唇に、そのエロティックでやさしいタッチに、彼女の感覚は反応した……彼の詮索好きな指が胸のカーブをなでる。

彼女のくぐもったうめき声を聞いて、彼は彼女の口をとらえ深くキスをした。弱々しく彼女は顔をそむけたが、その極上のキスに彼女の唇はひりひりうずいた。「だめよ、セバスチャン」

彼は顔を彼女の髪と頭のてっぺんにこすりつけた。このような状況が、あるいは自分自身の反応がなんとなくおかしくなったのか、彼はふふんと皮肉っぽく笑った。「エヴィー、きみはこの問題の解決法を考えなければならない。なにかすばやく考え出してくれ……でないと……」と途中で言葉を止めて、餓えたように彼女の耳を軽く齧った。「……でないと、見境なくやっちまいそうだ」

彼女は目を丸くして、「そんな言い方は――」と憤慨してしゃべり始めたが、激しいキスで黙らされてしまった。

セバスチャンは顔を離して、面白がるような表情で彼女を見つめた。彼の顔はまだ紅潮したままだ。「きみは言葉自体に文句を言っているのか、それともそれが意味するところに?」

彼が多少なりとも理性を取り戻したのを知ってエヴィーはほっと胸をなでおろし、彼と壁のあいだからすり抜けた。「あなたがわたしを欲しがるのは、わたしがあなたと寝たがらないからだということがいやなのです。ということは、新鮮さが失われればやがて――」

「そんな理由じゃない」と彼はすばやく口をはさんだ。

エヴィーは信じられないわという視線を彼に送った。「そ、それに、わたしはあなたが気まぐれに訪問なさるたくさんの女性のひとりになるつもりはありません」

突然、セバスチャンは黙り込んで、彼女から目をそらした。エヴィーは待った。彼女の言ったことが正しいと彼が認めるのをじっと待つのがあまりにももどかしく、息が詰まりそうだった。しばらくすると彼はゆっくりと目を上げて、うすいブルーの目で彼女の目をのぞきこんだ。

「わかった」セバスチャンはかすれた声で言った。「きみの条件を呑もう。わたしは……浮気はしない」最後の言葉を言うのは、まるで外国語を話すときのように、言いにくそうだった。

「信じられません」

「おいおい、エヴィー!　どのくらいたくさんの女が、わたしからこのような約束をとりつけたがってきたか知っているのか?　いま、わたしは生まれて初めて、忠実な夫に喜んでなるつもりだと宣言したのだ。それをきみはわたしに投げ返すというのか？　たしかにわたしには華々しい女性遍歴があるが——」

「相手選ばぬ女たらしだったのだわ」とエヴィーは言い直した。

彼はいらだたしげに鼻を鳴らした。「女たらしとでも、道楽者とでも、好きに呼んだらいいさ。たくさんいい思いをしてきたし、それを後悔しているなどと言うつもりもない。いやがる女を無理にベッドに連れ込んだことは一度もないのだ。しかも、わたしの知るかぎりでは、どの女も満足させてきた」

「そんな話をしているのではありません」彼女は眉間にしわを寄せた。「あなたの過去を責めるつもりはありません……いえ、少なくとも……そういうことであなたを罰しようというのでもないわ」彼が疑うように鼻を鳴らしても、彼女はかまわずつづけた。「でも、そういう人が忠実な夫になれるとは思えないですわよね？」

彼の声は不機嫌になった。「わたしにどうしろと言うんだ？　男であることを詫びればいいのか？　きみがわたしと寝てもいいと思えるようになるまで、禁欲を誓えばいいのか？」

その問いに衝撃を受けて、エヴィーは彼を見つめた。

これまで、女はいつも簡単にセバスチャンのものになった。もし、彼を待たせたら、彼はわたしに興味を失うだろうか？　それともお互いをもっとよく知り、これまでとはまったく違う形で理解しあえるようになる可能性はあるのだろうか。彼が自分の肉体だけでなく、心も含めてわたしという人間を大切に思ってくれるようになるかどうか、彼女は知りたくてたまらなくなった。ただのベッドパートナー以上の存在になれるかどうか、試してみたいと思った。

「セバスチャン……」彼女は慎重に切り出した。「あなたは、女性のために何か犠牲を払ったことがありますか？」

彼女のほうに顔を向けた彼は、すねた天使のように見えた。広い肩を壁にもたせかけ、片ひざを軽く曲げて立っている。「どんな犠牲だ？」

それを聞いて、エヴィーは苦笑いした。「どんな種類のものでも」

「ない」

「一番長かったのは……その……女の人と……」彼女は上手い言葉が見つからず困った。「……愛を交わさないでいる期間が」

「わたしはそんなふうに言ったことがない。あの行為には愛はまったく関係がないのだ」

「どれくらいの期間？」

「一カ月、というところかな」

彼女はしばらく考えた。「では……六カ月間、どんな女性とも関係を持たないでいられたら……そのあとは、あなたと寝るわ」

「ろっかげつ？」セバスチャンは大きく目を見開き、それからあざ笑うように彼女を見た。「かわいい人、きみは、自分が半年の禁欲に値する女だと思っているのかい？」

「値しないかもしれませんわね」とエヴィーは答えた。「答えられるのはあなただけですもの」

きみなど待つ価値のない女だとセバスチャンは言いたくてたまらないようだった。しかし、彼女を頭のてっぺんからつま先までじろじろながめまわしている彼の目は、まぎれもなく欲望で燃え上がっていた。彼はわたしを心の底から欲しがっているんだわ、とエヴィーは感じた。

「そんなことは不可能だ」と彼はにべもなく言った。

「なぜ？」

「なぜなら、わたしはセントヴィンセント卿セバスチャンだからだ。わたしには禁欲生活などできない。そんなことはだれもが知っている」

彼はめちゃくちゃ傲慢で、ひどく怒っていた。急に笑いがこみあげてきて、エヴィーは唇の裏側を噛んで笑いをこらえなければならなかった。おかしがる気持ちをなんとか抑え、真面目な顔をつくって静かに言った。「やってみても、害にはならないでしょう」

「害になるとも！」彼は歯を食いしばって言った。「きみのような経験不足の人間にはわからないだろうが……ほかの男たちよりも、はるかに性欲が強い男がいるんだ。たまたまわたしはそういう男のひとりだ。わたしは長いあいだ、あれをせずには――」彼女の表情を見て彼はもどかしげに言葉を止めた。「くそっ、エヴィー。定期的に放たないと、男にとって不健全なのだ」

「では、三カ月。これ以上譲歩はできません」

「だめだ！」

「では、ほかの女性のところへ行って」と彼女はあっさり言った。

「きみが欲しいんだ。きみだけが。どうしてだかわからんが」セバスチャンは明るく燃え上がる目を細めて彼女をにらみつけた。「では力ずくでやるまでだ。きみは法的にわたしをベッドで拒む権利を持たない」

突然、エヴィーの心臓は止まった。真っ青になるのがわかった。でも、怖気づいちゃだめよ。心の声が対等に彼と向き合いなさいと命じている。「では、おやりなさいな」彼女は冷静に応じた。「力ずくで」彼の目に驚きが浮かんだのを彼女は見た。のどが動いたが、彼は何も言わなかった。そして……彼女にはわかった。「できないのね」と彼女は驚いて言った。「あなたはリリアンを強姦することはできなかったのだわ。ただ脅かしていただけ。女に無理強いすることなどできない人なのよ」彼女の唇にかすかに笑みが浮かんだ。「リリアンは一瞬たりとも危険にさらされたことはなかったのね？　あなたは、自分がそう見せかけているほど悪漢じゃないんだわ」

「いや、違う！」セバスチャンは彼女をつかんで、むさぼるようにキスをした。舌を彼女の口に突っ込み、彼女の口に襲いかかる。エヴィーは抵抗しなかった。目を閉じて、彼が望むままにさせた。すると間もなく彼はうめき、キスはやさしい情熱的なものに変わって、すべての神経から喜びを引き出し始めた。彼の頭が離れたときには、ふたりとも震えていた。

「エヴィー……」彼の声はかすれていた。「そんなことをわたしに求めるな」

「三カ月。もし、あなたにそれができたら、わ、わたしは喜んであなたとベッドを共にします。いくらでもあなたが好きなだけ」

「いつまでだ?」

「わたしたちが生きているかぎり。でも、もしあなたが約束を果せなかったら……」エヴィーは、何かいい罰はないかと考えた。彼の心の中心部にずしんとくるような何か……「もし、果せなかったら、元友人のウェストクリフ伯爵のところへ行って、リリアン・ボウマンを誘拐した件について謝罪しなくてはなりません」

「そんな、ばかな!」

「それがわたしの値段です」

「高すぎる。わたしはけっして人に頭を下げない」

「では、この話はなかったことにしましょう。でも、もし挑戦するつもりなら……失敗しないようにしたほうが身のためですわよ」

「わたしがきみを騙さないとはかぎらないだろう」

「わたしにはわかります」

長い沈黙があった。

「指輪はどこへやった?」セバスチャンは唐突に尋ねた。

エヴィーのほほえみはたちまち消えた。むかっ腹を立ててはずしてしまったと認めるのは恥ずかしかったので、「外しました」とあいまいに答える。

「それをどうしたんだ？」

エヴィーはばつが悪そうにポケットに手を入れた。「わたし……ここにあります。あなたがそうしたほうがいいとおっしゃるなら、またはめますわ」

「こっちによこしなさい」

指輪を永久にとりあげられると思ったエヴィーは、指輪を固く握りしめた。このいまいましい指輪にとても愛着を感じるようになっていたのだということが、いきなりはっきりとわかった。けれども、とりあげないでと彼に頼むことはプライドが許さなかった。しぶしぶ彼女は指輪をポケットから取り出し、最後にもう一度だけ、指先で刻まれた文字をそっとなでた。わが愛をきみに捧ぐ。

彼女から指輪をとりあげると、セバスチャンはそれを自分の指にはめた。彼の指は指輪に比べてはるかに太かったので、小指の先にしかはまらなかった。ぎゅっと彼女の顎の先をつかんで、彼女の目をのぞきこんだ。「賭けに応じよう」と彼は不機嫌な声で言った。「わたしは勝つ。三カ月したら、この指輪をきみの指に戻し、きみをベッドに連れて行って、文明社会では許されないような行為をきみにしてやるからな」

そんな不気味な言葉を聞かされたら、理性のある女性ならだれもが警戒してどきどきしてしまうだろう。意志の固いエヴィーとて例外ではなかった。彼にぐっと抱き寄せられて、唇を奪われると、ひざの力が抜けて立っていられないくらいになってしまった。宙をさまよっていた手は、ひらひら飛ぶ蝶のように震えながら彼の頭に舞い降りた。彼の髪の感触。表面は冷たくみっしりとしていて、根元のところは暖かく湿っている。あまりに魅力的であらがうことができない。彼女は金色に輝く髪に指を通し、彼をもっと近くに引き寄せて、性急な彼の唇の重さにただただ酔いしれた。

ふたりは舌をからませた。ぴったりと合わせた口の中で、滑らかに甘く舌で愛撫しあう。舌が触れ合うたびに、彼女は腹の奥に熱いものが渦巻くのを感じた……いや、それよりももっと深くだ……きゅっと引き締まって、しっとりと濡れているあの場所、かつて彼の侵入を受け入れたあの場所だ。自分がどんなに彼を求めているかに気づき、彼女はうろたえた。

彼が体を離すと、彼女はぐずるような声をもらした。ふたりとも欲求不満にかられている。

「キスは禁じられていなかったな」とセバスチャンは悪魔のように目を輝かせて言った。「好きなだけキスはさせてもらうが、文句は言いっこなしだ。わたしの禁欲への褒美として、これくらいの特権は与えてもらわないと。ちくしょう」

彼女に返事をするすきを与えず、彼は彼女の体を離すとドアに向かってすたすたと歩き出した。「では、失礼する……ジョス・ブラードを殺さねばならないのでね」

13

読書室を出ようとしたセバスチャンは廊下でキャムと出くわした。「奴はどこだ?」といきなり問いただす。

キャムは無表情な顔で立ち止まり、短く答えた。「出て行きました」

「なぜ追わなかったんだ?」白熱した怒りにセバスチャンの瞳が燃え上がった。禁欲を誓わされて欲求不満がたまっている上に、ブラードが消えたとなれば、もう我慢の限界だった。

アイヴォウ・ジェナーの癇癪に何年も慣らされてきたキャムは涼しい顔だ。「その必要はないと判断したので。彼はもう戻って来ませんよ」

「わたしは、おまえを自分の判断で行動させるために雇っているわけではない。わたしの判断どおりに働いてもらうためだ! おまえは奴の首根っこをつかんでここに引きずってくるべきだったのだ。そしてわたしにあのごろつきに対する処罰を決めさせるのが筋だ」

キャムは黙ったまま、こっそりとエヴィーに視線を走らせた。彼女はなりゆきにほっとしているようすだった。キャムもエヴィーも、もしもブラードをクラブに連れ戻していたら、セバスチャンは本当にブラードを殺したかもしれないと考えていた。エヴィーは夫が殺人の罪に問われることだけはなんとしても避けたかった。

「奴をさがし出してくれ」セバスチャンは読書室の中をいらいらと行ったり来たりしながら怒鳴った。「見つかるまでは、少なくともふたりは探偵を雇って昼夜交替でさがさせろ。わたしの妻に指一本でも触れたらどんなことになるか、わからせてやる」彼は腕を上げて戸口を指し示した。「一時間以内に、いま手が空いている最高の探偵のリストを持ってこい。私立探偵だ。新警察のうすのろはいらん。やつらにひっかきまわされたら、かえって困ることになる。行け」

キャムはこの件の対処の仕方については自分なりに考えを持っているようだったが、口には出さなかった。「かしこまりました」彼はすぐさま部屋を出て行き、セバスチャンはその背中をにらみつけた。

煮えたぎっている彼の怒りをなんとか鎮めようと、エヴィーは思い切って口を開いた。「キャムに八つ当たりしても仕方がありませんわ。彼は――」

「奴をかばおうなんて気は起こすな」セバスチャンはすごみのある声で言った。「あいつは、下司野郎のブラードを捕まえようと思えば捕まえられたのだ。そのことはきみもわかっているはずだ。それから、きみがあいつを親しげに名前で呼ぶことも我慢できない――あいつはきみの兄でも友人でもなく、ただの従業員なのだ。これからはミスター・ローハンと呼びなさい」

「彼はわたしの友人です」エヴィーは憤慨して叫んだ。「何年も前からの友人よ！」

「既婚女性は、若い未婚の男性の友人を持ってはならないのだ」

「あ、あなたはわたしの名誉を傷つけようというの？　そんな……そんなあてこすりを言って」言い返したいことが山ほどわいてきたが、うまく言葉にすることができなかった。「わたしは信用を失うようなことは何ひとつしていません！」

「わたしは信用している。だが、世間はそうは思わない」

ひょっとして、彼はわたしをからかっている？　エヴィーは顔をしかめてとがめるような目つきで彼を見た。「まるでわたしが大勢の殿方に追いかけられているようなおっしゃりようね。実際にはまったく逆なのに。ストーニー・クロス・パークでは、男の人たちはわたしと話をするのを避けるために、わざと道をそれたりしていたじゃないですか――しかも、あなたはその中のひとりだったわ！」

このように非難されて――実際、これは真実だったのだが――セバスチャンははっとしたように見えた。彼は表情をこわばらせて、じっと黙って彼女を見つめた。しばらく経ってから「きみは人を寄せつけなかった」と彼は言った。「男の虚栄心というのは、きみが思っているよりも、もろいものなのだ。だから、内気は冷淡さに見えるし、沈黙を無視と受け取ってしまう。きみはもう少し自分を前に出すこともできたんだ。束の間のさりげない出会い……そのときにきみがにこっとほほえみさえしたら……すっかりその気になってきみに迫っていたさ」

エヴィーは目をまん丸くして彼を見つめた。そんなふうに考えたことはこれまで一度もなかった。ずっと壁の花に甘んじていたのは、自分にも責任があったということなのだろうか。

「わたし……」彼女は考え込みながら言った。「内気を直すようにもっと努力できるかもしれません」

「きみの好きなように。だが、ローハンにしろほかの男にしろ、男といっしょにいるときには、わたしという夫がいるのだということをよく心得ておくように」

彼が何をいわんとしているのかよく考えて、エヴィーははっとして彼を見つめた。「もしかして……あなたは……嫉妬しているの？」

彼の顔に困惑の表情がさっと浮かんだ。「そうだ」とぶっきらぼうに言う。「どうやらそのようだ」当惑といらだちのまざった視線を彼女に投げると、部屋を出て行った。

翌日葬儀がとりおこなわれた。セバスチャンは見事な才覚を示し、厳粛さと少々芝居がかった華やかさを絶妙なバランスで取り入れた式にした。葬儀の列はセントジェームズ通りの幅いっぱいに広がるほど壮大で、ジェナーが生きていたらさぞ喜んだことだろう。四頭の馬に引かせた黒に金箔を被《き》せた霊柩車に、参列者用の黒ずくめの馬車が二台つづく。それらの馬の馬勒《ろく》にはすべて染めた長いダチョウの羽根の飾りがついていた。美しいオーク材の棺桶は、真鍮の釘と文を彫りこんだ輝くプレートで装飾が施され、ロンドンの教会の墓所ではよく起こる墓場荒しを防ぐために鉛で溶接されていた。蓋が閉められる前、エヴィーは父の指にキャムの金の指輪のひとつがはめられていることに気づいて心を打たれた。死者への餞別のつもりなのだろう。しかし、もうひとつ、同じくらい感動的な場面をエヴィーは目撃していた。セバスチャンが人の目を盗んで、こっそり父の赤い髪にくしを入れていたのだった。

厳しい寒さだった。エヴィーは馬に乗っていたが、ウールのマントを着ていても冷たい風が突き刺さるようだった。馬の手綱を握って、セバスチャンがその横を歩いていた。葬列の最後尾には従者や羽根飾りを運ぶ男《フェザーマン》たち、御者などが二五人ばかり歩いていて、初冬の空気の中に白い息を吐いていた。そのうしろには大勢の会葬者がつづいた。裕福な人々、商人、えせ紳士、ごろつき連中などが奇妙にまじりあった集団だ。友人も敵もいた。各人の職業や気質がどうあれ、追悼のしきたりは守られねばならなかった。

エヴィーは葬儀に出席しないものと思われていた。というのは、レディーは神経が繊細すぎて、そのようなつらい場面に耐えられないと考えられていたからだ。しかしエヴィーはどうしても出席したいと言い張った。儀式は彼女の慰めになった。儀式に参加することで父に別れの挨拶ができるような気がしたからだ。セバスチャンは反対しようとしたが、キャムが口を出した。

「ジェナーは、娘の悲しみの足かせから解放されなければなりません」ふたりの言い合いが白熱してきたころ、キャムが言った。「愛する人の死を悼みすぎると、死者はその人をなぐさめるために、この世に戻ってこなくてはならなくなる、とロマの人々は信じています。もし葬儀に出席することで、彼女の悲しみが癒されてジェナーに別れを告げられるというなら

「……」

セバスチャンは威圧的な目で彼をにらみ、「また幽霊か」と不機嫌に言った。しかし、それ以上反対せず、エヴィーの希望をかなえた。

涙が涸れ果てたと思うくらい泣いたあとだったので、エヴィーは葬儀中ずっと涙を見せずにいた。棺桶が墓穴の中に下ろされ、土をかけられているときもじっと耐えた。しかし、さすがに棺桶が完全に土に埋まってしまったときには、塩辛い涙の粒がいくつか目の隅からこぼれ落ちた。キャムが銀の酒瓶を持って一歩前に出た。ロマの伝統に従い、彼は厳粛に墓の上にブランデーをふりかけた。

それを見た高齢の牧師は怒り出し、キャムをしかりつけた。「やめなさい！　おまえたちの異教のしきたりはここではご法度だ！　聖なる場所を安酒で汚すとは――」

「牧師様」とセバスチャンは彼の言葉をさえぎり、一歩前に出て、大きな手を牧師の肩に置いた。「われらが友ジェナーは気にしないと思います」さらに唇の端にいたずらっぽい笑みをかすかに浮かべて付け加えた。「それにあれはフランス製のヴィンテージブランデーです。よろしければ何本か、お宅に届けさせますので、味見されてはいかがかな？」

子爵にまんまと懐柔されて、牧師はにっこり笑った。「それはご親切に、閣下。ありがとうございます」

ほとんどの会葬者が去っていったあと、エヴィーは広場を囲んでいる店や家々、黒くすすけた工場をぐるりとながめまわした。すると広場の向こう側の街灯の近くに立っている男の顔がいきなり目に飛び込んできた。黒い上着に、汚れた灰色の帽子をかぶっており、にやりと笑うまではだれだかわからなかった。

ジョス・ブラードだ。エヴィーははっとした。遠くからでも、アイヴォウ・ジェナーを見送りたかったようだった。しかし、彼の表情には哀悼の色は見えなかった。恨みでねじ曲がったその凶悪な顔つきに、背筋が寒くなった。彼女をじっと見つめたまま、彼は指で自分ののどを切る真似をした。そのあからさまなしぐさに、彼女は思わず一歩後ろに下がった。

彼女が動いたのに気づいて、セバスチャンは彼女のほうを向き、無意識に黒い手袋をはめた手で彼女の両肩をつかんだ。「エヴィー」気づかうような目で、彼女の青ざめた顔を見下ろす。「大丈夫か?」

エヴィーはうなずき、ちらりと街灯のほうに目をやった。ブラードの姿は消えていた。

「ちょっと、さ、寒くて」さっと寒風が吹き抜け、マントのフードが頭からはらりと落ち、彼女は歯をかちかち鳴らした。

すぐにセバスチャンはフードをかぶせなおし、マントの襟元を引き寄せた。「クラブに帰ろう。フェザーマンや御者たちに金をわたしたら、出発しよう」外套のポケットから小さな革袋を引っ張り出し、彼は墓のそばで礼儀正しく待っている男たちのところへ行った。

エヴィーの不安そうな視線を捉えて、キャムが近づいてきた。ひきしまった頬に涙のあとが光っている。彼女は彼の袖をつかんで、ひそひそ声で言った。「さっき、ミスター・ブラードを見たの。あの、街灯のところで」

彼は目を少し見開いて、うなずた。

それ以上話す時間はなかった。セバスチャンが戻ってきてエヴィーの肩に腕をまわした。

「馬車が待っている」

「馬車の手配などいりませんでしたわ。歩いて帰れたのに」

「足温器を入れさせておいた」足温器と聞いて彼女の顔がぱっと輝くと、彼はふっと笑った。

彼はキャムのほうを見て言った。「いっしょに馬車で行こう」

「ありがとうございます」青年は用心深く答えた。「でも、歩くほうがいいんです」

「ではクラブで」

「はい、のちほど」

セバスチャンについて馬車に向かって歩きながら、エヴィーはキャムのほうを振り返りたくなるのをじっとがまんした。キャムはブラードを見つけるかしら。そしてもし見つけたら、どうするつもりかしら。彼女は可撤式の踏み台を使って馬車に乗り込んだ。いそいで足温器にスカートをかけ、ひざまであがってくる熱気に酔いしれた。セバスチャンは彼女の隣に座り、うっすらと唇に笑みを浮かべた。

グレトナグリーンへのむこうみずな旅を思い出す。それほど昔のことではないのだけれど、あれから長い長い時間が経ったような気がする。セバスチャンに体をすり寄せると、嬉しいことに彼は彼女を押しやろうとはしなかった。

「いろいろ考え合わせると、きみはずいぶんがんばったな」馬車が動き始めると彼は言った。

「いままで見た中で一番素晴らしい葬列でした。父が見たらきっと喜んだわ」

セバスチャンはふふんと笑った。「迷ったときには、派手すぎるほうを選んだ。彼にはそのほうが似合うと思ってね」それから少しためらってから、彼はつづけた。「明日、わたしはジェナーの部屋をすっかりきれいにかたづける。でないと、病人が寝ていた部屋のにおいが抜けないからね」

「それはとてもよい考えだと思います」

「クラブは二週間後に再開する予定だ。それまではここに寝泊りして、父親の死に慣れる時間をとったらいい。しかし、ジェナーズがふたたび店を開けたら、わたしのタウンハウスでゆったり暮らして欲しい」

「なんですって?」エヴィーは驚いて体を退き、彼を見つめた。「メイフェアの家に?」

「あそこは設備も整っているし、召使もたくさんいる。もしお気に召さないというなら、別の家をさがそう。だがそれまでは、きみはあそこに住まなければならない」

「あなたも……わたしといっしょにあそこで暮らすつもり?」

「いいや、わたしはひきつづきクラブに泊まる。そのほうが、クラブをやっていくのに都合がいいからね」

エヴィーは彼の冷淡な態度に対処できず戸惑った。どうして急に冷たくなってしまったのかしら? 彼を煩わせたことはなかった……悲しみに打ちひしがれているときでさえ、彼にほとんど要求をしたことはなかった。腹が立ってどうしたらよいかわからず、彼女は自分の手をじっと見下ろし、手袋をはめた手を握り締めた。

「わたしはここに残りたいわ」と彼女は低い声で言った。

セバスチャンは頭を横に振った。「きみがここに残る理由は何もない。ここではきみは必要とされていない。いろいろな意味で、きちんとした家で暮らすほうがいいのだ。友人の訪問を受けることもできるし、階下の騒ぎで夜中に起こされることもない」

「わたしは眠ったらちょっとやそっとでは起きないわ。だからそんな心配はいりません。それに友人にはクラブに来てもらうこともでき――」

「大っぴらにはできない」

彼の言い分が正しくても、エヴィーの気持ちはおさまらない。エヴィーは黙り込んだが、「ここではきみは必要とされていないのだ」という言葉が頭の中でがんがん響いている。

「きみには、安全で上品な場所で暮らしてもらいたい」とセバスチャンはつづけた。「クラブはレディーの住むところではない」

「わたしはレディーではないわ」エヴィーは軽い皮肉をこめて言い返した。「ギャンブラーの娘で、放蕩者の妻ですもの」

「だったらなおさら悪い影響からきみを遠ざけなければ」

「でも、やはりわたしはここから動きません。春になったら考えてもいいけど、それまでは――」

「エヴィー」彼は静かに言った。「きみには選ぶ権利はないんだ」

彼女は体をこわばらせ、彼から離れた。足温器の熱で馬車の中は暖められていたが、彼女の血管は霜が降りたように凍りついた。なんとか彼を説得しなくてはと必死に考える……しかし、彼は正しい……彼女がクラブに残る理由はないのだ。

のどが締めつけられるようだった。毎度のことじゃないの、いまさら傷つく必要はないんだわ、と彼女は絶望的に考えた……人から求められないことや、ひとりぼっちにされることには慣れていたはず……それなのになぜ、まだこんなに苦しいの？　ああ、セバスチャンのようになれたらどんなにいいか。彼のように心臓を氷で覆って守ることができたら。「わたしたちの取引はどうするの？」彼女はぼんやりと尋ねた。「あなたはあれを無視するつもり？　それとも——」

「もちろん、わたしは修道士のように清らかに暮らすつもりだ。そして時がきたら褒美をいただく。しかし、わたしにとってはきみが手の届かないところにいるほうが、楽に誘惑をはねのけることができる」

「わたしは誘惑に負けてしまうかも」エヴィーはそうつぶやく自分の声を聞いた。「どなたか寂しさをまぎらしてくれる親切な紳士を見つけても、あなたは気になさらないわよね？」

言葉が口から滑り出てしまうまでは、彼女は自分がそんな大胆なことを言える人間だとは思っていなかった。けれども、彼を傷つけたい、彼を怒らせたい、彼の心の殻を打ち破りたいというやむにやまれぬ気持ちが彼女にそれを言わせたのだった。けれど、せっかくの試みも失敗に終った。しばらくしてから、彼の穏やかな返事が聞こえた。

「まったくかまわないよ。自由な時間にきみからそのような楽しみを奪おうとするほどわたしは利己的ではない。好きなようにしたまえ……わたしがきみを必要とするときに、きみを手に入れられればそれでいいんだからね」

繁栄の町ロンドンは、おしゃれな通りや上品な家々が建ち並ぶ住宅地とは別の顔も持つ。薄暗い裏通りや荒廃した貧民街には、みじめな生活をする人々がひしめいている。そのような地域では、犯罪や売春に手を染める以外生きるすべがない。ごみや下水のにおいで空気は重くよどみ、家々は隣と軒すれすれに建っているので、体を横向きにしなければ通り抜けられないような場所もある。

キャムは油断なくあたりを警戒しながら、複雑な迷路のような道に入っていった。こうした場所に無用心に入り込んだよそ者には、無数の罠や危険が待ち受けていることは十分承知していた。彼は暗い拱道《きょうどう》を通って広場に入った。そこは幅三メートル、長さ四〇メートルほどの場所で、左右は高い木造の建造物で囲まれ、頭上にせり出している建物どうしの接合部が冬の空をさえぎっていた。建物は浮浪者の宿で、共同墓地に折り重なって埋葬されている死体のように、すし詰め状態で眠っていた。数十センチほどの長さの不潔な布が頭上から吊り下げられている。小穴から出てきたネズミが、さっと壁を走り抜け、建物の土台の割れ目に姿を消した。戸口に座っているふたりの若い娼婦と、捨てられている骨やぼろきれをさがしている痩せた子どもたちが数人いる以外、広場にはだれもいなかった。キャムを胡散臭そうにながめてから子どもたちは広場の奥に姿を消した。

ぼさぼさ頭の娼婦のひとりが、虫歯のせいで歯根だけになった歯を見せてにっと笑った。「あんたみたいなハンサムなおにいさんが、いったい何の用があってハングマンズ・コートになんかやってきたんだい？」

「男をさがしている。これくらいの背の――」とキャムは言って、一七〇センチくらいの高さを手で示した。「黒髪の男だ。ちょっと前にここを通らなかったか？」

娘たちは彼が話すのを聞きながら、けらけら笑い出した。「あいつ、いい声じゃん？」「すてき」ともうひとりが相づちを打つ。「ねえあんた、そんな男なんか放っておきな。ラッシング・ルーがかわいがってあげるよ」彼女はブラウスを押し下げて、痩せた胸としなびた乳房を見せた。「ねえ、ちょっとあたいと遊ぼうよ。あんたうまいんでしょ？」

キャムがポケットから銀貨を取り出すと、彼女の視線はそれに吸い寄せられた。「彼がどこへ行ったか教えてくれ」

「六ペンスと、一発やってくれたら、教えたげる。あんた、きれいな目してるねえ。こんないい男とあたいやったことが――」

広場に低い耳ざわりな笑い声が響き、ジョス・ブラードの嘲笑するような声が聞こえてきた。「てめえなんかに見つかってたまるか、薄汚ねえ混血野郎」

キャムはひらりと体を回転させて、家々をさっとながめた。戸口や窓、それから瓦がなくなった屋根からすすけたたくさんの顔がのぞいている。しかし見覚えのある顔は見あたらなかった。「ブラード」キャムは用心深く呼びかけた。ゆっくりと体を回しながら、まわりに視線を滑らせていく。「ジェナーの娘をどうしたいんだ？」

ふたたび下卑た笑い声。こんどはさきほどとは違う方向のようだ。ブラードの居場所をつきとめることができず、キャムは広場の中ほどに踏み込んだ。「あいつを苦しめてやりたいんだ！」とブラードの声。

「なぜだ？」

「あの寄生虫女が、おれのものを何から何まで奪いやがったからだ。あいつを殺したい。ネズミの群れの中に投げ込み、食い尽くされて骨だけにしてやりてえ」

「なぜだ？」キャムは当惑して尋ねた。「おれは彼女から、おまえを助けてくれと頼まれているんだぞ、ジョス。おまえに裏切られたあとだというのに。彼女は父親の遺志を尊重したがっている。ジェナーはおまえに十分な――」

「汚ねえ雌犬なんざ悪魔に食われろ！」

キャムはかすかに頭をふった。いったいどこからこのような敵意が生まれてくるのか、そもそもなぜブラードはエヴィーにこれほど激しい憤りを感じているのかが理解できない。

背後に不穏な気配を感じて、キャムは頭を下げて振り返った。と同時にしゅっと音を立てて、キャムの頭があった場所にこぶしが飛んできた。襲ってきたのはブラードではなく、この機に乗じて強盗を働こうと、とっさに行動に出たごろつきだった。男は生まれてからずっと路上で暮らしてきた人間特有の若いのか年寄りなのかわからない奇妙な顔をしていた。無駄のない動きでキャムに返り討ちをくらった男は、うなり声をあげて地面に転がった。ひとりでかなわないなら数で勝負と考えたらしく、ごろつき連中が何人か、広場の奥から姿をあらわした。分が悪いと見て取ったキャムは拱道に退いた。ブラードの声が追いかけてくる。

「あの女を殺してやるからな」

「彼女には指一本触らせない」抑えきれない怒りを燃やしながらキャムはそう叫ぶと、最後にもう一度だけハングマンズ・コートを見回した。「おまえが彼女に触れる前に、おれがおまえを地獄に送り込んでやる！」

「では、てめえも道連れにしてやるさ」とブラードの満足そうな返事が聞こえた。ブラードの笑い声を背後に残し、キャムは広場から歩み去った。


その日の午後、キャムはエヴィーをさがした。セバスチャンはメインダイニングルームの寄木の床の修理を請け負っている大工たちと話し込んでいた。エヴィーはだれもいないハザードルームで、ぼんやりと籠に入ったチップをいじっていた。種類別に分けて、きちんと積み上げている。キャムは音を立てずに彼女に近づいた。

腕にだれかが触れたので彼女はちょっと驚いたが、彼の顔を見るとすぐにほっとして笑顔になった。キャムがあからさまに心配そうな顔をしていることはめずらしかった。彼はもともと物事に動じないたちで、苦しみにもだえたり、不安にかられたりすることはまずなかった。キャムはすべての瞬間をあるがままに受け入れ、そのときどきで、できるかぎりのことをして生きるという姿勢を持っている。しかし今日の出来事は彼に少なからぬ影響を与え、こわばった顔はいつもより老けて見えた。

「彼に会うことはできなかった」キャムは静かに言った。「貧民街に消えてしまい、物陰からおれに話しかけてきた。彼はきみに恨みを抱いているようだが、理由がさっぱりわからない。奴はこれまでも陽気な人間として知られていたわけではなかったが、今回のことはちょっとそれとは違う気がする。頭がおかしくなったというか。セントヴィンセントに話さなければならない」

「だめ、やめて」即座にエヴィーが言った。「彼を不安にさせて怒らせるだけだわ。いま、あの人はやることが山ほどあるの」

「しかし、もしもブラードがきみに危害を加えようとしたら――」

「ここにいれば大丈夫よね？　あの人の報復を恐れて、いくらなんでもクラブにまで来ることはないでしょう」

「この建物には秘密の通路があるんだ」

「塞いでもらえる？　鍵をかけることはできる？」

キャムは顔をしかめて考えている。「ほとんどは。しかし、いつも鍵束を携えて、あちこち動き回っているわけにはいかない」

「わかるわ。できるだけのことをして」彼女は不要なチップの山に指で触れながら、暗い声で付け加えた。「でも、実はそんなことはたいした問題じゃないの。だって、わたしはもうすぐここからいなくなるから。彼は、わたしはここで暮らすべきじゃないと言うの。父が亡くなったいまとなっては……」声がだんだん小さくなり、やがて彼女は陰鬱に黙り込んだ。

「彼の言い分はもっともかもしれないよ」キャムはあっさり明るい声で言った。「きみにとって、ここは最高に安全な場所とは言えないから」

「彼は、安全のためにそんなことを言っているんじゃないわ」彼女は黒いチップをつまんで、ハザードテーブルの上でくるくるとコマのように回した。「わたしを遠ざけたいのよ」キャムの唇にかすかな笑いが浮かんだのを見て、エヴィーは励まされたような、同時にがっかりしたような気分になった。

「辛抱が肝心だ」とキャムはやさしくささやいて、去っていった。残されたエヴィーは回転しているチップが勢いを失って止まるまで、じっとそれをながめていた。

14

エヴィーはそのあとの二週間、クラブでずっと忙しく働いていられたことに感謝した。おかげで悲しみから心をそらすことができた。セバスチャンに何か手伝いがしたいと頼むと、すぐに事務室に雑多に積まれている手紙類や帳簿類の整理をまかされた。また、塗装職人、壁紙職人、大工、煉瓦職人らを直接指揮する仕事も与えられた。昔の彼女だったら、そんな責任を押しつけられたら、恐ろしくて縮み上がっていただろう。多くの見知らぬ人と話をすることに、最初のうちは神経をすり減らし、初めの数日間は吃音に悩まされた。しかし、人と接する機会が増えると、楽にしゃべれるようになっていった。職人たちが辛抱強く、目上の人間に対する敬いをもって話を聞いてくれるのも助けになった。いままでそんなふうにされたことは一度もなかったのだ。

ジェナーの葬儀が済んで、まずセバスチャンがしたことは、最近強化されている賭博取締法について話し合うために、警視総監と面談の約束をとりつけることだった。セバスチャンが言葉巧みに説得したおかげで、ジェナーズは賭博クラブではなく、社交クラブとして認められることになった。というわけで、セバスチャンがしかつめらしく述べたように、ジェナーズの会員は「きわめて高潔な人々」であり、このクラブは警察の手入れの対象となるような場所ではないということになったのである。セバスチャンの巧妙な言葉にすっかり丸め込まれて、総監は、ジェナーズが社会的に立派な体裁を保っているかぎりは、手入れは行わないと約束した。

セバスチャンが警視総監の説得に成功したことを知って、キャム・ローハンは彼を賞賛した。「お見事。まんまと総監を言いくるめてしまったのですね。あなたなら、どんな人でも、こちらの思いどおりにさせることができるような気がしてきましたよ」

セバスチャンはにやりと笑って、近くに座っていたエヴィーをちらりと見た。「レディー・セントヴィンセントがその生き証人になるだろうと思うね」

セバスチャンとキャムは、クラブをふたたび軌道にのせるという目的のためにとりあえず協定を結ぶことに決めたようだった。ふたりのやりとりは、友好的と言えないまでも、敵意に満ちたものではなかった。キャムはセバスチャンの統率力を認めているようだった。アイヴォウ・ジェナーの死後、そうした統率力が非常に必要とされていた。セバスチャンは上流階級の怠惰な雰囲気をかなぐりすて、決断力と威厳をもってクラブの経営を引き継いだ。

セバスチャンは、クラブの従業員から冷やかな目で見られる種類の人間だった。最初のうち、彼らはセバスチャンをクラブにやってくる「カモ」のひとりとしか見ていなかった。働くということがどういうことなのかまったくわかっていない、甘やかされた自惚れの強い貴族にすぎないと思っていたのだ。エヴィーがそうだったように、彼らも、セバスチャンはクラブ経営にすぐ飽きてしまうだろうと考えていた。しかし、彼が命令に従わないものは即刻首を切るという態度を表明してからは、だれも彼に逆らう者はいなくなった。彼が猶予を与えずクライブ・イーガンを解雇したやり方は、どんな言葉よりも、権威を示す上ではるかに効果があったのである。

さらに、セバスチャンがクラブ再建に真剣に情熱を注いでいることも無視できなかった。彼は、厨房の料理法からハザードルームの運営費まで、あらゆることに興味を持った。ゲームの進行については学ぶべきことがたくさんあると気づき、セバスチャンはギャンブルに関係する数学を勉強し始めた。ある晩、エヴィーがハザードルームに入っていくと、中央のハザードテーブルで、キャムがセバスチャンにゲームの秘訣を伝授していた。

「……二個のダイスの組み合わせは三六通りしかありません。もちろん、各ダイスには六面あります。ふたつのダイスを同時に投げたときに出る目の組み合わせを『蓄積された偶然』と言って、それに対するオッズは三五対一になります」キャムはそこで言葉を切って、セバスチャンが話についてきているかどうか、ちらりと彼の顔を見た。

セバスチャンはうなずいた。「つづけて」

「ハザードをプレイする人ならだれでも知っていますが、ふたつのダイスの目の合計をポイントといいます。一と一ならポイントは二です。六と六なら一二です。しかし、特定のポイントに対するオッズは同じではない。二になるダイスの目の組み合わせは一通りしかないが、七になる組み合わせは六通りあります」

「七が出れば投げ手の勝ちだが」セバスチャンは眉を寄せて集中している。「これは六通りあって一番出る頻度が高い。組み合わせの総数は三六通りだから、一回ダイスを投げて七になる確率は三六分の六で……」

「約一六パーセント」とキャムは言った。ダイスを拾い上げ、台の反対側の内壁に向かって転がすと、指にはまっている金の指輪がきらりと光った。内壁にぶつかって戻ってきた象牙のダイスは、グリーンのベーズの上で止まった。目はふたつとも六だった。「ところが、一二が出る確率は、たったの二・七パーセント。そしてもちろん、ダイスを投げれば投げるほど、確率は上がります……一六六回ダイスを投げるあいだに一回でも一二が出る確率は九九パーセントです。もちろん、ほかのポイントならばまた確率は異なります。紙に書きましょう。そのほうがわかりやすいですから。オッズを計算するやり方を学べば、非常に有利になります。そんなことを考えたこともないプレーヤーがほとんどです。それを知っているか知っていないかで、カモになるかペテン師になるかが決まる。ハザードは正直にプレイしていても、胴元が得をするような仕組みになっているんですよ――」エヴィーが近づいてきたので、キャムは敬意を表して話を中断した。彼の暗い瞳にほほえみが灯った。「こんばんは、奥様」

ふたりの親しげな雰囲気に、セバスチャンは顔をしかめた。

「こんばんは」エヴィーは小さな声であいさつすると、セバスチャンの隣に立った。彼を見てにっこりほほえむ。「数字には強いの？」

「いままではそう思っていたんだが」と彼は沈んだ声で答えた。「ローハン……ほかのクルピエも確率の計算に熟達しているのか？」

「十分に。よく訓練されています。彼らはみんな、クラブがもうかるようにプレーヤーに賭けさせる方法を知っています。よいプレーヤーとだめなプレーヤーを見分けるコツも……」

「だれが教えたの？」とエヴィーがきいた。

キャムがにやりと笑うと蜂蜜色の肌に白い歯がことさらまぶしく光って見える。「もちろん、おれだ。おれほどゲームのことを熟知している人間はいない」

エヴィーは笑いながら夫を見上げた。「彼に欠けているのは自信だけのようね」と皮肉っぽく言った。

しかしセバスチャンはその冗談に笑わなかった。そうする代わりに、彼はいきなりキャムに用事を言いつけた。「リストが欲しい。高額の貸し付けを金額の多いほうから順番に、支払い期限も書き添えて。帳簿は事務室の棚の一番上にある。いますぐ始めてくれ」

「かしこまりました」エヴィーに軽くお辞儀をして、キャムはいつものように優雅で緩やかな身のこなしで出て行った。

まるで洞穴のような薄暗いハザードルームに夫とふたりきりで立っていると妙に意識してしまって、エヴィーの胃はちくちく痛み出した。この数日間、しょっちゅう顔は合わせてはいたものの、やりとりは事務的なもので、ふたりきりになることはほとんどなかった。彼女はテーブルの上に身を乗り出して、置き去りにされていたダイスを拾い、小さな革の箱にしまった。体をまっすぐに伸ばすと、セバスチャンの手がコルセットをつけている背中を滑っていくのが感じられた。それに反応してうなじの毛が逆立った。「もう遅い」と彼は言った。キャムと話すときよりもずっとやさしい声だ。「もうベッドに入らなければ——今日きみはいろいろと忙しかったから疲れているだろう」

「たいしたことはしていません」彼女はぎこちなく肩をすくめた。彼はもう一度ゆっくりと手を彼女の背骨に沿ってゆっくり滑らせていく。

「いや、たくさん仕事をした。ちょっとがんばりすぎじゃないのか？　休みをとらなくては」

彼女は首を左右に振った。彼に触れられているとはっきりものが考えられなくなる。「働く機会をもらって喜んでいるのです」と彼女はなんとか言った。「忙しくしていれば考えなくても……いいので……」

「ああ、わかっている。だからこそ、そうさせているんだ」彼は長い指を彼女の首の後ろにあてた。

彼の手のぬくもりが肌に伝わってくると、彼女の呼吸は速くなった。

「きみはベッドに行かなければならない」と彼はつづけたが、彼女を引き寄せる彼の呼吸も少し乱れている。彼は視線を彼女の顔から、丸い胸のラインへと漂わせ、また顔に戻した。低い乾いた笑い声が彼の口からもれた。「わたしもきみといっしょに行きたいが、くそっ。それは許されない……おいで」

「なぜ？」テーブルの縁に押しつけられ、彼の脚がスカートのひだのあいだに侵入してきた。

「ちょっときみをいたぶってやるからさ」

エヴィーはまん丸い目で彼を見つめた。心臓は全身の血管に燃えるように熱い血液を送り込んでいる。「あなたが――」彼女は咳払いをしてもう一度話し始めた。「あなたがいたぶるとおっしゃるときには、その言葉を比喩的に使っているだけだとわたしは知っています」

彼はもややもやがくすぶった目で彼女を見つめながら頭を振った。「残念ながら、文字どおりの意味で使っている」

「え？」

「愛する人」彼はやさしく言った。「これから三カ月間、苦しむのはわたしだけだと思うよ。手をわたしにかけて」

「ど、どこに？」

「どこでも」彼は、彼女がためらいながら上等のウールの上着を着た彼の肩に手を置くのを待った。彼女を見つめたまま彼は言った。「わたしの中で激しく炎が燃え上がったら、きみにもその火をつけてやる」

「セバスチャン……」彼女は体を少しこわばらせた。彼はさらに強く彼女をテーブルに押しつけた。

「わたしにはきみにキスをする権利がある。いつでも好きなときに、好きなだけ。そういう取り決めだっただろう？」

彼女は焦ってあたりを見回した。彼は彼女の心を簡単に読んだ。「だれに見られても、わたしはいっこうにかまわない。きみはわたしの妻なんだから」唇の端から端へ笑みが伝わっていった。「伴侶といったほうがいいかな」彼は頭を下ろして、彼女の額にはみ出している巻き毛に鼻をこすりつけた。熱くソフトな息が肌にかかる。「わたしの褒美……わたしの喜びであり、苦しみ……わたしの永遠の願望。エヴィー、わたしはきみのような女に会ったことがない」彼の唇は彼女の鼻梁に触れ、鼻の先端まで滑っていった。「きみは大胆にも、いままでだれひとりとしてわたしに求めたことがないことをわたしに要求してきた。いまはわたしが代価を支払うが、あとでたっぷり返してもらうからな……何度も、何度もだ……」彼は彼女の震える唇を捕え、両手で彼女の後ろ頭を抱えた。

彼はキスが好きだった。ほとんど性交そのものと同じくらい好きだと言ってもいい。最初は、口を閉じたまま、軽く乾いた唇でなでるところから始まった……徐々に唇を押しつける力が強まっていき、彼女の口をやさしく開かせる……それからそっと舌が侵入してくる。彼の手のゆりかごの中で、彼女はどうしていいかわからず頭をのけぞらせる。早鐘のように打つ心臓からものすごい勢いで血液が体中に送られて、全身が熱く火照り、力が抜けていく。

彼はもっと深くキスをし、あらゆる角度で彼女の口を吸い、舌で貪欲にさぐる。

彼は片方の手を彼女の前に滑らせてきて、軽く胸に触れる。親指で乳首の先端をさがすが、コルセットの厚いパッドがじゃまで見つけることができない。彼女の素肌の感触を求めて、指を彼女ののどに持っていき、とくとく打っている脈をさがしあてた。口を彼女の口から離して首の線に沿って滑らせていき、脈打つ場所にキスをする。エヴィーの脚はこわばり、彼女はバランスを失いかけて彼の肩にしがみついた。低い声でささやきながら、セバスチャンは彼女をさらに強く抱き寄せ、ふたたび唇を求めてきた。彼女はもはや懇願のうめきを抑えられなくなっていた。彼をもっと味わい尽くしたくて、温かく滑らかな舌がもっと欲しくて、彼女は夢中で彼の口を吸った。

気まずそうにだれかが咳払いをする音が聞こえて、エヴィーははっとして口を離した。メインルームに人が入って来た気配に気づき、セバスチャンはエヴィーの頭を胸元に引き寄せ、親指で紅潮した頬をなでた。彼は侵入者に冷静に話しかけたが、エヴィーは頬に彼の激しい鼓動を感じていた。

「なんの用だ、ガリー」

クラブのゲームルーム係のひとり、ジム・ガリーが息を切らせながら答えた。「申しわけありませんが、下の階でめんどうなことが起こっておりまして。三人の大工がどこかから安いジンの瓶を見つけて、酔っぱらってわめきちらしています。コーヒールームで喧嘩が始まり、ふたりは殴り合っていて、もうひとりはサイドボードの皿を割って暴れています」

セバスチャンはいやな顔をした。「ローハンに言って始末をつけさせろ」

「ミスター・ローハンは手が離せないと言っています」

「下で酔っ払いが暴れているというのに、忙しいから何もできないだと？」セバスチャンは信じられんという顔できいた。

「そうです」

「では、おまえがなんとかしろ」

「わたしにはできません」と包帯を巻いた手を上げて見せた。「昨晩、路地で起こった喧嘩で怪我をしまして」

「ヘイズはどこだ？」

「わかりません」

「おまえはこう言いたいのか？」セバスチャンは凄みのある声で静かに尋ねた。「ここには三〇人も従業員がいる。それなのに、酔っ払った三人の大工が、本来なら自分たちが修繕すべきコーヒールームをめちゃくちゃに破壊しているのを止められる奴がひとりもいないというのか？」

「そういうことでございます」

ガリーが答えたあと、セバスチャンが怒りをたぎらせて黙り込んでいると、瀬戸物が割れる音や家具が壁にぶつかる音が聞こえてきた。その衝撃の震動が建物に伝わり、頭上のシャンデリアがからからと小さく鳴った。喧嘩はさらに激しくなっているもようで、何を言っているのかわからないが怒鳴りあう声とどたばた争う音が階下から上がってくる。「くそっ」セバスチャンはくいしばった歯の隙間から声を出した。「あいつらはクラブをどうするつもりだ？」

エヴィーは困り果てて頭を振り、夫の憤然とした顔から、ガリーの慎重に感情を隠した顔に視線を移した。「どうしてこんなことに――」

「通過儀礼だ」とセバスチャンはエヴィーの言葉をさえぎると、彼女を残して大またで歩き出し、すぐにそれは駆け足に変わった。

エヴィーもスカートをつまみあげて、急いで彼の後を追った。通過儀礼？　どういう意味かしら？　どうしてキャムは喧嘩を止めてくれないの？　セバスチャンのスピードにはついていけず、彼女はひとり取り残されて、スカートにつまずかないように注意しながら階段を降りて行った。コーヒールームのまわりに集まっている人々の小さな群れに近づくと、乱闘の音が大きくなった。怒鳴り声や叫び声が飛び交っている。セバスチャンを見ると、彼はさっと上着を脱いでだれかにあずけ、人々を押し分けて中に入っていった。中央部の小さな空間で、三人の男たちがげんこつを振りかざしたり、突いたり押したりの乱闘を演じていた。まわりを囲む傍観者たちもすっかり興奮して叫んでいる。

セバスチャンは一番足元がふらついている男を選んで襲いかかり、彼の体を回して自分のほうを向かせると、すばやく何発かパンチをお見舞いした。男はふらふらと前によろめき、絨毯の上に顔から倒れこんだ。残ったふたりは同時にセバスチャンのほうを向き、突進してきた。ひとりは後ろからセバスチャンの腕をとろうとし、もうひとりはこぶしを振り回しながら彼につっこんできた。

エヴィーは思わず悲鳴を上げた。その声はなぜか人々の叫び声を貫いてセバスチャンの耳に届き、彼は彼女のほうをちらっと見た。その一瞬の隙に組みつかれ、ひとりの男に首を羽交い締めにされ、もうひとりからは頭に重い一撃を食らった。「やめて」とエヴィーはあえぎながら、前に出ようとした。ところがウエストに力強い腕がまわされ、引き止められてしまった。

「待って」聞きなれた声が耳に響いた。「彼にチャンスをやるんだ」

「キャム！」エヴィーはパニックに陥って、乱暴に身をよじって振り向くと、見慣れたエキゾチックな顔がそこにあった。濃いまつげに縁取られた金色の瞳が輝いている。「怪我をしてしまうわ」彼女はキャムの上着の襟をつかんで言った。「助けに行って――キャム、お願い――」

「大丈夫だ、もうやつらの手をふりほどいている」キャムは穏やかに観察しながら、容赦ない手で彼女を乱闘のほうに向かせた。「ごらん――けっこう、やるじゃないか」

酔っぱらいのひとりが、ぶんと力強いパンチを放った。セバスチャンはひょいとかわして、すばやくジャブを入れた。「キャム、いったいどうして彼に加勢しようとしないの？」

「できないんだ」

「嘘よ、できるわ。あなたは喧嘩に慣れているもの、彼よりもずっと――」

「彼もそうならなきゃならないんだ」キャムの声は静かだったが、しっかりと彼女の耳に響いた。「でないと、従業員になめられる。クラブで働く連中は、リーダーには頭の良さだけでなく行動力も求めるんだ。セントヴィンセントが自分から動くところを見せないと、従業員たちは彼の言うことをきかない。彼もそれを承知している。でなければ、いまこんなことはしていないはずだ」

敵のひとりがセバスチャンを後ろから押さえつけて、もうひとりがセバスチャンに一発パンチを浴びせたのを見て、エヴィーは目を両手で覆った。「彼がこの意味のない野蛮な行為に、喜んで自分のこぶしを使えば、従業員たちは彼に忠実に従うようになるというの？」「ま、そんなところだ。彼らは、彼がどんな人間なのか品定めしているんだ」キャムは彼女の手首を引っ張って目を覆っている手をどけようとしたがだめだった。「見るんだ」と彼は急きたてた。突然彼の声は笑いで震え始めた。「彼は大丈夫だ」

彼女は見ることができなかった。顔をキャムのほうに向けて、パンチが体に直撃する音や、痛みにうめく声が聞こえるたびに、びくっと体を震わせた。「た、耐えられないわ」と彼女はうめいた。「キャム、どうか――」

「だれも彼に、イーガンの首を切れとか、クラブを自分で経営しろと強要したわけじゃない」とキャムは無情に指摘した。「これも仕事のうちなんだよ」

彼女にもそれはわかっていた。父は人生の大半を、喧嘩をやめさせたり、またときには自分から喧嘩に参加したりして過ごしたのだ。でもセバスチャンはそんなふうには生まれていない――彼は、獣性というか、暴力を好む気質を備えておらず、そこがアイヴォウ・ジェナーとは根本的に違っていた。

しかし、セバスチャンはもうひとりを床に沈めると、油断なく体を回して最後の敵と向かい合った。本質的に戦いを好むかどうかは別として、彼が自分の気概を示すためなら喜んでこぶしを振るうつもりであることは明らかだった。彼に飛びかかってきた酔っ払いに、左のパンチを二発、右を一発あざやかに決めた。男はうなりながら床に崩れ落ち、静かになった。従業員たちは、セバスチャンの勝利を歓声と拍手で称えた。セバスチャンはいかめしい顔でうなずいて喝采に応じ、エヴィーを目でさがした。キャムが守るように腕を彼女にまわしているのを見て、セバスチャンの顔は曇った。

こてんぱんにのされた酔っ払いたちは、興奮気味の見物人たちに外に運び出された。彼らはほうきとちりとりをとってきて、散らばった残骸をかたづけた。従業員の何人かはセバスチャンに以前よりも親しみをこめた視線を送った。セバスチャンはシャツの袖で口の端に少量ついた血を拭き取り、倒れた椅子を起こして、部屋の隅に戻した。

部屋から人々がいなくなると、キャムはエヴィーを離してセバスチャンに近づいた。「紳士のように戦われましたね」

セバスチャンは冷ややかな目を彼に向けた。「褒め言葉に聞こえないのはなぜかな?」

手をポケットに滑り込ませ、キャムは穏やかに述べた。「あなたは見事にふたりばかり酔っぱらいをやっつけた」

「最初は三人いたのだ」セバスチャンはうなるように言った。

「では、三人の酔っ払いを、と言い直します。でも、次のときには、これほど運が良くないかもしれません」

「次だと?　わたしがこんなことをしょっちゅうやるつもりだと思っているなら――」

「ジェナーはやっていました」とキャムはやんわりと言い返した。「イーガンも。毎晩、ゲームや酒や女で何時間も遊んだあと、興奮しきった客たちが裏通りや厩舎の庭やカードルームでなにかもめごとを起こします。われわれは交代でそれをおさめるんですよ。週に一度ぶちのめされても気にしないというならかまいませんが、そうでなければ素早く喧嘩の片をつけるコツを学ぶ必要があります。そのほうがあなたも客も、軽い負傷で済むし、警察ざたになることもない」

「もしも与太者や薄汚い連中が使う喧嘩の戦法のことを言っているのであれば――」

「拳闘クラブでお上品に三〇分汗を流すのとはわけが違うんですよ」キャムは辛辣に言った。セバスチャンは言い返そうと口を開いたが、エヴィーが近づいてきたので、彼の表情に変化があらわれた。エヴィーが不安を隠し切れないでいるのを見て心が動かされたのだ。なぜか、彼女の心づかいによって彼の敵意は鎮まり、心も和らいだようだった。ふたりの顔を交互に見ながら、キャムは敏感にその微妙なやりとりを観察していた。

「お怪我は？」彼をまじまじと見つめながらエヴィーはきいた。セバスチャンの服装は乱れ、気持ちもいら立っていたが、どうやらたいした怪我はしていないようなので、エヴィーはほっとした。

彼は首を左右に振り、彼女が手を伸ばして目の近くにかかっていた、濡れた琥珀色の前髪をうしろになでつけるあいだじっと動かずにいた。「大丈夫だ」と彼は静かに言った。「ウェストクリフにやられたときに比べたら、こんなものなんでもない」

キャムはきっぱりとした声で口をはさんだ。「これからは、もっともっとやられますよ。もしあなたが喧嘩に勝つ秘訣を学ぼうとしなければ」セバスチャンの同意を待たず、彼は戸口のところへ行って、大声で叫んだ。「ドーソン！　ちょっと来てくれ。いいや、仕事じゃない。ちょっとセントヴィンセント卿の相手をしてもらいたいんだ」彼はセントヴィンセントを振り返って、無邪気な顔で言った。「これで奴はすっとんできますよ」

エヴィーは、急におかしさがこみあげてきて笑いたくなったが、ぐっとがまんして部屋の隅に引っ込んだ。キャムが夫を助けてくれようとしていることはよくわかっていた。セバスチャンが紳士的に殴り合いをすることに固執すれば、無法な輩の襲撃にはひとたまりもない。ドーソンが部屋に入って来た。たくましい若者だ。「うちで一番喧嘩が強いのは、このドーソンです」とキャムは言った。「彼に、相手をすばやく倒すための基本的な戦略をいくつか実演させます。ドーソン、セントヴィンセント卿に腰投げをして差し上げろ。だが、やさしくだぞ——閣下の背中を傷めないようにな」

セバスチャンに技をかけるのが嬉しくてたまらないようすで、ドーソンはずんずん大またで彼に近づき、太い腕を首にかけて反対の手で彼の腕をつかみ、肩に彼の体をのせてくるりと返した。セバスチャンは背中からどすんと床に投げ落とされた。ドーソンは飛び上がってセバスチャンの腹に一撃を加えようとしたが、間一髪でキャムが止めに入った。キャムはさっと前に出てやる気満々の若者の肩をつかんだ。「よくやった、ドーソン。見事だ。いまのところはこれで十分だ。下がってくれ」

エヴィーは握りしめた手を口にあてて成り行きを見守っていた。

キャムは腰をかがめて、セバスチャンを助け起こすために手を差し出した。その手をふりはらい、セバスチャンはごろりと転がってひとりで立ち上がり、物凄い形相でキャムをにらみつけた。たいていの男なら、先をつづけるのをためらったことだろう。しかしキャムは、教え諭すように話し出した。「これは実際、とてもシンプルな動きなのです。相手とわきが合ったら、相手の首に腕をかけ、反対の手で相手の腕をつかみ、体をこんなふうに移動させれば、相手の体を簡単に返すことができます。どれくらいの強さで相手を床にたたきつけるかによりますが、これで相手の動きを数秒封じることができる。さあ、わたしで試してみてください」

キャムを相手に技の練習をするあいだも、セバスチャンは紳士的に力を加減していた。彼は覚えが早く、上手にキャムの体を返して床に投げつけた。動きはきびきびとしていたが、どうも気が進まないようだった。「わたしにはこんな戦い方はできない」

キャムはその言葉を無視した。「もし背後から組みつかれたら、後ろに頭突きを食らわせればたいていは逃れることができます。まず頭を下げて、胸に顎をつける。歯を食いしばって口を閉じ、ぐっと頭を後方に振って、すばやく強く相手の顔に一撃を与えるんです。腕をとる必要はありません。前方に頭突きするときは……やったことがありますか？　ない？　では、コツを教えましょう。頭突きをするときには相手をじっと見るんです。相手の顔の柔らかいところを狙う。頭はだめです。体重をのせて、眉より二センチばかり上のあたりを使うんです」

セバスチャンは苦虫を噛み潰したような顔でいやいやながらキャムのレッスンに耐えた。キャムはドーソンと組んで、のどを打つ、足を踏むなど、人間の体の弱い部分を攻撃する技を披露した。キャムに言われて、セバスチャンもときどき実地で技を試し、運動神経の良さを示してキャムを喜ばせた。しかし、キャムが急所蹴りのさまざまなバリエーションを教え始めると、さすがにセバスチャンは我慢しきれなくなった。

「もういい」と彼は怒鳴った。「たくさんだ、ローハン」

「でも、あといくつか――」

「これ以上聞きたくない」

キャムはエヴィーと視線を交わした。彼女は肩をすくめて軽く頭を振った。ふたりとも、セバスチャンがなぜいら立っているのか理由がわからない。しばらくしてから、キャムはドーソンにねぎらいの言葉をかけて、彼を部屋から追い出した。

セバスチャンのほうを向くと、彼は憤懣やるかたないという雰囲気で、上着を引っ張って直していた。キャムは穏やかに尋ねた。「何を怒っているんですか?」

セバスチャンは軽蔑するような声で言った。「わたしは徳の高い人間のふりをしたことは一度もないし、悪魔も顔をしかめるような悪事も働いてきた。しかし、わたしにもこれだけは絶対できないということがある。わたしのような身分の人間は、戦っている最中に、相手の足を踏んだり、急所をひざ蹴りしたり、頭突きを食らわせたりはしない。のどを殴りつけたり、足を払ったり、ましてや髪を引っ張るなどといった行為は断じてできない」

エヴィーはキャムの目が冷たくなることがあるとは想像できなかったが、彼の目は突然凍った琥珀のように厳しくなった。

「よろしければお尋ねしたいが、あなたの身分っていうのは、いったい何です？」彼は少し棘のある声で尋ねた。「あなたは貴族だと言うのですか？　でもそんなふうには見えませんね。あなたは賭博場で寝泊りしている。しかも、あなたが寝ている部屋はつい最近まで娼婦が使っていた部屋だ。有閑階級だと言うのですか？　だがいま、体を張って酔っ払いの取っ組み合いを止めたばかりだ。いまさら気難しいことを言い出すのは、ちょっと遅すぎると思いますがね」

「基準を持つことが悪いとわたしを責めるのか？」セバスチャンは冷やかに言い返した。

「いいえ。わたしが責めているのは、あなたがふたつの基準を持っていることですよ。ロマのことわざに『一頭をあきらめなければ、二頭目の馬に乗ることはできない』というのがあります。ここで生き延びたいなら、あなたは変わらなければならない。こういう場所を見下している怠け者の貴族でいるわけにはいかないんだ。ちくしょう……あなたはわたしですら手に余るような仕事を引き受けようとしているんですよ。賭博師や酔っぱらい、泥棒に詐欺師、犯罪者、法律家に警察、そして三〇人以上の従業員を相手にしなくちゃならない。といっても従業員はみんな、一カ月であなたが飽きて、出て行ってしまうだろうと思っていますがね。ジェナーが死んだいま、ロンドンでもっとも有名な娯楽場のひとつをあなたは引き継いだ。人々はあなたのご機嫌をとろうとしたり、あなたを利用しようとしたり、あるいはあなたより自分がすぐれていることを見せつけようとしたりします。そして、これから先、あなたに真実を語る人間はいなくなる。どんなことについてもです。あなたは本能を研ぎ澄まさなければならない。人々を恐れさせて、うかつにあなたの前を横切らせないようにさせなければならない。でないと、あなたが成功する確率はとても低い……」キャムはもっと言いたそうだったが、セバスチャンの顔をちらりと見て、これ以上は必要ないと感じたようだった。細い指で乱れた漆黒の髪を無造作にかきあげ、彼は部屋から出て行った。

長い時間が経ってから、エヴィーは夫のそばに行った。彼は白い壁をにらみつけて、じっと考え込んでいた。ふつうの人は緊張や疲労があると老けて見えるものだが、セバスチャンは逆にいつもより若く見えた。彼の顔を見上げて彼女はささやいた。「どうしてこんなことをしているんです？　お金のためだけじゃないでしょう？　この場所で何を見つけたいのですか？」

思いがけず、この問いかけを面白がるかのように、彼の目にシニカルな光が宿った。「それがわかったら……きみに教えてやろう」

15

翌日の午後、エヴィーが事務室で領収書の数字を足して、帳簿にかきつけていると、セバスチャンが入ってきて、「きみにお客だ」といきなり言った。領収書の束の上でふたりの視線が合った。「ミセス・ハントだ」

エヴィーはびっくりして彼を見つめた。心臓がどきどき鳴り出した。彼女はアナベルに手紙を書くべきかどうかずっと悩んできた。アナベルに会いたくてたまらなかったが、彼女が手紙をどのように受け取るかが心配だった。エヴィーはゆっくり椅子から立ち上がった。

「今度こそ、本当にアナベルなんでしょうね？」

「間違いない」セバスチャンは皮肉っぽく言った。「非難と罵倒を浴びせられて、まだ耳鳴りがするくらいだ。ミセス・ハントもミス・ボウマンも、きみが誘拐されたわけでも、強姦されたわけでも、ナイフを突きつけられて結婚したわけでもないといくら言っても聞こうとしない」

「ミス・ボウマン？」エヴィーは声に出さず口の中で繰り返したが、すぐに、それがリリアンであるはずがないことに気づいた。彼女はもうミス・ボウマンではないのだ。そしてウェストクリフ伯爵とまだハネムーンの最中だ。「デイジーも来ているのね？」

「そしてスズメバチくらい怒りっぽい」と彼は言った。「彼女たちに、きみが自分の自由意志で行動したのだとよく説明したほうがいいぞ。でないと一番近くにいる警官を呼んでわたしを逮捕させかねないからね」

興奮のためにエヴィーはどきどきして、彼の腕をぎゅっとつかんだ。「ふたりがわざわざ会いに来てくれたなんて信じられないわ。きっとミスター・ハントはアナベルがここに来ることを知らないんだわ」

「その点はわたしも同じ意見だ。ハントは、自分の妻がわたしから半径一五キロ以内に近づくことを許さないだろう。それにボウマン夫妻も、娘が賭博クラブに出入りすることは承認しないはずだ。しかし、きみの友人たちのことだから、なんとか策を弄して、こっそりここにやって来たのだろう」

「彼女たちはどこに？　まさか、裏口に立たせているなんてことはないんでしょうね？」

「読書室に案内させた」

エヴィーは友人たちに早く会いたくてたまらず、事務室を出るとすぐに駆け出したくなったが、それを必死に抑えた。セバスチャンとともに読書室へ急ぎ足で向かい、あわてて部屋に入ったが、どうしていいかわからなくなって、立ち止まってしまった。

そこにはアナベルがいた。蜂蜜色の髪を小さくカールさせてアップに結い上げている。肌の色は生き生きとして、お菓子の缶に描かれている美しい乳搾りの娘のようだった。初めて知り合ったころは、英国美人の理想像のようなアナベルの美貌はエヴィーを怖気づかせ、話をするのがこわかった。こんな絶世の美女にうかつに話しかけたら、冷たく鼻であしらわれるに決まっていると思った。ところが、あとになって、実はアナベルはとても温かく親切な女性で、控えめなユーモアのセンスを持っていることがわかった。

リリアンの妹、デイジー・ボウマンは小柄でほっそりした体からは想像できない、桁外れの個性を持っていった。理想主義者で、気まぐれで風変わりなところがあり、ならず者や悪漢がわんさと出てくるロマンチックな小説を愛読していた。しかし、彼女の妖精のような外見の下には、深い洞察力と知性が隠されているのだが、たいていの人はそれを見抜くことができない。彼女は色白で髪の色は濃く、ショウガ入りクッキーのような茶色の目をしていた。長い尖ったまつげに縁取られたいたずらっ子のような目だ。

エヴィーを見ると、ふたりの友は淑女らしからぬ歓声をあげて彼女に駆け寄った。エヴィーも嬉しそうに甲高い声で叫び、三人は手に手をとって丸く輪になり、さかんにキスを交し合った。興奮がなかなかおさまらず、いつまでもきゃーきゃー叫んで喜び合っていると、だれかが部屋に駆け込んできた。

キャムだった。目を大きく見開き、全速力で走ってきたかのようにはあはあ息をしていた。鋭い目で部屋中を見回し、状況を把握する。徐々にこわばった体から緊張が解けていった。

「ちぇっ」と彼はつぶやいた。「何かたいへんなことが起こったのかと思った」

「まったく問題なしよ、キャム」エヴィーはアナベルの腕に肩を抱かれたままほほえんだ。

「友人が訪ねてきてくれたの。それだけ」

セバスチャンをちらりと見て、キャムは気難しい顔で言った。「肉にされかけている豚でも、あんなには騒がない」

突然セバスチャンの顔が妙に厳しくなった。どうやら笑いをこらえているらしい。「ミセス・ハント、ミス・ボウマン、こちらはミスター・ローハン。失礼をお許しください、なにしろ彼は――」

「ごろつきだから？」デイジーが無邪気に言った。

これにはセバスチャンも笑いを抑えられなかった。「いやわたしは『このクラブにレディーがいることに慣れていないので』と言おうとしたのだが」

「へえ、レディーだったのか」キャムはうさんくさそうに訪問者をながめ、しばらくデイジーの小さな顔に視線を泳がせた。

デイジーはつんとしてキャムを無視し、アナベルに言った。「ロマの人って、感じがよくて魅力的ってことで有名じゃなかった？　でもどうやら、そうでもないみたいね」

キャムは虎のように金色の目を細めた。「われわれは無垢な娘をかどわかすことでも有名だ」

これ以上険悪になるのを恐れて、エヴィーはあわてて口をはさんだ。「あなた」と彼女はセバスチャンに言った。「もしよろしければ、三人だけで話がしたいのですけど」

「もちろん、かまわないとも」と彼は完璧なマナーで言った。「お茶の用意をさせようか？」

「ええ、ありがとう」

男たちが出て行ってドアが閉まると、デイジーがさっそく言った。「あんなことがあったのに、どうしてセントヴィンセントと和やかに話せるの？」

「デイジー」エヴィーは心から申しわけなさそうに言った。「リリアンのことでは、わたし、ほ、本当に心を痛めていたの。でも――」

「違うわ、そのことじゃないの」デイジーは熱くなってさえぎった。「彼があなたにしたことを言っているのよ。あなたを利用して、無理矢理結婚させ、そして――」

「彼に強要されたわけじゃないの」エヴィーはデイジーの憤慨した顔からアナベルの心配そうな顔に視線を移した。「本当に、彼から言い出したんじゃないの！　わたしのほうから持ちかけたのよ。ねえ、座りましょう。ぜ、全部話すわ……あなたたち、どうやってクラブにやってこれたの？」

「ミスター・ハントは出張中」とアナベルは悪賢く笑った。「そしてボウマン夫妻には、デイジーをセントジェームズ通りにショッピングに連れて行くと言ったの。わたし彼女のお目付け役《シャペロン》だから」

「それに、本当にショッピングに行ったのよ」とデイジーがひょうきんに口をはさんだ。「ただ、帰りにちょっと寄り道しただけ……」

アナベルとエヴィーは長椅子に、デイジーは近くの椅子に腰掛けた。エヴィーは、少し言葉をつかえさせながら、メイブリック家を出てからの出来事を順を追って話した。ふたりの友は、彼女の行動をとがめなかったので、エヴィーはほっとした。非難するどころか、彼女たちはとても同情してくれた。ただ、明らかに彼女の選んだ相手には不服があるようだったが。

「ごめんなさい」アナベルが象牙のように滑らかな額にしわを寄せているのを見て、エヴィーはわびた。「セントヴィンセント卿との結婚にあなたが賛成でないってことはわかっているの」

「わたしのことなどどうでもいいの」アナベルはやさしく言った。「わたしはあなたが何をしようと友だちでいるつもりだわ。あなたが悪魔本人と結婚したってかまわないのよ」

「セントヴィンセントは悪魔と似たり寄ったりだけどね」とデイジーは不機嫌に言った。

「大事なのは」アナベルはデイジーをちょっとにらんでからつづけた。「もうこれは済んでしまったことなのだから、これからわたしたちがあなたをどうやって助けたらいいかってことなのよ」

エヴィーは感謝をこめて笑った。「友だちでいてくれるだけでいいの。絶交されてしまうかととても心配だったわ」

「ありえないわ」アナベルはエヴィーを見つめて、ほつれでている赤い巻き毛をなでつけた。「ねえ、でしゃばったことかもしれないけど……あなた、あわてて家を出てきたでしょう。あまり服を持ってこられなかったんじゃないかしらと思って、着る物を少し持ってきたの。あなたが喪に服していることはわかっているから、黒とグレイと茶色のドレスだけにしたわ。

それからナイトドレスと手袋なんかを……もしよければ、馬車からここに運び込ませるけれど。わたしたち、ちょうど背丈も同じくらいだから、少し直せば——」

「まあ、アナベル」エヴィーは感激して、アナベルに抱きついた。「なんて親切なんでしょう！　でも、わたし、あなたのお嫁入り衣装を犠牲にさせることなど、できないわ——」

「犠牲だなんて」アナベルはそう言って、顔を後ろに退いて笑いかけた。「それにもうじき、全部着られなくなってしまうの」

エヴィーはすぐに、先月アナベルが妊娠しているかもと言っていたことを思い出した。「そうだったわ。わたし……ああ、アナベル、わたしったら、じ、自分のことばかりで、あなたに体の具合を尋ねることも忘れていた！　じゃあ、やっぱりそうだったのね。お医者様がそうおっしゃったのね？」

「ええ」とデイジーが代わりに返事をした。そしてもうじっとしているのは我慢できないとばかりに立ち上がって、嬉しそうに踊るふりをした。「壁の花たちに姪っ子ができるのよ！」

エヴィーも立ち上がって子どものように浮かれて跳ね回った。アナベルは座ったまま、そんなふたりのようすを嬉しそうにながめた。「まあまあ、あなたたちったら。リリアンもここにいたらいいのに。彼女なら、その子どもじみたはしゃぎようを見て、ひとこと言わずにいられないでしょうね」

リリアンの名前がでると、エヴィーの気持ちはいっぺんにへこんだ。彼女は椅子に腰を下ろし、心配そうな顔でアナベルをじっと見た。「彼女、許してくれるかしら。彼女にあんなひどいことをしたセントヴィンセントとわたしが結婚したことを」

「もちろんよ」アナベルはやさしく言った。「彼女がとても友情を大切にする人だってことはあなたも知っているでしょう。彼女は、あなたが殺人でもしないかぎり、絶対に許すわ。いいえ、殺人を犯したって許してしまうかも。だけど、セントヴィンセントを許すかどうかということになると、また話は別だけど」

デイジーは顔をしかめて、スカートを引っ張り、しわを伸ばした。「セントヴィンセントはウェストクリフ伯爵も敵にまわしてしまったわけだから、いろいろと面倒よね」

メイドがお茶を運んできたので話は中断した。エヴィーは琥珀色のお茶を自分とアナベルに注いだ。デイジーはお茶を断わって、部屋の中を歩き回ったり、書棚に置かれている本をながめたりしている。彼女は色つきの革の背表紙に刻み込まれたタイトルをじっくりながめた。「大部分の本がほこりをかぶっているわ」と彼女は叫んだ。「何年も読まれていない証拠ね！」

アナベルは紅茶カップから顔をあげてお茶目に笑った。「ほとんど読まれたことがないと思うわ。だって、このクラブにやってくる紳士たちがわざわざここで本を読むとは思えないもの。ほかにたくさん刺激的なお楽しみがあるというなら、なんで読書室なんかあるのかしら」

「だれも読書しないというなら、なんで読書室なんかあるのかしら」とデイジーは憤って言った。「読書以上に刺激的なことがあるなんて、わたしには考えられないわ。すごく面白い本を読んでいるときなんか、心臓がどきどきいっているのがわかるもの！」

「世の中にはもうひとつ……」アナベルはにやりと淑女らしからぬ笑いを浮かべて言いかけたが、デイジーが本の列に沿ってさらに奥へ行ってしまったので、言葉は途切れた。エヴィーの顔をちらりと見て、アナベルは声を抑えて言った。「このことに話がいったので言うけど、エヴィー……初夜の前にあなただれからも話を聞かなかったでしょ、それが気がかりで。セントヴィンセントは心遣いをしてくれたの？」

エヴィーは頬が真っ赤になるのを感じながら、こくんとうなずいた。「想像どおり、彼は熟練していたわ」

「でも、やさしくしてくれたの？」

「ええ……そうだと思う」

アナベルはほほえみかけた。「なんだか気まずい話題ね」と静かに言う。「でも、そのようなことについて何か質問があったら、どうかわたしにきいてちょうだいね。わたしはあなたを妹のように思っているから」

「わたしもあなたを姉のように感じているわ」エヴィーはアナベルの手をぎゅっと握った。「実際、いくつかききたいことがあるとは思うのだけど、ほかにいろんなことがありすぎて――」

「ぎゃっ！」というデイジーの叫び声が部屋の奥から聞こえてきた。ふたり同時にデイジーのほうを見ると、デイジーはマホガニーの本棚のひとつを引っ張っていた。「この本棚によりかかっていたら、かちっと音がして、本棚全体が動いたの」

「秘密のドアよ」とエヴィーは説明した。「クラブにはいくつか秘密のドアや通路があるの。警察の手入れがあったときに物を隠すとか、だれかを急いで逃がしたいときに使うのよ」

「これはどこにつづいているの？」

これ以上説明すると、冒険好きのデイジーを探検に駆り立てることになると心配したエヴィーはあいまいにごまかした。「ええと、わざわざ行ってみるほどの場所じゃないわ。たしか倉庫よ。閉めておいたほうがいいわ」

「ふーん」

デイジーはしつこく書棚を調べていたが、エヴィーとアナベルはひそひそ話を再開した。

「実を言うと、セ、セントヴィンセントはある期間、禁欲を誓ってくれたの。そしてもしその約束を守り通したら、わたしたちまた夫婦の営みをすることになるの」

「彼が？」アナベルはひそひそ声で叫び、きれいなブルーの目を見開いた。「おやまあ。わたしはセントヴィンセントと『禁欲』という言葉がひとつの文の中で語られるということが信じられないわ。どうやって彼にそんなことを誓わせることができたの？」

「彼が言ったの……と言うか、そんなふうにほのめかしたんだけど……わたしを欲しがる気持ちはそれを試みるのに値するほど強いって」

アナベルは驚きあきれたように頭を振った。「彼らしくないわ。まったく。彼はもちろんあなたを裏切るわよ」

「そうね。でも彼は真摯な気持ちで言ったのだと思うの」

「セントヴィンセントが真摯に言うなんて、ありえない」アナベルは皮肉たっぷりに言った。

エヴィーは、この部屋でセントヴィンセントが思いつめたように自分を抱きしめたときのことを思い出さずにいられなかった。彼の声は震えていた。彼女の肌を求めた彼の唇の極上の感触。生々しい情熱のこもった声で彼は言ったのだ。「わたしはこれまでこの世で欲しいと思ったどんなものよりもきみが欲しい」と。

どうやってもアナベルにはわかってもらえないだろう。言葉なんかじゃ、彼を信じる気持ちになったわたしの直感をうまく伝えることはできない。不器用なエヴィー・ジェナーがいきなりセバスチャンのような男の究極の恋人になったなどというたわごとを信じるなんてこっけいだ。だって彼はイギリス中でもっとも美しくて洗練された女性を落とせる男なのだから。

でも、いまのセバスチャンは、昔の彼とは違う。ウェストクリフのハンプシャーの屋敷で、傲慢な態度でのらくらしていた貴族ではなくなっていた。彼の中の何かが変わったのだ。そしてさらに変わりつつある。リリアン誘拐未遂の失敗がきっかけになったのだろうか。あるいはそのあとの、グレトナグリーンへのつらい逃避行が原因なのか。ひょっとすると、クラブに関係があるのかもしれない。クラブに足を踏み入れた瞬間から、彼は奇妙な行動をとり始めた。彼は何かを必死に求めている。自分でもなんだかよくわからないものを――。

「あら、たいへん」アナベルは困った顔で、エヴィーの肩越しに部屋の奥をのぞき込んだ。

アナベルがわざわざ説明する必要はなかった。部屋にはふたりしかいなくなっていた。書棚のひとつが、ほかの書棚からずれていた。やはりデイジーは、飽くなき好奇心にせっつかれて、秘密のドアの向こうを探検しに行ってしまったのだ。

「どこにつづいているの?」アナベルはため息をつきながらきいた。飲みかけの紅茶をしかたなくわきに置く。

「どちらの通路を選ぶかによるわ」エヴィーは眉をひそめて答えた。「迷路みたいなものなの——二股に分かれているのよ。そして秘密の階段があって三階につづいているわ。クラブが開店していなくてよかった。トラブルに巻き込まれる確率が減るもの」

「でも、彼女はデイジー・ボウマンなのよ」アナベルはにこりともせずに言った。「トラブルのかけらでも転がっていようものなら、彼女はそれを見つけ出すに違いないわ」

デイジーは忍び足で暗い通路を歩いて行った。子どものころリリアンとニューヨーク五番街の屋敷で海賊ごっこをしたときのようなスリルを感じる。一日の勉強が終ると、長いお下げ髪にぼろぼろのスモックを来たふたりのおてんば娘は、庭に走り出て、輪投げをしたり、花壇に穴を掘ったりして遊んだものだった。ある日、ふたりは秘密の海賊の洞窟をつくることを思いつき、一夏を費やして屋敷の正面と側面を区切っている生垣のあたりにトンネルを掘った。丁寧に土を掘りぬき、生垣の後ろに長いトンネルをこしらえ、二匹のネズミのようにちょこまかと出たり入ったりした。彼女たちは「海賊の洞窟」で秘密の会合を開き、もちろん家の横に掘った穴の中には宝物がいっぱい詰まった木の箱を隠した。やがてこのいたずらは、生垣をすっかりだめにされてかんかんに怒った庭師に発見され、その後数週間、デイジーとリリアンはおしおきを受けたのだった。

大好きな姉のことを懐かしく思い出してほほえんでいるうちに、じわっと孤独感が押し寄せてきた。デイジーとリリアンはいつもいっしょだった。議論しあったり、笑ったり、トラブルに巻き込まれたり、できるかぎり助け合ったりしてきた。もちろんデイジーは、姉が意志強固なウェストクリフ伯爵という理想の相手に出会ったことを喜んでいた……しかし、それでもやはり姉が結婚してしまったことを寂しく思う気持ちを消すことはできなかった。いまや、自分以外の壁の花は、エヴィーも含めてみんな夫を見つけ、デイジーにとっては神秘の世界である結婚生活に入ってしまった。わたしも近いうちに夫を見つけなければならないだろう。感じが良くて真面目な紳士で、自分と同じく本が好きな人がいい。眼鏡をかけていて、犬と子どもが好きな人。

手探りで通路を歩いていくと、突然、階段があらわれて危うく転びそうになった。下にかすかな光が見えたので、彼女はそれに引かれて進んでいった。近づいていくと、光は四角くドアを縁取っていた。ドアの向こうに何があるのかと興味を引かれて、立ち止まって聞き耳を立てていると、こつこつと何かをたたくような奇妙な音が聞こえてきた。しばらく音が止み、またこつこつと始まった。

好奇心を抑えられなくなり、ノブに手をかけて思い切って押すとドアは開いた。光が通路にあふれ、彼女は部屋に足を踏み入れた。そこには、使われていないテーブルや椅子がいくつか置かれていて、サイドボードがひとつ、巨大な銀の壺がふたつあった。まわりを見回して、デイジーは音の源をつきとめた。ひとりの男が、壁を修繕していた。彼はしゃがみこんで、手際よく金槌で薄板に釘を打ち付けていた。ドアが開いたのを見て、彼はすぐに緩やかな動作で立ち上がり、武器として使おうとするかのように、金槌を握りなおした。餓えた豹のような目つきをした、さきほどのロマの青年だった。彼は上着とベストを脱いでいた……ネクタイもはずしていた……彼の上半身を覆っているのは薄い白いシャツだけで、そのシャツはぴったりとした細身のズボンのウェストにゆるくたくしこまれていた。彼の姿を見て、デイジーの体は二階で彼に会ったときと同じような反応を示した。胸がきゅっと痛み、心臓がどきどき鳴り始めた。自分が彼と部屋にふたりきりでいることに気づいて、体が麻痺したように動かなくなったデイジーは、ゆっくり近づいてくる彼をまばたきもせずに見つめた。

彼女はこのようにエキゾチックな美貌をそなえた人を見たことがなかった……肌は濃い蜂蜜の色、みっしり生えた黒いまつげに縁取られた目は明るい黄褐色、黒曜石のようなたっぷりした黒髪は額にかかっていた。

「こんなところで何をしてるんだ？」とローハンは尋ねた。ものすごく近くに来るまで彼は歩みを止めなかったので、彼女はとっさに一歩後ろにさがり、肩甲骨を壁にぶつけた。デイジーのかぎられた経験の中では、こんなふうにずかずかと近づいてくる男性は初めてだった。彼は応接間のマナーというものを知らないのだろう。

「探検」と彼女は息を切らせながら答えた。

「だれかに通路を教えてもらったのか？」

キャムが左右の手を順番に壁についたので、デイジーはびくっとした。彼は平均よりも少し背が高かったが、見上げるほどではなく、日焼けしたのどがちょうど彼女の目の高さにあった。神経質になっているのを見せまいと、彼女はすっと軽く息を吸い込んで言った。「いいえ、自分で見つけたの。あなたのアクセントは変わっているわね」

「きみのもだ。アメリカ人か？」

デイジーはうなずいた。彼の耳に輝くダイヤモンドのピアスに魅入られて、彼女は話す力を失っていた。胃のあたりがおかしな具合にうずく。嫌悪感に似た感情がわいてきたが、なぜか肌が燃えるように熱くなり、くやしいことに自分が真っ赤になっているのがわかった。彼はとても近くに立っていたので、清潔なせっけんの香りに馬と革のかすかなにおいがまざった香りがした。さわやかな、男らしい芳香。父のにおいとはすごく違う。父からはいつも、コロンと靴墨と新しいお札のにおいがした。

彼女は不安げに彼の両腕に視線を滑らせていった。まくりあげた袖から素肌が露出していて、右の前腕には模様が描かれていた。びっくりして、目が釘付けになる。それは翼を持った小さな黒い馬の刺青だった。

彼女がうっとりと刺青に見入っているのに気づき、ローハンは腕を下ろして彼女に見せた。

「アイルランドの妖精で、馬の姿をしてあらわれる。プーカというんだ」

ふざけた名前に聞こえて、デイジーの口元に軽く笑いが浮かんだ。「洗ったら落ちるの?」彼女はためらいがちに尋ねた。

彼は首を横に振った。はっとするほど美しい瞳が下げたまつげに半分隠されている。

「プーカって、ギリシャ神話のペガサスみたいなもの?」デイジーは壁に体をぺったりくっつけて尋ねた。

ローハンは彼女の体を見下ろし、のんびりと品定めするようにながめる。こんな視線はいままでどの男からも浴びせられたことがなかった。「いや。プーカはもっと危険なやつだ。彼の目は黄色の炎で、一蹴りで山々をなぎ倒す。そして洞窟のように低い声で話す。真夜中に、プーカはきみの家の前で立ち止まり、もしきみを乗せたいと思ったら、きみの名前を呼ぶ……彼といっしょに行けば、彼はきみを乗せて山や海を越えて飛んでいく……もしも帰ってこれたとしても、きみの人生はいままでとは違ってしまうだろう」

デイジーは全身に鳥肌が立つのを感じた。彼女の全神経が、この危ない会話をいますぐ止めて、急いで彼から逃げ出したほうがいいと警告している。「とても面白いわ」と彼女はもごもご言いながら、彼の両腕に囲まれた空間の中で体を回して、秘密のドアを探した。ところが困ったことに、彼がドアを閉めてしまったので、板張りの壁に上手に隠されてどこにあるかわからなかった。デイジーは焦って、ドアを開ける仕掛けを探そうと、壁のいろいろなところを押してみた。

汗ばんだ手のひらを壁の板に当てていると、背後からローハンが体を覆いかぶせてきて、耳元でささやいた。「きみには見つけられない。取っ手を出すには、ある場所を押さないとだめなんだ」

彼の熱い息が首の横にかかり、彼の体が触れる部分はどこもかしこもかっと熱くなる。

「教えてくださらないかしら」デイジーは一生懸命、リリアンがいつもしているような皮肉な調子で言おうとしたが、くやしいことに困り果てて不安げな声にしか聞こえない。

「お返しに何をしてくれるのかな?」

デイジーの心臓は籠の中で暴れている野鳥のように激しく鼓動を打っていたが、彼女は懸命に怒ったふりをしようとがんばった。体を回転させて彼と向き合い、言葉で応戦することにした。「ミスター・ローハン、もしあなたがほのめかしていることが……あなたって、わたしがいままで会った男性の中でもっとも紳士的でない人だわ」

彼はぴくりとも動かない。彼は動物のような白い歯を光らせてにやりとした。「だが、おれはドアの場所を知っている」

「お金が欲しいの?」彼女は軽蔑するように言った。

「いいや」

デイジーはごくりと唾を飲んだ。「じゃあ、わたしに不作法を許せというの?」彼が意味を計りかねているようなので、彼女は頬を真っ赤にして説明した。「つまり……抱擁とか、キスとか……」

ローハンの黄金の目がきらりと危険な光を放った。「いいね」と彼はささやいた。「不作法を許してもらおう」

信じられないわ、とデイジーは思った。初めてのキスなのに。彼女はいつもイングリッシュ・ガーデンでのロマンチックな場面を想像していた……もちろん、月の光を浴びて……少年の面影を残した金髪の紳士が、詩の一節かなにか美しい言葉をささやいてから、唇を重ねてくるはずだったのに。それが、賭博場の地下室で、ロマのカードディーラーとキスするはめになるなんて。でも、わたしももう二〇歳をすぎている。そろそろ少しくらい経験を積み始めてもいいのかも。

彼女はもう一度唾を飲み込んで息が速まるのを抑え、開いたシャツの胸元からのぞいているのどと胸をじっと見つめた。彼の輝く肌は、ぴんと張った琥珀色のサテンのようだった。彼が体を近づけてくると、男らしいスパイシーな香りが彼女の鼻孔に広がった。彼は手で彼女の顔にそっと触れた。手を上げる際に、彼の手の甲が偶然、彼女の小さい胸の先端に触れた。これは偶然よ、と彼女はくらくらする頭で考えた。ベルベットのドレスの下で乳首の先端がきゅっと締まった。彼は長い指を彼女の顔の横に滑らせていき、顔を上向かせた。

見開いた黒い大きな瞳を見つめながら、彼は指先を彼女の口にもっていき、そのビロードのような表面をこすって震える唇を開かせた。もう片方の手は首の後ろにまわされ、最初はやさしくさすってから、軽くつかんで、彼女の頭の重みを支えた……そうしてもらえてよかったと彼女は思った。溶けた砂糖のように、背骨全体がぐにゃりとして、ちゃんと立っていられなくなっていたからだ。彼はそっと唇を重ねてきて、軽いタッチで彼女の唇をさぐる。熱い快感が血管を介して体中に広がっていき、彼女はたまらなくなって自分の体を彼にすり寄せた。背伸びをして硬い肩に手を置き、彼が両手で抱きしめてくると彼の肩をしっかりとつかんだ。

彼がついに顔を離したときには、デイジーは溺れかけた人のように彼にすがりついていて、恥ずかしくなった。彼女はぱっと手を離し、壁に背中がつくまで後ろに退いた。自分の反応に困惑し、恥ずかしくてたまらなかったので、彼の異教徒の目をにらみつけた。

「何にも感じなかったわ」と彼女は冷たく言った。「ま、努力は認めないとね。さ、出口を教えて――」

彼がふたたび手を伸ばしてきたので、彼女はきゃっと叫んだが、もう遅かった。彼は彼女の高慢な言い方をチャレンジと受け取ったのだ。今度のキスはさきほどよりも強引だった。両手で彼女の頭を支えている。彼の舌の絹のように滑らかな感触は、彼女に無垢な驚きを与え、彼女の全身にうずくような甘い喜びが広がっていった。彼がごちそうを賞味するかのごとく、彼女の口を深く求めてくると、彼女の体は震えた。

最後に唇を軽くこすりつけてキスを終えると、ローハンは体を後ろに退いて、彼女の目をのぞきこんだ。さあこれでもまだ、おれに惹かれてはいないと言えるのか、と無言で挑戦している。

彼女は最後のプライドをかき集めた。「まだ何にも感じないわ」とか細い声で言った。

すると彼は彼女をぐっと抱き寄せて、頭をかぶせてきた。デイジーはキスがこんなに深くなりうるものとは思っていなかった。彼の口はゆっくりと彼女を味わい尽くし、彼女を両手で抱き上げて自分の体にぴたりとつけた。脚を彼女の脚のあいだに侵入させ、胸を小さな乳房に強く押しつけ、からかうように、愛撫するようにキスしてくる。やがて彼女は彼の腕の中で、野生の動物のように震え始めた。彼が唇を解放したときには、彼女は力が抜けてぐったりとしていた。自分のいままで知らなかった感覚に彼女の意識はすべて集中していた。

彼女は目を開け、欲望の靄を通して彼を見つめた。「今度は……さっきよりずっとましだったわ」彼女はなんとか威厳を保って言った。「あなたに教えてあげられることがあってよかったわ」彼女はぷいっと顔を背けたが、彼がにやりと笑ったのが目に入った。手を伸ばして、彼は隠れていた仕掛けを押し、ドアを開けた。

ローハンがいっしょに暗い通路に入ってきたので彼女はうろたえた。彼は一緒に狭い階段をのぼり、暗闇でも目が見える猫のように難なく彼女を導いた。上に着いて、読書室のドアの輪郭が見えてくると、ふたりは縦に並んで立ち止まった。

何か言わなくてはいけない気がして、デイジーは小さな声で言った。「さようなら、ミスター・ローハン。もう二度と会うことはないでしょうね」彼女は心からそう願うしかなかった――なぜなら、次に会ったら彼の顔をまともに見る自信がなかったからだ。

彼は身を屈めて、ぴりぴり敏感になっている彼女の耳に口を近づけた。「もしかすると、真夜中にきみの部屋の窓にあらわれるかも」とささやいた。「山や海を越える旅に誘いに」

そう言うと彼はドアを開け、デイジーの背中をそっと押して中に入れ、またドアを閉めた。

うろたえて目をぱちくりさせながら、デイジーはアナベルとエヴィーを見つめた。

アナベルが眉をひそめて言った。「あなたが秘密のドアの誘惑に勝てないってことを知っておくべきだったわ。どこへ行っていたの？」

「エヴィーの言ったとおりだったわ」デイジーは頬をぽっと赤らめながら言った。「わたしが行きたいようなところには通じていなかったわ」

16

アナベル・ハントが持ってきてくれたドレスは、どちらかといえば半喪の装いにふさわしいものばかりだったが、エヴィーはそれを着ることに決めた。クレープでない生地の喪服を着ることですでにしきたりを破っているし、クラブの中には彼女を批判するような人間はひとりもいない。だから、彼女が黒を着ようが、茶やグレーを着ようがたいした違いはないのだ。それに、もし父が生きていても、まったく気にしないだろうとエヴィーは思った。

アナベルがドレスの荷物の中に入れておいてくれた手紙を手に取って、もう一度文面に目を通すと、淡い笑みがエヴィーの口元に浮かんだ。「これらはパリで作らせたものなの」とアナベルは茶目っけたっぷりに書いている。「男盛りのミスター・ハントをどれほど刺激するか考えもせずにね。わたしがまた着ることができるようになるころには、すっかり流行遅れになっていると思うわ。どうぞ使ってね。大切な友へ」

絹の布地で裏打ちされた柔らかなグレーのウールのドレスを着てみると、体にぴったり合った。けれども、父のことを思い出すと、新しいドレスを着た喜びも悲哀感によって押し流されてしまった。ふさいだ気分でメインハザードルームにぶらぶら歩いて行くと、セバスチャンがほこりをかぶったふたりの石工と話をしていた。彼は石工たちよりもずっと背が高かったので、頭を傾けて彼らの話を聞いていた。それから何か気の利いたことを言って、男たちを笑わせた。

セバスチャンはなにげなく、ユーモアに目を輝かせながらエヴィーのいるほうに視線を向けた。彼女を見つけると彼の目はふっと和らいだ。石工たちから離れ、ゆったりとした歩調で近づいてくる。愚かしくも彼に夢中になっているように見えては困るので、エヴィーははやる気持ちを必死に抑えようとした。けれどもどんなにその感情を隠そうとしても、ダイヤモンドダストさながらにそれは体から発散して、輝くオーラのように彼女のまわりを取り囲んでいた。不思議なことに、彼も彼女のそばにいるのが嬉しいようで、やくざな放蕩者の仮面をはずし、嘘偽りのない温かな笑顔を彼女に向けた。「エヴィー……」彼は金色の頭を傾けて、見上げている彼女の顔をのぞきこんだ。「大丈夫かい？」

「ええ……いいえ、わたし」彼女は神経質にこめかみをさすった。「疲れてしまって。それに退屈で、お腹もすいたし」

彼がふっと笑うと、憂鬱な気分がすっと消えるような気がした。「なんとかしてあげよう」

「お仕事の邪魔をするつもりはないの――」と彼女は遠慮がちに言った。

「しばらくはローハンがみてくれるだろう。おいで。ビリヤードルームは空いているかな」

「ビリヤード？」エヴィーは気乗りしない声で繰り返した。「どうして、ビリヤードルームなんかへ」

彼は挑発するように彼女を見た。「もちろん、プレイするためさ」

「でも、女性はビリヤードなどしません」

「フランスではやる」

「アナベルの話だと、フランスではイギリスではしないようなたくさんのことを女性たちがするんですってね」

「そうだ。非常に進歩的な考えを持つ国民だ、フランス人は。ところがイギリス人ときたら、快楽には非常に懐疑的だ」

ビリヤードルームにはだれもいなかった。セバスチャンは厨房からランチのトレイを持ってこさせ、エヴィーと隅の小さなテーブルに座った。彼女が食べているあいだ、話し相手になって彼女の気をまぎらしてくれた。彼にはいろいろとやることがあるのに、どうしてわざわざ時間を割いて自分の相手をしてくれるのか、不思議だった。何年間にもわたり、自分と話すときの男たちの退屈しきった顔をながめてきたため、エヴィーはすっかり自分に自信をなくしていた。ところがセバスチャンは、彼女の言うことすべてに熱心に耳を傾けてくれる。まるで彼女にとても興味を持っているかのように。セバスチャンは大胆なことを言うようにしむけ、彼女が自分とやりあうのを楽しんでいるように見えた。

エヴィーが食べ終えると、彼は彼女をビリヤードテーブルに引っ張っていき、レザーチップつきのキューを持たせた。彼女が尻込みするのを無視して、ゲームの基礎を教え始めた。

「悪い噂が立つなどと言うなよ」と彼はわざと厳しい顔をした。「わたしとグレトナグリーンに駆け落ちしたあとでは、何をしようが同じことだ。ちょっとビリヤードをやるくらい、取るに足らぬことだ。テーブルに向かって前屈みの姿勢をとって」

彼女はぎこちなく従った。手を取ってキューの持ち方を教えるために、彼が男らしい体をかぶせてきたので顔が真っ赤になる。「さあ」彼の声が聞こえる。「人差し指をシャフトの先端に巻きつけるようにする。そんなに硬く握っちゃだめだ……手の力を抜いて。そうだ、いいぞ」彼の頭は彼女の頭のすぐ近くにあり、温かい肌から白檀のコロンの香りがふんわりと漂ってくる。「いいかい、白い球――それを手球というんだが――と色つきの球のあいだに線を思い浮かべる。ちょうどこのあたりを突いて」――と彼は手球の中心のちょっと上を指差した――「的球をサイドポケットに落とす。これをストレイト・ショットという。頭をもう少し下げて。キューをすばやく後ろに引いて、滑らかな動作で突くんだ」

エヴィーは言われたようにやってみたが、キューの先は手球に正しく当らず、手球はぶざまに回転しながらテーブルのわきのほうにそれていった。

「突きそこないだな」セバスチャンはさっと手球を拾い上げて、もとの位置に戻した。「突きそこなったときには、必ずチョークを取って、考え込むようなふりをしながらキューの先につける。腕のせいではなく、道具が悪いといわんばかりにね」

エヴィーは自分の口元がほころびるのを感じた。そしてもう一度テーブルに向かって屈みこんだ。父が亡くなったばかりで不謹慎なのかもしれないが、本当に久しぶりに、楽しいと感じ始めていた。

セバスチャンがまた体をかぶせてきて、彼女の手に自分の手を重ねた。「キューの正しい動かし方を実演して見せよう。水平に持つんだ、こんなふうにね」ふたりはいっしょに、エヴィーがまわした指のあいだからキューをスムーズに突き出す練習をした。この動きにはなんとなく性的な含みも感じられて、火照りが首のあたりから顔へと広がっていった。「困った人だな」とセバスチャンがつぶやくのが聞こえた。「育ちのよい娘はそんな想像はしないものだ」

こらえきれなくてエヴィーはくすくす笑い出した。セバスチャンはわきにどいて、のんびりほほえみながら彼女を見つめた。「さあ、もう一度」

手球に意識を集中して、エヴィーはキューを引き、球を突いた。今回は的球が見事にサイドポケットに落ちた。「やったわ!」と彼女は叫んだ。

彼女の成功にセバスチャンもにやりとして、いろいろなショットの練習をさせた。彼女の体の位置や手の位置を直すという口実で、ことあるごとに腕を彼女にまわしてくる。エヴィーは楽しくてたまらなかったので、彼が大胆に触ってきても気づかぬふりをしていた。けれども、彼のせいでバンクショットを四回つづけてミスすると、彼女は振り向いて文句を言った。

「そんなところに手をあてられたら、うまく突けないわ」

「体の位置を直してやろうとしていただけだ」と彼は言い訳がましく言った。彼女がにらむふりをすると、彼はほほえんでビリヤードテーブルに半座りの姿勢をとった。「こんなふるまいをするようになったのは、そもそもきみのせいなんだぞ。メイドの尻を追いかける若君よろしく、きみのあとを追う以外に楽しみがないとは、われながら情けなくなるね」

「あなたも若いころ、メイドを追いかけたことがあるの？」

「あるわけがないだろう。いやはや、よくもまあそんなことが聞けるものだ」セバスチャンは憤慨したように見えた。良心がちくんと痛んで、エヴィーが謝ろうとした瞬間、彼はすまして言った。「追いかけられたのはわたしのほうだ」

エヴィーはキューを振り上げて、彼の頭をたたくふりをした。

彼は片手で軽々と彼女の腰を抱き、彼女の手からキューをもぎとった。「ほら、かっかしないで。そんなことをしたら、わずかに残っている脳みそがたたき出されてしまうじゃないか。脳みそを失ったら、わたしは役立たずになってしまう」

「十分装飾品にはなれますわ」くすくす笑いながらエヴィーが答えた。

「ふーん、なるほど、そういう手もあったな。では、この容姿を失ったら、どうなってしまうことか」

「わたしは気にしません」

彼はいぶかしげに笑いながら彼女を見た。「なんだって？」

「もしも……」エヴィーは急に恥ずかしくなって言いよどんだ。「もしも、あなたの容姿が損なわれるようなことになっても……あなたがいまほどハンサムでなくなっても……。外見などどうでもいいの。わたしはそれでも……」彼女はちょっと黙ってから、たどたどしく言葉を結んだ。「……あなたの妻でいたい」

セバスチャンの微笑はゆっくり退いていった。彼は彼女の手首を握ったまま、長いあいだじっと彼女を見つめていた。彼の顔に不思議な表情がさっと浮かんで消えた……それは激しさと脆さに彩られた得体の知れない感情のあらわれだった。答える彼の声は、磊落さを装おうとしているせいで緊張していた。「そんなことをわたしに言ったのは、間違いなくきみが初めてだ。備えてもいない資質がわたしにあると思い込むほどどきみがばかでないことを願うね」

「あなたは、美貌のほかにも十分すぎるほど素晴らしいものを授かっています」とエヴィーは答えたが、そのあとで自分の言葉に二重の意味があることに気づき、顔を真っ赤にした。

「つ、つまり……わたしが言いたかったのは……」

しかしセバスチャンは静かに笑って、気まずい緊張をほぐし、彼女を引き寄せた。彼女もそれに熱心に応じたので、彼の軽い楽しみは、溶けた砂糖が熱い液体に変わるように、燃える情熱へと変わっていった。彼は彼女に深く長いキスをした。熱く荒い息が彼女の頬にかかる。

「エヴィー」と彼はささやきかけた。「きみはとても温かくて、とてもかわいい……ああ、くそっ。きみをベッドに連れて行けるようになるまでに、あと二カ月と一三日と六時間もある。小さな魔女め。このまま死んでしまいそうだ」

彼との取り決めがなんだか残念に思われて、彼女は彼にまわした腕にぎゅっと力をこめて唇を求めた。彼はのどの奥で低くうなりながら彼女にキスをしつつ、手を伸ばしてビリヤードルームのドアを閉じた。手探りで鍵をかけると、彼女の前にひざまずいた。彼女は肩甲骨を閉じたドアに強く押しつけて、壁の板にぐっとよりかかった。心は困惑と興奮で乱れている。彼はスカートをまくりあげて、幾重にも重なった生地をさぐり、ドロワーズの紐を引っ張った。

「セバスチャン、だめ」エヴィーは震える声で言った。ここはだれもが入ってこれる部屋だ。「お願い、やめて……」

セバスチャンはそれを無視して、スカートの中にもぐりこみドロワーズをひざまで引き下ろした。「これぐらいはさせてもらわないと、頭がどうにかなりそうだ」

「だめ」と彼女は弱々しい声で言ったが、彼には聞こえない。

彼は手で足首をつかみ、口はひざのあたりをさまよって絹の靴下を歯で引っ張ったり、舐めたりしている。エヴィーは激しい欲望に体を震わせた。心臓は破裂するかと思うほどどきどきして、餓えた肌は敏感になっている。セバスチャンはスカートの前を彼女のウエストのあたりまで持ち上げて、分厚い生地のかたまりを彼女の手に押し付けた。「持っていてくれ」

そんな命令に従うべきではなかったのだが、手が自分の意思を持つかのように勝手に動き、みぞおちのあたりまでたくしあげられたベルベットのスカートを抱え込む。ドロワーズは足首まで落ち、彼の口が上のほうにさまよってきて、敏感になっている脚に蒸気のような彼の息がかかった。彼に股のあいだの巻き毛をかきわけられると、エヴィーはかすかに泣き叫ぶような声をあげた。彼が滑り込ませた二本の指は即座に彼女に捕えられた。彼女の内なる筋肉は彼をもっと奥に引き込もうとするかのように動き出した。エヴィーの目は半ば閉じられ、全身は燃え上がり、みるみるピンクに染まっていく。「セバスチャン」

「シーッ……」彼は指をさらに高く突き上げ、口で腫れあがった彼女のひだを押し開いていく。やさしい指の突きとは逆のリズムで、小さな突起を舌でいたぶる。エヴィーは弓なりにそらせた体をドアに押しつけた。叫ぶのをこらえているのでのどが痛み出す。彼は休むことも弱めることもせずに彼女を責めつづけ、息をする暇も与えなかった。ひたすら熱く痙攣する彼女の体をいたぶり、愛撫しつづけ、快感をどんどん高めて彼女を絶頂へと導いていった。彼女は叫び声をあげるのを必死にこらえ、ぶるぶる震えながら恍惚を味わった。彼はそれでもまだ口を離さず、残った喜びの小波をとことんまで引き出した。とうとう彼女は動かなくなり、くたびれ果てた肉体からはすべての感覚が失われた。

　しばらくしてセバスチャンは立ち上がり、いきりたった自分のものを彼女に当てがい、額を彼女の背後のドアに押しつけた。エヴィーは彼のひきしまった腰に腕をまわし、頬を彼の肩につけて目を閉じた。「取引が……」と彼女はつぶやいた。

「きみはキスしてもいいと言っただろう」ずる賢いささやきがやさしく耳元で響いた。「だがね、愛しい人……キスしてはならない場所は決めていなかったはずだ」

17

「お呼びになりました?」エヴィーは、セバスチャンが座っている小さな事務室の机の前に立ってきいた。彼に命じられて、召使のひとりが、大勢の客であふれかえっているクラブの喧騒を通り抜けて、エヴィーを階下に連れてきたのだった。

ジェナーズ新装開店の晩、会員たちも、これから会員になりたいと思っている人々もそろってクラブに殺到した。セバスチャンの机の上には入会申込書の束が積まれ、入口には少なくとも一〇人以上がいらいらと入会許可が下りるのを待っていた。クラブの空気は話し声やグラスがぶつかりあう音、そして三階のバルコニーで楽団が演奏している音楽で満たされていた。アイヴォウ・ジェナーに哀悼の意を表して、飲み放題のシャンパンがふるまわれ、堅苦しさのないお楽しみの雰囲気をもりあげた。クラブは再開し、ロンドンの紳士たちはすっかり満足していた。

「ああ、呼んだ」セバスチャンはエヴィーの質問に答えた。「なぜきみはまだここにいるんだ? 八時間ほど前に出発しているはずだったのに」

彼女はひるまず、彼の無表情な顔を見つめた。「まだ荷造りが終わっていないのです」

「もう三日間も荷造りしているじゃないか。きみはせいぜい六枚くらいしかドレスを持っていない。身のまわりのものは少ししかないのだから、全部つめてもひとつのかばんにおさまってしまう。口実をつけて出発を遅らせているんだろう、エヴィー」

「わたしなんか、いてもいなくても同じじゃありません？」彼女は言い返した。「この二日間、まるでわたしなど眼中にない感じでしたわ。わたしがまだいることに気づいていたのが信じられないくらいです」

セバスチャンはいまにも爆発しそうな癇癪を抑えながら、ナイフのような鋭い目で彼女を見た。彼女に気づかないだと？　ちくしょう、本当にそうだったら、一財産くれてやる。彼女の一挙一動が気になって気になってしかたがないというのに。一目でも彼女が見たくていらいらしっぱなしだというのに。いまこうして、美しい体の曲線を黒いベルベットに包んでいる姿を見るだけで、頭がどうにかなりそうだった。地味な黒い喪服を着れば女性は平凡でくすんだ感じに見えるはずだ。ところが彼女の場合、黒は白い肌を新鮮なクリームのように、髪を燃える炎のように見せた。ベッドに連れて行って、この神秘的な心惑わす魅力がおのれの熱で燃え尽きるまで彼女を愛したかった。彼は何か、病気にも似た激しい不安のようなものに心を乗っ取られているような気分だった……それにとりつかれているせいで、用事があって別の部屋へ行っても、どんな用事だったか忘れてしまうほど心がうわの空になっていた。こんなことは初めてだった……集中力がなくなり、いらいらして、彼女を求める気持ちに苦しめられていた。

彼女をどこかにやってしまわなければならなかった。彼女をクラブの危険や堕落から守らなければならない。そして自分自身からも。彼女を安全なところに置き、彼女にはかぎられた機会にしか会わないようにする……それが唯一の解決策だ。

「ここから出て行って欲しい」と彼は言った。「家ではきみを迎える準備がすべて整っている。あちらで暮らすほうがはるかに快適だ。そうしてくれれば、きみが何かトラブルに巻き込まれるんじゃないかと心配せずに済む」彼は立ち上がって、彼女に近づきすぎないように注意しながらドアまで歩いていった。「馬車を手配する。一五分後にそれに乗ってもらいたい」

「まだ夕食をいただいていません。最後の食事をここでというのは我儘すぎますか？」

セバスチャンは彼女を見ていなかったが、彼女の声に子どもがだだをこねるような響きがあるのを聞き逃さなかった。心臓がどきんとした……心臓など、ただ血液を送り出すためだけに働く筋肉のかたまりだと常々思ってきたのだが。

しかし、彼女に食事をとることを許すつもりだったのかどうかは忘れられてしまった。ちょうどそのとき、キャムが事務室に向かって歩いてきたからだ……その後ろには、ウェストクリフ伯爵の見間違えようのない姿があった。セバスチャンは横を向き、指で髪をかきあげて、「なんてこった」とつぶやいた。

エヴィーはすぐに彼の近くにやってきた。「どうしたんです？」

セバスチャンの顔から表情が消えた。「きみははずしてくれ」と不機嫌な声で言った。「ウエストクリフがきた」

「わたしはどこへも行きません」と即座に彼女は言った。「ウェストクリフ伯爵は紳士でいらっしゃるから、レディーの前では喧嘩を始めたりなさらないわ」

セバスチャンはふふんとせせら笑った。「わたしはきみのスカートの後ろに隠れる必要はない。それに、彼は決闘しにきたわけじゃないだろう――わたしがミス・ボウマンを誘拐した晩にすべて片はついている」

「では、どんな用事があって？」

「警告を与えるためか、きみに助けが必要かどうかを見定めるためだろう。あるいはその両方」

ウェストクリフが事務室に入って来たときも、エヴィーは彼のそばから離れなかった。初めに口を開いたのはキャムだった。「伯爵にお待ちいただくように申し上げたのですが――」

「ウェストクリフは人の指図を受けるような男ではない」セバスチャンはそっけなく言った。

「いいんだ、キャム。ハザードテーブルに戻ってくれ。でないと乱闘が起こりかねないからな。レディー・セントヴィンセントもいっしょに連れて行ってくれ」

「いや」とエヴィーはすぐに言った。心配そうに、セバスチャンの人を小ばかにしたような顔からウェストクリフの御影石のように険しい顔へ視線を移す。「わたしはここにいます」

ウェストクリフ伯爵のほうを向いて、彼女は手を差し出した。「伯爵様、リリアンがどうしているかといつも気になっておりました……彼女は元気ですか?」

ウェストクリフは腰を屈めて彼女の手をとり、独特のまじめくさった声で言った。「たいへん元気にしています。妻はあなたが望むなら、我が家でいっしょに暮らしていただきたいと願っています」

ほんの数分前には、セバスチャンは彼女にクラブから出て行けと脅しつけていたというのに、むらむらと怒りがこみあげていた。この高慢ちきのくそ野郎め。おれの前からエヴィーをかっさらっていこうというなら——。

「伯爵様」エヴィーは静かに答えて、ウェストクリフの豪胆な顔を見つめた。彼は黒髪で、瞳の色も非常に濃く、瞳孔と虹彩の色の見分けがつかないほどだった。「ご親切に心から感謝いたします。近いうちに訪問させていただけたらと思います。でもいま、ごやっかいになる必要はまったくありません」

「ならばけっこう。しかし、こちらはいつでも歓迎しますぞ。お父上のことは非常に残念でした。心からお悔みを申し上げる」

「ありがとうございます」彼女はウェストクリフにほほえみかけた。セバスチャンの心にちくりと嫉妬の棘がささった。

イギリスでもっとも古くもっとも力のある伯爵家の当主であるウェストクリフ卿マーカスには、自分の意見を人が拝聴し、それを心に留めることに慣れている男のオーラがあった。彼はいわゆるハンサムではなかったが、その黒髪と生き生きとした浅黒い風貌、そして活力あふれる男性的な魅力によって、人々の集まりではひときわ目立つ存在だった。スポーツが得意で、乗馬の名手であり、肉体的な限界ぎりぎりまで、いやときにはそれを超えるところまで挑戦することで有名だった。実際、ウェストクリフは人生のすべてにおいて、そのような姿勢で臨んできた。やると決めたことに関しては、そこそこのできというのを許せないたちだったのだ。

ウェストクリフとセバスチャンは一〇歳のときからの幼なじみで、人格形成期のほとんどをいっしょに寄宿学校で過ごした仲だった。少年時代にあっても、彼らは不釣合いな友人どうしだった。ウェストクリフは生来、絶対的な道徳規範を信じていて、正しいことと悪いことをはっきり区別していた。ところがセバスチャンときたら、ただ小利口なところを見せつけるためだけに、単純なことをわざとねじ曲げてひどく複雑にしてしまうのが好きだった。ウェストクリフは常にまっすぐで効率のよい道を選んだ。一方セバスチャンは曲がりくねって、地図にも載っていないような道を選び、目的地に着くまでにありとあらゆるトラブルにまきこまれるのだった。

しかし、彼らにはお互いをわかり合える共通点がたくさんあった。ふたりとも冷酷で人を操るのが好きな父親の影響の下で育てられた。どちらも世界をロマンチックなものとはとらえておらず、世の中に信用できる人間は一握りしかいないと思っていた。そしていま、セバスチャンは沈んだ気持ちで考える。自分はウェストクリフの信用を修復の望みがないほど徹底的に打ち砕いてしまったのだと。生まれて初めて、胸の痛みを感じた。それはどうやら後悔と呼ばれるもののようだった。

なんでまたリリアン・ボウマンなんかに目をつけたのだろう。ウェストクリフがあの娘に恋していることに気づいていたのだから、持参金付きの別の娘を見つけて結婚すればよかったのだ。エヴィーの存在を見過ごしていたのは迂闊だったとしか言いようがない。あとから思えば、リリアンは友情を犠牲にするほど価値のある女ではなかった。ひそかにセバスチャンは考えずにいられなかった。ウェストクリフを失った痛手は、足の裏の水ぶくれのようなもので、しょっちゅう疼いていらいらさせられ、しかもけっして治ることがないのだ。

セバスチャンはキャムが出て行ってドアが閉まるまで待った。それからエヴィーの細い肩に所有を誇示するように腕をかけて、かつての友人に話しかけた。「ハネムーンはどうだった？」と彼は傲慢な態度で言った。

ウェストクリフはそれを無視してエヴィーに話しかけた。「状況をかんがみ、わたしはこれを尋ねておかなければならない——あなたは結婚を強要されたのですか？」

「いいえ」とエヴィーは真摯に答え、セバスチャンをかばうかのように、彼に体を寄せた。「本当です、伯爵様。わたしが考え出したことです。わたしのほうからセントヴィンセント卿の家に行って助けを求めたのです。そして彼はわたしに手を差し延べてくれました」

納得できないという顔でウェストクリフは短く言った。「ほかにも道はあったろうに」

「あのときには、思いつきませんでした」彼女が細い腕を腰にするりとまわしてきたので、セバスチャンはびっくりして息を止めた。「わたしは自分の決断を後悔していません」と彼女ははっきりウェストクリフに言っている。「ためらうことなく、もう一度同じことをします。セントヴィンセント卿はとても親切にしてくださっています」

「もちろん、そんなのは嘘だ」セバスチャンは冷笑しながら口をはさんだ。しかし体中の血管が狂ったようにどくどく脈打ち始めていた。エヴィーが柔らかな体をぴたりと彼に寄せているので、彼女の温もりが感じられ、彼女の肌の香りがした。どうして彼女が自分をかばおうとするのか彼にはわけがわからなかった。「わたしは彼女をひどい目に遭わせてきた」とウェストクリフにきっぱりと言った。「だが、わたしにとって運のいいことに、レディー・セントヴィンセントは長いこと親戚に虐待されてきたので、やさしく扱ってもらうというのがどういうことなのかわかっていないのだ」

「それは違います」エヴィーはウェストクリフに言った。どちらもセバスチャンのほうを見もしない。会話から締め出されている感じがしてセバスチャンはむっとした。「おわかりになると思いますが、わたしにとってとてもつらい時期でした。夫の支えがなかったら、耐えぬけなかったと思います。彼はわたしの健康を気遣い、できるかぎりかばってくれました。父の事業を再建するために骨身を惜しまず働いてくれています。伯父たちがわたしを連れ戻しにきたときには、体を張って守ってくれ——」

「言いすぎだ」とセバスチャンは意地悪く口をはさんだ。「ウェストクリフはわたしのことをよく知っているから、わたしがけっして働かないと思っている。だれかを守るなんてとんでもない、と。わたしは自分の得にならないことをわざわざやる人間ではない」ところが、むかつくことに、どちらも彼の言葉に関心を払っていないようだった。

「伯爵様、これまで夫を見てきて思ったのですが、彼がもしあなたがリリアンに恋していることを知っていたら、あんなことはしなかったはずです。だからと言って、彼のしたことが許されるわけではありませんが――」

「彼は彼女を愛してなんかいない」セバスチャンはエヴィーを突き放して怒鳴った。突然、部屋が縮まり始め、壁がどんどん迫ってきて押しつぶさるような気がし出した。わたしのために謝るとは、なんて女だ！　しかもわたしたちのあいだに愛情があるふりまでするとは！

「彼はわたしと同様、愛など信じていないのだ」セバスチャンはウェストクリフをぎろりとにらみつけた。「きみからは何度となく聞かされた。愛とは、結婚という義務をなるべく口当りのよいものにしたいと願う男の妄想だとな」

「わたしは間違っていた」とウェストクリフが言った。「なぜそんなにいらついているのだ？」

「いらついてなど――」セバスチャンはまずい状況になっているのに気づき言葉を止めた。エヴィーをちらりと見て、自分たちの立場がまったく逆転してしまったのだと悟った。口下手な壁の花が、いまでは落ち着き払っている……一方、常に冷静沈着だった自分が、感情を抑えられない間抜けになり下がっている。しかもウェストクリフの目の前で、だ。ウェストクリフはふたりを鋭い目でじっくり観察していた。

「どうやったら、きみをここから追い出すことができる？」セバスチャンは唐突にエヴィーにきいた。「もしもわたしのタウンハウスに行かないというなら、ウェストクリフといっしょに行け。わたしの視界から消えてくれれば、どこへ行こうとかまわん」

彼女は目を見開いて、金属のダーツが当たったかのようにぴくっとした。しかし冷静さは崩さず、深く息を吸い込んでからゆっくり吐き出した。セバスチャンは彼女を見つめながら、ひざをついて許しを請いたくてたまらなくなっていたが、それを懸命にこらえた。そうする代わりに、彼女がドアのほうに歩いて行くあいだ、凍りついたように動かずにいた。

「エヴィー――」と彼は小声で言った。

彼女は彼を無視して、背筋をまっすぐ伸ばして事務室から出て行った。

セバスチャンは彼女を目で追いながら、痛くなるほどこぶしをぎゅっと握りしめた。数秒経ってから、ウェストクリフのほうを見ると、旧友は憎しみではなく、憐れみに似た感情が宿る目でこちらをじっと見つめていた。「こんな場面を見せられるとは思っていなかった」とウェストクリフは静かに言った。「きみらしくないな、セバスチャン」

ウェストクリフが彼を名前で呼んだのは数年ぶりだった。男たちは、たとえ兄弟や親友どうしであっても、ほとんどの場合、苗字や肩書きで呼び合うものだ。

「くたばりやがれ」セバスチャンはぶつぶつ言った。「きみはそれが言いたくて今夜ここへやってきたんだろう。だったら、一カ月ばかり遅かったな」

「そのつもりだった」ウェストクリフは認めた。「だが、もう少し長居をして、ブランデーでも一杯やりながら、きみがいったい何をやっているのか聞かせてもらうことに決めた。まず、なぜ賭博クラブの経営に乗り出したのか、教えてもらいたいね」

クラブが大混雑しているというのに、こんなところで話し込んでいる場合ではなかったが、ふいに、そんなことはどうでもいい気がしてきた。自分をよく知る人間と話をするのは本当に久しぶりだった。かつての友情はめちゃめちゃに壊れてしまったのだということはよくわかっていたが、いろいろなことをウェストクリフと話せたら——たとえ以前のような親しい感情は消えてしまっていても——ものすごく気持ちが楽になるような気がした。「いいだろう」と彼は言った。「話をしよう。ここにいてくれ。すぐに戻ってくる——エスコートなしで妻にクラブの中を歩かせるわけにはいかない」

彼は大またで事務室を出て、玄関広間に行った。喪服のエヴィーの姿はどこにも見あたらなかったので、別の部屋を通って行ったのだと思った。おそらく中央の部屋だろう。彼はアーチ形の入口で立ち止まり、ごったがえす人の海をながめた。エヴィーの派手な赤毛はすぐに見つかった。彼女はキャムが座っている部屋の隅に向かっている。彼女が通りかかるとクラブの会員たちは道を開けた。

セバスチャンは、最初はゆっくりと彼女のあとを追いはじめたが、だんだん足を速めていった。奇妙な気分だった。自分でもどうなってしまったのかよくわからない。女性の扱いには慣れていたはずなのに、なぜ、エヴィーのこととなると他人事ではいられなくなるのだろう。一番欲しいものに手が届かなかった。実際の距離によってではなく、放蕩に彩られた過去によって彼女から隔てられていた。彼女と心の絆を結ぶ……いや、そんなことはありえない。

い。おのれの邪悪さが、白い羊皮紙の上にこぼした黒いインクのように、彼女を悪に染め、やがて彼女の清らかな部分はすべて消えてしまうだろう。彼女は意地悪な皮肉屋になり……わたしの本当の姿を知って、わたしを蔑むようになる。

高いスツールに座ってハザードテーブルの全体的進行を監督していたキャムは、エヴィーが近づいてくるのに気づいた。彼はスツールの上で体を回して彼女のほうを向き、片足を床につけた。黒い頭を上げ、いつものようにまわりの状況に注意を払って、部屋中にさっと目を走らせる。セバスチャンの姿が目に入ったので、キャムは短くうなずいて、セバスチャンが来るまで彼女のそばにいると合図を送った。

キャムは黒い眉をひそめて、もう一度室内を見回した。背中がざわっとして、妙な気配を感じ、体をねじって後ろを振り返った。後ろにはだれもいない。ふたたび椅子に腰を下ろそうとしたが、本能がまわりを見ろと告げている。彼はまるで磁石に吸い寄せられるかのように……三階の回廊を見上げた……セバスチャンはキャムの視線が突然ナイフのように鋭くなったのを見た。

群衆をかきわけて、セバスチャンはキャムの驚愕した視線の先を追った。メインフロアを見下ろす東側のバルコニーに薄黒いがっしりした男が立っていた。服装はだらしなく汚れきっていて、黒い髪は特徴的な弾丸型の頭にぺたりと貼りついている。ジョス・ブラードだということが、見た瞬間にわかった……でもどうやって、だれにも見とがめられずクラブの中に入ってこれたのだろう。秘密の入口からに違いない。クラブにはウサギの巣穴よりもたくさんの入口がある。そして、子どものころからここで暮らしてきたブラードやキャムはだれよりもこの場所のことを熟知している。

ブラードの手に握られているピストルの銃身が光った。その瞬間、セバスチャンの思考は吹っ飛んだ。この角度から見ても標的は明らかだった。彼はエヴィーを狙っていた。しかも彼女はまだキャムから五メートルも離れている。

セバスチャンはとっさに稲妻のようなスピードで走り出した。焼けつくような激しい恐怖が体を走り抜けた。パニックに陥った彼の目に、エヴィーの姿が異様にはっきりと映った。彼女が着ているドレスのベルベットのけばまで見える気がするほどだった。彼女に手を届かせるために、全神経と全筋肉を集中させた。心臓は猛烈な勢いで鼓動し、全速力で動かしている手足に血液を送り込んだ。無我夢中で彼女をつかみ、体で彼女をかばって、走ってきた勢いのまま床に倒れこんだ。

銃声が洞穴のような部屋に響きわたった。セバスチャンは、だれかにげんこつで殴られたような衝撃をわき腹に受け、激痛を感じた。鉛の銃弾が貫通して、筋肉と柔らかい組織を切り裂き、網目のように広がる血管を切断する。床に強くぶつかった衝撃でセバスチャンは一瞬気を失いかけた。彼はエヴィーの頭を腕でかばいながら、彼女の上に体を半分重ねるかっこうで床に伏せた。エヴィーは彼の下でもがいている。「静かに」と彼は言って、ブラードがもう一発撃ってくることを恐れて、エヴィーの体を床に押さえつけた。「このまま動くな、エヴィー」

彼女は素直に彼の言葉に従ってじっと動かずにいた。まわりは騒然となっている……叫び声、悲鳴……嵐のような足音。

セバスチャンは仰向けに寝ているエヴィーの体から上半身を起こし、危険を冒して三階のバルコニーを見上げた。ブラードは姿を消していた。痛みにうめき声をあげながら、セバスチャンはごろりと横に転がって妻の体をさぐった。ひょっとして彼女にも銃弾が当ったのではないかと恐怖にかられている。「エヴィー……怪我はないか?」

「どうして押し倒したりなんかしたの?」彼女はくぐもった声できいた。「怪我はありません。いったい何の騒ぎかしら?」

彼は震える手で彼女の顔をなで、目にかかっていたほつれ毛を後ろに押しやった。

エヴィーはわけがわからず、彼の下からもぞもぞと這い出して、上半身を起こした。セバスチャンは横向きに寝そべったまま、はあはあと苦しそうに息をしていた。彼は熱い血が胸から腰へと流れていくのを感じた。

わっとクラブから逃げ出していく人々に、ふたりは踏み潰されそうになった。突然、出口に殺到する群衆をかきわけてひとりの男があらわれ、ふたりをかばうように屈み込んだ。彼は体を張って、ふたりが人々に踏まれないように守ってくれた。セバスチャンはまばたきをしながら目を開け、それがウェストクリフであることに気づいた。意識朦朧としながらセバスチャンはウェストクリフの上着をつかんだ。

「奴はエヴィーを狙った」セバスチャンはかすれた声で言った。唇が麻痺していて、彼は唇を舐めてから先をつづけた。「彼女を安全なところに……たのむ……」

エヴィーはセバスチャンのシャツが真っ赤に染まっているのを見て悲鳴をあげた。怪我をしている！　彼女はあせって上着とベストのボタンを外し、あまりにあわてていたので服のわき開きを破ってしまった。ウェストクリフは無言で自分の上着とベストを脱ぎ、ベストを丸めた。エヴィーはセバスチャンの血に染まったシャツを引き裂き、わき腹に銃創を見つけた。彼女の顔は蒼白になり、目に涙があふれてきたが、彼女は取り乱さないように努めて、ウェストクリフから丸めたベストを受け取ると、出血を止めるためにそれを傷口に押しつけた。

傷口を押されて、セバスチャンは苦痛のあまり低いうなり声をもらした。指先を丸めて手は宙を泳いでいる。新鮮な血液のにおいがあたりに漂った。ウェストクリフは屈んで貫通傷を探した。「弾丸は抜けたようだ」とウェストクリフがエヴィーに言うのをセバスチャンは聞いた。「見たところ大血管はやられていないようだ」

ウェストクリフがエヴィーに代わって傷口を押さえているあいだ、彼女はセバスチャンの頭をふわりとした黒いベルベットに覆われたひざにのせ、彼の手をしっかり握る。彼女が握ってくれている手を支えにして、彼はわき腹の激痛に耐えた。彼は上からのぞきこんでいる彼女の顔を見つめたが、その表情は読めなかった。目には奇妙な深い輝きがあった。それはやさしさのようであり、悲しみのようでもあった……稀少で無限のもの。彼にはそれが何なのかわからない。そんな目で見られたことがなかったから。

彼は、心をざわつかせる彼女の目の表情を消したくて、何か言おうとした。「こういうことになるんだ、わたしがめずらしく……」痛みに襲われて息ができなくなり言葉を中断する。「……英雄的な行為をしようとすると。これからは悪者のままでいることにしよう。そちらのほうがずっと……安全だ」

セバスチャンが軽口をたたくのを聞いて、ウェストクリフの黒い瞳が一瞬きらりと輝いた。

「銃弾は上の回廊からだな」と彼は言った。

「元従業員の……ブラードだ……ついこのあいだクビにした」

「レディー・セントヴィンセントを狙ったと確信があるのか」

「ある」

「きっと、きみに復讐するには彼女を撃つのが一番だと思ったのだろう」

セバスチャンの頭はくらくらしていて、明確にものが考えられなくなっていた。「いや……」とつぶやく。「やつが本当に……わたしが彼女を愛していると思っているならそうだろうが……わたしたちが愛し合って結婚したのではないことは周知の事実だ」

ウェストクリフはけげんな顔で彼を見たが何も言わなかった。セバスチャンにはわからないのだ、いまのふたりの姿がどのように見えるのかが。彼は彼女の手をしっかり握り、彼女は怪我をした子どもにするように彼をやさしくひざに抱いている。彼にいまわかっているのは、負った傷によって耐えがたい痛みがあるということだけだ。痙攣に襲われて、彼はかちかちと歯を鳴らし始めた。セバスチャンはウェストクリフがしばらく自分たちから離れて、何か大声で命じ、腕に何枚もの上着をかかえて戻ってきたのをおぼろげに意識した。それらの上着が持ち主から喜んで提供されたのかどうかはわからなかったが。セバスチャンの上に上着をかけ、ウェストクリフはまた傷口を押さえた。

セバスチャンは束の間意識を失い、しばらくしてふたたび目覚めた。エヴィーが温かい手で、冷たく汗をかいている自分の顔をなでていた。「お医者様がいらっしゃるわ」と彼女はささやいた。「出血がおさまったら、上に運びます」

彼は食いしばった歯のあいだから震えながら息を吐いた。「ローハンは？」

「発砲のあとすぐに、ブラードを追いかけていった」とウェストクリフが答えた。「実際、ローハンは柱をよじ登っていったのだ」

「彼があのくそ野郎を取り逃がしたら」セバスチャンはつぶやいた。「わたしが捕まえる。そして——」

「しーっ……」エヴィーは彼を黙らせて、上着の山の下に手を滑り込ませ、彼の裸の胸に触れた。彼女は弱く鼓動を打つ心臓の上をなで、首にかかっている金の鎖に触れた。鎖をたどっていくと、その先にはあの金の結婚指輪が下がっていた。

セバスチャンは指輪を洋服の下につけていたことを彼女には秘密にしていた。しかし知られてしまったので動揺して彼は小声で言った。「意味はない。ただ……なくすと困ると思ったのだ」

「そうですわね」エヴィーはささやいて、もう一度手のひらを彼の胸にあてた。彼は彼女の唇が自分の額にそっと触れ、彼女の息がやさしくかかるのを感じた。彼女は彼にほほえみかけた。「もちろんあなたは気づいているでしょうけど、あなたはわたしがここに残る最高の口実をくださったのよ。わたし、あなたが自分の手でわたしを追い払うことができるようになるまで、あなたのお世話をします」

セバスチャンはほほえみを返すことができなかった。ブラードを捕まえるまでは、エヴィーがここでも、ほかのどの場所でも安全でないと思うと不安が押し寄せてくる。「ウェストクリフ」と彼はかすれた声で言った。「だれかに妻を……守らせないと」

「彼女のことは心配するな」ウェストクリフは彼を安心させた。

セバスチャンはかつての友人を見つめた。自分の知る人間の中でたったひとり尊敬できる男だ。セバスチャンはウェストクリフが慎重に冷静な表情をつくっているのを見た。ふたりにはわかっていた。セバスチャンはウェストクリフが慎重に冷静な表情をつくっているのを見た。ふたりにはわかっていた。エヴィーは経験が少ないから気づいていないが、銃弾が命にかかわる臓器に当っていなくても、傷口が化膿する。セバスチャンは出血多量で死ぬことはないだろうが、高熱で死ぬ可能性がある。そうなったら、エヴィーはひとりぼっちになり、自分と同じような肉食獣がうようよいる世界に無防備に取り残されるのだ。

寒気とショックで震えながら、セバスチャンは、弱々しく何度も言葉をとぎらせつつ、どうしても言っておかなければならないことを話した。「ウェストクリフ……わたしのしたこと……すまなかった。許して……許してくれ……」気を失いかけ、白眼をむきそうになったが、なんとかがんばって意識を保った。「エヴィーを……守ってくれ。どうか……」それから彼は明るい火花の海へ沈んでいった。深く、深く。そしてついにちかちかする光は消え、意識は闇の中に消えていった。

「セバスチャン」エヴィーはささやきかけ、だらりと力の抜けた彼の手を頬にあてた。彼女は指の背にキスをした。涙が頬をつたっていく。

「大丈夫だ」ウェストクリフは彼女を励ました。「ただ気を失っただけだ。すぐに意識が戻る」

彼女はすこし嗚咽してから、気持ちを取り直した。「彼はわたしをかばってくれたのです」しばらくして彼女は言った。「わたしの代わりに弾を受けたのだわ」

「そのようだな」ウェストクリフは心の中でいろいろなことを考えながら、彼女をまじまじと見つめた。どうやら、セバスチャンとこのまったく不似合いに見える花嫁のあいだには、駆け落ち結婚のあと興味深い変化が起こったようだ。

リリアンは、セバスチャンがエヴァンジェリン・ジェナーと結婚したと聞いて、怒り狂い、友人がたいへんな目に遭わされているのではないかとものすごく気を揉んでいた。

「あの怪物め！」イタリアからロンドンに帰って来たリリアンは、怒ってわめきちらした。「よりにもよってエヴィーを毒牙にかけるなんて……ああ、あなたは知らないのよ、マーカス、彼女がどんなにか弱い人なのかを。彼は彼女にひどいしうちをしているわ……彼女は自分の身を守ることができないし、世間知らずだし……ああ、神様、あいつを殺してやる！」

「きみの妹の話だと、彼女は虐待されているようには見えなかったそうだが」と彼は感情に流されず指摘した。とはいえ彼も、エヴァンジェリン・ジェナーのような無力な女性がセントヴィンセントの言いなりになっているのは気がかりだった。

「彼女はきっとあまりに恐ろしくて本当のことが言えなかったのよ」リリアンは黒い目をぎらぎらさせながら部屋の中を行ったり来たりした。「おそらく彼は強姦したのよ。彼女を脅して、暴力をふるったかも――」

「いや、いや」ウェストクリフは彼女のこわばった体を抱いてなだめた。「デイジーとアナベルによれば、虐待されているなら、そう彼女たちに言う機会はあったそうじゃないか。だが、彼女はそうしなかった。それできみの心配がおさまるというなら、わたしがクラブに行って、彼女と話をしよう。もし彼女が望むなら、ハンプシャーの屋敷でわれわれといっしょに暮らせばいい」

「どのくらいの期間？」リリアンは彼の腕にしっかりと包まれて言った。

「もちろん、永久にだ」

「ああ、マーカス……」彼女の茶色の瞳は突然潤んだ。「わたしのために？」

「どんなことでも」彼は彼女をやさしく抱きしめた。「きみを幸せにするためならどんなことでも」

というわけで、ウェストクリフは今晩ジェナーズにやってきたのだった。エヴァンジェリンが望まないのに囚われの身になっているのかどうか確かめるために。ところが予想に反して、エヴィーはここにどうしても留まっていたいように見えた。そして明らかにセントヴィンセントに愛情を感じているようだった。

そしてセントヴィンセントのほうはと言えば――あの冷やかで、いつも超然とかまえていた男が……傲慢で残酷に女性を扱ってきたあの男が、信じがたいことに自分の命を危険にさらしてまで妻を守ろうとしたのだ。どんなことにも良心の呵責を感じたことのない男から詫びの言葉を聞かされ、さらに妻を守って欲しいと懇願されれば、こう結論するしかない。セントヴィンセントは――晴天の霹靂とも言えるが――自分以外の人間を思いやる気持ちを学んだのだ。

驚くべきことだった。エヴァンジェリン・ジェナーのような女性が、もっとも世俗的な人間であるセントヴィンセントをこんなふうに変えたとは。にわかには信じられない気がした。しかし、ひとりの男とひとりの女が惹かれあう神秘は、常に理屈で説明できるわけではないということをウェストクリフは自ら学んでいた。ふたつの魂の欠けていた部分が、ぴたりと合わさるということもあるのだ。

「レディー・セントヴィンセント――」と彼はやさしく呼びかけた。

「エヴィーと呼んでください」彼女は夫の手を頰でさすりながら言った。

「エヴィー、きいておかねばならないのだが……なぜあなたはセントヴィンセントを結婚相手にわざわざ選んだのだね？」

そっとセントヴィンセントの手を下に置いて、エヴィーは悲しそうにほほえんだ。「家族から逃げる手段が必要だったのです。法的に、そして永久に。結婚以外に道はありませんでした。そしてご存知のように、ハンプシャーのお屋敷でも、花婿候補が列をなしていたというわけではありませんでした。セントヴィンセントがリリアンにしたことを知ったとき、わたしは本当にびっくりしました……でも、こんなふうにも考えたのです……知っている人の中で、わたしと同じくらい切羽詰っているのは彼だけだと。どんなことでも受け入れるほど切羽詰っているのは」

「このクラブを経営させるというのも、あなたの計画の一部だったのかな?」

「いいえ、それは彼が決めたことで、わたしもとても驚きました。実際、結婚してから彼には驚かされてばかりです」

「どんなふうに?」

「彼はできることはなんでもして、わたしの面倒をみてくれました——自分は冷たい男だと言いつづけていましたけれど」彼女は気を失っている夫の顔を見つめた。「薄情な人間のふりをしようとしていますが、本当はそうじゃないのです」

「ああ」ウェストクリフは同意した。「彼は薄情な男ではない——だが、わたしは今夜のことがあるまでは、絶対にそうだと確信していたわけではなかったのだが」

18

キャムとウェストクリフは細心の注意を払ってセバスチャンを上の階に運んだが、それでもセバスチャンをひどく消耗させた。エヴィーはすぐ後ろをついていったが、セバスチャンの蒼白な顔を見ると心配で身がよじれるようだった。キャムはひどく動揺しているようすだった。しかしなすべきことに集中するために、感情を抑えていた。

「どうやって彼が忍び込んだのかわからない」とキャムはつぶやいた。エヴィーはキャムがブラードのことを言っているのだと気づいた。「おれはここの出入り口をすべて知っている。すべて対処したつもりだったのに——」

「あなたのせいじゃないわ、キャム」エヴィーは静かにさえぎった。「きっとだれかが手引きしたんだ。従業員には言っておいたのだが——」

「あなたのせいじゃないわ」とエヴィーがもう一度言うと、納得していないようだったが、青年は黙り込んだ。

ウェストクリフは角を曲がるときに指示をつぶやく以外は黙っていた。彼はセバスチャンの上半身を抱え、キャムが脚を持った。セバスチャンは大柄だったが、ふたりともよく体を鍛えていたので、難なく彼を主寝室に運び込んだ。その部屋は改装されたばかりで、壁はクリーム色のペンキで塗られていた。古いベッドは廃棄され、セバスチャンのタウンハウスから運ばれてきた美しい大きなベッドに入れ換えられていた。ジェナーが亡くなってからまだ日が浅いのに、この部屋がふたたび病室に変わるとはほとんどだれも思ってもみないことだった。

　エヴィーの指示で、ふたりのメイドが出たり入ったりしながら、タオルや水を運び込んだり、包帯用にリネンを太幅に裂いたりした。ぐったりしたセバスチャンの体はそっとベッドの上に置かれ、キャムとウェストクリフが血に染まった衣服を脱がせているあいだに、エヴィーはブーツを脱がせた。暗黙の了解で、白いリネンの下履きだけはセバスチャンの気持ちを配慮してそのままにしておいた。

　エヴィーは清潔な布を湯に浸して、夫の体についた血を拭き取った。血液は乾いて、明るい金色の胸毛を赤錆色に染めていた。彼の体はとても力強く、同時に無防備に見えた。最近の裏通りの乱闘を含め、毎日忙しく働いてきたせいで筋肉は研ぎ上げられ、エレガントな体のラインはさらに引き締まっていた。

　ウェストクリフは布きれを取って血がじくじく出ている傷口をそっとたたくように拭いて、銃創をじっくり観察した。「穴の大きさから見て、ブラードが使ったのは五五口径のピストルのようだな」

「銃を持っています」キャムは簡潔に言った。「ブラードは発砲したあと三階に落としていったのです」

ウェストクリフは興味深そうに目を細めた。「見せてくれ」

キャムは上着のポケットからピストルを取り出して、床尾を向けてウェストクリフにわたした。ウェストクリフは熟練したスポーツマンの目で銃を調べた。「決闘用のピストルだ。銃身が長さ九インチの八角形の単銃……プラチナのトリガーガード、彫りこみ模様のついた銃尾とロックプレート……高価な武器だ。そろいのセットのひとつだろう。ドーバーストリートのマントン・アンド・サンが製造したものだ」彼はさらにじっくりと銃を観察した。「銀の飾り板がついている……所有者の名前が刻まれているようだが、ひどく錆びていて文字がよく読めない」彼はキャムをちらりと見て、片方の眉をあげながら銃を自分のポケットに滑り込ませた。「わたしがこれを持っていてもかまわないかね?」

自分の許可など本当は求めていないことを感じたらしく、キャムはそっけなく答えた。

「どうぞご自由に」

信頼できる医師という評判のドクター・ハモンドが到着したので、会話はそこで中断した。彼はエヴィーの父の主治医でもあった。医師が診察をするあいだ、キャムとウェストクリフは部屋を出た。彼は傷口をきれいにし、軽く包帯を巻いた。「重要な臓器は無事のようですが重傷です」髭をたくわえた医師の顔には深刻な表情が浮かんでいた。「回復するかどうかは本人の抵抗力と、手厚く看護するかどうかによるでしょう……それにもちろん、神のお恵みも必要です。間違いなく熱が出ますが、下がるのを待つしかありません。このような症例では、わたしはしばしば瀉血《しゃけつ》を行います。悪血を抜くために、できるだけたくさん患者さんの血液を除去するのです。毎日診察して、瀉血が必要か、必要ならいつ行うべきか診ましょう。それまでは、患者さんを清潔に保ってゆっくり休ませてあげてください。水と牛肉のスープを与えて、薬で痛みを和らげてください」

エヴィーははっきりしない声で礼を言いながら、麻薬のシロップの瓶を受け取った。医師が帰ってから、ショックと出血のせいでセバスチャンの震えが止まらなくなったので、エヴィーは彼にキルトをかけた。

彼は目を開けたが、なかなか彼女の顔に焦点を合わせることができないようだった。「神の恵みが必要だというなら」と彼はささやくように言った。「それはまずいぞ……堕天使でも見つけて賄賂を贈らないと」

エヴィーは驚いて思わず笑ってしまった。「そんなばちあたりなことを言ってはだめよ」彼女は薬瓶を開けて、スプーンにシロップをたらし、彼の首の下に手を滑り込ませた。「これを飲んで」

彼は薬を飲み込んで、顔をしかめ、悪態をついた。

腕で彼を支えたまま、もう一方の手で水の入ったカップを取り、彼の口にあてた。彼の歯が縁にあたってかたかた鳴った。「飲んで」と彼女はささやいた。

セバスチャンは言われたとおりに飲み、枕に頭を戻した。「ブラードは――」

「キャムは捕まえられなかったの」とエヴィーは返事をして、軟膏の容器に手を伸ばした。

彼女は彼のひび割れた唇に軟膏を少し塗りつけた。「彼とウェストクリフ伯爵は下の階で、事件の捜査のために派遣されてきた警察官と話をしています」

「ほかにだれか怪我は?」彼は上半身を起こそうとした。稲妻のような痛みが走って、顔が蒼白になり、うめきながらふたたび横になった。

「動いちゃだめ」とエヴィーはきつく言った。「また出血が始まってしまうわ」彼女は手を彼の胸に置いて、胸の上のほうにかかっている、きらきら輝く細い鎖をなぞり、結婚指輪に触れた。「ほかにはだれも怪我はしませんでした」と先ほどの彼の質問に答える。「そして犯人が逃げたと聞くや、会員はまたぞろぞろとクラブに戻ってきて、今夜の開店の催しを存分に楽しんでいるようですわ」

彼の唇にほんのりと笑いが漂った。「予定よりも……面白い出し物があったしな」

「商売にはまったくさしつかえないとキャムは言っています」

「安全対策を」セバスチャンの声は話し疲れてかすれてきた。「キャムに言ってくれ――」

「ええ、彼はもっと人を雇うつもりです。いまはそんなこと、お考えにならないで。いま考えなければならないことは、早く良くなることだけです」

「エヴィー……」彼の震える手が手探りで彼女の手を求め、弱々しく裸の胸の上にあった彼女の指をつかんだ。合わせた手が、不規則な鼓動を打つ胸に結婚指輪をそっと押しつける。「ウェストクリフのところへ行け」と彼は目を閉じてつぶやいた。「終ったら」

何が終ったら? エヴィーは彼の顔を見つめた。肌は灰色に変わっていた。彼は自分の死を言っているんだわ。彼の手が自分の手から離れて滑り落ちていくのを感じて、彼女は彼の手をしっかりつかんだ。彼の手は変わっていた……もはや美爪術を施されたすべすべした手ではなかった。皮膚は硬く荒れて、爪は短く切られていた。「いいえ」彼女は静かに、けれども断固として言った。「終りなどありません。わたしは一時もあなたから離れません。あなたをわたしのそばから離したりもしません。あなたを逝かせてたまるもんですか」急に呼吸が激しくなり、パニックで胸が破裂しそうになった。彼の上に屈み込んで、手のひらと手のひらを合わせ、互いの脈を感じあう……片方は弱く、片方は強い脈を。「わたしの愛であなたを引き止められるなら、わたしはあなたを離しません」

セバスチャンは朦朧とした痛みの中で目覚めた。傷口の痛みだけでなく、頭も骨も関節も痛かった。体が乾いて燃えるように熱く、まるで皮膚の下で火が燃えているようだった。熱から逃れようとするかのように体をよじった。いきなりやさしい二本の手が下りてきて、濡れた布で顔を拭き始めた。ふうっと安堵の息が唇からもれ、彼はその冷たさの源を求めてつかみ、その柔らかい布に指を食い込ませた。

「だめ……セバスチャン、だめよ……静かに横になっていなくては。わたしにやらせてちょうだい」エヴィーの声が、頭がおかしくなりそうな苦痛を通り抜けて聞こえてきた。冷たい布でゆっくりと顔を拭かれていると、しばし苦しみが和らいだ。布でこすられるたびに、彼の心は落ち着いていき、彼女の介抱のおかげで静かに横たわっていられるようになった。

「エヴィー」と彼はかすれた声で彼女を呼んだ。

彼女は手を休めて、砕いた氷のかけらを彼の唇のあいだに滑りこませた。「はい、あなた。わたしはここよ」

彼はまつげを上げた。愛情をこめたしぐさに戸惑いながら、彼のほうに屈み込んでいる彼女の顔を見た。氷はすぐに頬の内側で溶けてしまった。もうひとつ、と所望する前に、彼女は氷のかけらを口に入れてくれた。布を濡らして絞り、彼女は彼の胸とわき腹と腋の下を拭いた。部屋は薄暗く、明かりは覆いが一部下ろされている窓からもれてくる日の光だけで、半分開いた開き窓からは冷え冷えとする風が吹き込んでいた。

彼の視線がどこに向けられているかに気づいて、エヴィーは言った。「お医者様が窓は閉めておくようにとおっしゃったのですけれど、開いていたほうが気分よくお休みになれるかと思って」

エヴィーに冷たい布で体を拭いてもらう心地よさにひたりながら、セバスチャンはじっと横たわっていた。白いガウンを着た色白の彼女の姿は、薄暗がりで横たわる彼に魔法の呪文をかける清潔で慈愛に満ちた妖精のように見えた。

「どれくらい経った?」彼はささやき声できいた。

「今日で三日目です。体を少し横にできます?……ここに枕をはさみますわね……それでいいわ」背中を部分的に露出させて、痛む肩や背骨のあたりを拭いてやると、彼は軽くうめいた。彼女が眠っているあいだにもこうしてくれていたのをおぼろげながら思い出す……軽い手の感触……ランプの光に照らされた生真面目な顔。困惑と疼痛の悪夢のはざまで、彼は彼女が自分を介抱してくれていたのを、驚くほど献身的に彼の要求を満たしてくれていたのを、どこかで意識していた。熱による寒気で震え始めると、彼女は彼の体を毛布でくるみ、その上から抱きしめてくれた。彼女を呼ぶまでもなく、いつもそばにいてくれた……彼の混乱した思考を読んでいるかのように、彼女はすべてを理解していた。彼はいままでずっと、こんなふうに人に頼りきりになるのを一番恐れてきた。そして時が経つとともに傷口の炎症はひどくなり、高熱に苦しめられて、彼は徐々に弱っていった。すべての防御力を失ったとたんに連れ去ろうと、死神がいらいらしながら幽霊のようにあたりに漂っている気がした。エヴィーがそばにいるときには、離れているが……遠くから、彼の死をじっと待っていた。

彼はこれまで彼女がこんなに強い人間だとは思っていなかった。父親を手厚く看病していたときでさえ、彼女を頼りにしたり、彼女を必要とするようになったらいったいどんなふうだろうとは考えたこともなかった。しかし、彼女は何ごとにもひるまず、どんなことでも厭わなかった。彼を支え、彼をかばった……と同時に、やさしい愛情で彼を包み込んだ。そうしたやさしさに尻込みしつつも、彼はそれを渇望し始めていたのだった。

エヴィーはほっそりしているが力強い腕で彼を抱きかかえてゆっくりマットレスに仰向けに寝かせた。「もう少し水を飲んでね」と彼女は言いながら、彼の頭を支えた。セバスチャンは拒否の声を発した。口は乾いてねっとりしていたが、水を一滴でも飲んだら吐きそうな気がした。「わたしのためだと思って」と彼女はきかず、彼の口にカップを押しつけた。

セバスチャンは目を細めて恨みがましく彼女を見てから、しかたなく従った……そして彼女にほめられ、小波のような喜びを感じてしまったため、そんなことをしなければよかったと腹を立てた。「まあ、いい子ね」と彼女はつぶやいて、ほほえんだ。「そうよ、上手だわ。さあ、休んでちょうだい。もう少し体を冷やしてあげましょうね」彼はため息をついて、体を楽にし、のどや顔を冷たい布でやさしく拭いてもらった。

彼は、重苦しく息が詰まるような暗闇に、心安らぐことのない夢の中に沈み込んだ。何分経ったのか、あるいはそれは数時間なのか数日なのかわからなかったが、悲惨な痛みの中で彼は目覚めた。わき腹に触れると、まるで毒を塗った槍が刺さっているかのように焼けつくような痛みが走った。

エヴィーの静かな声で混乱状態がおさまった。「セバスチャン、お願い……横になって。ドクター・ハモンドが来て下さっているの。診察していただきましょう」

セバスチャンはあまりにも弱っていて動くことができなかった。まるで手や足に鉛の重りが縛りつけられているようだった。「起こしてくれ――」彼はかすれた声で言った。寝たままの姿勢はいやだった。すぐに理解して、エヴィーは急いで彼の頭を持ち上げ、枕を下に入れた。

「ごきげんよう、子爵様」バリトンの声が響いた。恰幅のよい医師が彼の前にあらわれた。白髪まじりの髭を割って軽くほほえみ、血色のよい顔に温かい表情を浮かべた。「回復の兆しを期待してきたのですが」とハモンドはエヴィーに言った。「熱は下がりましたかな？」

彼女は首を左右に振った。

「空腹やのどの渇きを訴えますか？」

「ときどき水を少量飲みます」エヴィーは小さい声で答えながら、指をセバスチャンの指にからませた。「でも、スープは飲めません」

「傷口の具合を見ましょう」

セバスチャンは寝具が腰のあたりまで下げられ、包帯がはずされるのを感じた。彼はそんなふうに無遠慮に肌をさらされたことに腹を立てて何か言おうとしたが、エヴィーは彼の胸に手を置いてささやきかけた。「大丈夫。あなたを助けるためにしてくださっているのだから」

セバスチャンは頭を上げる力もなく、彼女と医師が露出した傷口を調べているあいだ、エヴィーの顔だけを見ていた。エヴィーの表情に変化はなかったが、彼女がぱちぱちとまばたきしたのを見て、容態が快方に向かっていないのだということを見て取った。

「恐れていたとおり」ハモンドは静かに言った。「化膿しています。この赤いすじが心臓に続いていることをご存知かな？　子爵様の体から悪い血を少し出さなければいけない。うまくいけば炎症が少しおさまります」

「でも、彼はすでにたくさん出血しています……」エヴィーは確信が持てずに言った。

「たかが二リットルほどです」とハモンドは断固として、しかし安心させるように答えた。

「そのせいで悪化することはありませんよ、奥様。むしろ毒が蓄積することによる血管の収縮を緩和する効果があるのです」

セバスチャンは常々、瀉血の処置に胡散臭さを感じていたが、自分がそうされるとなったらその気持ちはさらに強くなった。脈は弱っていたが、それでも狂乱したように激しく打ち始めた。セバスチャンはエヴィーの手を引っ張った。「だめだ」とあえぎながらささやいた。頭がくらくらしてきて、目の前に火花が飛び交い、目がよく見えなくなっていった。自分が失神しつつあるとは思っていなかったが、ふたたび目を開けたときには、左の腕がベッドの横に置かれた椅子の背にゆるく結び付けられており、座席の上には浅い鉢が載っていた。鉢の中に血液はなかった――いまのところは――しかしハモンドは小さな箱のような装置を手に、彼に近づいてきた。

「それは何ですか？」とエヴィーはきいた。セバスチャンは力をふりしぼって、枕の上で頭を回転させ、エヴィーを見た。

「乱切器と呼ばれる装置です」とハモンドは答えた。「これを使うと、旧式の乱切刀《ランセット》よりずっと効率的に血を抜くことができます」

「エヴィー」セバスチャンはかすれた声でよびかけた。彼女には聞こえなかったらしく、彼女は説明をつづける医師を一心に見つめている。

「……ばね式の回転軸に一二本の刃がついていましてね、こうやって一押しすると装置が始動して、刃が皮膚に浅い傷を連続してつけていきます。その傷から、血を流させるのです」

「エヴィー」

彼女はセバスチャンをちらりと見た。彼と目が合うと、彼女はいつもすぐに彼の枕もとにいく。「なんですの?」と不安そうに眉をひそめてきいた。「あなた、これはあなたの助けになるらしいの——」

「いやだ」そんなことをしたら死んでしまうと彼は思った。熱と痛みと戦うだけでも大変なのだ。長い時間瀉血処置を受けてこれ以上弱ってしまったら、もう長くはもたないだろう。セバスチャンは縛りつけられてまっすぐ伸ばされた腕を必死で引っ張ったが、結び目はきつく、椅子はびくともしない。ちくしょう。彼は苦しげに妻を見上げ、意識を失わないように努めた。「だめだ」としわがれた声で言う。「やめさせてくれ……」

「あなた」エヴィーはささやきかけながら、顔を近づけて彼の震えている口にキスをした。彼女の目に急に涙がこみあげてきてきらきら光った。「これが一番いい方法なの——これ以外にはないの——」

「エヴィー、わたしは死ぬ……」不安が高まってきて、目の前が真っ黒になったが、彼は目を閉じないようにがんばった。「わたしは死ぬ」彼はもう一度ささやいた。

「レディー・セントヴィンセント」ドクター・ハモンドの落ち着いた思いやりのある声が聞こえてきた。「ご主人のご心配はごもっともです。しかし、彼の判断力は病気のせいで弱っている。いま、ご主人に一番よい決断をくだせるのはあなたです。わたしはこの処置を有効なものであると信じていなければお勧めはしません。どうか処置をすることをお許しください。セントヴィンセント卿がこの会話を覚えておられるかどうかすら怪しいと思いますぞ」

セバスチャンは目を閉じ、絶望のうなり声をもらした。ハモンドが異様な笑いを浮かべた見るからに頭がおかしい人物に見えたなら……エヴィーが本能的に信用できないと思うような人物であったなら。しかし、ハモンドは尊敬すべき医師であり、自分のしていることは正しいと信じている。どうやら、死刑執行人はいろいろな扮装であらわれるらしい。

エヴィーだけが頼りだった。彼のために闘ってくれるのは彼女だけだ。セバスチャンは、こんな事態に自分が陥るとは思ってもみなかった……自分の人生が世間知らずのひとりの娘の決断にかかっているとは。彼女はおそらく、ハモンドの威厳に気おされてしまうだろう。セバスチャンのために訴えてくれる人はほかにはいないというのに。

彼はエヴィーのやさしい指が、熱で火照る顔に触れるのを感じた。しゃべる力はもうなく、懇願するように彼女を見上げた。ああ、エヴィー、お願いだからやめさせてくれ——。

「わかりました」エヴィーは静かに言って、彼を見つめた。セバスチャンの心臓は止まった。彼女がドクターに向かって言ったと思ったのだ……瀉血の許可を与えたのだと。しかし、彼女は椅子のところへ行って、てきぱきとセバスチャンの手首をしばっていた紐をほどき、赤くなっていた皮膚を指先でさすり始めた。

話し始めたとき、彼女の言葉は少しつかえた。「ド、ドクター・ハモンド……セントヴィンセント卿はこのしょ、処置を望んでいません。わたしは彼の望みをかなえなければなりません」

セバスチャンはこれを一生の恥と感じるだろうが、安堵のあまり、すすり泣くようなため息をもらした。

「奥様」ハモンドは深い懸念を示して言い返した。「お考え直しを。熱に浮かされて正気を失っている方の望みをかなえることは、その人の死につながりかねませんぞ。どうかわたしに処置をさせてください。わたしの判断をお信じになって。わたしはこうしたことに関してははるかに多くの経験を積んでいるのですから」

エヴィーはセバスチャンを気づかいながらベッドに腰を下ろして、彼の手をひざにのせた。「わたしは先生のご、ご、ご判断を――」言葉がつかえ始めたので、彼女は途中でやめて、いらいらと頭を横に振った。「夫には自分の意志に従って決断する権利があります」

セバスチャンは指を彼女のスカートのひだの中に入れた。言葉がつかえるのは、彼女が内心動揺している証拠だが、彼女は譲らないだろう。彼女はわたしの味方だ。彼は弱々しくため息をついて、体の力を抜いた。自分の薄汚れた魂を彼女に預けたような気分になった。

ハモンドは頭を振りながら道具をかたづけ始めた。「わたしの技術を所望なさらないなら」と彼は静かな威厳を保って言った。「そしてわたしの専門家としての意見に耳を傾けることを拒否なさるなら、わたしにはあなたがたに何もしてさしあげることはできません。このような状況で正しい処置がとられなければ、不幸な結果になるとしか申し上げられません。どうかおふたりに神のご加護がありますように」

医師は、重苦しい非難に満ちた空気を残して、部屋を出て行った。

心底ほっとして、セバスチャンは長い指を広げてエヴィーの腿に置いた。ドアが閉まると同時に、「やっかい払いだ」と彼はつぶやいた。

エヴィーは彼を見下ろして、笑っていいのか、泣いていいのかわからず困っているようだった。「この石頭」と彼女は潤んだ目をして言った。「わたしたちは、ロンドンで一番の名医のひとりを追い返してしまったのよ。ほかのどんなお医者様を呼んだって、瀉血を勧めるわ。今度はだれに診てもらったらいいのかしら？　まじない師？　それともコヴェントガーデンの占い師？」

最後に残った力をふりしぼって、セバスチャンは彼女の手を引っ張って口元に持っていった。「きみだ」とささやき、彼女の指を唇にあてた。「きみだけでいい」

19

　エヴィーはドクター・ハモンドの治療を断わったことは果たして正解だったのかと何度も自問した。医師が帰ってしまってから、セバスチャンの容態は徐々に悪化していった。一時間ごとに傷の腫れと炎症はひどくなり、熱は上がりつづけた。真夜中を迎えるころには、彼は熱にうかされて譫妄状態に陥っていた。目はぎらぎらと輝き、エヴィーを見ても彼女だとわかっていないようすで、うわごとをしゃべる。エヴィーはその言葉をすべて理解できたわけではなかったが、彼の暗い内面を垣間見ることができ、哀れでならなかった。

「しいっ」エヴィーはときどき彼にささやきかけた。「しいっ、セバスチャン、大丈夫……」

　しかし、彼は正気を失っており、苦しみ悶えながら執拗に心の闇をさまよいつづける。ついに彼女は彼を鎮めることはあきらめ、彼の固いこぶしを両手で包み、苦渋に満ちたうわごとにじっと耳をかたむけた。意識が確かならば、彼はたとえ一瞬たりとも無防備な内面を人にさらすようなことは絶対にしなかっただろう。しかし、エヴィーはおそらくだれよりも絶望的な孤独の中で生きていくのはどんなことかを知っていた……人との絆に焦がれ、自分に欠けているものを求める気持ちを。そして、孤独が彼をどれほどの深みに追い込んできたかも理解できた。

しばらくすると、彼のかすれた声は、とぎれがちなささやきに変わったので、エヴィーは額にのせてあった湿った布をそっと取り替え、ひび割れた唇に軟膏を塗った。手で彼の頬をなでると、金色の髭がちくちくする。彼は混沌とした意識の中で、意味をなさない言葉をつぶやきながら、彼女の手に頬をすりつけた。苦痛にさいなまれてきた美しく罪深い男。こんな男を愛するのは間違っていると言う人もいるだろう。しかし、彼女はその無力な姿を見つめながら、この人は自分にとってかけがえのない人なのだと思った……どんなに欠点があろうとも、彼は命をかけてわたしを守ろうとしてくれたのだ。

エヴィーはベッドに乗って、彼の横に寝そべった。やわらかくカールする胸毛の中に金の鎖を見つけて、手のひらを結婚指輪にかぶせ、彼の横で数時間眠った。

夜が明けると、彼はすっかりおとなしくなって昏睡状態に陥っていた。「セバスチャン？」彼女は彼の顔や首に触れた。ひどい熱だ。人間の皮膚がこれほど熱くなれるのが不思議なくらいだった。驚いてあわててベッドから出ると、つまずきそうになりながら呼び鈴の紐を激しく引っ張った。

キャムとメイドの手を借りて、エヴィーはベッドの上に防水布を敷き、氷を詰めたモスリンの袋を彼のまわりに置いた。セバスチャンはその作業中もぴくりとも動かず、ずっと静かにしていた。熱が少し退いたようなのでエヴィーは一瞬希望を持ったが、すぐにまた容赦なく上がり始めた。

自分自身の仕事に加えてセバスチャンの仕事も引き受けているキャムは、エヴィーと同じくらい疲れきっているように見えた。昨夜の服装のまま着替えてもおらず、グレイのネクタイはほどけて首からだらりと下がっていた。彼はエヴィーが座っているベッドの横にやってきた。

彼女はいまのいままで、これほどの絶望を味わったことがなかった。メイブリック家で暮らしていた最悪の時期ですら、彼女は常に希望を持ちつづけていた。しかし、もしもセバスチャンが生き延びられなかったら、二度と喜びを感じられなくなるだろう。

セバスチャンは彼女の内気の檻を破った最初の男性だった。そして、ふたりの関係が始まった直後から、彼はなにかにつけて彼女のことを気づかってくれた。こんなことをしてくれた人はいままでひとりもいなかった。スコットランドへ向かう過酷な旅の途中で、彼が初めて温めた煉瓦を彼女の足元に置いてくれたときのことを思い出し、彼女は悲しそうにほほえんだ。彼女は生気のない夫の顔を見つめたままキャムに話しかけた。「どんなお医者様に診ていただいても、瀉血をすると言うでしょう。でも、わたしは彼に、絶対それはさせないと約束してしまったの」

キャムはほっそりした手を伸ばして、エヴィーの洗っていないぼさぼさの髪を後ろになでつけた。「治療師だった祖母は」と彼は考え込むように言った。「たしか、大量の塩水で傷口を洗い、そのあと傷口に乾燥したミズゴケをあてていた。それから熱を出したときには、オシロイバナの塊茎を嚙まされたな」

「オシロイバナ」とエヴィーはぼんやり繰り返した。「聞いたことがないわ」

彼は彼女のほつれ毛を耳のうしろにかけてやった。「荒れ野に生える草だ」

エヴィーは髪を洗っていないのが恥ずかしくて、彼の手から頭を離した。ロマの人々は自分の体を清潔に保つことに非常に気を使うことを知っていたからだ。一般に信じられているのと違って、ロマの儀式には洗い清めることに関係するものがいくつもある。「見つけてこられる？」

「オシロイバナか？」

「それとミズゴケ」

「時間をもらえれば、手に入れられると思う」

「そんなに時間は残されていないと思うの」と彼女は言ったが、泣き声になりそうだった。とりみだしてはいけないと思って、彼女は背筋を伸ばして椅子に座りなおし、なぐさめようとキャムが伸ばしてきた手を払いのけた。「いいえ……わたしは大丈夫。ただ……何でもいいから、助けになりそうなものを見つけてきて」

「すぐに戻る」とキャムの静かな声が聞こえた。そして次の瞬間には、彼はいなくなっていた。

エヴィーは、くたびれ果て、どうしたらいいか決めかねたまま、ベッドの横に座りつづけた。眠ったり、食事をとったり、顔を洗ったりする時間をとったほうがいいのだろう……しかし、たった数分でもセバスチャンのそばを離れるのがこわかった。戻ってきたら、自分がいないあいだに彼が旅立っていたというのは絶対にいやだった。

彼女は疲労の霧を追い払って、ほんの短時間でいいから頭をすっきりさせて決断を下そうとしたが、どうやら頭がきちんと働かなくなっているようだった。椅子の上で背中を丸め、死にゆく夫を見つめた。心も体もずっしり重くて、動くことも考えることもできなかった。だれかが部屋に入って来たことすら気づかなかった。ほとんどわからないくらいかすかに上下するセバスチャンの胸以外のものに意識がいかなくなっていたのだ。しかし、しばらくして、だれかが椅子のそばに立っているのに気づいた。その人の精気あふれる力強い存在感は、病室の眠ったような静けさの中では異様に感じられた。彼女はぼんやりと、ウェストクリフ伯爵の心配そうな顔を見上げた。

ウェストクリフは何も言わずに、彼女を立たせ、よろめく彼女を支えた。「客を連れてきた」と彼は静かに言った。エヴィーは部屋を見回し、客の顔に焦点を合わそうとした。

リリアン・ボウマン、いや、レディー・ウェストクリフだった。ワインレッドのドレスを着た彼女はまぶしいほど華やかだった。色白の肌は南イタリアの太陽のせいで少し小麦色になり、黒い髪はうなじのところで流行の形にまとめ、ビーズのネットをかぶせていた。リリアンは背が高くすらりとしていて、海賊船を自ら率いる女海賊のように見えた……伝統を無視した危険な冒険が似合う女性だ。アナベルのようなロマンチックな美貌の持ち主ではなかったが、人の目を引く、すっきりとした容姿はいかにもアメリカ的で、彼女が口を開いてニューヨーク風のアクセントを披露するまでもなく一目でアメリカ人とわかった。

エヴィーにとって、リリアンは壁の花グループの中で一番遠い存在だった。アナベルは母親のようなやさしさを持っていたが、リリアンにはそうしたところはなく、また彼女はデイジーのような生気あふれる楽天主義者でもなかった……彼女の辛辣な物言いや怒りっぽい性格は、いつもエヴィーを震え上がらせてきた。しかし、リリアンはいざというときに頼りになる女性だった。そしてエヴィーのやつれた顔を見るや、リリアンはためらいなく彼女に近づき、長い両腕で彼女を抱きしめた。

「エヴィー」彼女は慈しむようにささやきかけた。「どうしてこんなことになっちゃったの?」

おそらく二度と会うことはあるまいと思っていた友人にしっかりと抱きしめられた驚きと安堵で、エヴィーの張りつめていた心は一気に崩れた。涙がこみあげてきて目が痛み、嗚咽をこらえるのどが苦しかった。そしてとうとう我慢しきれなくなって彼女はすすり泣きを始めた。リリアンはさらに強く彼女を抱きしめた。「アナベルとデイジーからあなたのしたことを聞いたとき、わたしがどんな反応をしたかあなたに見せたかったわ」リリアンはエヴィーの背中をたたきながら言った。「わたしは卒倒しそうになって、それからあなたは利用されたのだと、セントヴィンセントをひどい言葉でさんざんなじったの。ここに飛んできて、自分で撃ち殺してやろうかと思ったほどよ。でも、だれかがわたしの代わりにやってくれたみたいね」

「わたしは彼を愛しているの」エヴィーはすすり泣きの合い間に小さな声で言った。

「そんなのありえないわ」とリリアンはそっけなく言った。

「いいえ、わたしは彼を愛している。でも、父を失ったように、わたしは彼も失いかけているの。耐えられないわ……頭がどうにかなりそう」

リリアンはため息をついてつぶやいた。「こんな堕落した自己中心的な見栄っ張りを愛せるのはあなたくらいしかいないわ。ええ、わたしだって彼の魅力は認める……でも、あなたの愛に応え、あなたを愛してくれる男性に愛情を捧げたほうがいいわ」

「リリアン」とエヴィーは涙声で抗議した。

「ええ、わかったわ。病に伏している人をあしざまに言うなんて、よくないわよね。しばらくは口を慎みます」彼女は後ろに下がってエヴィーの涙で汚れた顔をのぞき込んだ。「ほかの人たちも来たがっていたのよ。でもデイジーは未婚だから、シャペロンなしではくしゃみもできないでしょう。そしてアナベルは妊娠のせいで疲れやすいの。でもウェストクリフとわたしが来たからには、大船に乗った気でいてちょうだい」

「でも、だめなの」エヴィーは鼻をすすった。「彼の傷は……容態はひどく悪くて……こ、昏睡状態に陥っていると思うの……」

エヴィーに腕をまわしたまま、リリアンはウェストクリフのほうに顔を向け、病人がいる部屋ではまったくもって不適切な大声で質問した。「ウェストクリフ、彼は昏睡状態なの?」

仰向けに寝ているセバスチャンの上に屈み込んでいた伯爵は、顔をしかめて妻をちらりと見た。「きみたちふたりが立てている騒音を聞けば、だれでも昏睡に陥ると思うね。それはともかくとして、もし昏睡状態なら、まわりの音に反応しないはずだ。だが、きみが叫んだ

「わたし叫んでなどいませんわ、大きな声を出しただけです」とリリアンは訂正した。「違いがあるんだから」

「そうかな？」ウェストクリフはやんわりと言って、上掛けをセバスチャンの腰まで下ろした。「きみはしょっちゅう声をはりあげるから、区別がつかんよ」

リリアンは笑って、エヴィーを離した。「あなたと結婚すればどんな女性だって……あらまあ、これはひどいわ」最後の叫び声は、ウェストクリフが包帯をはずしたときに出たものだった。

「ああ」と伯爵は傷を見つめて陰鬱に言った。傷はひどく化膿して膿が流れ出し、炎症による発赤がまわりに大きく広がっていた。

即座にエヴィーはベッドの横に駆け寄り、頬の涙をぬぐった。気配りを忘れないウェストクリフは、上着からさっとハンカチを出して彼女にわたした。彼女は涙を拭いて、鼻をかみながら夫を見下ろした。「彼は昨日の午後から意識がないのです」彼女は不安げにウェストクリフに告げた。「ドクター・ハモンドが瀉血をしてくださるというのを断りました……セバスチャンが絶対にいやだと言ったからです。でも、そうしておけばよかったといまは後悔しています。もしかすると、それでよくなったかもしれません。ただ……彼の意志に反することをさせるわけにはいかなかったのです。わたしを見つめていた彼の目を思い出すと――」

「それでよくなったとは思えないが」ウェストクリフは口をはさんだ。「もしかすると、むしろそのせいで命が縮まったかもしれない」

リリアンは近くに寄ってきて、化膿した傷口と、セバスチャンの異常に蒼白な顔を見て眉をひそめた。「では、どうしたらいいの？」

「ミスター・ローハンが塩水で傷口を洗ったらどうかと言っているの」とエヴィーは答えて、そっと銃創を覆い、上掛けを胸元までかけた。「それから、熱さましの薬草も知っているそうなの——いま、さがしに行ってくれているのよ」

「生のニンニクの絞り汁を傷口に塗るのもいいかもしれないわ」とリリアンが提案した。

「わたしの乳母は、ひっかき傷や切り傷をそうやって治療してくれたの。そうすると治りが早かったわ」

「うちに昔いた家政婦のミセス・フェアクロスは酢を使っていた」ウェストクリフがつぶやいた。「そのしみることといったら、たいへんなものだったが、実によく効いた。その三つを混ぜてみたらどうだろう。それにテレビン油を加えるんだ」

リリアンはうたぐるような目でウェストクリフを見た。「松の樹脂？」

「それを精製したものだ」とウェストクリフが答えた。「それで壊疽が治ったのを見たことがある」リリアンを自分のほうに向かせて、ウェストクリフは妻の額にキスをした。「わたしは必要なものを集めてきて、どう調合したらよいか調べてみよう」と彼は言った。彼の言い方は真面目だったが、彼女を見つめるその黒い瞳は温かかった。「その間、この場は有能なきみにまかせるとしよう」

リリアンは愛情をこめて彼のシャツの襟を指でたどり、指先で日に焼けたのどに触れた。「急いだほうがいいわ。もしもセントヴィンセントが目覚めて、わたしに世話されているのを知ったら、その時点で息が絶えてしまうかも」

妻と笑みを交し合ってから、ウェストクリフは部屋を出て行った。

「傲慢で横暴な人」とリリアンはつぶやき、ほほえみながら伯爵の背中を見送った。「ああ、心から愛しているわ」

エヴィーの足元はふらついた。「どうやってあなたは――」

「話したいことが山ほどあるわ」リリアンはさっとエヴィーの言葉をさえぎった。「だからこそあとでゆっくり話しましょう。あなたは死にそうに疲れている。それから正直に言うけど、お風呂に入ったほうがいいわ」呼び鈴の紐をさがして、それを部屋の隅で見つけると、リリアンは紐を引っ張った。「バスタブにお湯を入れさせるわ。あなたは体を洗って、それからお茶とトーストをいただくのよ」

エヴィーは首を振って断わろうとしたが、リリアンはがんとして拒絶を受けつけなかった。

「わたしがセントヴィンセントの面倒をみます」

いったいなぜ、どうして彼女は、自分を誘拐した男の看病を買って出る気になったのだろう。エヴィーはいぶかりながら、用心深くリリアンを見つめた。リリアンは人に寛大なタイプではない。もちろん病床に伏している無力な男を痛めつけるなどということはありえないが、セバスチャンを彼女にまかせるのは少々不安だった。

「あんなことがあったあとで……あなたが喜んで彼の看病を……」

リリアンは苦笑した。「彼のためにするのじゃないわ。あなたのためよ。そしてウェストクリフのため。なぜだか彼は、簡単にセントヴィンセントをあきらめたくないみたいなの」エヴィーがぐずぐずしているので、彼女はいらいらしてきて目をぐるりと回した。「まったくもう、早く行ってお風呂に入りなさいよ。そしてその髪をなんとかなさい。セントヴィンセントのことは心配ないわ。夫にするようにやさしく看病してあげるから」

「ありがとう」とエヴィーは言った。また涙がじわっとわいてきて目が痛くなる。

「ああ、エヴィー……」リリアンの顔がエヴィーを思いやる気持ちで和らいだ。エヴィーは彼女のこんな表情を見たことがなかった。リリアンは手を伸ばしてふたたびエヴィーを抱きしめ、ぼさぼさの髪に向かって話しかけた。「彼は死なないわ。早死にするのは、善良で心の清らかな人だけよ」彼女は静かに笑った。「セントヴィンセントみたいな利己主義のろくでなしはしっかり生き延びて、この先何十年も他人を苦しめるのよ」

メイドに手伝ってもらって、エヴィーは風呂に入り、コルセットのいらない緩めの昼用のドレスを着た。洗って清潔になった髪を濡れたまま長い三つ編みにして背中に流し、足にはニットの上靴をはいた。セバスチャンの部屋に戻ると、リリアンは部屋をかたづけて、カーテンを開けておいてくれた。エプロン代わりに布を腰に巻きつけていたが、ドレスの前身ごろにもその布にも、あちこちに染みがついていた。

「スープを少し飲ませたの」とリリアンは説明した。「飲み込ませるのにどれだけ時間がかかったことか——彼は意識があるとは言えない状態だったけど——カップに四分の一ぐらい飲むまでは、わたししつこくやめなかったの。どうやら彼、わたしのことを、ご機嫌をとらないと消えない悪夢だと思ったらしくて、しかたなく飲んだのよ」

エヴィーは昨日の朝から、何もセバスチャンに飲ませることができなかった。「あなたは本当に素晴らしい——」

「そうよ、そうよ、わかっているわ」リリアンは軽く手を振ってその言葉をあしらった。褒められると彼女はいつも居心地が悪そうにする。「あなたの食事も用意させておいたわ。ほら、窓際のテーブルにトレイがのっているわ。スクランブルエッグとトースト。全部食べるのよ。無理矢理食べさせるのは性に合わないから」

エヴィーが素直に座って、バターを薄く塗ったトーストをかじっているあいだ、リリアンはセバスチャンの額にのせてあった布を替えた。「正直に言うとね」とリリアンは言った。「こんなに容態が悪いと彼を憎む気持ちも薄れちゃうの。しかも、彼が負傷してここで横たわっているのは、あなたを守るためだったと思うとなおさら」ベッドの横の椅子に座り、彼女は好奇心いっぱいの顔でエヴィーを見た。「どうして彼はこんなことをしたのかしら？彼は根っから自己中心的な男なのに。だれかのために自分を犠牲にするような人じゃない」

「完全に自己中心的というわけでもないの」とエヴィーはもぐもぐ言いながら、熱いお茶でトーストを飲み下した。

「ウェストクリフは、セントヴィンセントはあなたに恋していると思っているわ」

エヴィーはちょっとむせた。紅茶のカップから顔を上げられない。「ど、どうして伯爵はそうお思いになったのかしら」

「彼はセントヴィンセントのことを子どものころから知っているでしょう。だから彼の心をかなりよく読めるのよ。それで彼なりに、どうして最終的にあなたがセントヴィンセントのハートを射止めたのか、なんだか妙な理由を考えついたのよ。彼はこう言っていたわ。あなたのような娘は……ふーむ、何て言ってたかな……正確な言葉を思い出せないけど、こんな感じだったわ……あなたはセントヴィンセントの心の奥底に隠されていた夢そのものなんだと」

エヴィーは自分の頬が真っ赤になるのがわかった。同時に痛みと希望がせめぎあって、胸が苦しくなった。彼女は皮肉な調子で答えようとした。「彼の夢はできるだけたくさんの女性をものにすることだとわたしは思うけれど」

リリアンはにっこり笑った。「それはセントヴィンセントにとって夢じゃなくて、現実なのよ。そしてあなたはおそらく、彼がいままで出会った女性の中で、もっともやさしく慎みのある女性だったんだわ」

「ハンプシャーで、彼はあなたやデイジーとずいぶん長い時間いっしょに過ごしていたじゃないの」とエヴィーは言い返した。

これはリリアンをさらに面白がらせたようだった。「わたしはやさしくなんかないわよ。

それに妹もね。あなた、ずっとそう思ってたなんて言わないでよね」

エヴィーが卵とトーストを食べ終わったころ、ちょうどウェストクリフとキャムが壺や瓶やら薬やら、たくさんの奇妙なものをかかえて部屋に入ってきた。そのあとにふたりのメイドが、湯気の立つ金属製の水差しとたたんだタオルの山を持ってついてきた。エヴィーは手伝おうとしたが、ふたりにさがっていろと止められた。彼らはベッドの横にそれらの品物を並べ、タオルをセバスチャンの体の横と脚と腰にかけて、傷口だけを露出させた。

「先にモルヒネを少し飲ませておいたほうがいいだろう」とウェストクリフは言って、木釘に丸めたリネンを糸でくくりつけ、柄の長い綿棒のようなものをこしらえた。「この処置は、銃で撃たれたときよりもはるかに激しい痛みを彼に与えるだろう」

「飲ませられるわ」とリリアンがきっぱり言った。「エヴィー、わたしがやってもいい？」

「いいえ、わたしにやらせて」エヴィーはベッドの横に行き、モルヒネのシロップを一回分コップに注いだ。キャムがひじの近くにやってきて、緑色の灰のように見える粉が中に入っている紙包みを彼女にわたした。

「オシロイバナだ。最初に行った薬屋で運良く見つかった。ミズゴケのほうは簡単に見つからなかったが……なんとか少し手に入れてきた」

エヴィーは彼に肩を寄せて、無言で感謝の気持ちをあらわした。「この粉末をどれくらい彼に飲ませたらいいのかしら」

「セントヴィンセント卿くらい大柄の男なら、少なくとも茶さじ二杯はいるだろう」

エヴィーはスプーンに二杯分の粉を琥珀色のシロップに混ぜた。すると液は黒色に変わった。見た目よりも味のほうがもっと悪いのは疑いようもなかった。彼女はなんとかセバスチャンが薬を飲み込んでくれることを願うばかりだった。彼女はベッドに乗って、彼の乱れた髪とかさかさになった熱い皮膚をなでた。「セバスチャン」と彼女は小さな声で呼びかけた。「起きて。お薬を飲まなくては……」彼女が手を下に滑り込ませて、頭を持ち上げようとしても彼はぴくりともしなかった。

「だめ、だめ」と背後からリリアンの声が聞こえた。「やさしすぎるわ、エヴィー。スープを飲ませたとき、わたしは手荒く彼を揺すぶって起こしたのよ。手本を見せるわ」とリリアンは言ってベッドに上り、エヴィーの隣に座ってほとんど意識のないセバスチャンを何度か揺すぶった。すると彼はうめきながら薄目を開けてふたりの顔を見たが、だれだかはわからないようすだった。

「セバスチャン」エヴィーはやさしく声をかけた。「お薬を飲んでね」

彼は顔をそむけようとしたが、その拍子に怪我をしている側に激痛が走り、暴れ出した。エヴィーとリリアンは力強い腕に振り払われて、ベッドから床に落ちてしまった。「いたっ!」とリリアンはぶつぶつ文句を言い、エヴィーはなんとかコップの中身をこぼさずに保った。

セバスチャンはうなされて、はあはあ苦しそうにあえぎ、うなり声をあげた。やがてベッドの上で静かになったが、大きな体は痙攣していた。エヴィーは抵抗に狼狽したが、まだこれほどの力が残っていたのを知って少し嬉しくなった。死んだように動かないよりははるかにましだった。

しかしリリアンはエヴィーのようには喜べないようだった。「彼を縛らなくちゃ」と彼女はすぱっと言った。「でないと、傷の手当てをするあいだ、彼を動かないようにしておけないもの」

「そんなこと――」とエヴィーは反対しようとしたが、キャムがそれに賛成したのでびっくりした。

「レディー・ウェストクリフの言うとおりだ」

エヴィーは黙って床の上から立ち上がった。彼女はリリアンに手を差し出して助け起こし、しばらくたたずんでセバスチャンの震える体を見つめた。彼の目はふたたび閉じられ、指は何かをつかもうとするかのようにひくひく痙攣している。あんなに活力に満ち溢れていた人が、こんな姿になるとは信じられなかった。肌からは血の気が失せ、体は消耗し、唇はひび割れて、目のまわりには隈ができていた。

彼女は彼を助けるためなら何でもするつもりだった。エヴィーは心を決めて、清潔な布きれをセバスチャンの半裸の体の上でキャムに手わたした。

キャムは厳しい顔でベッドの四隅に順番に移動しながら、器用にセバスチャンの両手両足を鉄製のベッド枠に縛りつけた。「薬も飲ませようか?」

「わたしがやります」と彼女は答えて、ベッドに上り、ふたたびセバスチャンの横に座った。

下に枕を入れて頭を上げ、彼の鼻を指でつまんだ。息が苦しくなってセバスチャンが口を開けると、どろりとした薬をのどに流し込んだ。彼は息を詰まらせてむせたが、薬はさほどの騒ぎを起こさずに胃の中に入っていったのでエヴィーはほっとした。キャムは彼女の手際の良さを称えるように眉を上げた。セバスチャンは悪態をつきながら、縛られた手足を引っ張ってもがいている。彼の上に屈み込んで、エヴィーは彼を手でさすってなだめ、麻薬のにおいを含んだ息を顔に受けながら、愛の言葉をささやきかけた。

ようやく彼が静かになったので顔を上げると、リリアンがふたりを不思議そうに見つめていた。彼女は茶色の目を細め、その光景に仰天したとでもいうように、かすかに首を振った。リリアンはウェストクリフの屋敷でのらくらしていた、傲慢で上等の服を身につけた放蕩者のセバスチャンしか知らないので、彼がこんな状態になっているのがただただ驚きなのだろうとエヴィーは思った。

その間にウェストクリフは上着を脱いでシャツの袖をまくりあげ、調合した薬をかき混ぜていた。強烈なにおいが部屋中に充満した。においにひどく敏感なリリアンは、顔をしかめて肩をすくめた。「こんなむちゃくちゃなにおいの組み合わせをかいだのは初めてだわ」

「テレビンのエキス、ニンニク、酢――それから薬屋が勧めてくれたローズオイルなども混ぜてみた」とキャムが説明した。「薬屋はあとで蜂蜜の湿布を当てると、傷が腐敗しにくいとも教えてくれた」

キャムは木の箱を開けて、真鍮のじょうごと円筒形の器具を取り出した。円筒の一端にはハンドルが、他端には針のようなものがついていた。「そ、それは何？」と彼女は尋ねた。

「これも薬屋で手に入れた」とキャムは言った。器具を持ち上げ、目を細めて注意深く観察する。「洗浄器だ。これからやろうとしていることを薬屋に説明したら、深い傷を徹底的に洗うにはこれを使うしかないと言われた」

彼は道具や薬品の容器、布切れやタオルの山をきちんと並べた。ウェストクリフはベッドの横で立ち止まり、ふたりの女性に目をやった。「見ていて気持ちのいいものではない。したがって、気分が悪くなるたちの人がいたら……」と意味ありげに、顔をしかめているリリアンのほうに視線を漂わせた。

「ご存知のように、わたしはそういうたちなのですけど」と彼女は認めた。「でも必要なら我慢できます」

伯爵の真面目くさった顔が一瞬ほころんだ。「いまはきみの手を借りなくて大丈夫だ。別の部屋に行くかい？」

「窓のそばに座っていますわ」とリリアンはほっとしたように急いでベッドから離れた。

ウェストクリフは、無言のまま目でエヴィーに尋ねた。

「わたしはどこに立っていたらいいでしょうか」と彼女はきいた。

「わたしの左に。たくさんのタオルや布きれが必要になるから、必要なとき汚れたものと交換してくれると助かるのだが――」

「わかりました」彼女は伯爵の左に立ち、キャムは右側に立った。エヴィーはウェストクリフの豪胆で意志堅固な横顔を見上げた。すると急に、いつも近寄り難いと感じてきたこのパワフルな人物が、自分を裏切った友人を助けるために喜んでここまでしてくれることが信じられないような気がしてきた。感謝の気持ちでいっぱいになり、彼女は思わず彼のシャツの袖を軽く引っ張った。「伯爵様……始まる前に、申し上げておきたいことが……」

ウェストクリフは黒い頭をかすかに動かした。「何かね？」

彼はセバスチャンほど背が高くなかったので、背伸びをして彼のひきしまった頰にキスをするのはそれほどむずかしくはなかった。「彼を助けてくださって、ありがとうございます」伯爵の驚いた目を見つめながら彼女は言った。「あなたはわたしの知る人の中でもっとも高潔なお方です」この言葉に、ブロンズ色に日焼けした彼の顔に赤みがさした。ふたりが知り合ってから初めて、伯爵は言葉を失ったように見えた。

リリアンは部屋の向こうからほほえみながらふたりを見ていた。「彼の動機はそれほど英雄的なものではないかもよ」とエヴィーに言う。「彼はセントヴィンセントの傷口に塩水を注ぎ込める機会を楽しんでいるんだと思うわ」リリアンは冗談めかして言ったが、顔は真っ青で、ウェストクリフがぎらりと光るランセットを手にとって、膿を出すために傷口を切開するあいだ、ぎゅっと椅子のアームをつかんでいた。

モルヒネを大量に飲ませたあとでも、その痛みにセバスチャンは体を弓なりに反らし、顔をゆがめてのたうった。のどから意味不明の抵抗の言葉が絞り出された。キャムは動かないように彼をしっかりと押えつけた。しかしそれはまだ序の口だった。ウェストクリフが傷口に塩水を注入して洗い始めると、セバスチャンは悲痛な叫びをあげてもがき苦しんだ。それでもウェストクリフは何度も注入器に塩水を入れて、傷を洗いつづけた。やがてタオルに染み出す塩水は、新鮮な血液だけを含むピンク色になっていった。ウェストクリフは落ち着いて正確に作業を行った。その小気味のよいほどの効率の良さはどんな外科医も賞賛するほどだった。エヴィーも自分の苦悩を克服して、麻痺した心のひだの奥深くにしまい込み、ウェストクリフとキャムを見習って感情に流されずに毅然と働いた。彼女は機械的に汚れたタオルをさっと取って、新しいタオルを夫のわき腹にあてがった。まもなくセバスチャンは失神して、傷の治療をされていることもわからなくなったので、彼女は心底ほっとした。

満足できる程度に傷口がきれいになってから、ウェストクリフは丸めた布をテレビン油の混合物に浸し、傷にたっぷりと塗った。それからわきにどいて、キャムがミズゴケを清潔なモスリンの布に包み、それに蜂蜜をつけて注意深く傷口にあてるのを、じっとながめた。

「これでよし」とキャムは満足そうに言った。「治癒は傷の奥深くから始まる。数日間、湿布をあてたままにしておき、そのあとミズゴケを取り除いて傷がふさがるのを待つ」彼は話しながらセバスチャンの手足を縛っていた紐をほどいた。リネンの包帯をセバスチャンのほっそりした腰に巻きつけ、濡れたシーツを取り替えてベッドを清潔で乾いた状態にするには全員であたらなければならなかった。

すべてが終わると、エヴィーの自制心は手や足から抜けていき、頭からつま先までぶるぶる震え出した。ウェストクリフでさえ疲れきって見えたのでエヴィーは驚いた。彼はふうっと長いため息をつき、汗にまみれた顔を清潔な布で拭いた。リリアンはすぐに夫のところへやってきて、彼をきゅっと抱きしめて、愛情あふれるねぎらいの言葉を耳元でささやいた。

「湿布と包帯は一日に二回替えたほうがいいと思う」とキャムはだれにともなく言って、石鹸と水で手を洗った。「夜までに熱が下がらないようなら、オシロイバナの量を二倍にしよう」彼はエヴィーを招き寄せて、彼女の手も洗ってやった。「良くなるよ。伯爵が傷口を洗っていたときに見たところ、状態は思っていたよりもひどくなかった」

エヴィーは弱々しく首をふりながら、子どものようにおとなしく彼に濡れた手を拭いてもらった。「希望を持つのがこわいの。信じることができなくて……」彼女の声は小さくなってとぎれた。足の下で床がぐらりと揺れたような気がして、彼女はぎこちなくよろめいた。キャムがすっと手を差し延べて彼女をすくいあげ、若々しいがっしりとした胸に抱き上げた。

「きみも寝ないと」彼はそう言うと、彼女を抱いたままドアのほうに歩き出した。

「セバスチャン……」と彼女はよく聞き取れない声で言った。

「きみが寝ているあいだ、おれたちが世話をする」

彼女にはほとんど選択の余地はなかった。ほとんど寝ていない彼女の体はもう動けなくなっていたからだ。キャムがベッドに寝かせてくれ、上掛けをかけて、それを小さな子どもにするように体の両側に挟み込んでくれたところまでは覚えていた。しかし、すべすべした冷たいシーツの中で体が温まってくるやいなや、彼女は眠りに落ち、夢も見ずにぐっすり眠った。

エヴィーは楽しげに揺れる小さな光の中で目覚めた。ベッドサイドテーブルの上にろうそくが灯っていた。だれかがベッドの縁に腰掛けている……リリアンだ……髪をうなじのところで束ねて、くたびれ果てた感じに見えた。

エヴィーはゆっくり起き上がり、目をこすった。「もう夜なの？」としわがれた声できく。

「午後中ずっと眠っていたに違いないわ」

リリアンは苦笑した。「あなた、一日半も眠りこけていたのよ。ウェストクリフとわたしはセントヴィンセントの看病をして、ミスター・ローハンはクラブを切り回してくれていたわ」

エヴィーは粘りつく口の中を舌で探り、背筋を伸ばした。尋ねるのがこわくて、心臓がずしんと鳴った。「セバスチャンは……彼は……」

リリアンはエヴィーの荒れた手をとり、静かに尋ねた。「どちらを先に聞きたい？　いい知らせと悪い知らせの」

エヴィーはしゃべることができなくて、首を振った。彼女は唇を震わせ、まばたきもせずに友人を見つめた。

「よい知らせはね」とリリアンは言った。「彼の熱が下がって、傷の化膿もおさまったこと」彼女はにっこりして付け加えた。「悪い知らせは、あなたは一生あの人との結婚生活に耐えなければならないかもしれないということ」

　エヴィーはわっと泣き出した。彼女はリリアンに握られていないほうの手を目にあてて、肩を震わせながらすすり泣いた。リリアンがさらに強く手を握り締めてくれたのが感じられた。

「そうね」とリリアンはそっけなく言った。「わたしも泣いたでしょうよ。もし彼がわたしの夫なら――でも、まったく違う理由でね」

　それを聞いてすすり泣いていたエヴィーはしゃくりあげながらくすくす笑い出した。そしてまだ涙で顔を濡らしたまま、頭を振った。「彼の意識は戻ったの？　しゃべっている？」

「ええ、彼は何度もあなたを呼んで欲しがっていたわ。わたしがあなたを起こさないというので、かなりいらいらしてたみたい」

　手を下ろして、エヴィーは涙の膜を通してリリアンを見た。「彼が恩知らずな言い方をしたとしても、本心からじゃないと思うの」彼女はあわてて言い訳をした。「あなたにこんなにお世話になったのに――」

「彼のために謝る必要はないわ」リリアンは意地悪く言った。「彼のことはけっこうわかっているつもり。だからこそ、いまだにわたしは、彼が自分以外のだれかを愛するはずがないと思っているのよ……まあ、もしかするとちょっぴり――ほんのちょっぴりだけ――あなたのことを大切に思っているのかもしれないけど。でも、彼があなたを幸せにしてくれるなら、彼のこと我慢してもいいわ」彼女は鼻にしわをよせて、くんくんにおいをかぎ、悪臭のもとをさがした。どうやらドレスの袖からにおってくるらしい。「うえっ……うちの父が石鹸会

からね」

「彼の看護をしてくれて、いくらお礼を言っても足りないくらいだわ」エヴィーは熱心に感謝の気持ちを表現した。

ベッドから立ち上がって、リリアンは伸びをしてから肩をすくめた。「あら、そんなこといいのよ」と彼女は朗らかに答えた。「これでセントヴィンセントに貸しをつくれたから、十分価値があったわ。これから先、わたしに会うたびに、病床で意識を失っていた自分の裸をわたしに見られたことを思い出して、恥ずかしくてたまらなくなるでしょうからね」

「彼の裸を見たの？」エヴィーの眉は髪の生え際につくぐらい高く上がった。

「ええ」リリアンは澄まして言うと、ドアに向かって歩き出した。「ま、ちらちらと見せてもらったわ。だって傷の位置からして、どうしても目に入ってしまうでしょ」戸口のところで立ち止まり、リリアンはからかうような目でエヴィーを見た。「認めなくちゃいけないわね。ときどき噂を耳にしていたけど……実物は噂をはるかに超えていたって」

「どんな噂？」エヴィーはぽかんとして尋ねた。リリアンは低く笑いながら、部屋を出て行った。

20

丸一週間経たないうちに、セバスチャンは考えうるかぎりで最悪の病人に変身した。彼は目覚しい速さで回復していったが、本人はそれでも満足できないらしく欲求不満をためて、我儘放題にふるまって周囲の人を困らせた。通常の服を着たがり、病人食を拒否した……ベッドにおとなしく寝ていられず、いくらエヴィーが反対しても頑固にそれを無視し、部屋の中や三階の回廊を歩き回った。力を回復するには時間と忍耐が必要だと本人もわかっていたのだが、セバスチャンはじっとしていられなかった。

彼はこれまで人を頼りにしたことがなかった……ところがいまや、ウェストクリフ、リリアン、キャム、そして中でもエヴィーに、命の借りを作ってしまった……彼は感謝と恥ずかしさが入りまじった不慣れな感情に悩まされていた。彼は恩人たちの顔をまっすぐ見ることができなかった。だから、不機嫌で傲慢な態度をとることしかできなくなっていたのだった。

最悪の時間は、エヴィーとふたりきりでいるときだった。彼女が部屋に入ってくると、ふたりの絆がおそろしいほど強く感じられ、不慣れな感情が押し寄せてくる。そのたびに、心の中の闘いがおさまるまでじっと耐えなければならなかった。口喧嘩をふっかけて、彼女と距離を置くことができれば、少しは気が楽になっただろう。しかし、彼が何か要求すると、彼女は忍耐とかぎりない思いやりを持って彼を説き伏せてしまうので、それもかなわなかった。彼女が一度たりとも恩に着せるようなそぶりを見せなかったため、彼女が感謝の気持ちを期待していると責めることもできなかった。また、彼女はやさしくてきぱきと世話をしてくれる一方で、彼が呼び鈴を鳴らすまでは気を遣ってひとりにしておいてくれるので、自分のまわりをうろつくなとしかりつけることもできなかった。

いままで何ひとつ恐れたことはなかったのに、彼は彼女が自分におよぼす力を恐れた。そして、一日中ひとときも自分のそばを離れずにいて欲しい、彼女をずっと見つめ、彼女の声を聞いていたいという自身の欲求を恐れた。彼女に触れて欲しくてたまらなかった。彼女の指が触れるたびに、その感触を肌が飲み干すような気がした。まるでその感触をそのまま自分の体という布の中に織り込むことができるかのように。それは単なる性的欲求とは違うものだった……治す手立てのない重症の感傷依存症とでも言えるものだった。

セバスチャンはジョス・ブラードがエヴィーを殺そうとしたという事実にも苦しめられていた。この反応は、理屈で言いくるめることができない心の中の原始的な部分から生まれてくるものだった。彼はブラードの血が欲しかった。自分は病床で何もすることができずにいるのに、ブラードがロンドンを自由にうろつきまわっていると考えるだけで、頭がおかしくなりそうだった。この事件を担当している警察官から、ブラードをさがし出すためにあらゆる手を打ってあると聞いてもまったく心は休まらなかった。そこでセバスチャンはキャムを自室に呼んで、元ボウストリートの捕り手（新警察が発足する前にロンドンの警備にあたっていた治安判事直属の警官）も含めて、もっとたくさんの私立探偵を雇ってくまなく捜索を行わせるよう指示した。そうしているあいだ、セバスチャンは何もすることができず、ただやきもきするしかなかった。

熱が下がってから五日後、エヴィーはスリッパ型のバスタブをセバスチャンの部屋に運ばせた。風呂に入る喜びにひたりながら、セバスチャンは湯気の立つ湯にゆっくり浸かり、エヴィーに髭を剃ってもらい、洗髪を手伝ってもらった。体がきれいになって、タオルで水気を拭き取ったあと、彼はさっぱりとシーツを替えたベッドに戻り、エヴィーに包帯を巻いてもらった。銃創は速やかに治癒していたので、ミズゴケの湿布はやめて、いまは傷口を清潔に保つために軽く布を当てるだけにしていた。傷はまだ疼いたり軽く痛んだりはしたが、あと一日か二日もすれば正常な生活に復帰できるとセバスチャンは思っていた。とはいえ、エヴィーと取り交わしたいまいましい取引のせいで、お気に入りの活動のひとつはまだ禁じられているのだが。

風呂を手伝ったせいでドレスの前がびしょ濡れになってしまったので、エヴィーは着替えに行った。まったくもってあまのじゃくな目的のために、セバスチャンは彼女が出て行ってからちょうど二分後にベッドの横に置いてあった銀のベルを鳴らした。

エヴィーはすぐに部屋着姿で部屋に戻ってきた。「どうしました？」彼女は明らかに心配そうな顔できいた。「何か起こったの？」

「いや」

「傷口が痛むの？」

「いや」

彼女の顔から心配そうな表情は消え、安心に変わった。ベッドに近づき、セバスチャンの手からそっとベルを取り、ナイトテーブルの上に置きなおした。「ねえ、あなた」と彼女はくだけた調子で言った。「むやみに鳴らす癖をやめないと、ベルをとりあげちゃいますからね」

「必要だから鳴らすのだ」とセバスチャンは不機嫌に言った。

「ご用は？」彼女はいらいらしたようすをまったく見せずにきいた。

「カーテンだ。もっと開けてくれ」

「少しくらい待てなかったの？」

「この部屋は暗すぎる。もっと光が欲しい」

エヴィーは窓のところに行って、ベルベットのカーテンを大きく開け、冬の薄日を背にして立った。髪は下ろされていて、柔らかな赤いカールが腰のあたりまで垂れていた。その姿はイタリアの画家、ティツィアーノの絵のようだった。「ほかには？」

「コップにごみが入っていた」

素足でベッドに向かって歩いていき、エヴィーは半分水が入ったコップを持ち上げて中を真剣な顔でのぞきこんだ。「ごみなんか見えませんわ」

「入っていたのだ」とセバスチャンはむっつりと言った。「そんなことを議論しなければならないのか。それともきれいな水に替えてくれるのか?」

エヴィーは驚くべき自制心で言い返すのを我慢し、洗面台へ行ってコップの中の水をクリーム色の陶製のボウルに捨て、新しい水を注いだ。それをベッドのところに持っていき、テーブルに置いて、次は何かと問いかけるように彼を見た。「これでおしまい?」

「いや。包帯がきつすぎる。それに端を背中にたくし込んだだろう。手が届かない」

彼が要求をすればするほど、いまいましいことにエヴィーは、ますます忍耐強くなるようだった。彼の上に屈み込み、ちょっと体を回してとささやく。彼は彼女がやさしく包帯をゆるめ、端をもう一度たくしこむのを感じた。背中に彼女の冷たく繊細な指先が触れると、胸の鼓動が急に激しくなった。彼女の髪の一房が、彼の肩をすっとなでた。ふたたび仰向けに横たわりながら、セバスチャンは彼女の体を近くに感じることの切ないほどの喜びと闘った。

彼は苦しげな表情で彼女の顔を見上げた……美しい弓形の唇、クリーム色のサテンのような肌、愛くるしく散るそばかす。彼女は手を軽く彼の胸に当てた。どきどき鳴っている心臓の上だ。鎖に下がっている結婚指輪をいじっている。

「そいつを外してくれ」と彼はぶつぶつ言った。「うっとうしくてかなわない。邪魔だ」

「何の邪魔に?」エヴィーはささやき、背けた彼の横顔を見つめた。

彼女の肌のにおいがした。温かく清潔な女性のにおい。彼はマットレスの上でもぞもぞ体の位置を変えた。意識するとよけいに感覚が研ぎ澄まされる。「とにかく外して、化粧台の上にでも置いておいてくれ」彼は不規則に息を吐きながら言った。

エヴィーは命令を無視して、マットレスに半座りのかっこうで腰を下ろし、彼の上に体をかぶせた。下ろした髪の先が彼の胸に触れた。彼は動かずにいたが、彼女の指が顎の先に触れるのを感じて、体の中はぶるぶる震え出した。「髭剃り、かなり上手にできたわね」と彼女は満足そうに言った。「少し剃り残しはあるけれど、あなたの顔をずたずたに切り裂きはしなかったわ。じっと動かずにいてくれたのがよかったのね」

「恐ろしくて動けなかったのだ」と彼が答えると、彼女は面白がるような声を発した。

いつまでも目をそらしたままにしておれず、セバスチャンはほほえんでいる彼女の目を見つめた……まん丸で、びっくりするほど青い目だ。

「どうしてあなたはしょっちゅうベルを鳴らすの？」とエヴィーはささやいた。「寂しいの？　そう言ってくだされぱいいのに」

「寂しいと感じたことなどない」彼は冷たくきっぱりと言った。困ったことに、彼女は身を退かず、そのほほえみはからかうような色を帯びたけれど、消えることはなかった。

「ではもう行ってもいいかしら？」と彼女はやさしく尋ねた。

危険な熱がセバスチャンの内部から生じてきてあふれ出し、あらゆるところに広がっていった。「ああ、もういい」と彼は言って、目を閉じ、彼女の近さとにおいを貪欲に吸い込んだ。

しかし、エヴィーはそのまま動かなかった。沈黙が訪れ、心臓の鼓動が聞こえるような気

がした。「わたしが何を考えているか知りたい、セバスチャン?」ようやく彼女が口を開い

た。

声がうわずらないようにするには、意志の力を総動員しなければならなかった。「別に」

「わたしがこの部屋を出て行ったら、あなたはすぐにベルを鳴らすと思うの。でもどんなに

頻繁に鳴らそうと、そしてわたしが何度走ってこようと、あなたは本当に求めているものを

言おうとはしない」

セバスチャンは薄く目を開けた……それは失敗だった。彼女の顔はものすごく近くにあり、

柔らかな唇は彼の唇から一〇センチほどの位置にあった。「いま、わたしが求めているのは

静かに休むことだ」と彼は不満そうに言った。「だから悪いが――」

唇に彼女の唇が触れた。温かいシルクのような甘いくちづけ。そして彼女の舌のめまいが

するような感触。欲望の水門が開かれ、彼はこれまで味わったことのないほど強烈な、生の

ままの快感に溺れた。彼は、彼女を押しのけようとするかのように手を上げたが、そうする

代わりに、震える指で彼女の頭をつかみ、自分のほうに引き寄せた。燃えるように赤い巻き

毛を手のひらで押しつぶして、餓えたようにキスをして、舌で彼女の口をたっぷり味わう。

彼女が口を離すと、セバスチャンは不覚にも経験の浅い少年のようなあえぎ声をもらして

しまった。彼女の薔薇色の唇は濡れていて、濃いピンクに染まった頰のそばかすは金色の塵

のように輝いている。「それから」彼女はしどろもどろに言った。「あなたは賭けに負けると

思うの」

セバスチャンはむっとして、顔をしかめた。「わたしがほかの女の尻を追いかけられるような状態にあると思っているのか？　きみがわたしのベッドの相手をわざわざ連れてきてくれるというなら別だが――」

「あなたが賭けに負けるのは、別の女性と寝るからではないの」とエヴィーは言った。エヴィーは瞳を大胆にきらりと輝かせ、手を襟元に持っていって、化粧着のボタンを外し始めた。彼女の手は少し震えている。「わたしと寝て負けるのよ」

セバスチャンは、彼女が化粧着を脱ぎ捨てるのを、信じがたいという顔で見つめた。一糸まとわぬ姿だった。冷たい空気の中で、バラ色の胸の先端はつんと尖っていた。彼女は痩せてしまっていたが、胸はまだ丸くて愛らしく、細いウエストからヒップにかけての曲線は豊かに広がっていた。視線を股間の赤い巻き毛の三角に向けると、抑えがたい強い欲望が急速に彼の中に広がっていった。

自分でも声が震えているのがわかった。「負けるわけにはいかない。こんなのはいかさまだ」

「いかさまはしないとお約束した覚えはありません」エヴィーは朗らかに言うと、震えながら上掛けの中に体を滑り込ませた。

「ちくしょう。わたしは協力などしないぞ。わたしは――」柔らかな肉体がするりと体の横に寄り添い、彼女が脚をからませてきて、その弾力のある巻き毛が彼の腰をなでると、彼はくいしばった歯のあいだからしゅーっと息を吐いた。彼女がキスをしようとしたので、彼は頭をさっとそらした。「だめだ……エヴィー……」彼はなんとか思いとどまらせようと頭を働かせた。「まだ体が弱っている」

すでに心を決めて燃え上がっているエヴィーは、彼の頭をつかんで自分のほうに向けた。「かわいそうに」とほほえみながらつぶやく。「でも、心配しないで。やさしくしてあげるから」

「エヴィー」彼は欲情と怒りに攻め立てられ、懇願するようにかすれた声で言った。「わたしは三カ月がまんできると証明しなければならないんだ――だめだ、そんなことをしては。くそっ、エヴィー」

彼女は上掛けの中に消え、包帯をずらさないように注意しながら、彼の胸の硬いラインから腹へとキスを下ろしていく。セバスチャンは上体を起こそうとしたが、治りかけの傷がずきんと痛んで、うめきながらまた横たわった。それから今度は、まったく別の理由でうめきが口からもれた。彼女がとうとう硬くいきりたっているものに到達し、その先端に鼻をこすりつけたからだ。

エヴィーにとってこれが初めての経験であることは疑いようがなかった……彼女はまったくテクニックを知らなかったし、男性の体の構造についてもほとんど知識がなかった。しかし、だからといって無垢な情熱をもってその先をつづけることをやめたりはしなかった。敏感な竿に軽く何度もキスをして、そこにとどまっているうちに、彼のうなり声が聞こえてきた。たどたどしい手つきで睾丸をもてあそび、唇と舌で脈打つ彼のものを根元から先端までたどり、それからどのくらいの長さが自分の口に入るのか試してみた。セバスチャンはシーツをわしづかみにし、拷問台に架けられているかのように体を軽く反らした。官能の喜びが体中の神経を介して脳に伝わっていき、何もまともに考えられなくなった。

彼の心からは他の女たちの記憶は永久に消えた……エヴィー以外のすべてが。真っ赤な巻き毛が上から流れ落ちてきて腹や腿にかかり、いたずら好きな指と陽気な口が、これまで感じたことのない極上の喜びを彼に与えた。うなり声をもはや抑えられなくなったとき、彼女はおずおずと彼の上にまたがって、柔らかな日差しのように彼の体をこすりながら、這い上ってきた。一瞬、紅潮した顔が見えたが、すぐに彼女は彼の唇を求め、からかうように吸い始めた。髪のあいだから顔をのぞかせているバラ色の乳首が彼の胸に触れる……彼女は自分の体で彼を愛撫し、硬く温かい男の体を味わって満足そうにのどを鳴らした。

彼女の手が、合わさっていたふたりの腰のあいだに侵入してきたのを感じて、彼は息を飲んだ。彼の性器は腹につくほどぴんと立っていたので、腿のあいだに導くには手で腹から離さなければならなかった。彼女が熱いひだのあいだに彼を誘導すると、丘を覆っているちりのカールがひどく敏感になっている彼の皮膚をくすぐった。

「だめだ」セバスチャンは賭けのことを思い出して、なんとか声を出した。「いまはだめだ。エヴィー、やめろ――」

「あらあら、ぐずぐず言うのはやめて。初めてのとき、わたしはこんなに文句を言わなかったわ。しかも処女だったのに」

「だが、いまは困るのだ——ああ、かんべんしてくれ、くそっ——」

彼女は彼の先端を入口に招き入れた。その甘い谷間はあまりにも居心地がよく柔らかで、セバスチャンは息を止めた。エヴィーはかすかにもだえ、その長いものをまだ握ったまままさらに奥へと導こうとした。彼をすっぽりと迎え入れるのに困難を感じているのがわかると、それはさらに大きく腫れ上がり、彼の全身にちくちく刺すような興奮が押し寄せた。すると、彼のものはゆっくりと奇跡のように彼女の中に滑り込み始めた。やさしく、しかし激しく。

セバスチャンは頭を枕に押し付けた。激しい欲望のためにどろんとした目で彼女を見上げた。エヴィーは小さく満足の声をもらし、目をしっかり閉じて彼をさらに奥へと迎え入れることに集中する。彼女は慎重に腰を動かした。経験不足でリズムを見つけることも、それを保つこともできない。セバスチャンはいつも行為の最中にはほとんどしゃべらないのだが、彼女のなまめかしい体が持ち上げられ、また下りてきて、さらに奥へと自身が侵入していくたびに、そして彼女の濡れた深みにペニスが捕えられこすられるたびに、愛の言葉や嘆願のつぶやきが口からもれてくるのだった。

彼は彼女をもっと自分のほうに覆いかぶさるよう前屈みの姿勢にさせて、ふたりの角度を調節した。エヴィーは彼に痛みを与えるのではと心配してちょっと抵抗したが、彼は両手で彼女の頭をかかえた。「そうだ」と彼は震える声でささやいた。「これでいい、愛する人。そうだ。わたしの上に来てくれ……よし……」

位置の違いを感じとり、敏感な蕾への摩擦が強くなっていくと、彼女は目を大きく見開いた。「ああ」と彼女は息を吐き、それからすっと強く息を吸い込んだ。「ああ、これはすごく――」リズムをつかむと言葉は途中で消えた。安定した突きで、彼はもっと奥へと進み、彼女を満たす。

全世界がふたりの肉体が結合している一点に収束していくようだった。エヴィーは赤褐色のまつげを頬にかけて、焦点のさだまらなくなった目を隠した。セバスチャンは彼女の顔がピンクに染まっていくのを見つめた。彼は自分の肉体を彼女に喜びを与えるために使った。体は驚きに包まれて浮遊し、心は猛烈なやさしさに満たされていくようだった。「キスしてくれ」彼はしわがれ声でささやき、腫れあがった彼女の唇を自分の唇に重ね、ゆっくりと舌でその口を味わった。

彼女は快感を解き放つとむせび泣き、体を震わせた。腰を貪欲に彼の腰に押しつけ、彼のものを根元まですっぽり呑み込んでいる。彼女にきつく締めつけられたままセバスチャンがどくどくと脈打つ彼女を突き上げると、彼女の甘い肉体は彼からエクスタシーを搾り出した。彼女がぐったりして彼の上にしなだれかかって息をついていると、彼は手を彼女の濡れた背中にまわし、やさしく指を丸いお尻のカーブまで滑らせた。嬉しいことに、彼女は身悶えて、中にいる彼をもっと締めつけた。いつもの力があったなら……ああ、彼女にもっともっと喜びを与えてやれるのだが……。

しかし、彼は疲れきってマットに体を沈めた。頭はぐるぐる回っている。エヴィーはぎこちなく彼の上から下りて、横に寝そべって体をすり寄せた。彼は最後の力をふりしぼって、彼女の髪を握ると自分の顔に持っていき、頬を明るい色の巻き毛でなでた。「きみに殺されそうだ」とつぶやく。すると、肩に触れていた彼女の唇がカーブするのが感じられた。「あなたは賭けに負けたのですから」とエヴィーはハスキーな声で言った。「別の罰則を考えなくては。だって、あなたはもうすでにウェストクリフ伯爵に謝罪してしまったんですもの」

セバスチャンは、ウェストクリフとリリアンが帰っていく前に、言葉で息がつまりそうになりながらも、なんとか後悔の気持ちを述べたのだった。そして、謝罪を口にするのは確かにばつが悪いものだが、人から許されることはもっと居心地の悪いものだと知った。だが彼は、エヴィーが席を外しているときをわざと狙って謝罪したのだ。

「リリアンが教えてくれました」彼の心を読んだかのように、エヴィーは言った。彼女は眠そうな顔でほほえみながら頭を上げた。「新しい罰は何がいいかしら?」

「きっときみは何か考えつくだろうよ」と彼はうんざりしたように言うと、数秒後には目を閉じて、深い癒しの眠りの中に落ちていった。

翌日の晩、ウェストクリフがクラブにやってきた。そして、銃撃事件以来初めて、セバスチャンがメインハザードルームに下りていると聞き驚いたようだった。「少し早すぎるんじゃないかね?」エヴィーといっしょに夫婦の部屋から三階の回廊へ歩いていきながら、彼女に尋ねた。キャムが安全のために回廊に配備した従業員が、ふたりのまわりを用心深く見張っていた。ブラードが捕まるまでは、すべての客はこっそり見張られているのだった。

「無理をしているのです」エヴィーは眉をひそめて答えた。「無力な人間に見られるのがたまらないのですわ。そして自分が監督していないと、すべてのことは正しく運ばないと思い込んでいるのです」

ウェストクリフの黒い瞳にかすかなほほえみが躍った。「セントヴィンセントのクラブへの情熱は本物のようだな。正直に言うが、わたしは彼がこのような責任を喜んで負おうとするとは思っていなかった。何年間も、彼は目的もなく怠惰に生きてきた。彼の少なからぬ知性を完全に無駄にしてきたのだ。しかしどうやら、彼に必要だったのは、自分の才能の適切なはけ口だったようだ」

バルコニーにやってきたふたりは、手すりにひじをついて、メインルームを見下ろした。部屋は壁から壁まで客でいっぱいだった。エヴィーは部屋の隅に置かれている机の上に半座りの姿勢でいるセバスチャンの髪が古代の黄金のように光るのを見た。彼はリラックスして、まわりに集まっている一群の客たちと談笑している。身を呈して妻の命を救ったという一〇日前の事件のせいで、世間から賞賛と同情が集まっていた。とくにタイムズ紙の記事で英雄に祭り上げられてからはなおさらだった。さらに、有力な貴族であるウェストクリフとの友情が復活したというニュースが広まったこともあいまって、セバスチャンの人気はうなぎのぼりだった。毎日クラブには、セントヴィンセント卿夫妻宛てに舞踏会や夜会の招待状が山のように届いた。彼らは喪中であることを理由にそうした招待を断わっていた。

それから、香水のにおいがぷんぷんする明らかに女性の筆跡による手紙もあった。エヴィーにはそれらを開封する勇気はなく、だれから送られてきた手紙なのかきくこともなかった。手紙は開封もされず、触れられることもなく、事務室に山と積まれていった。とうとうエヴィーは、その日の朝いっしょに彼の部屋で朝食をとっているときに、彼にこう言ったのだった。「まだお読みになっていないあなた宛の手紙がたくさんたまっていて、事務室の半分を占領しています。いったいどうしたらいいのかしら」それからお茶目に笑って付け加えた。「お休みになっているときに、読んで聞かせましょうか?」

彼は目を細めた。「全部捨ててくれ。いや、未開封のまま返したほうがいいな」

彼の答えに、彼女は震えるほどの満足感を覚えたが、顔には出さないように気をつけた。「わたしは、あなたがほかの女性と文通なさっても反対はしませんわ。たいていの男性はそうなさっているでしょう。不適切なことさえなければ――」

「わたしはしない」とセバスチャンは言って、自分の気持ちを完全にわからせようとするかのように、わざと長い時間じっと彼女を見つめた。「とりあえず、いまは」

ウェストクリフとひじを並べて立ち、エヴィーは、彼は自分だけのものなのだという喜びにひたりながら夫を見つめた。セバスチャンの食欲はすっかり戻っていたが、まだ痩せたままで、エレガントな夜用のスーツが少しだぶついて見えた。しかし肩幅は広く、顔色は健康的で、体重が減ったことはかえって顔の美しい骨のラインを際立たせていた。傷口をかばうために注意しながら動いていたけれど、それでも彼の身のこなしには肉食獣のような優美さがあった。そんな彼に女たちは恋焦がれ、男たちはそれを真似ようと無駄な努力をするのだった。

「彼を助けてくださってありがとうございます」エヴィーは夫を見つめたまま、ほとんど無意識にウェストクリフに礼を言っていた。

伯爵は横目で彼女をちらりと見た。「彼を救ったのはあなただ、エヴィー。彼に結婚を持ちかけた晩に。とっさの愚行が、時として、良い結果を生むこともあるようだ。よろしければ、わたしは下へ行って、ミスター・ブラード捜索に関する最新の進展についてセントヴィンセントに知らせたいことがあるのだが」

「彼は見つかりましたの？」

「いや、まだだ。しかし、すぐに見つかるだろう。ブラードが使ったピストルの装飾プレートをきれいにしてみたが、それでもまだ刻み込まれた名前は判読できなかった。そこでわたしはそれをマントン・アンド・サンズに持っていって、最初の持ち主がだれであったかを調べてもらった。古い記録が入った箱をいくつもさがさなければならなかったが、ついにそれが一〇年前に製造されたピストルであることがわかった。今日、彼らはあの銃が間違いなくベルワース卿のためにつくられたものだと教えてくれた。たまたまベルワースは今夜、所用でロンドンに戻ってくることになっている。わたしは明日の朝、彼の家を訪問して、この件について尋ねてみるつもりだ。どうしてブラードがベルワースのピストルを所有するにいたったのか、その経緯がわかれば、彼をさがす手がかりになるかもしれない」

エヴィーは不安そうに顔をしかめた。「一〇〇万人以上の人々が住んでいる都市に隠れているたったひとりの人間をさがし出すのは不可能に思えます」

「二〇〇万人近くだ」とウェストクリフは言った。「しかし、彼は絶対に見つかるとわたしは思っている。われわれには彼をさがし出す手段があり、またそれをやり遂げる意志もあるからだ」

不安があったにもかかわらず、エヴィーはほほえまずにいられなかった。彼の言い方は、けっして敗北を認めないリリアンにそっくりだったからだ。彼女がほほえんだのを見てウェストクリフは眉をかすかにひそめた。彼女はわけを話した。「あなたには、リリアンのような意志の強い女性がやはりとてもお似合いなのだわと思っていたのです」

愛する妻の名前が出ると、伯爵の目に光が灯った。「一途さや意志の強さにおいて、彼女はあなたにかなわないとわたしは思うが」と彼は言ってから、にっと笑った。「彼女はただ、うるさくまくしたてて、それを表に出すだけなのですよ」

21

ウェストクリフがセバスチャンのところへ行ってしまったあと、エヴィーは部屋に下がり、香油をたっぷりたらした風呂に入って疲れを癒した。ゆっくり湯に浸かった肌はしっとりとして薔薇の香りがした。セバスチャンのベルベットで裏打ちしたシルクのガウンを羽織り、長すぎる袖をめくりあげた。暖炉の前の椅子で丸くなって、メイドたちが風呂をかたづけているあいだ髪を梳かす。フラニーという名の黒髪のメイドが部屋に残り、ベッドの上掛けをめくってシーツのあいだに湯たんぽを入れた。

「あの……奥様のお部屋の準備はいかがいたしましょうか？」とメイドはおずおずと尋ねた。

エヴィーはわずかに頭を傾げて、どう答えたものかと考えた。セバスチャンが怪我をする前から、夫婦が別々の寝室を使っていることは召使たちによく知られていた。ふたりはまだ同じベッドで寝たことがなかった。このことに関して、彼にどう切り出したものか彼女はよくわからなかったが、いまさら妙な駆け引きはしたくなかった。人生なんて、一瞬先のこともわからない。だから時間を無駄にしてはならないと思った。セバスチャンが忠実な夫になるという保証はなかった。そう願うしかないのだ。結婚した当初は違ったにせよ、いまの彼は信頼に値する人間になりつつあると本能が告げていた。

「いいえ、けっこうよ、フラニー」彼女は髪を梳かしつづけながらメイドに言った。「今夜はこの部屋で休みます」

「はい、奥様。もし何か――」

フラニーはそこで口をつぐみ、その先が語られることはなかった。セバスチャンの背の高い姿が戸口に現れたからだ。彼は部屋に一歩入ったところで足を止め、壁にもたれて妻をじっと見つめた。暖炉の火で部屋は暖められていたが、エヴィーの全身には鳥肌が立ち、エロティックな興奮がぞくぞくっと背骨を伝っていった。

セバスチャンは悠然とした姿勢で立っていた。シャツの襟は開いており、黒のネクタイがだらりと下がっている。暖炉の揺れる炎がそのエレガントな肢体を照らし出し、古代の人々が崇めた神にも似たその姿を金色に輝かせていた。まだすべての活力が戻っているわけではなかったが、それでも危険な男の魅力を発散しており、彼女のひざから力が抜けていった。彼が無言でいるのがかえってよくなかった。じれったくなるほどゆっくりと彼女の全身に視線を泳がせていく。絹のように滑らかな彼の肌の感触や、ゆるめに仕立てられた洋服越しにもわかる筋肉の硬さが思い出され、彼女は顔を赤く染めた。

フラニーはそそくさとエヴィーが脱いだドレスをかき集めて部屋を出て行った。

セバスチャンは、エヴィーがブラシをわきに置いて、なにかむにゃむにゃとつぶやきながら立ち上がるのをじっと見つめつづけた。壁から体を離し、彼女のところにやってきて、厚いガウンの上から彼女の二の腕をさすった。エヴィーの心臓はどきどき鳴り始め、ベルベットとシルクの層の下で肌がぴりぴりし出した。引き寄せられるままに目を閉じると、彼の唇が眉と額、そして頬骨に触れた。彼も、そして彼女も、すでに欲望に火がついていたが、そのような軽いキスでふたりはさらに燃え上がり、灼熱の霧に包まれていった。彼らはほとんど触れ合うことなく、ただ互いの近さのみを感じながら、長いあいだそのまま立っていた。

「エヴィー……」彼がそうささやくと、彼女の生え際の小さな巻き毛が逆立った。「きみと愛を交わしたい」

彼女の体を流れる血は煮えたぎる蜂蜜に変わった。しばらくして、彼女は言葉をつかえさせながら言った。「あ、あなたは、そ、そういう言い方はなさらないのかと思っていました」

彼は手を彼女の顔に持っていき、指先でそっとなでた。彼女はじっと動かず、その愛撫を受けた。クローブにも似たさわやかな男の肌の香りが、催眠作用のある香《こう》のように彼女を酔わせた。

セバスチャンはシャツの襟に手を突っ込んで、細い鎖にかかっている結婚指輪を取り出し、ぐいっと引っ張った。鎖は切れて床に落ちた。彼がエヴィーの左手を取って、薬指に指輪を滑り込ませると、彼女の息づかいは速くなった。ふたりは結婚式のときにリボンで結ばれたときのように、手のひらと手首を合わせた。彼は額を彼女に近づけてささやいた。「きみのあらゆる部分を満たしたい……きみの肺から空気を吸いたい……わたしの手形をきみの魂に残したい。きみに耐えがたいほどの喜びを与えたい。わたしはきみと愛を交わしたいんだ、エヴィー。わたしはいままで、だれとも愛を交わしたことはなかったのだ」

彼女はぶるぶる震え始め、立っていられないくらいだった。「まだ、き、傷が……気をつけないと……」

「それはわたしにまかせてくれ」彼は唇を重ねて、やさしく情熱の鬱積したキスをした。彼女の手を放して、彼女の体をぎゅっと抱きしめ、肩や背中や腰をぴったりと自分の体に押しつけた。エヴィーは自分でも恐ろしくなるくらい死に物狂いに彼を求めていた。彼のやさしく動く唇を捕えようと、夢中で彼の洋服をつかんだ。すると彼は軽く笑ってささやいた。「あわてなくていい。まだ夜は始まったばかりだ……わたしは時間をかけてきみを愛すつもりなんだ」

エヴィーはよろめいて、彼の上着をもっと強くつかんだ。「も、もう、立っていられないわ」と情けない声でつぶやく。

彼女は、彼がきらりと白い歯を見せて笑い、上着を脱ぐのを見つめた。そして情熱でかすれた彼の声を聞いた。「ベッドに横になって」

エヴィーはほっとしてその言葉に従い、マットレスに這い上がった。枕にもたれて、彼が残りの服を脱いでいくのを見つめる。硬い腹筋を横切る白い包帯を見て、エヴィーはこの人を本当に失いかけたのだとあらためて思った。感情がこみあげてきて顔がこわばるのが感じられた。彼は自分にとってかけがえのない人なのだ……これから、彼とともにすごす夜のことを思うと、幸せすぎて苦しくなるくらいだった。彼の重みでベッドがたわみ、彼女は体の向きを変えて彼と向き合った。ふたりを隔てているのはエヴィーが着ているガウン一枚だけだ。彼女は手を伸ばして、彼の濃い金色の胸毛に触れた。指がごわごわのカールの中に沈んで、硬い肌に触れた。

彼の口が顔の上を這い、熱い息がかかると、彼女はぶるっと震えた。「エヴィー……この数日間、わたしは何もすることがなくこのベッドに横たわって、生まれてからずっと避けつづけてきたことについて考えていた。前に言ったことがあったね。わたしは妻や家族を持つような人間ではないと。そして、子どもにはまったく興味がないと……」彼は長いあいだ、先をつづけるのを躊躇していた。「しかし……真実を言えば……わたしはきみにわたしの子を生んで欲しいのだ。どれくらいそれを望んでいたのかをわたしは気づいていなかった。いよいよその願いがかなうことはないと観念するまでは。わたしは思った――」彼は途中で言いよどんで、自嘲ぎみにかすかにほほえんだ。「くそっ。どうやったら夫や父親になれるのかよくわからない。しかし、そのどちらにおいても、きみの基準はかなり低いようだから、わたしでもそれなりにきみを満足させてやれるかもしれない」彼は、わざと眉をひそめている彼女に笑いかけ、それから真顔になった。「妊娠を避ける方法はたくさんある。しかし、もしきみの決心がついたら、教えて欲しい――」

エヴィーは唇で彼を制した。そのあとの燃えるような数分間、言葉を話すことは不可能だった。彼女は自分が信じがたい喜びの中に滑り込んでいくのを感じた。感情と欲望が交差しあい、感覚はますます研ぎ澄まされて、音や感触や味のすべてが痛いほど鋭く知覚された。

セバスチャンはガウンの前を開いて、青白い素肌をあらわにし、小さな蛾の羽のような軽いタッチで胸を愛撫した。乳首は腫れ上がってぴんと立ち、彼に触れられるのを待っていた。ついに彼がその硬い先端を熱いベルベットのような口に含むと、彼女は安堵のうめきをもらした。最初彼は舌の先端だけを使ってごく軽く愛撫していったので、彼女はもっと欲しくてたまらずに体を反らせて身悶えた。彼が徐々に激しく舌を使い口で吸うようになると、彼女の股間はその刺激に合わせて疼き始めた。

ガウンのベルベットの裏打ちが、突然、敏感になりすぎた肌にちくちくし出したので、エヴィーは脱ぎすてようともがいた。いらいらしながらまとわりつく布を体からはがそうとしていると、セバスチャンはやさしくささやきかけながら手伝ってくれ、袖を彼女の腕から抜き取り、背中と腰の下からガウンを取り去った。彼女は安堵の声をもらし、腕を彼の肩にまわして、弓なりにした体を彼にすり寄せた。やさしく体をなでられると、彼女の鋭敏な神経に戦慄が走った。考えることもしゃべることもできず、ただされるがままに反応することしかできなくなっていた。セバスチャンは彼女の体をなでまわし、手足をもっと開かせながら、ゆっくりと唇を肌に這わせていく。

探究心旺盛な男らしい指が滑り込んだ股間は愛液でしっとり濡れていた。彼がからかうように指先を入口に浸し、エロティックに円を描きながらその濡れを広げていくと、エヴィーは真っ赤になってうめいた。「セバスチャン……お願い、もう待てないわ、わたし――」体を横向きに返され、エヴィーは言葉を止めた。体を少し前屈みにして、やはり横向きになっている彼の体の前面に背中をぴたりとつけるかっこうになった。後ろから両腕で抱きすくめられていると、とても安心できた。彼の手がなだめるように股のあいだに伸びてきて、脚を開かせた。

彼が長いものを押しつけてくるのを感じて、エヴィーはわけがわからず、かすかに体を動かした。彼は後ろから入ってこようとしていた。彼女はあえいで後ろを振り向いたが、見えるのは彼女の首に巻きつけられている筋肉質の腕だけだった。

「力を抜いて」セバスチャンはささやいて、耳やのどにかかっていた髪をどけて、素肌にキスをした。「こうさせてくれ、愛する人」彼は指でやさしく愛撫しながら彼女の緊張を解いていく。入口付近でぐずぐずして彼女をじらし、なかなか奥に入ってこようとしない。やっと最後まで貫いてくれるのかと思うと、退いてしまう。彼女は尻を彼に押しつけて、体をゆすり始めた。ようやく彼のすべてが中に入って来たときには、彼女は大きな声をあげていた。このような位置では激しく動くことはできず、彼が深く突いてくると彼女はしゃにむに体を反らせて彼を求めた。

静かな笑い声が、赤い巻き毛を小波のように揺らした。「せっかちだな」と彼はささやいた。「無理に求めず……自然にやってくるのを待つんだ。さあ、わたしにもたれて……」彼は太腿に手をかけて、自分のひざにからめ、脚をもっと開かせた。彼女の腰は半分彼の体の上にのっている。彼がさらに深く滑り込んできたので、彼女はすすり泣くような声を出した。彼は突きのリズムに合わせるように巧みに指を使う。

エヴィーは正気を失いかけ、全身の筋肉をつっぱらせて、彼がゆったりしたペースで快感を積み上げていくのを待った。彼は絶頂の際まで彼女を連れて行っては退き、そのたびに少しずつ、少しずつエクスタシーへと近づけていった。じらして待たせて、彼はようやく彼女を解き放した。彼女はベッドが揺れるほど痙攣しながら恍惚に達した。

彼女の中から引き抜かれた彼のものはまだ硬かった。彼は彼女を仰向けにさせて、乱れた髪を太陽神のように輝かせながら、開いた口を彼女の平らな腹の上に這わせた。彼がエヴィーのひざを曲げて上に持ち上げると、疲れきった彼女は、頭を振っていやいやをした。「わたし――待って、セバスチャン――」

彼は塩辛く湿った花芯を舌でさぐり、彼女の抵抗がおさまるまで辛抱強くなだめるように舐めつづけた。彼の口であやされるうちに、彼女は落ち着きを取り戻し、心臓の鼓動も徐々に穏やかなリズムに戻っていった。長い時間をかけて彼女を鎮めてから、彼は彼女の蕾を口に含み、吸ったり軽くかじったりし始めた。その繊細で過激な口の動きに、彼女はのけぞった。彼は腕を両腿にかけて、舌を縦横無尽に使ってリズムをつくり出し、彼女を高みに引き上げていった。彼女は自分の体がもはや自分のものではなくなったような気がした。この拷問にも似た恍惚を受け入れるためだけに自分は存在する。セバスチャン……彼女は実際にそう口に出したわけではなかったが、彼にはその無言の願いが聞こえたようだった。それに応えて、彼は口を巧みに使って彼女を幾重にも重なる白熱したクライマックスへと誘った。これでおしまいと思うたびに、新たな快感の波に呑まれ、とうとう彼女は疲れ果て、どうかもうやめてと懇願した。

セバスチャンは彼女の上にのしかかってきた。翳った顔に目がらんらんと輝いている。彼女は彼を迎え入れるために、脚を開き、力強く長い背中に両腕をまわした。彼は腫れあがった彼女の肉体をそっと突き、彼女を完全に満たした。彼は口を耳元に寄せて何かささやいているが、どきどき大きな音をたてている脈のせいで、何を言っているのかわからない。

「エヴィー」と彼の低い声が響いた。「きみにして欲しいことがある……もう一度いってくれ」

「できないわ」と彼女は弱々しく言った。

「できる。きみがいくのを、中で感じたいんだ」

彼女は枕の上でゆっくりと頭を左右に振った。「できないわ……できないわ……」

「いや、できる。わたしがいかせてやる」彼の手が、ふたりが結合している部分へ伸びていった。「もっと奥まで入らせてくれ……もっと深く……」

指先が彼女の性器にとどき、疲弊しきった神経を巧みに刺激しはじめると、彼女はどうしてよいかわからず、うめき始めた。突然、彼女の興奮した体が彼を受け入れるためにさらに開き、彼はもっと奥へと滑り込んだ。「うーん……」彼は低い声でうめいた。「そう、そうだ……おお、愛する人、きみはなんて甘い……」

彼は彼女の曲げたひざにはさまれ、彼女の腰に抱かれて、強く確かに彼女の中に進んでいった。彼女は腕と脚で彼にしがみつき、彼の熱いのどに顔を埋め、最後にもう一度叫んだ。

彼女の肉体は脈動しながら彼を締め付け、彼をはじけ散るような達成感に導いた。彼女の腕の中で彼は震え、温かく流れ落ちる彼女の髪を握りしめ、全身全霊で彼女を崇めながら、自分自身のすべてを彼女の中に解き放った。

＊　＊　＊

エヴィーは、大きなベッドでひとりで目覚めた。最初に目に入ったのは、雪のように白いリネンの上に散らばる薄ピンクのしぶきだった。まるでだれかがロゼワインをベッドにふりかけたかのようだった。眠い目をぱちぱちしばたきながら、片ひじをついて体を起こし、ピンクのしずくのひとつに指で触れてみた。クリームピンクの薔薇の花びらだった。花からむしりとってシーツの上にふわりとまいたのだ。まわりを見回して、やさしい雨のように花びらが自分に降りかけられていたのだと気づいた。彼女はにっこりと唇をカーブさせ、香りに包まれたベッドにふたたび横になった。

濃厚な官能の夜は、長いエロティックな夢の一部だったような気がした。彼にあんなことをさせたなんて、嘘のようだわ。あんなに激しい愛の行為がありえるとは想像だにしていなかった。情熱を燃やし尽くしたあとのまどろみの中で、彼の胸に抱かれながら、ふたりは何時間にも思われるほど長いあいだ語り合った。エヴィーは、自分と同じく舞踏会の壁際の椅子に座っていたアナベルやボウマン姉妹と知り合った夜のことまで話した。「わたしたち、花婿候補のリストをつくって、真っ白なダンスの予約カードに書いていったの。もちろん、ウェストクリフ伯爵がリストの一番上よ。でもあなたは最後尾だったわ。だって、結婚したそうなタイプにはまったく見えなかったから」

セバスチャンはハスキーな笑い声をあげ、裸の脚を彼女の脚にからませた。「きみが申し込んでくれるのを待っていたんだ」

「わたしのことなんて、目もくれなかったくせに」エヴィーは意地悪く言った。「あなたは壁の花とダンスするような人ではなかったわ」

セバスチャンは彼女の髪をなでつけて、しばし黙り込んだ。「そうだな」と認める。「きみに目をつけないなんて、わたしはばかだった。たった五分でもきみと過ごしたなら、きみのとりこになっていただろうに」彼は、まるで彼女がいまだに無垢な壁の花であるかのように誘惑し始めた。ゆっくりと愛撫して、最後には震える彼女の体にすっぽりとおさまったのだった。

何時間にもわたる身を焦がすような愛の行為を思い出しながら、エヴィーは夢見心地で朝の洗顔をすませ、シルクで縁取りしたウールのドレスを着た。夫をさがしに下の階へ下りて行く。おそらく彼は事務室で昨晩の上がりを調べているだろう。今夜に備えて掃除をしている従業員と、新しい絨毯を敷いたり、ペンキを塗ったりしている職人のほかは、クラブにはだれもいなかった。

事務室に入ると、セバスチャンとキャムが向かい合って座っていた。ふたりとも帳簿を見ながら、いくつかの項目をインクにひたしたばかりのペンで消したり、長い縦欄の横の余白にメモを書きつけたりしていた。彼女が部屋に入ると、男たちは顔を上げて彼女を見た。エヴィーはセバスチャンと長いあいだ目を合わせていることができなかった。昨晩のことが思い出されて、どぎまぎしてしまう。彼女を見ると、彼は話の途中で言葉を切った。そして何をキャムに話していたのか忘れてしまったようだった。どうやらふたりとも、この新しくて強烈な感情にまだ慣れていないようだった。もごもご朝の挨拶をつぶやき、どうぞそのまま座っていてと身ぶりで示してから、彼女はセバスチャンの椅子の横に立った。

「朝食はもうおとりになったの？」

セバスチャンは首を振って、目をきらめかせながらほほえんだ。「まだだ」

「厨房へ行って、何があるか見てきますわ」

「少し待っていなさい。もうじき終るから」

彼らはセントジェームズ通りに建設が予定されている商店街への投資に関する話をしていた。話しながらセバスチャンは机に置かれていたエヴィーの手をとった。彼は目の前に置かれている提案書をじっと読んでいるあいだ、ぼんやりと彼女の指の甲を顎や耳にこすりつけていた。セバスチャンにとって無意識のこのしぐさは、ふたりの親密さを物語っていた。エヴィーは、キャムがうつむいているセバスチャンの頭越しに自分をじっと見つめているのに気づき、ぽっと顔を赤らめた。キャムが、ふざけてキスをしている子どもたちを見つけた乳母のように、めっと叱るような目つきをして、にやりとしたので、エヴィーはますます赤くなった。

エヴィーとキャムのやりとりに気づかず、セバスチャンは、すっと真顔に戻ったキャムに提案書を手わたした。「どうも気に食わない」とセバスチャンは言った。「あのあたりで商店街を維持できるほど商いがあるとは思えない。とくにこのような賃貸料では。一年以内に、白い象となってしまうことだろう」

「白い象?」とエヴィーがきいた。

新しい声が戸口から聞こえてきた。ウェストクリフ伯爵だった。「白い象、すなわち無用の長物ということだ。白い象というのは、めずらしい動物で、非常に高価であるだけでなく、飼うのも難しい。歴史によれば、古代の王がだれかを破滅させたいと思ったとき、相手に白い象を贈ったそうだ」彼は部屋に入ってきて、エヴィーの手をとってお辞儀をすると、セバスチャンに話しかけた。「商店街の提案についてのきみの評価は正しいと思う。じつは先日わたしのところにも同じ投資の話が持ち込まれたのだが、わたしも同じ理由で断わった」

「われわれはふたりとも間違っていたということになるさ」とセバスチャンはつむじ曲がりなことを言った。「女と買い物についちゃ、だれも予測ができないからな」彼は立ち上がって伯爵と握手をした。「妻とわたしはちょうど朝食をとりにいくところだった。きみもどうだ?」

「コーヒーだけいただこう」とウェストクリフはうなずいた。「突然訪ねて来て失礼した。だが、知らせたいことがあってね」

セバスチャンとエヴィーとキャムは、先をつづける伯爵を真剣な目で見つめた。「ようやく今朝、ベルワース卿に会うことができた。彼はセントヴィンセントを撃ったピストルのもともとの所有者であったことを認めた。それから内密に話してくれたところによると、彼は三年ほど前に、決闘用のピストルのセットを家宝の一部などとともに、ミスター・クライブ・イーガンにわたしたそうだ。クラブでの借金の返済期限を延ばしてもらうための袖の下として」

昔の従業員の名前が出たので、エヴィーはびっくりして目をぱちくりさせた。「では、ミスター・イーガンがミスター・ブラードをかくまっていると？」

「ありえることだ」

「でも、なぜ？　つまり、ミスター・イーガンがミスター・ブラードをけしかけてわたしの命を狙わせたということですか？」

「それはこれからわかることだ」とセバスチャンは顔をこわばらせて言った。「今日、イーガンに会いに行ってくる」

「わたしもついて行こう」とウェストクリフは冷静に言った。「イーガンの居所を知っている者のつてがあってね。実は、この近くにいるのだ」

セバスチャンは首を左右に振った。「助力には感謝する。しかし、これ以上この件に巻き込んで迷惑をかけたくない。きみの妻は、わたしがきみの命を危険にさらすようなことをしたら喜ばないだろう。ローハンを連れて行く」

エヴィーは反対しようとした。このような状況では、ウェストクリフといっしょのほうが安全だ。セバスチャンはまだ完全に回復しきってはいないし、もしばかな真似をしそうになっても、キャムでは彼を抑えるのが難しいだろう。キャムは、結局のところ使用人なのだし、八歳も年下だ。ウェストクリフのほうがはるかによくセバスチャンのことを知っており、彼への影響力もずっと強い。

しかし、エヴィーが何か言う前にウェストクリフが答えた。「ローハンはまことに有能な青年だ」と伯爵は穏やかに同意した。「だからこそ、彼にエヴィーをまかせて、ここにいてもらうほうが安心だ」

セバスチャンは目を細めて、言い返そうとした。しかし、エヴィーが彼の腕に手をかけて、軽く寄り添って「わたしもそのほうが安心です」と言うと、彼は口をつぐんだ。

セバスチャンは自分を見上げている彼女の顔をちらりと見て、表情を和らげた。この人はわたしを喜ばせるためなら、自分にできることは何でもしてくれるのだと彼女は陶然とした。「よかろう」と彼は不承不承に答えた。「もし、ローハンが残ることできみが安心できるというのなら、そうすることにしよう」

ウェストクリフの同行を断りたかった理由のひとつは、ふたりのあいだにまだぎこちなさが残っていることだった。誘拐した女性の夫といっしょの時間をすごすのはなんとも気まずいものだ。事件のあとでウェストクリフにしたたかに殴られたことで多少わだかまりは薄れたし、また、セバスチャンがあとから謝罪したことも役には立っていた。それに、セバスチャンがエヴィーと結婚し、彼女のためには喜んで命をも捨てようとしたことで、伯爵は彼を多少は見直したようであり、やがて時間が経てば、また友情の火が復活する可能性もあるだろう。とはいえ、彼らの関係はいままでとは違う形をとるようになっていた。そしてもう二度と、昔のようなざっくばらんな間柄に戻ることはないのかもしれなかった。

かつては後悔することなく生きるのを信条としていたセバスチャンだったが、いまでは、自分の過去の行状について、不本意ながら考え直すことがときどきあった。リリアン・ボウマンを誘拐したことは、いろいろな意味で大きな過ちだった。もともとそれほど欲してもいなかった女のために友情を犠牲にするとは、なんと自分は愚かだったのだろう。ほかに方法がないかよく考えてみたなら、エヴィーのことに気づいたかもしれない。彼女は目と鼻の先にいたのだから。

しかし、馬車の中でウェストクリフと和やかに会話することができたので、セバスチャンはほっとした。彼らはロンドンの西側を通って、田園地帯が開発されて中流階級の屋敷がどんどん建てられている郊外へと向かっていた。長年にわたりイーガンはいったいいくらぐらいクラブの儲けをごまかして懐に入れていたのだろうかと苦々しく考えながら、セバスチャンはウェストクリフに元支配人について話した。やがて話題は現在のクラブの経営状態や、必要とされる投資の見直しなどにおよんだ。イギリスで屈指の事業家であるウェストクリフにそういった相談ができ、また彼から確かな知識に基づいた将来の見通しについて話を聞けるのは嬉しかった。そしてふたりとも、このような議論は、過去との決別を意味するのだと感じていた。かつての彼らの関係は、セバスチャンがスキャンダルや情事についてぺらぺらとしゃべり、それについてウェストクリフがもったいぶって説教をするという浅薄なものだったからだ。

馬車は、家々の後方に小さな石敷きの裏庭がついている新興住宅地で停車した。どの家も三階建てで縦に細長く、幅はどれも五メートル足らずだった。年老いてやつれた料理人兼メイドがドアを開け、彼らが家に踏み込むと、ぶつぶつ言いながらわきにどいた。その家は月並みな造りの家具つき住宅で、未婚で中流の知的職業階級の人々が借りるたぐいの家だった。三つの部屋とひとつの納戸しかない家なので、イーガンを見つけるのは難しくなかった。元支配人は酒と尿の強い匂いが漂う客間にいて、炉辺に置かれた大きな椅子に座っていた。ふたつある窓の敷居には酒瓶がずらりと並んでおり、何本かは暖炉のそばに置いてあった。酒を切らしたことのない飲んだくれ特有のどんよりとした目つきで、イーガンは驚くようすもなくふたりの客人を見つめた。彼はセバスチャンが解雇したときとまったく同じようすだった。だらしなく太って、口は虫歯だらけ、鼻はピエロのように赤くて丸く、静脈が蜘蛛の足のように走る顔は赤らんでいた。イーガンは口元に酒の入ったグラスを持っていき、ぐいっと飲んで、潤んだグレイの目で彼らを見ながらにやりとした。

「あんたのはらわたが吹っ飛んだと聞いたぜ」とセバスチャンに言った。「だが、幽霊にゃ見えねえから、どうやらデマだったらしい」

「デマではない」とセバスチャンは答え、凍りつくようなまなざしで相手を凝視した。「だが、悪魔もわたしを引き取りたくないそうだ」イーガンも妻の殺害未遂事件にからんでいる可能性があると思うと、このろくでなしに飛び掛らずにいるのはセバスチャンにとって大いなる苦痛だった。必要な情報をこいつが握っているかもしれないという思いだけが、セバスチャンを押しとどめていた。

イーガンは低い声で笑い、酒瓶の列に向かって手を振った。「勝手に飲んでくれ、もしよかったら。こんな身分の高い紳士たちの訪問を受けるなんてこたあ、めったにねえからな」

ウェストクリフは冷静に答えた。「いや、けっこう。われわれは、前に来た客のことについて尋ねたくて来たのだ。ミスター・ジョス・ブラードのことだ。彼はどこにいる?」

もう一口ごくんと酒を飲んで、イーガンは無表情な顔でウェストクリフを見た。「そんなこと、知るもんか」

ウェストクリフはポケットからあの特注のピストルを取り出し、手のひらにのせて見せた。酔っぱらいは飛び出さんがばかりに目を見開き、その顔はみるみる紫色に変わっていった。

「どこで手に入れた?」彼はぜえぜえあえぎながら尋ねた。

「ブラードがあの晩、使ったピストルだ」セバスチャンは、怒りで全身がわななきそうになるのを必死でこらえて言った。「きさまの両肩に載っているそのぶかっこうな頭の中に、きちんとものを考えられる脳みそが少しでも入っているとは思えないが、そんなきさまですらわかるだろう。きさまも殺人未遂事件にかかわっているということがな。フリートディッチの牢屋に長いことぶちこまれたいか？　そうすることもできるんだぞ――」

「セントヴィンセント」とウェストクリフは静かな声で制した。イーガンは咳き込んだりむせたりしている。

「やつはわたしのところから盗んだに違いない！」とイーガンは叫び、酒がグラスから床に飛び散った。「こそどろめ――あいつが持っているとは知らなかった。おれのせいではない、本当だ！　おれは静かに暮らしたいだけだ。あんちくしょう！」

「最後に彼に会ったのはいつだ？」

「三週間くらい前だ」グラスの酒を飲み干し、イーガンは床に置いてあった酒瓶をひっつかんで、餓えた子どものようにそこからちびちび飲み始めた。「ジェナーズを首になってから、ときどき来ては泊まっていたのだ。行くところがなくてな。雑魚寝の宿泊所からも締め出された。病気とわかってからは」

セバスチャンとウェストクリフはさっと目を見交わした。「病気？」セバスチャンは怪訝な顔できいた。病気といってもいろいろな種類がある。「どんな病気だ？」

イーガンは顔をしかめて彼を見た。「瘡《かさ》だ。頭がやられてしまう病気だ。ジェナーズを首になる前から徴候はあった……ろれつが回らず、顔が痙攣していた……鼻には亀裂やへこみができていた。あれに気づかないとは、あんたの目は節穴か？」

「わたしは通常使用人の顔をそれほどじっくり見たりはしない」セバスチャンは頭の中でいろいろ思いをめぐらせながら、小ばかにするように言った。瘡、すなわち梅毒は性的接触で感染する恐ろしい病気だ。最終的には医師たちが「梅毒性脳障害」と呼ぶ状態に至る。その結果、精神が冒され、ときには体が部分的に麻痺し、鼻の軟らかい組織など肉づきのよい部分が悲惨に崩れていく。もしブラードが梅毒患者であるなら、そしてこれほど病状が進んでいるなら、助かる見込みはなかった。しかし、なぜ、そのようなジレンマに苦しめられながら、エヴィーを目の仇にするようになったのか？

「いまごろ、やつの頭はすっかりやられてしまっているだろう」とイーガンは苦々しげにつぶやき、また瓶からぐいっと酒を飲んだ。彼は強い酒の焼けつくような刺激に一瞬目を閉じ、それからあごを胸にのせた。「あいつは狙撃事件の晩、ここにやってきて、あんたを殺したとわめきちらしていた。手足がぶるぶる震えていて、頭が痛くてがんがんすると文句を言っていた。話は支離滅裂で、すっかり正気を失っていたんだ。そこでおれは、人に金をやって彼を不治の病人を入れる施設に連れて行かせた。ナイツブリッジに向かう道沿いの病院だ。ブラードはいまそこにいる。死んでいるか、あるいは死ぬほうがよっぽどましというほど苦しんでいるかのどちらかだ」

セバスチャンは同情するようすもなく、いら立って厳しく詰問した。「なぜ奴は妻を殺そうとしたのだ？　彼に恨まれるようなことを妻はしていないはずだ」

イーガンはむっつりと陰気に答えた。「あの哀れな野郎は、いつも彼女を嫌悪していた。子どものころからだ。エヴァンジェリンがクラブにやってきて、ジェナーが相好を崩しているのを見ると、ブラードは数日間すねて、不機嫌になっていたものだった。彼女を笑いものにしていたものさ……」イーガンは間を置いた。唇にさっと笑いのようなものが浮かんで消えた。「彼女はおかしな娘っこだった。そばかすだらけで、内気で、イルカのように丸々としていた。いまは美人になったときくが──おれには想像がつかない──」

「ジェナーは彼の父親だったのか？」とウェストクリフが表情のない顔で口をはさんだ。

唐突な質問にセバスチャンはびっくりした。彼はイーガンの答えにじっと耳を傾けた。

「かもしれん。やつの母親のメアリーは、そうだと遠慮なく公言していた」イーガンは落とさないように気をつけながら酒瓶をわきにはさみ、組み合わせた手をでっぷりした腹の上に置いた。「彼女は売春宿の娼婦だった。彼女にとってもっともついていたのは、ジェナーの相手をした晩だった。ジェナーは彼女を気に入って、宿のマダムに金を払い、自分専属の女にした。ある日、メアリーはジェナーのところにやってきて、あんたの子を妊娠したと告げた。人のいいジェナーは、疑わしいとは思いつつも、はねつけはしなかった。彼女が生きているあいだは手当てをやり、少年が働ける年になるとクラブで使ってやった。メアリーは何年も前に死んだが、くたばる直前に、ブラードにあんたの父親はジェナーだと言ったんだ。少年はジェナーに直接詰め寄ったのだが、ジェナーはそれが真実であろうとなかろうと、このことは口外無用だと言った。彼はブラードを息子と認めたくなかったんだな。ひとつにはブラードが感じのいい若者とはけっして言えなかったこともある。それから……ジェナーは娘のことしか頭になかったのだ。彼は自分が死んだ後はすべてをエヴィーに残したがった。もちろん、ブラードはエヴィーを恨んださ。奴は、エヴィーさえいなければ、ジェナーは自分を息子と認めただろうし、もっと自分に良くしてくれたはずだと考えていた。それに関しては正しかったろうと思う」イーガンは悲しそうに顔をしかめた。「彼女があんたをクラブに連れてきたころにはね、子爵様、ブラードはすっかり梅毒にやられていたのさ……それで奴の頭はいかれちまった。暗い人生の悲しき結末ってやつだ」

イーガンはふたりを、ざまを見ろとでも言いたげな陰気な目でながめてつけ加えた。「トテナムの病院に行けば見つかるだろう。もしあんたたちが、悪魔にとりつかれて頭がおかしくなった哀れな男に復讐したいというなら。奴を殺すなりなんなりして、自己満足に浸ったらいい――だがね、神はすでにあいつに耐えきれないほどの重い罰をお与えになっているんだ」

22

セバスチャンが不在の数時間、エヴィーはお金や領収書の整理をしたり、手紙の返事を書いたりといったクラブの雑用をこなして過ごした。最後に未開封のままになっているセバスチャン宛ての手紙にとりかかった。やはりどうしても何通かは開封せずにいられなかった。手紙は軽薄な戯言や誘いの文句に満ちており、そのうちの二通には、あなたはもう新妻にすっかり飽きているころでしょうとほのめかす言葉が書かれていた。そうした手紙は、かつてのセバスチャンの堕落しきった生活を物語るものでもあった。当時の彼は、女を追いかけて征服するというゲームに身をやつしていたのだった。

こんな男を信用するなんて、わたしは世間知らずのばかだ、とエヴィーは思った。セバスチャンはこれからも、常に女性たちの心をかきたてる憧れの的でありつづけるだろう。それを思えばなおさらだった。けれどもエヴィーは、セバスチャンに自分が信用に足る男だということを証明するチャンスを与えるべきだと感じていた。わたしは彼に生まれ変わる機会をあげられるのだ――もし賭けに勝つことができれば、わたしたちはふたりとも途方もない見返りを得ることができる。わたしはうんと強くなって、彼を愛するという危険を冒す勇気を持てる。彼に要求をつきつけ、彼がときに尻込みするような期待を彼にかけられるようになるだろう。そしてセバスチャンは、どうやらふつうの男として見られたいと思っているようだ――彼の生まれながらの美貌にだけ目を奪われず、性的な技巧よりももっと深いものを彼に求める女性を欲しているのだ。もちろん、彼の美貌や技巧も素晴らしいと思っているのだけど、とエヴィーはひとりでにんまりした。

手紙が暖炉の中で燃えて灰になるのを見るのは、ちょっといい気分だった。それが終ると、眠くなってきたので、主寝室に昼寝をしに行くことにした。疲れていたにもかかわらず、セバスチャンのことが心配でなかなか体の緊張を解くことができなかった。考えは堂々巡りに陥り、しまいには、いらいらとどうにもならないことについて悩むのに疲れて、彼女は眠りに落ちた。

一時間ほどして目覚めると、セバスチャンがベッドの彼女の横に座っていた。彼は親指と人差し指で彼女の明るい赤毛をつまんで、近くから見つめていた。彼の瞳の色は夜明けの空のような色だった。彼女は起き上がって、恥ずかしそうにほほえんだ。

セバスチャンは優しく彼女の髪を後ろになでつけ、「寝ているきみは、少女のようだ」とささやいた。「片時も離れず守ってやりたくなる」

「ミスター・ブラードは見つかりました？」

「イエスともノーとも言える。まず、わたしが出かけているあいだ、どうしていたのか教えてくれ」

「キャムの手伝いをして、事務室をかたづけました。それから、失恋したレディーたちからの手紙を全部燃やしました。ものすごく大きな炎になったので、だれも消防団を呼ばなかったのが不思議なくらい」

彼は唇を弓の形にカーブさせてほほえんだが、目は彼女を注意深く見つめている。「どれか読んだのか？」

エヴィーはさりげなく軽く肩をすくめた。「何通か。あなたがもう妻に飽きたのではと尋ねるような内容でしたわ」

「飽きていない」セバスチャンは手のひらを彼女の腿のラインにそって滑らせた。「毎夜毎夜繰り返されるゴシップと恋愛遊戯にはほとほとうんざりしているんだ。わたしを死ぬほど退屈させる女たちと意味もなく出会うことにも辟易している。彼女たちはわたしにとってだれでも同じなんだよ。わたしはきみ以外のだれのことも大切に思ったことはない」

「わたし、彼女たちがあなたを欲しがる気持ちはわかるの」とエヴィーは夫の首に腕を巻きつけながら言った。「でも、あなたを共有したくはないわ」

「そんなことをする必要はない」彼は両手で彼女の顔をはさみ、素早くキスをした。

「ミスター・ブラードのことを教えて」エヴィーはせがんで、両手で彼の手首をさすった。

セバスチャンが、クライブ・イーガンと会い、ブラードとその母親の秘密について彼から聞いたことを話すのを彼女は黙って聞いていた。彼女は大きく目を見開き、同情で胸をつまらせた。かわいそうにジョス・ブラードは、自分の生まれや恵まれない育ちを嘆かずにはいられず、恨みを蓄積していったのだ。「とても不思議」と彼女はつぶやいた。「わたしはいつもキャムがわたしの兄だったらいいのにと思ってきました。でも、ジョス・ブラードが兄かもしれないとは思ったこともなかったわ」

ブラードはいつも近寄り難く、喧嘩ごしだった……でもそれは、アイヴォウ・ジェナーが彼を息子として認めようとしなかったせいでもあったのだ。望まれていないと感じ、父親かもしれない男に出生の秘密をもらしてはいけないと釘を刺されていたら……恨みをつのらせるのも当然だ。

「われわれはトテナムの病院に行った」セバスチャンはつづけた。「彼は不治の病の患者が入る病棟に入院していたそうだ。不潔な場所だったよ。病院にはもっと予算が必要だ。女や子どもも入院していて、彼らは――」彼は途中で言葉を止め、その光景を思い出して顔をしかめた。「いや、その話はやめておこう。とにかく、トテナムの管理者が言うには、ブラードは梅毒の末期で入院したそうだ」

「彼を助けたいわ」エヴィーはきっぱりと言った。「少なくとも、もう少しよい病院に移せるでしょう――」

「それはできない」セバスチャンは指先で彼女の手の細い骨をたどった。「彼は二日前に死んだ。わたしたちは、ブラードとほかにふたりの患者がいっしょに埋葬されている場所に案内された」

エヴィーは顔をそむけて、いま聞いた言葉をかみしめた。驚いたことに涙がこみあげてきて、のどが詰まった。「かわいそうな人」と彼女はかすれた声で言った。「心から気の毒に思うわ」

「わたしは思わないね」とセバスチャンは冷たく言った。「たとえ彼が親に愛されずに育ったとしても、ひとりで世の中をわたっていくすべを身につけなければならないのは彼ひとりではない。彼のほうがローハンよりも楽だったはずだ。ローハンのロマの血は差別の対象になるのだから。泣くな、エヴィー。ブラードは一滴の涙にも値しない人間だ」

エヴィーは弱々しくため息をついた。「ごめんなさい。感情的になるつもりはないの。ただ、この数週間いろいろなことがあったから。すぐ感情が表にあらわれてしまって、うまく抑えることができなくなっているみたいなの」

彼女は彼の温かい体に身をすり寄せた。強靭な筋肉が彼女を包み、彼の声が髪のあいだからもれ聞こえてくる。「愛するエヴィー、感情的になったからといって謝ることはない。きみは地獄を潜り抜けてきたのだから。そしてわたしのような冷酷な人非人だからこそわかるのだが、自分の気持ちに正直になるのは本当に勇気の要ることなのだよ」

彼の肩に顔をつけているエヴィーの声はくぐもっていた。「あなたは冷酷な人ではありません」彼女は震えるため息をついた。「こんなことを言うのはいけないことなのかもしれませんけど、そしてミスター・ブラードのことは気の毒だと思ってはいますが、彼が亡くなったと聞いてわたしはほっとしたの。だって、彼のせいで、あなたを失いかけたのですから」

彼の口はほつれた彼女の巻き毛をさぐって繊細な耳の縁をさぐりあてた。「きみはそれほど幸運ではなかったのだ」

「やめて」とエヴィーはその軽口に笑うことができなかった。彼女は彼の腕の中で、頭を退いて彼を見つめた。「冗談にすることじゃないわ。わたし……」先をつづけようとすると声が震えた。「わたし、あなたなしでは生きていけなかったと思うの」

セバスチャンは大きな手をやさしく彼女の後頭部にあてがって、彼女を肩に抱き寄せ、顔をその髪に埋めた。「ああ、エヴィー」彼の静かな声が聞こえてきた。「わたしにも心臓があったようだ……なぜなら、いま、そいつがずきずきとひどく痛み出したから」

「心臓だけ？」彼女が素直に尋ねたので、彼は笑い出した。

彼は彼女をベッドに横たえた。彼の目はずる賢く光っている。「ほかにも何カ所か」と彼は認めた。「そしてきみはわたしの妻なのだから、わたしの痛みをすべて癒すのがきみの務めだ」

彼女は腕を上げて、彼を引き寄せた。

ジェナーズの常連たちは、所有者や従業員たちの個人生活にどのようなことが起こっているのか露ほども知らず、毎晩毎晩クラブに押し寄せた。とくに二五〇〇人限定という会員権がもはや手に入らないことが知れわたってからはなおさらだった。会員になりたい人々は、欠員が出るのを期待して、ウェイティングリストに名前を記入しなければならなかった。

一文無しの子爵と斜陽の賭博クラブという妙な組み合わせは、驚くべき相乗効果をもたらした。従業員はセバスチャンのダイナミックなエネルギーに翻弄されるか、彼に解雇されるかのどちらかだった。クラブはジェナーが生きていたころとは打って変わって、徹底的に効率重視で運営された。全盛期のアイヴォウ・ジェナーですら、これほど容赦ないやり方で小さな帝国を支配したことはなかった。

アイヴォウ・ジェナーは心の底では貴族階級を嫌悪していたため、貴族に対し卑屈なほどへりくだった態度をとった。そのせいで、客たちはなんとなく居心地の悪いものを感じていた。ところがセバスチャンは貴族の一員である。彼は悠然とかまえていながら、派手な華やかさも備えており、彼がいるとがぜん場が盛り上がるのだった。彼がそばにいるときには、会員たちはふだんよりもよく笑い、もっと金を使い、もっと食べた。

ほかのクラブでは食事のメニューはビーフステーキとアップルタルトと相場が決まっていたが、ジェナーズの贅沢なバイキング形式の食事には、いつもこった料理が並んでいた……熱いロブスターサラダ、キジのキャセロール、根用セロリをつぶしたものにテナガエビをのせた料理、ブドウとヤギのチーズを詰めて焼いたウズラにクリームソースをたっぷりかけた料理などだ。エヴィーの一番のお気に入りは、ラズベリーとたっぷりのメレンゲを載せた小麦粉抜きのアーモンドケーキだった。ジェナーズの食事と娯楽はみるみるうちに魅力を増していき、夫があまりにも多くの晩をクラブで過ごしすぎると妻たちから苦情が出るほどだった。

セバスチャンは人を巧みに操るすべを心得ていて、それがジェナーズではいかんなく発揮された。彼は男たちがリラックスして楽しめる雰囲気をつくり出すのがうまく、そうすることでたくさんの金を落とさせた。ゲームはきわめて公正におこなわれ、いかさまはいっさいなかった。というのも、賭博はロンドン中で公然と行われていたにもかかわらず、実際には法律で禁じられていたからだ。信用のおけるクラブという評判を築くことは、告発を逃れるための最良の手段だった。

最初のうち、セバスチャンは知り合いの嘲笑的な言葉に耐えねばならなかったが、すぐに立場は逆転した。彼らはセバスチャンに信用貸しの上限を上げてもらったり、返済期限の延長を頼まなければならなかったからだ。セバスチャンは昔から湯水のように金を使っていたわけではなく、どちらかといえばかなり倹約を強いられてきたため、金銭管理には驚くべき能力を示した。キャムが褒め言葉として言ったように、セバスチャンには、ネズミ狩りが得意なマンチェスターテリアのような嗅覚があった。貸し元の金が危なくなるのを見抜き、会員が支払い不能に陥りそうな徴候があればどんなものでもかぎ出した。

ある晩、エヴィーはメインルームのキャムの机の横に立って、ハザードゲームを監督しているセバスチャンの姿をながめていた。ゲームは掛け金がつりあがって白熱していた。気がつくと、横に高齢の男性が立っていた。そちらに顔を向けると、セバスチャンが先週彼女に紹介してくれたホールデン卿だった。「まあ、ホールデン卿」彼がエヴィーの手を取ってお辞儀をすると、彼女もか細い声で挨拶をした。「またお会いできてうれしゅうございます」

彼はにっこり笑った。朗らかな顔に茶色の目がやさしい印象だ。「こちらこそ、レディー・セントヴィンセント」

ふたりはまた中央のハザードテーブルのほうに目をやった。セバスチャンが気の利いた冗談を言って、ゲームの緊張を和らげたところだった。群衆に低い笑いのさざなみが広がった。エヴィーは、彼がまるでそのように生まれついているかのように、自分の役割を実に自然に演じているのを見て密かに感嘆した。不思議なことに、彼のほうが父よりもずっとクラブに馴染んでいるようにさえ思えた。アイヴォウ・ジェナーは興奮しやすいたちだったため、会員に異常なつきがまわって、貸し元が破産しそうな気配になるとうまく心配を隠せなかった。ところがセバスチャンは状況がどうなろうと、冷静さを失うことはなかった。

ホールデン卿も同じようなことを考えていたらしい。彼も遠くからセバスチャンの姿をながめてぼんやりつぶやいた。「彼のような男にはもう二度と出会えないと思っていたが」

「え?」エヴィーは薄くほほえんできき返した。セバスチャンは彼女が来ているのに気づき、こちらに向かって歩いてくる。

ホールデンは遠い昔の思い出にひたっているようだった。「わたしは長いあいだ生きてきたが、賭博クラブの中をあんなふうに歩く男は彼のほかには、たったひとりしか知らない。魅力的な肉食獣が、自分の狩場を歩くようにな」

「父のことをおっしゃっているのですか?」エヴィーは当惑して尋ねた。

ホールデンはほほえんで首を振った。「いや、違う。あなたのお父上ではない」

「では、だれ――」エヴィーは言いかけたが、セバスチャンがやってきたのでそこで言葉は途切れた。

「エヴィー」とセバスチャンは小声で呼びかけて、コルセットをつけた背中に手をあてた。ホールデンをほほえみながら見つめたまま、彼はエヴィーに向かって話しつづけた。「言っておかねばならないようだね、かわいい人……この紳士は羊の皮をかぶった狼なのだよ」

こんなことを言ったら、この高齢の紳士を怒らせてしまうのではないかとエヴィーは心配したが、ホールデンはそれを褒め言葉と受け取ったらしく嬉しそうに笑った。「生意気な口をききおって。わたしが二〇年若かったら、彼女をきみからかっさらってやるのだが。プレイボーイと自惚れておるようだが、わたしの若いころに比べたら目じゃないわ」

「お年を召しても、相変わらずですな」とセバスチャンはにやりとして、エヴィーを彼から引き離した。「ちょっと失礼して、妻を安全な場所に置いてきます」

「どうやら、このとらえどころのない男はあなたの罠にしっかりかかってしまったようだ」とホールデンはエヴィーに言った。「行くがいい、そして彼の嫉妬心を静めてやるのだ」

「や……やってみますわ」とエヴィーは自信なげに言った。なぜかふたりの男性は笑い、セバスチャンはエヴィーの背中に手をあてがってメインルームを出た。

彼は歩きながら、頭を傾げてきいた。「なにか心配事でも?」

「いいえ、わたし……」と彼女は途中で言いよどんでほほえんだ。それから恥ずかしそうに言った。「ただあなたに会いたかったの」

柱の陰で足を止め、セバスチャンは頭をひょいと下げて彼女にキスをした。彼女を見下ろす彼の目はきらめいている。「ビリヤードをしにいこうか」と彼はささやき、彼女が頰を赤く染めるとハスキーな声で笑った。

新聞がこぞってジェナーズのことを大げさに書きたて始めると、クラブの人気はますます高まっていった。

ジェナーズはついにロンドンの上流紳士の社交場という地位を確立した。高級遊技場として他のクラブとは一線を画し、若い貴族たちはこぞって会員になりたがっている。出される料理は舌の肥えた美食家もうならせ、そのワインの豊富な品揃えは、口うるさいワイン通をも惹きつける……。

また別の新聞にはこのような記事が載った。

新たに改装されたクラブの内部の装飾についてはいくら褒めても褒めたりないくらいだ。知的な上流階級の人々が集まる場所にはもってこいの豪華絢爛さである。欠員がないために、会員になりたくてもなれない人々が大勢いると聞いても、まったく驚くにはあたらない……。

さらに別の新聞では

ひとりの紳士の存在なくしては、ジェナーズの復活はありえなかったと多くの人が考えており、それに反論しようとする人はほとんどいない。彼は輝くばかりに魅力的な人物で、ファッション、政治、文学そして貴族社会などあらゆる世界に精通している。その紳士とは、もちろん、あの悪名高きセントヴィンセント卿であり、現在彼はウェストエンドの重要な娯楽拠点といわれている最高級クラブのオーナーである。

ある晩、エヴィーは事務室で新聞の記事を読んでいた。彼女はセバスチャンとクラブがこれほど世間の注目を浴びるようになるとは予想していなかった。彼女はセバスチャンの成功を喜んでいたが、やがて喪が明けて、ロンドンの社交界に出るようになったら、いったいどうなるのだろうと考えずにはいられなかった。あちらからもこちらからも、たくさん招待を受けることは間違いない。だが、万年壁の花だったエヴィーは、社交の技術を身につける機会がなかった。ぎこちなさや内気を克服しなければならないのだ。そして当意即妙の答えができるように練習しなければならない……チャーミングで自信に満ちた態度も身につけなければならないし——。

「なぜ眉をひそめているんだい？」セバスチャンがやってきて机に腰掛け、怪訝そうな顔で彼女を見下ろした。「何か不快なことが書いてある記事でも読んだのか？」

「まったくその逆よ」エヴィーはふさぎこんで言った。「だれもがクラブのことをほめちぎっているわ」

「そうか」彼はやさしく人差し指で顎の縁をなでた。「そこできみは心配になった、なぜなら……」

彼女は堰を切ったように説明し始めた。「なぜなら、あ、あなたがとても有名になってしまったから——つまり、プレイボーイとしてだけでなく——だから、あなたは引く手あまたになり、いつか喪が明けたら、わたしたちは舞踏会や夜会に出かけるようになるでしょう。で、でも、わたし、そういう場所では気後れしてしまって、陰に隠れてしまうわ、きっと。わたしはいまでも壁の花なのよ。落ち着いて如才なく人々と会話できるように練習しなければならないわ。でないとあなたはわたしにうんざりするでしょう。もっと悪いことに、わたしのことを恥ずかしいと思うかもしれない。そしたらわたし——」

「エヴィー、やめなさい。なんてことだ……」セバスチャンは近くにあった椅子に足をひっかけて引き寄せ、彼女の向かい側に置いて自分もそこに座り、ひざで彼女をはさんだ。彼女の両手を取って、ほほえみながら目をのぞきこんだ。「きみは心配せずに二〇分といられないんだな。きみはそのままのきみでいればいいんだ」彼は頭を屈めて彼女の両手にキスをした。ふたたび顔を上げたときには、ほほえみは消え、その目には感情がくすぶっていた。彼は親指で結婚指輪の表面に触れ、刻み込まれた文字をそっとこすった。

「わたしがきみを恥ずかしく思うことなどありえない」と彼はつづけた。「手のつけられない悪党だったのは、わたしのほうなのだから。きみは人から非難されるようなことを生まれてからいっぺんもしたことがない。それから、客間での上品ぶった会話やふるまいについてだが……わたしはきみに、愚にもつかないことを延々としゃべりつづける軽薄な者たちの仲間入りをして欲しくない」彼女を近くに引き寄せ、鼻を彼女の首にすりつけた。畝織りシルクのドレスの襟首から白い肌が露出していた。彼の口は彼女を軽く味わい、くちづけによって湿った場所にささやきかけたので、彼女はぞくっとした。「きみは壁の花ではない。だが、陰に隠れてもかまわないのだよ、かわいい人。ただし、わたしといっしょにという条件付きだ。実際、わたしはそうしたいと主張するね。警告しておくが、そういうことになるとわたしはかなりお行儀が悪い。あずまややバルコニーで、あるいは階段の下や鉢植えの植物の陰で、きみを誘惑するだろう。もしきみが文句を言ったら、わたしはただこう言う。良心のかけらもない放蕩者と結婚すべきではなかったのだとね」

彼の軽い愛撫を受けて、エヴィーはのどを少し反らせた。「文句など言いませんわ」

セバスチャンはほほえんで、彼女の首の横をやさしくつねった。「かわいくて従順な妻だな」と彼はささやいた。「わたしはきみに悪い影響を与えてしまうだろう。さあ、キスをして、上に行って風呂に入ったらどうだ？　終ったころにわたしも上がる」

エヴィーが部屋に戻ったときには、バスタブにはまだ半分しか湯が入っていなかった。フラニーともうひとりのメイドは、もう一回湯を下から運んでくるために、木の取っ手がついた水差しを手に取った。セバスチャンとのキスで心が温かくなり、ぼんやり夢見心地のエヴィーはドレスの袖のボタンを外し始めた。

「奥様、もう一度湯を運んだら、ドレスを脱ぐお手伝いをします」とフラニーは言った。

エヴィーは彼女にほほえみかけた。「ありがとう」彼女は化粧テーブルのほうへ歩いていって、最近リリアンが送ってくれた香水の小瓶を摘み上げた。リリアンは飛びぬけて嗅覚が鋭く、香料や香水をいじるのが大好きだった。そしてこのごろでは実験的に自分で香りを調合したりしていた。この香水は、みずみずしく、多彩でありながら調和がとれた香りだった。薔薇と刺激的な木の香りをベースにアンバーを固定剤として使っていた。エヴィーは慎重にその金色の液体を数滴風呂の湯にたらし、ふわっと湯気とともに空気に広がった香りを嬉しそうに吸い込んだ。

化粧テーブルに戻り、椅子に腰掛けて、靴とストッキングを脱ごうと体を前に倒し、スカートの下に手を入れてガーターを外した。うつむいていると視界はぐっと狭くなった……突然、背筋に悪寒が走った。絨毯の上をそっと歩く靴音が聞こえてきて、全身の毛が逆立った。さっと影が床を横切るのが見えた。エヴィーは上体を起こし、影の先を目で追った。汚らしいかっこうした男が近づいてくるのを見て、彼女はあっと驚いて声をあげた。あわてて立ち上がったので椅子がひっくり返った。部屋に入って来た男のほうを向くと、彼はきしるような声で話し始めた。

「声を立てるな。でないと首から下まで切り裂いてやるからな」

彼は手に長い恐ろしげなナイフを握っていた。彼は彼女のごく近くに立っており、やろうと思えば、彼女を一突きでしとめることができた。

この侵入者のぞっとするようなおぞましい姿に比べれば、悪夢の中に出てくる魔物や、子どものころ恐れていた想像上の怪物などはかわいく思えるほどだった。エヴィーは少しずつバスタブのほうに近づき、この頭のいかれた男と自分とのあいだにバスタブをはさむような位置になるように動いた。彼はほとんどぼろのかたまりと言えるような服装をしていた。左半身をかばうような奇妙な姿勢で立っており、壊れた操り人形のように見えた。露出した肌のあちこちに――手にも、のどにも、顔にも――じくじくとした潰瘍ができていて、全身の肉が腐って骨からはがれ落ちていこうとしているように見えた。しかしもっとも恐ろしかったのは、かつては鼻であった場所にできているくぼみだった。別々の体から肉や手足や顔をかき集めてきてつなぎ合わせた怪物のような醜悪な姿だった。

全身が汚らしく崩れて、顔も恐ろしいほど破壊されていたが、エヴィーは彼がだれだかわかった。激しい恐怖のせいで全身が震え出し、冷静さを保つのは容易ではなかった。「ミスター・ブラード」彼女は押しつぶされたような声で言った。「病院の話では、あなたは死んだはず」

ブラードは頭を肩の上で奇妙にぐらりと揺らしながら、彼女を見つめつづけている。「おれはあの地獄から抜け出したんだ」と彼は怒鳴った。「夜、窓を破って逃げた。あいつらはおれののどに薬を流し込もうとしやがった」彼はよろよろと彼女に近づいてくる。エヴィーはタブのまわりをゆっくりと回った。心臓がどきんどきんと激しく打っている。「だが、あんな忌まわしい場所でおれはくたばるつもりはなかった。おまえを道連れにせずにはな」

「なぜ？」エヴィーは静かに尋ねた。彼女は戸口に人の気配を感じたが、なんとかそっちを見ないようにがんばった。きっとフラニーだ。人影は音もなく消えた。エヴィーは彼女が助けを呼んできてくれることを祈った。助けが来るまでのあいだ、できることはブラードからなるべく距離を置くことだけだ。

「おまえはおれからすべてを奪った」と彼はうなるように言い、檻の柵際に追い詰められた動物がするように肩を丸めた。「あいつはすべてをおまえに残した。あのくそったれは――あいつは醜い舌足らずのチビだけをかわいがった。おれという息子がいながら。息子だというのに、薄汚ねえ便器のようにおれは隠されていたんだ」彼は顔を歪めた。「おれはあいつのためにどんなことでもした……あいつを喜ばせるためなら人殺しだってしたさ……だが、あいつには通じなかった。いつだってあいつはおまえしか求めていなかった。この寄生虫め！」

「かわいそうに」とエヴィーは言った。心から彼を気の毒に思っていることが彼女の声からうかがわれ、彼は一瞬混乱したようだった。彼は立ち止まり、変な角度に首を傾げて彼女をじっと見つめた。「ミスター・ブラード……ジョス……父はあなたのことを思っていたのよ。父の最後の言葉はあなたのことでした。あなたを助けて、十分なことをしてやるようにと」

「もう遅すぎる！」彼はあえいで、頭が痛くてたまらないとでもいうように、両手で頭をおさえた。片手にはまだナイフが握られたままだ。「ちくしょう……ああ……悪魔のやろうが……」

逃げるチャンスと見て、エヴィーは戸口に向かった。ブラードはすぐに彼女を捕え、激しく壁に叩きつけた。硬い壁に打ちつけられ、頭が破裂するかと思われた。視界はばらばらに砕けて、黒とグレイの光が目の前に飛び散った。なんとか焦点を合わせようと、彼女はうめきながら目をしばたいた。胸の上のほうがしめつけられ、のどの横にちくりと何かが当っている。ブラードが腕を首にまわし、首の横にナイフをつきたてていたのだ。息を吸い込むたびに、刃先がのどに食い込んだ。ブラードは荒く呼吸をしており、肺から吐き出されるその息は腐ったような不潔なにおいがした。彼女は彼の体がぶるぶる痙攣するのを感じた。彼は筋肉に力をこめて震えを止めようとしている。「いっしょにやつに会いに行こう」と彼が耳のそばで言った。

「だれに？」とエヴィーはきいた。視界が徐々に晴れてくる。

「おれたちの親父にさ。地獄にいるあいつに会いに行こう……おれとおまえとで」笑い声がのどを震わせた。「あいつはサタンとトランプでもやってるだろうよ」彼はナイフをつきつけ、彼女がびくっとするのを見て喜んでいるようだった。「おまえを切り刻んでやる。それから自分を。ジェナーはおれたちが腕を組んで地獄にやってきたら喜ぶだろうな？」

束の間でもブラードを正気に戻すには何を言ったらいいのかと考えていると、戸口から静かな声が聞こえてきた。

「ブラード」

セバスチャンだった。驚くほど落ち着いていて、まったく動揺が見えない。身に迫った危険が去ったわけではなかったが、彼が来てくれてエヴィーは心からほっとした。彼はゆっくりと部屋に入ってきた。「トテナムの病院の記録は、どうやらものすごく信用のおけるものらしいな」セバスチャンは視線をブラードの顔に固定したまま、エヴィーのほうをちらりとも見ずに言った。彼の瞳は明るく、その目を見ていると催眠術にかかってしまいそうだった。

「きさまには弾丸を一発ぶち込んでやったはずだが」ブラードは声を荒らげて言った。

セバスチャンは悠然と肩をすくめた。「軽い怪我だった。なあ……どうやってクラブに入ってきたんだ？　戸口という戸口には見張りを置いてあるんだが」

「石炭倉庫さ。あそこには抜け穴があって、ローグ通りに出られる。だれも知らない。あの混血のローハンすらもな。後ろに下がれ。でないとこの女を串刺しのハトみたいに刺してやるからな」

セバスチャンはさっとナイフに目をやった。ブラードはいま、エヴィーの胸を突き刺すような角度にナイフを構えている。

「わかった」セバスチャンはすぐに後ろに下がって言った。「いきりたつな……おまえの望みはなんでもかなえよう」彼の声は柔らかくて感じがよく、表情は落ち着いていたが、顔の横を汗がきらりと光りながら伝い落ちていった。「ブラード……ジョス……聞いてくれ。しゃべらせてくれても、おまえの損にはならないだろう。おまえは友人だ。おまえの……おまえの妹とわたしが望んでいるのは、父親の遺言どおりおまえを助けることだ。何をして欲しいか言ってくれ。痛みを和らげるモルヒネも手に入れてやれる。好きなだけここにいていい。清潔なベッドで寝かせて、手厚く世話をさせよう。望むことはなんでもかなえてやる」

「きさまはおれを騙そうとしている」とブラードは疑り深く言った。

「違う。わたしはおまえに何でもやると誓う。エヴィーを傷つけなければ――もし彼女の身に何かあれば、わたしは何もしてやれない」セバスチャンが窓に近づいていったので、ブラードは体を回転させなければならなかった。「彼女を放せ、そして――」

「止まれ」ブラードは、いらいらと頭を振りながら、不機嫌に言った。痙攣が彼を襲い、彼は動物のようにうなった。「ちくしょう、耳鳴りが……」

「わたしなら助けてやれる」セバスチャンは辛抱強く言った。「薬が要るんだ。それから休息。腕を下ろせ、ジョス……人を傷つける必要はない。ここはおまえの家だ。腕を下ろせ、そしてわたしにおまえを助けさせてくれ」

ブラードはセバスチャンの癒しの言葉に魅入られたように、彼女の首にまわしていた腕の力を緩めたので、エヴィーは驚いた。同時に、彼はセバスチャンのほうを向いた。

耳をつんざくような銃声が空気を切り裂いた。急にブラードの手が外れ、エヴィーはその勢いで後ろによろめいた。くらくらする彼女の頭は、ほんの一瞬、戸口に立つキャムの姿を捉えた。彼は煙を吐くピストルを下ろすところだった。セバスチャンは、キャムが間違いなく狙える位置にブラードを誘導するために移動していたのだった。

床に崩れ落ちたブラードの体に目をやる前に、エヴィーはセバスチャンの胸にしっかりと抱きすくめられた。体の中にたまっていた激しい緊張が一気に解き放たれ、彼は体を震わせながら彼女を抱きしめた。背中や腕をつかみ、ほつれ髪を握りしめた。彼女は息が苦しくてしゃべることもできず、ただ力なく彼によりかかって立ったまま、彼女の髪に向かってののしりの言葉をつぶやいたりうなったりする彼の声を聞いていた。

二度と鼓動がもとのリズムに戻らないような気がした。「フラニーがあなたを呼んでくれたのね」ようやく彼女は言葉を発することができた。

セバスチャンはうなずいて、震える指を彼女の髪に滑り込ませて頭を抱えた。「きみの部屋に男が侵入しているとだけ言った。ブラードだとわからなかったらしい」彼女の頭を離して、のどに残った小さなナイフの傷跡をながめた。太い血管にとても近かったことを知って、あらためて彼の顔から血の気が引いた。彼は頭を下げて、その細い傷にキスをし、そのまま唇を顔に滑らせた。「ああ、エヴィー。とても耐えられない」

彼女はセバスチャンの腕の中で体を回してキャムを見た。彼は上着を脱いでブラードの顔と肩にかけていた。「キャム、撃つ必要はなかったのに」と彼女はかすれた声で言った。「わたしを放してくれようとしていたの。腕を下ろしかけて——」

「確信が持てなかった」と彼は抑揚なく言った。「ブラードがナイフをつきつけているのを見た瞬間、撃たなければならないと思った」彼の顔に表情はなかったが、金色の目には涙がたまって光っていた。彼は幼なじみを殺さなければならなかったのだ、とエヴィーは気づいた。

「キャム――」彼女は慰めの言葉をかけようとしたが、彼はしぐさでそれを制して首を振った。

「このほうが彼にとってもよかったんだ」と彼女のほうを見ずに言った。「こんなふうに苦しむべきじゃない」

「ええ、でも、あなたは――」

「おれは平気だ」と彼は言って、歯を食いしばった。

しかし、彼は平気には見えなかった。日焼けした肌からは赤みが失せ、ひどく動揺しているようだった。エヴィーは彼のところへ行って、母親が子を慰めるように抱きしめずにはいられなかった。彼は拒みはしなかったが、抱擁を返すことはなかった。しばらくすると、彼の震えはおさまっていった。彼女は髪に彼の唇が軽く押しあてられたのを感じた。

どうやらセバスチャンが許せるのはそこまでだったらしい。彼は前に進み出て、エヴィーを取り戻し、キャムに無愛想に命じた。「葬儀屋を呼べ」

「はい」と青年はほとんど放心したように答えた。彼はなかなか行こうとしない。「銃声が陛下に聞こえたと思います。何か理由をつけないと」

「だれかが銃の掃除をしていて、暴発したのだと言え」とセバスチャンは言った。「だれにも怪我はない、と。葬儀屋は裏の通路から上がって来させろ。そして口止め料を払え」

「かしこまりました。警官が調べると言ったら――」

「事務室へよこせ――わたしが話をつける」

エヴィーを部屋から引っ張り出し、セバスチャンは部屋に鍵をかけて、鍵をポケットにしまい、廊下の奥の別の寝室に連れて行った。彼女はぼうっとしたまま彼のあとをついていきながら、いまいったい何が起こったのかをしっかり考えようとした。セバスチャンは何もしゃべらず、心を落ち着かせようとしているその横顔は厳しかった。エヴィーのことを気遣いながら、彼は彼女を寝室に入れた。「ここにいなさい。メイドを呼んで、きみの世話をさせよう。それからブランデーをグラスに一杯――全部飲むんだぞ」

エヴィーは不安そうに彼を見上げた。「あとで来てくださる？」

彼は短くうなずいた。「まず、後始末をしてからだ」

しかし、彼はその晩、部屋には戻らなかった。エヴィーはずっと待っていたが、いつまでたっても彼が来ないので、ひとりでベッドに入った。よく眠れず、うとうとしてはすぐに目覚めるという繰り返しだった。セバスチャンの温かい体を求めて、震える手で彼が寝ているはずの場所をさぐっても、彼の体はなかった。朝が訪れたが、彼女は不安でぐったり疲れていた。メイドが暖炉に火を入れているのをかすむ目で見つめた。

「今朝、旦那様を見かけました？」

「はい、奥様。旦那様とミスター・ローハンはほとんど徹夜で、いろいろなことを話し合われていたようです」

「旦那様にわたしが会いたがっていると伝えて」

「かしこまりました」メイドは湯の入った水差しを洗面台に置いて、部屋を出て行った。

エヴィーはベッドを下りて洗顔し、ぼさぼさの巻き毛を手でなでつけた。ブラシも櫛もピンもすべて主寝室にある。あの部屋に——。

昨晩のことが思い出され、おぞましさと憐れみで体が震え出した。あんな姿になったブラードを父に見せずに済んで本当によかったと思った。父はあの若者のことをどう思っていたのだろう。ブラードを自分の息子と思ったことはあったのだろうか。「お父様……」と彼女はつぶやいて鏡に映る自分の青い瞳を見つめた。アイヴォウ・ジェナーの目だ。彼は多くの秘密を、ほとんど明かさないまま、墓の中に持っていってしまった。父をもっと知りたかったとこれからもずっと思いつづけるだろう。けれども、ジェナーズがついに、生前父が切望していたような高級クラブに成長したのを知って……そして自分の娘がクラブ救済への道を開く手伝いをしたのだと知って、父はきっと草葉の陰で喜んでいることだろう。そう思うと心が和んだ

ちょうどセバスチャンのことを考えていたときに、彼が部屋に入って来た。まだ昨夜のままの服装だ。金色と琥珀色が混じった髪は乱れ、明るいブルーの瞳は翳っていた。疲れているように見えたがきっぱりとしたようすで、不快な決断をしたがそれを全うすると心に決めている男の雰囲気をかもし出していた。

彼は妻をじっくりと上から下までながめた。「気分はどうだ?」

エヴィーは彼に駆け寄りたかったが、彼の顔に浮かんでいるある種の表情が彼女を押しとどめた。彼女は洗面台の横に立って、しげしげと彼を見つめた。「ちょっと疲れていますけ

ど、あなたほどではないわ。メイドの話では、一晩中お休みにならなかったとか。キャムとどんな話を？」

セバスチャンは自分のうなじをさすった。「彼は昨夜のことでかなり参っていたようだ。だが、大丈夫だろう」

エヴィーはどうしていいかよくわからず、彼の前に立った。どうしてこの人はこんなふうによそよそしくしているのだろう。だが、ナイトドレスに身を包んだ彼女を見ると、彼はもはや気持ちを隠すことはできず、目に渇望の火が灯った。それを見て彼女の決心はついた。

「来て」と抑えた声で言う。

だがセバスチャンは、彼女には近づかず、窓のほうに歩いて行った。黙って、馬車が連なる通りや、歩行者でにぎわう敷石の歩道をながめている。

その不可解なふるまいが理解できず、エヴィーは背の高いすらりとした姿とこわばった肩を見つめた。

ようやくセバスチャンは彼女のほうを振り返った。その顔からは慎重に表情が消されていた。「もうこれ以上我慢できない。きみはここにいては危ない――最初から言っていたはずだ。しかも、わたしが正しかったことが、何度となく証明されてきた。わたしはある決断を下した。そしてそれを絶対に変えることはない。きみは明日、ここを出て行く。きみを田舎に送り、しばらくは公爵家の屋敷で暮らしてもらう。父はきみに会いたがるだろう。父は感じのいい話し相手になるだろうが、近くに何家族か知り合いが住んでいるから、彼らがなんとか気晴らしを提供してくれるだろう――」

「そして、あなたはここに残るおつもり?」エヴィーは眉をひそめてきいた。

「そうだ。わたしはクラブをやっていく。だが、ときどききみを訪ねていくよ」

別居の申し出を信じることができず、エヴィーは目を丸くして彼を見つめた。「なぜ?」

彼女は消え入りそうな声できいた。

彼は厳しい顔で答えた。「きみの身を年がら年中案じていなければならないような場所に、きみを置いておくことはできない」

「田舎でだって事件は起きますわ」

「これ以上議論するつもりはない」セバスチャンは荒々しく言った。「きみは、わたしが決めた場所に行くのだ。口答えは許さない」

昔のエヴィーならここで怖気づいて傷つき、これ以上言い返すこともせずに従ったことだろう。しかし、いまのエヴィーはそんな弱虫ではない……しかも、激しい恋に落ちていた。

「あなたと離れて暮らすなんて、できません」と彼女は落ち着いた声で言った。「別居する理由がわからないのだからなおさらだわ」

セバスチャンの冷静さにひびが入った。のど元から顔に赤みが広がっていった。彼は両手で髪をかきむしった。「最近のわたしは、気もそぞろで、どんなことについてもちゃんとした決断が下せなくなっている。明確にものを考えられなくなっているのだ。胃にしこりがあるような感じがして、胸がいつも痛む。そしてきみが別の男としゃべっていたり、別の男にほほえみかけているのを見ると、嫉妬で頭がおかしくなりそうになる。こんなのはもうごめんだ、わたしは――」彼は途中でやめて、いぶかしげに彼女を見つめた。「ちくしょう、エヴィーなんでにやにやしているんだ?」

「別に」彼女はあわてて突然浮かんだ笑みを唇の端にしまいこんだ。「ただ……あなたはまるで、わたしのことを愛していると言おうとしているみたい……」

その言葉はセバスチャンにショックを与えた。「違う」と彼は顔を真っ赤にして懸命に言った。「違う、ありえない。そんな話をしているのではないのだ。わたしはただ、なんとかしたいと――」彼女が近づいてきたので、彼はしゃべるのをやめて、すっと息を吸い込んだ。「エヴィー、やめなさい」彼女がそっと手を彼の横顔に当てると、彼の体に震えが走った。「きみが考えているようなことじゃない」と彼はあわてて言った。彼女はその声にかすかな恐れが潜んでいるのに気づいた。愛する女性全員を無情な病によって失った幼い少年が感じていたに違いない恐れだ。どうやって彼を安心させたらいいのか、幼少のころの深い悲しみをどう慰めてあげたらいいのか、彼女にはわからなかった。つま先立ちになって、彼女は彼の唇に自分の唇を重ねた。彼は押しやろうとするかのように彼女のひじに手をかけたが、どうやらそうすることができないようだった。顔をそむけた彼の息づかいは速く、熱かった。拒否されなかったので、彼女は彼の頬、顎、そしてのどにキスをした。低いののしりの言葉が彼に口からもれた。「くそっ」彼は必死に言った。「きみをどこかへやらなければ」

「あなたはわたしを守ろうとしているのではないわ。自分を守ろうとしているのよ」彼女は彼をきつく抱きしめた。「でも、人を愛するという危険を冒すことはできるでしょう?」

「できない」と彼はささやいた。

「できるわ、できますとも」エヴィーは目を閉じて顔を彼に押しつけた。「だって、わたしはあなたを愛しているんですもの、セバスチャン……そしてあなたに愛し返してもらいたいの。それも、生半可な愛し方ではいや」

彼の食いしばった歯のあいだから息がもれるのが聞こえた。彼は彼女の両肩に手を置いたが、またさっと離した。「わたしが決めたとおりにさせてくれ、でないと――」

エヴィーは背伸びをして彼の口に唇を届かせ、わざとゆっくりとくちづけした。すると彼はこらえきれなくなってうめき、腕を彼女にまわした。彼は彼女のキスにしゃにむに応えた。彼女の全身はやがてやさしい炎に包まれた。彼女の唇から口を離した彼の息は激しく乱れていた。「生半可だと? 信じられない。わたしはきみへの愛で溺れそうなのだ。愛さずにはいられない。もう自分がだれなのかもわからない。わかっているのは、もしもそれに完全に屈してしまったら――」彼は乱れた呼吸を抑えようとした。「わたしにとってきみはあまりにも大切で、どうしたらいいのかわからない」と彼はとぎれとぎれの声で言った。

エヴィーは手のひらでそっと彼の硬い胸を丸くなでた。彼女には彼の絶望的な思いが理解できた。このような感情に慣れていない上に、それはとてつもなく激しくて、彼を圧倒していたのだ。アナベルがかつて話してくれたことを思い出した。結婚したばかりのころ、彼女の夫であるミスター・ハントは、妻に対するあまりにも強い愛情にたじろいでいらいらをつのらせた。その気持ちと折り合いをつけられるようになるまでには、かなりの時間がかかったということだった。「セバスチャン」とエヴィーは思い切って言った。「いつもこんなふうではないはずよ。もっと……もっと自然に、楽に暮らせるようになるわ。しばらくしたら」

「いや、そんなふうになりはしない」

彼があまりにも熱っぽく、確信を持って言うので、彼女は彼の肩に顔をつけて笑いを隠さなければならなかった。「あなたを愛しています」と彼女がもう一度言うと、彼女を切望する彼の体に震えが走った。「わたしを、ど、どこかにやってしまうことはできても、わたしがあなたのところに戻ってくるのを止めることはできないわ。わたしはあなたと毎日いっしょにすごしたいの。朝あなたが髭を剃る姿を見て、いっしょにシャンパンを飲んだり、ダンスをしたりしたい。あなたの靴下の穴をかがりたい。毎晩ベッドを共にして、あなたの子どもを授かりたい」彼女はいったん言葉を止めた。「わたしだって恐れているということがわからないの？ ある朝目覚めたら、もうきみには飽きたとあなたに言われるかもしれない。いまあなたは、いろいろなことをよく我慢してくださっているけれど、そのうちうっとうしくてたまらないと感じるようになるかも――わたしの吃音や、そばかすや――」

「ばかを言うな」セバスチャンは乱暴にさえぎった。「きみの吃音を気にしたことなどいっぺんもない。そしてそのそばかすを愛している。愛して――」彼の声はしわがれた。彼女をぎゅっとつかみ、「くそっ」と毒づく。それからしばらくして、苦しそうに言った。「自分以外の人間だったらよかったのにと思うよ」

「なぜ？」と彼女はくぐもった声できいた。

「なぜだと？　わたしの過去は汚水溜めのようなものなんだぞ、エヴィー」

「いま初めて聞いた話じゃないわ」

「自分のしたことをけっしてあがなうことはできない。ちくしょう、もう一度やり直すことができたなら！　わたしはきみに似合うような男になるよう努力するのだが。わたしは――」

「あなたはあなた以外のだれにもなる必要はありません」彼女は顔を上げて、涙をいっぱいためた目で彼を見つめた。「さっき、そう言ってくださったじゃないの。もしもあなたがこのままのわたしを無条件で愛してくれるというなら、わたしだってあなたをそっくりそのまま愛せるんじゃないこと？　わたしはあなたがどういう人なのか知っています。もしかすると、わたしたち互いのことを、自分たち自身のことよりももっとよくわかっているのかもしれないわ。わたしをよそへやるなんて許さないわよ、この、お、臆病者。ほかのだれがわたしのそばかすを愛してくれるというの？　足が冷たいときに、だれが面倒をみてくれるの？　ほかのだれが、ビリヤードルームでわたしを誘惑してくれるというの？」

ゆっくりと彼の抵抗は消えていった。彼女は彼の体の変化を感じ取った。緊張が解け、まるで彼女を自分の中に取り込んでしまえるとでもいうように肩を丸めて彼女を包んだ。エヴィーとつぶやきながら彼女の手をとって、その手のひらに激しく顔をこすりつけた。彼は唇で、体温で温まっていた金の結婚指輪をなでた。「わが愛をきみに捧ぐ」と彼はつぶやいた……そして彼女はそのとき知ったのだった。自分は勝ち取ったのだと。この欠点だらけの、並外れた、情熱的な男はわたしのものだ。彼の心は完全にわたしのものとなったのだ。その信頼を彼女はけっして裏切ることはない。安堵とやさしい愛情で胸がいっぱいになり、エヴィーは彼にしがみついた。片方の目の端から涙が一筋こぼれ落ちた。セバスチャンは指でその涙を拭きとって、見上げている彼女の顔をのぞきこんだ。輝く彼の瞳に魅入られて、彼女は息を止めた。

「うーむ」とセバスチャンは少し崩れた声で言った。「ビリヤードルームのことについては、きみは核心を衝いているかもしれない」

彼女がほほえむと彼は彼女を抱き上げて、ベッドに運んだ。

エピローグ

冬も終りに近づいていた。エヴィーの喪中期間とアナベルの妊娠が偶然にも重なったため、ふたりはたくさんの時間をいっしょに過ごした。彼女たちは舞踏会や晩餐会などには出席できなかったが、不満はなかった。なにしろクリスマス以来、厳しい寒さがつづき、春はなかなか訪れる気配を見せなかったからだ。街をぶらつくかわりに、ふたりはハント家の贅沢なホテルの部屋の大きな暖炉の前でぬくぬくと過ごした。またときには、ウェストクリフ伯爵のロンドンの屋敷であるマースデンテラスの居心地のよい客間でリリアンやデイジーといっしょに、何杯も紅茶をおかわりしながら、読書やおしゃべりや手芸を楽しんだ。

ある日の午後、リリアンは部屋の隅に置いてあるライティングデスクで義妹のひとりに苦労しながら手紙をしたため、デイジーは長椅子でくつろぎながら小説を読みふけっていた。デイジーのきゃしゃな体にはカシミアの膝掛けがかかっていた。アナベルは勢いよく火が燃えている暖炉の近くの椅子を占領し、片方の手を丸くなってきたおなかにあてていた。一方エヴィーはアナベルの前に置かれたスツールに腰掛けて、アナベルの痛む足をさすっている。

顔をしかめてため息をつきながら、アナベルはつぶやいた。「ああ、とっても気持ちがいいわ。妊娠すると足がこんなに痛くなるなんてだれも教えてくれなかったわ。でも予想しておくべきだったわね。余計な体重をこの足でささえなければならないのですもの。ありがとう、エヴィー。あなたは世界一やさしい友だちだわ」

　リリアンが部屋の隅から茶化すように言った。「彼女、わたしにもそう言ったのよ、エヴィー。わたしがこの前さすってあげたときに。彼女の忠誠は次のマッサージまでしかつづかないのよ。さあアナベル、認めなさい——この尻軽女」

　アナベルはのんびりと笑った。「あなたも妊娠すればわかるわよ。喜んでマッサージしてくれる人ならだれにでもなついちゃうから」

　リリアンは何か言いたげに口を開いたが、やめておいたほうがいいと思ったらしく、机の上にあったグラスからワインをすすった。

　小説から目をあげず、デイジーが言った。「ほら、ふたりに言いなさいよ」

　アナベルとエヴィーはリリアンのほうを振り返った。「わたしたちに何を?」とふたりは声をそろえて言った。

　リリアンは恥ずかしそうに肩をすくめて、肩越しにはにかむように笑った。「夏至のころ、ウェストクリフにとうとう世継ぎが生まれるの」

「女の子じゃなかったらね」とデイジーが言い添えた。

「おめでとう」とエヴィーは叫び、アナベルのことはしばし放っておいて、リリアンに駆け寄って嬉しそうに抱きしめた。「すばらしいニュースだわ!」

「ウェストクリフは我を忘れるほど喜んでいるけれど、それを表に出さないようにしているわ」とリリアンは言いながら、抱擁を返した。「ちょうどいまごろ、彼はセントヴィンセントとミスター・ハントに話していると思うわ。どうやら、これは全面的に自分の手柄だと思っているみたいだから」

「でも、彼の貢献がなくては起こりえないんじゃなくて?」とアナベルは面白がって言った。

「ええ」とリリアン。「だけどほとんどの仕事はわたしが引き受けるのよ」

アナベルは部屋の向こうからリリアンに笑いかけた。「あなたは立派にやり遂げるわ。あなたに駆け寄れなくてごめんなさい。本当に嬉しくてたまらないの。あなたが妊娠でこんなふうに苦しまないことを切に願うわ。それから、わたしたちの子どもたちが結婚することになったらどんなに素晴らしいかしら」なんだかアナベルの口調はおセンチでめそめそした感じになってきた。「エヴィー……戻ってきて。片足だけで終りじゃ困るの」

ほほえみながら頭を振って、エヴィーは炉辺のスツールに戻った。デイジーのほうを見ると、彼女は姉を愛情深い目で見つめていたが、その瞳は少し物思わしげだった。デイジーのちょっと悲しげなようすに気づいて、エヴィーはアナベルの足のマッサージを再開しながら言った。「夫や赤ちゃんの話で盛り上がっているけれど、わたしたち、デイジーにぴったりの紳士を見つけることを忘れちゃならないわ」

黒髪の娘はエヴィーに愛情をこめて笑いかけた。「あなたってやさしい人ね、エヴィー。

わたし自分の番が来るのを待つのはかまわないの。だって、この中のだれかは最後の壁の花にならなきゃならないわけでしょう。でも、このごろちょっと心配になってきちゃったのよね。ちょうどいい結婚相手が見つからないんじゃないかって」

「もちろん見つかるわ」アナベルが分別のある答えをした。「難しいことはひとつもないと思うわ、デイジー。わたしたちの知り合いの輪はかなり広がったし、わたしたち、あなたにぴったりの夫を見つけるためには何でもするつもりよ」

「いいこと、心に留めておいてね。わたしはウェストクリフ伯爵みたいな人はいやなの」とデイジーは言った。「威圧的すぎるもの。セントヴィンセントも願い下げだわ。予測がつかない人だから」

「ミスター・ハントみたいな人は？」とアナベルがきいた。

デイジーはきっぱり頭を横に振った。「背が高すぎる」

「ちょっと、注文が多すぎるんじゃない？」アナベルは目をきらきらさせながら、穏やかに言った。

「ぜーんぜん！　わたしが望むものはかなり月並みよ。長い散歩と本が好きな感じのいい男性。そして犬と子どもに好かれる人」

「それから、あらゆる高等な水生動物と植物にも」とリリアンがそっけなく言った。「デイジー、そんな人がいったいどこにいるっていうのよ」

「これまで出席した舞踏会では見つからなかったわ」とデイジーはむっつり答えた。「見込みは薄いと思っていたけど、今年は去年よりもっとだめだった。結婚に値する男性はああいう場所じゃ見つからないと思い始めているところ」

「もっともだと思うわ」とリリアンは言った。「競争が激しいものね。しかも有望株は品薄になりつつあるし。新しい場所でさがさなきゃだめかも」

「クラブの事務室には全顧客のファイルがあるわ」エヴィーが自発的に申し出た。「裕福な紳士が二五〇〇人ばかり。もちろん多くは結婚しているけど、結婚相手になりそうな人をたくさん見つけられると思うわ」

「セントヴィンセントはそんな個人的な情報をあなたが見るのを許すかしら?」デイジーは怪しむようにきいた。

リリアンはひょうきんに口をはさんだ。「彼がエヴィーにだめと言ったことなんかあるかしら?」

エヴィーは、セバスチャンの献身的な愛情をネタにしょっちゅうからかわれていたので、ただほほえんで、暖炉の火の光を反射して明るく輝いている結婚指輪を見下ろした。「めったにないわ」と彼女は認めた。

リリアンはからかうように笑って言った。「だれかセントヴィンセントに、あなたは生きた見本だと言ってやったらいいのよ。彼ときたら、心を入れかえた放蕩者の典型だもの」

アナベルは深く椅子にもたれてエヴィーにきいた。「彼、本当に心を入れかえたの?」

階下で待っているやさしくて、ちょっとひねくれていて、愛情深い夫のことを思うと、ほほほえみは大きく広がっていった。「ええ、十分に」と彼女は静かに答え、それ以上何も言わなかった。

訳者あとがき

壁の花シリーズ第三弾、『冬空に舞う堕天使と』をお届けします。本書は、前作『恋の香りは秋風にのって』の続編ともいえる作品で、主人公のセントヴィンセント卿セバスチャンが、親友の婚約者の誘拐を企てて失敗したあと、失意の底に沈んでいる場面から始まります。

セバスチャンは輝くような美貌の持ち主ですが、自己中心的なプレイボーイで、人を思いやる心を失っています。もって生まれた才能を生かそうともせず、刹那的で自堕落な生活を送っている貧乏貴族。金なし、愛情なし、誠意なし——夫とするには最低の男性です。そんなアンチヒーローに手を差し延べたのが、壁の花グループのひとり、超内気で口下手なエヴィーでした。

壁の花シリーズを読むのは本書が初めてという方のために、簡単にここまでのあらましを述べておきましょう。本書のヒロイン、エヴィーは有名な賭博クラブのオーナーの娘でありながら親戚の家で育てられ、冷たい仕打ちをされてきたために、人と話すことが苦手の引っ込み思案な女性に成長しました。社交界にデビューしても、紳士たちに敬遠され、舞踏会ではいつも隠れるようにして壁際の席に座っていました。

しかし毎回の舞踏会で壁の花に甘んじていたのは、エヴィーひとりではありませんでした。アメリカから貴族の花婿を探しにやってきた大富豪の娘リリアン&デイジー姉妹と、絶世の美女なのに家が貧しいために結婚相手にめぐり会えないアナベルも、白紙のダンス予約カードを手に、エヴィーのそばで人々が踊るのをながめていました。ふとしたことから話をするようになった四人は、お互いの花婿を見つけるために協力しあう約束をします。その協定が功を奏したのか、アナベルとリリアンはそれぞれ、実業家のサイモン・ハントと大金持ちで実力者のウェストクリフ伯爵という理想の相手と結ばれました。そして壁の花たちの関係は、いまでは花婿獲得のための協力者という間柄を越えた、かけがえのない女どうしの友情に発展していたのです。

ところが、ウェストクリフの幼なじみであるセバスチャンが、親友の婚約者リリアンを誘拐して駆け落ち結婚を試みるという愚かな事件を起こしました。セバスチャンがそんな破れかぶれな行動に出るほど金に困っていたことを知ったエヴィーは、果敢にもひとりで彼の家を訪ね、結婚をもちかけます。彼女も親友たちには隠していましたが、実はたいへんな苦境に陥っていて、一刻も早く結婚しなければならない状況にあったのでした。セバスチャンにとっても、エヴィーにとっても、この結婚は互いの利益のためだけの、便宜的な結婚になるはずでした。けれども、孤独に蝕まれた魂をかかえたふたりは、しだいに相手の中に自分の心に欠けていたものを見いだしていきます。ただし、ひねくれ者のセバスチャンは、なかなかそれを素直に認めることができないのですが……。

コミカルなタッチが楽しかった前作とはうって変わって、本作はヒロインとヒーローの微妙に揺れ動く心の動きをしっとりと描いた、情感あふれる作品です。グレトナグリーンでの駆け落ち結婚、ロンドンの賭博クラブ、復讐劇といった、スリリングな要素もたっぷり盛り込まれており、リサ・クレイパスならではのロマンスの面白さをたっぷり味わっていただけると思います。

クレイパスの作品には、一九世紀のさまざまな風潮や流行が描かれていて、いつもうれしい発見があります。今回も、グレトナグリーンの駆け落ち結婚の話にはたいへん興味をそそられました。当時、ロマンス小説や戯曲などでも駆け落ちの物語が人気で、恋にあこがれる若い娘たちの心をかきたてていたとか。逃げる若いカップルを、家族が必死に追いかけるという小説さながらの事件も実際にあったそうです。

壁の花シリーズも残すところあと一冊。最後に残った、夢見る乙女デイジーはどのような恋の相手を見つけるのでしょうか。どうやら本シリーズではまだ登場していない新しいヒーローが現れるもようです。どうぞ、お楽しみに。

二〇〇七年二月

ライムブックス

冬空に舞う堕天使と

著　者　リサ・クレイパス
訳　者　古川奈々子《ふるかわななこ》

2007年3月20日　初版第一刷発行

発行人　成瀬雅人
発行所　株式会社原書房
〒160-0022東京都新宿区新宿1-25-13
電話・代表03-3354-0685　http://www.harashobo.co.jp
振替・00150-6-151594
ブックデザイン　川島進（スタジオ・ギブ）
印刷所　中央精版印刷株式会社

落丁・乱丁本はお取り替えいたします。
定価は、カバーに表示してあります。
 ISBN978-4-562-04318-7　Printed in Japan